如鱼
THE BRIGHTER THE LIGHT
如海

［美］玛丽·艾伦·泰勒 ｜ 著
朱雨然 ｜ 译

四川人民出版社

图书在版编目（CIP）数据

如鱼如海 /（美）玛丽·艾伦·泰勒著；朱雨然译
. -- 成都：四川人民出版社，2024.6
ISBN 978-7-220-13599-6

Ⅰ.①如… Ⅱ.①玛… ②朱… Ⅲ.①长篇小说—美国—现代 Ⅳ.①I712.45

中国国家版本馆CIP数据核字（2024）第044042号

THE BRIGHTER THE LIGHT
Text copyright © 2022 by Mary Ellen Taylor
This edition is made possible under a license arrangement originating with Amazon Publishing, www.apub.com, in collaboration with The Grayhawk Agency Ltd.
四川省版权局著作权合同登记号：21-24-027

RUYU RUHAI
如鱼如海
[美]玛丽·艾伦·泰勒 著 朱雨然 译

出 版 人	黄立新	特约策划	王 月
出 品 人	武 亮 刘一寒	产品经理	钟 迪
策 划	郭 健 石 龙	封面设计	Recife
责任编辑	范雯晴	版式设计	许 可
责任校对	陈 纯		

出版发行	四川人民出版社（成都三色路238号）
网 址	http://www.scpph.com
E-mail	scrmcbs@sina.com
新浪微博	@四川人民出版社
微信公众号	四川人民出版社
发行部业务电话	（028）86361653 86361656
防盗版举报电话	（028）86361653
照 排	天津书田图书有限公司
印 刷	天津光之彩印刷有限公司
成品尺寸	145mm×210mm
印 张	12.75
字 数	300千
版 次	2024年6月第1版
印 次	2024年6月第1次印刷
书 号	978-7-220-13599-6
定 价	59.00元

■版权所有·侵权必究
本书若出现印装质量问题，请与我社发行部联系调换
电话：（028）86361656

目　录
Contents

序　露丝·001

第一章　艾薇·005

第二章　艾薇·016

第三章　艾薇·032

第四章　露丝·041

第五章　艾薇·055

第六章　艾薇·067

第七章　露丝·080

第八章　艾薇·097

第九章　露丝·110

第十章　艾薇·124

第十一章　艾薇·137

第十二章　安·150

第十三章　露丝·158

第十四章　艾薇·170

第十五章　艾薇·178

第十六章　达妮·196

第十七章　卡洛塔·209

第十八章　露丝·220

第十九章　露丝·242

第二十章　艾薇·257

第二十一章　艾薇·272

第二十二章　艾薇·285

第二十三章　艾薇·293

第二十四章　露丝·297

第二十五章　露丝·315

第二十六章　卡洛塔·329

第二十七章　艾薇·335

第二十八章　艾薇·343

第二十九章　艾薇·349

第三十章　埃德娜·362

第三十一章　艾薇·368

第三十二章　艾薇·376

第三十三章　露丝·381

第三十四章　艾薇·390

结语　艾薇·396

序　露丝

2022年1月2日　星期日　下午一点
北卡罗来纳州纳格斯海德

　　离岸的大西洋是贪婪的化身。她吞噬着船只、货物、人类，贪婪地守护着这里的宝藏和秘密。几天、几个月、几个世纪过去了，她从未向世人吐露过一星半点的真相。而后平静的水面开始噼啪作响，海水深处翻涌不停，在海底某个深处，那只紧握着秘密的手终于松开，真相逐渐露出水面。

　　现在，露丝站在海岸上，站在黎明时分辽阔无垠的天空下，已八十四岁高龄的她能隐隐感受到骨子里发生的变化。阳光自苍白的云层中迸发出来，一阵阵混着海水咸味的冷风翻动着云层，吹得她越发往大衣里缩，也好暖一暖犯关节炎的手指。

　　"妈妈，除了我们，没人预见风暴要来了，"露丝自言自语道，"我像曾经的你那样预见到了这一切。"没有一家新闻电视台预测到非洲海岸的低气压会向西移动，混进温暖的加勒比海域，随之形成了来势汹汹的卡特4号风暴，没有人预测到在飓风季节这么晚才开始人员疏散，也没有人预测到灾难所带来的损失。

露丝想待在这儿领受这场风暴的洗礼，但警长却过来让她离开这里。争执一番后，她还是让警长载着自己穿过莱特纪念桥到远离海岸的区域，和数百人一起，在柯里塔克县高中的体育馆里度过了一个漫漫长夜。狂风呼啸，警灯闪烁，人们忧心忡忡，担忧着这场灾难会造成的损失。

与众人不同的是，露丝并不属于忧心忡忡的一员，虽有懊恼，却并无焦虑。在离开小屋之前，她就知道自己的度假旅店即将随风飘零，不复存在。度假旅店跟她一样，早已走到了生命的尽头。她们的时代已成为过去式。

在将近百年的时间里，露丝家一直持有这座海滨度假旅店的所有权和经营权。她父亲喜欢吹嘘说这地儿是自己玩牌赢来的，但到手后，这里一直保持着其貌不扬的状态，直到露丝妈妈和他看对眼嫁过来，开始经营起俩人的婚姻生活后，也张罗开了度假旅店的日常运营。1938年的这一天，露丝在二十八号小屋出生，这座屋子号称坐拥全岛最美的海景。据说当时，她妈妈发现了裹在一条粉色毯子里的露丝，但露丝的生母早已不见了踪影。

埃德娜，也就是后来露丝的妈妈，把这个小可怜带回家告诉了丈夫杰克，而后结婚十七年的两人经过深思熟虑，最终决定他们也是时候要个孩子了。于是这个小女孩便进入了他们的生活当中，和这个旅店一同经受了各种风风雨雨。

一个浪头拍向海岸，海水冲到了露丝的旧运动鞋鞋尖上。

她转身离开大海，走向沙丘，沿途指尖轻轻拂过一株株海燕麦。看到旅店残迹的那一刻,她还是觉得心痛不已。时速高达一百五十英里[①]的大风席卷了树枝和灌木,把它们刮进了泳池里,停车场的沥青路面被刮得起了皱,周围的小屋和主楼的屋顶也被刮坏了,滂沱的雨水直灌进房子里。

她接着朝沙丘另一边走去,这里曾经是主楼的位置。大厅里她两年前才铺好的地毯如今已被雨水浸透,墙上画着海贝的壁纸大块地剥落下来,开裂的房顶漏进了一束束阳光。哪怕这座度假旅店比有九条命的猫还要命硬,到现在也已经耗尽了最后一口气。

"妈妈,有人出价要买下这里,我已经答应了。"卖房是现实所迫,可这个理由并不能抚平她的愧疚与懊恼。"昨天签文件的时候我心如刀绞。可这次我真的看不到任何明朗的出路了。"

海上吹来一阵凉风,她闭眼试图感受妈妈的聆听。当然,她一无所获。妈妈和自己一样,寡言少语,不会热烈地去拥抱,也不会动情地去亲吻。她总是沉着冷静,永远不会离开,就像大海一样,永远对秘密守口如瓶。

"我还没疯到觉得他们买下了这里就能拯救这里。代价太高了,只有傻子才会这么干。"她尽可能地从被毁的建筑中搜罗出些物什,塞回自己的小屋里。那些捡回的东西摞得快与天花板齐高了。扔掉自己花大价钱买来的东西真感觉在造孽。"旅店剩下的部分将被夷为平地,但也许这是最好的结果,是时候迎接新事物了。"

售出的五英亩[②]海滨房产所得的收入能还清露丝的所有债务,也足够供她度过余生。虽没有多余的财产留给外孙女艾薇,但她传下的小屋还算

[①] 英里是英美制长度单位,1英里约为1.6公里。全书脚注均为译者注。
[②] 英亩是英美制地积单位,1英亩约为4046.9平方米。

是一笔可观的遗产。这座小屋始建于一个世纪前，当时建造用的木料来自一座被拆毁的教堂。

"承蒙上帝赐福！"对于这座小屋，父亲曾如此说道。小屋离海滨度假旅店仅两百码①远，但在这次的灾难中却毫发无伤。想到这，她觉得小屋的确是父亲所说的蒙福之地。

不管小屋何以经久不衰，露丝都认定这是上帝的保佑。这屋子无论是自己住还是卖掉，艾薇都还有机会重新开始。她也拿不出比这更好的礼物了。

露丝转身背对废墟，面朝大海，穿行于沙滩上。海风轻拂过面颊，清新的空气带着丝丝微咸的气息，让呼吸也变得灼热起来，也把她的心脏揪得紧紧的。

她一抬眼，恍惚间看见自己的父母牵着女儿站在沙滩上。她累了，想过去加入他们了。她得留艾薇一人在世了，但她知道，这个女孩是他们所有人当中最坚强的。如果说有谁能成为过去那些罪孽的救赎者，那定是艾薇无疑。

---

① 码是英美制长度单位，1码约为0.9米。

第一章　艾薇

2022年1月17日　星期一　晚上十点十五分

四百二十四英里，是纽约和北卡罗来纳州外滩岛之间的距离；七个半小时，是开车往来两地单程预计要花费的时长。这个时长还有许多因素没有考虑在内，比如泽西收费高速上事故多发，华盛顿环城高速总是堵车，诺福克前面有数英里的新路尚在施工。对了，路过特拉华州那家麦当劳时，还要下车来份汉堡和大杯的健怡可乐，经过弗吉尼亚州的弗雷德里克斯堡还会下车上个洗手间，这些时间也都没算进去。

十一天，从艾薇·尼尔上次回家参加外婆的葬礼到现在已经过去了十一天。葬礼时正逢工作的餐厅年后休息，所以她请了两天假也没人说什么。她匆匆忙忙赶飞机南下夏洛特，再转车北上到诺福克，然后租了辆车开了一百英里回到外滩岛，用三十分钟走完了葬礼的主要流程。她在葬礼上见到了朋友及家人，但也只是和他们草草相拥，简单寒暄了一番。她实在没空，没空搭理十二年前自己刚去纽约两个月就睡到了一块儿去的前男友和前闺蜜，以及他俩"爱情的结晶"，没空招待在场数百个爱过外婆的人，她甚至没空再去探访一下露丝生前住的那间屋子。

飞回纽约之后，她去问老板能不能延长自己的休假时间。说这话的时候,她闻到自己身上的运动衫还残留着大海的气息。

五秒,老板拒绝她只用了五秒。这成了压死骆驼的最后一根稻草,让她下定决心辞职。然后又花了三天时间跟房东达成协议,屋里的家具能卖的卖了,不能卖的也都收拾好了。她跟房东商量,等她卖了老家的屋子或者之后赚了钱,再把欠的两个月房租给补上。房东同意了,毕竟,以后还钱总比一分钱不给要好得多。

辞职并不意味着她不爱这份工作或不爱这座城市。上帝见证了她在这座城市、这份工作当中经历的风风雨雨。但现在,是时候回家打扫打扫露丝的房子了,这是她应该为外婆做的。

一千五百美元,这是她从二手车商那里买的那辆2005年产的面包车的价钱。车是绿色的,皮座椅已经破破烂烂了,车上还有一个收音机——看起来只要车还没报废这玩意儿就还能转,要是在长达八百英里的95号州际公路上行驶,这似乎会是个不错的慰藉。

三十一点三美元,她花了这么些钱在加油站加好油,还买了一大袋M&M'S巧克力豆。然后她穿过莱特纪念桥,驶离大陆前往外滩岛。外滩岛是一个堰洲岛链,沿着北卡罗来纳州海岸一直延伸两百英里之长,这片富饶的水域曾经吸引了众多土著部落来此定居,一住就是千年。1587年之后,也有欧洲人来到这儿安下了家。

对于艾薇的外婆露丝来说,生死都是由数定。她总在数数,数着营业季还有几天开始、几天结束,数着要有多少营业额、要工作多久才能让旅馆盈利,数着飓风逼近海岸时的时速达到了多少。去年12月份飓风还没来,露丝就在电话里跟她说"黑寡妇"飓风要来了。后来那场风暴把旅馆吹得七零八落,想抢救都回天乏术。艾薇当时发誓,圣诞购物旺季一结束，她就回家去。

长桥上大风呼啸，艾薇不得不拼命攥紧方向盘以稳住车子。空中明亮的满月上方，一团团厚重的乌云逐渐散开。

过了桥开到温蒂汉堡，艾薇停车下去点了两个培根芝士汉堡、一份薯条和一杯无糖苏打水。露丝的小屋里没有东西可吃了，所以在她搞清楚淡季有哪些店还营业之前，没吃完的汉堡还可以当她的早餐。

她瞥了眼面包车后视镜，看见镜子里的自己，脸上还有脏兮兮的睫毛膏痕迹，一头黑鬈发乱作一团。她就这么盯着镜子中的自己，耳边突然响起露丝的声音："你七点开始轮班。""这周末这儿有三个派对要办，所以没空和朋友们玩了。""我们的旅店又撑过了一季啊！"

她边开车边抓起一把炸薯条塞进嘴里。

沿着主路又走了八英里，眼前便出现了一家卖床垫的商店，店旁的里程标识牌上的数字已经变成了"8"。她就在这里左转，拐进一条小路，一直开到海滨路。艾薇接着往南开了半英里，她希望可以看到曾经的那个海滨度假旅店，但眼前的满目疮痍让她压根儿联想不起来记忆中的那个地方了，周围也没有地标，她甚至开过了头，与露丝的小屋擦肩而过，又接着往前开了半英里左右她才意识到这个问题。艾薇只得掉头向北折返，放慢车速，驶上了那块破败的土地。曾经明亮的水绿色主楼、二十四间平房和写着"海滨度假旅店"的霓虹灯，在过去的两周里，已经在施工队的工作中统统消失无痕。

露丝曾经跟她说，风暴过后的第二天就要卖掉这处值钱的海滨房产。

"我欠下的债得一辈子才还得清，但我年纪大了，没有一辈子来还了。这地方，我也是时候放手了。"她说。

"卖给谁？"艾薇去纽约有十几年光景了，但每次和外婆交谈时，抛弃那里的一切离开家的愧疚感总会再次涌上心头。

"一个开发商。"

"这块地很值钱。"

"我知道。还债是足够了，或许还能有点盈余过日子。"

"那如果还不够……"

"够，"露丝答得很快，"而且，这么多年我总抱怨没什么自己的时间，现在有啦！"

"我可以明天回去。"

"不用着急，艾薇。我知道节假日这阵子餐厅会忙成什么样子。有空了再回来，你在这儿也做不了什么。"

"我会很快回去的。"

艾薇在旅店里长大，人还没柜台高的时候，就已经帮着站前台了。可能在前台待上几个小时，她就会跑去长方形的泳池里游泳，她从小到大游泳的次数多得数不清。一日三餐她都是在后厨吃的，淡季的时候旅店停车场就是她玩滑板的最佳场所。

她在旅店后厨学会了烹饪。年仅十二岁的艾薇就已经穿上围裙，站到凳子上给客人切菜炒菜了。随便翻出一本儿童劳动法，都可能直指露丝违反了相关法律规定。天晓得职业安全与健康管理局看见了会怎么说。但事实上，艾薇和外婆一样喜欢这样的工作。她喜欢烹饪，喜欢创作新菜式，也乐于听取客人的反馈。十六岁的时候，艾薇只要是不上学的时候都窝在厨房里，暑假的时候更是，一周七天，工作七天。

而如今往事随风，这里再也看不见艾薇和外婆的身影了。

艾薇重新整理好思绪,把车开回路上,很快右转进入水泥车道。车道两旁的灌木丛,早已被没完没了的海风吹得歪七扭八。她停下车,抬头细细打量着那座八英尺高的黑屋子。雪松枝丫迎风摇摆,颜色似乎比印象中更灰暗些;破旧的蓝色飓风活门现在都关着;楼梯看起来状况良好,环绕式凉台也完好无损。这里的天气啊,真是太变幻无常了。

她把车头灯从房子底部转向放杂物的小棚。得重新打开断路器才能有水出来。还得等上一个小时,暖气才能让小屋暖和起来,旧水箱里才能出热水。

她掏出那袋炸薯条吃了几口,细细品味着口中咸香的马铃薯碳水炸弹。换作之前吃这样的东西,她肯定要仔细算算食物热量,但在这种时候已经管不了什么卡路里了。

有多少次,露丝跟她说起食物的魔力呢?食物可以抚慰人的情绪,可以治愈心碎的灵魂,可以让任何任务都变得不那么艰巨。一袋薯条囫囵下肚,艾薇又灌了几口无糖苏打水,然后把包装纸揉成一团,塞进袋子里,放在那个没吃的汉堡旁边。"管他的呢。"

艾薇从杂物箱里拿出一把手电筒,摁亮了带下车,疾步走向杂物间。寒风猎猎,身上那件陪她在纽约待了十二年的旧羽绒服已经有点扛不住了。摸把钥匙的工夫,手指头就已经要冻僵了。锁在海边咸腥的空气里生了锈,半天才好不容易打开。艾薇走进那间小房间,拿手电筒扫过四周的墙壁和保险丝盒,心中祈祷着保险丝盒不要像门锁一样生锈,祈祷水管还没结冰。等到打开门找到总开关,她却惊讶地发现已经被人打开过了。

不知道是谁开的,但艾薇对这人很是感激。水箱里有热水,管道也完好无损,说不定房里马上就能暖和起来。她把保险丝盒合上,又去看主水阀,发现也是开着的状态。"上帝保佑,好人一生平安。"

她关上棚子,把过夜包、汉堡和苏打水都拿上,顶着风爬上台阶,走到横跨房子外侧的前廊。生锈的前门锁刚刚上了油,很容易开,而后她走进了那座温暖黑暗的屋子里,开了盏灯。

映入眼帘的都是曾经海滨度假旅店的东西,铺天盖地。有很多张红色皮革宴会椅、成箱的旅店床单、折叠桌和餐具,还有写着海滨度假旅店泳池、接待处、禁止停车的标志牌。在那场风暴中,露丝救出了当时在旅店的所有客人,把他们一股脑儿安顿到了这间屋子里。

离春天还有六十二天;离三十岁生日还有十六天,届时她将拥有小屋的合法继承权,就可以把它卖出去了。

艾薇走到一张沙发旁,旁边是一个黑色的石砌壁炉,差不多跟拱形吊顶齐高。她坐下来,把过夜包丢到地上,从包里掏出那个没吃的汉堡。去他妈的早餐。她现在必须得找点安慰。她坐了几分钟,专注地吃那个汉堡,一边小口喝着苏打水,一边盯着杂乱的塔楼。

吸完最后一口苏打水,她站起身来,沿着一条逼仄的小路,穿过堆成迷宫似的杂物,朝着屏风后面的凉台走去。门上的铰链也上过了油,所以很好开。一出门,扑面而来咸腥的冷空气,空中满月高悬,熠熠的光辉把海浪照得透亮。

还小的时候,艾薇和她当时最好的朋友达妮经常在这个凉台上过夜。两人总是咯咯傻笑到半夜,一直闹到露丝在一楼的卧室大喊赶快睡觉才消停。在这里睡觉有一种自由和兴奋感。空气氤氲,海风微拂,海鸥的叫声和在旅店泳池玩闹的客人的笑声都能尽收耳中。

刚搬到纽约的时候,艾薇睡得很不好。这里没有从小哄她入眠的海浪，只听得见街上的喇叭声和叫喊声。

那时候，她躺在青年旅舍的一张小床上，听着外面两个陌生人打架的动静，心中不断地想，达妮怎么会有自己这样一个糟糕的朋友，前任男友马修怎么会有自己这样一个糟糕的女友。

三人从中学开始就在一起玩了。高三的时候，艾薇开始和马修约会，很快，两人对未来的畅想便交织在了一起。马修并没有上大学的打算，他觉得三人应该一同创业。艾薇同意了，因为她拿不出更好的主意。达妮对此很是兴奋，她本来已经被艺术学校录取了，但当时房地产市场崩盘，她父亲的生意也崩了。如果先用一年的时间赚够钱，就可以解决她的学费问题。

可是当马修说他已经弄到了一家小餐馆的收购安排时，艾薇却慌了。一年之后，达妮就要离开他们去上学，然后她就要和马修一起，过上她还没有准备好的所谓的生活。艾薇花了好几个礼拜的时间酝酿，直到毕业典礼那天，四杯啤酒下肚，才鼓起勇气告诉马修，她不想跟他们一起干了，她要去纽约。

"你说什么？去纽约？"马修脸上没了笑，但他似乎仍在期待艾薇下一句话能让笑容重回他脸上。

"我明天就走了。"她的心像是卡在了喉咙口一般，让她有种要窒息的感觉。原本艾薇希望的是把这些话说出来能够获得解脱，但她现在只感到内疚。

"我们不是后天就要去餐馆签合同了吗？"

"我知道。"

"是不是因为来的时候我忘记去接你了？"

"这是两码事。我真的要走了。"

"你知道这听起来有多蠢吗？"他刚刚喝了啤酒，两眼醺得通红，现在又因为在气头上，看着要冒火星子了，"除了去年学校的实地考察，你哪里还去过什么纽约啊！"

就是那一次，纽约市的广袤让她不知所措，也让她对这座城市的新鲜感和活力兴奋不已，并且把这两种奇妙的感觉带回了家。"可能是吧，但我要试试看。"

"你有工作吗？"

"没。"但她已经列好了一份清单，上面写的是她心仪的工作地点，还在青年旅舍订好了七晚的住宿。她很清楚天上不可能掉馅饼，因此也并不太纠结于安排此行的细枝末节。

马修干巴巴地笑了几声，"你真不是逗我玩吗？"

"不是。"她说得越多，想要离开的念头就越发强烈。

"这是什么屁话！"他怒不可遏，"我们不是要开一家自己的店吗？"

"那只是你的店。"她说。

"我以为我们是一起的。"他的手晃了几下，杯里的啤酒全洒在了她的白裙子上。

"对不起。"他怎么说都可以，她不会再改变主意了。她不会了。达妮用纤长的手指拎起三罐啤酒走到他们面前，马上就嗅到了两人之间的火药味。

"怎么回事？"达妮问道。

"艾薇要甩了我们，"马修说，"她不跟我们去签合同了，她要去纽约。"

艾薇深吸了口气,真希望自己现在醉得不省人事。"我不是要甩了你们。我早就决定要去纽约了。"

"快告诉我你在开玩笑。"达妮说。

"我说的是真话。"对艾薇来说,比起马修,对达妮说这件事要更加困难。"我和露丝已经说过了,她很理解我。"

"你什么时候跟露丝说这事的?"马修质问她。

"几周前。"外婆需要一段时间来物色一位合适的人选,能够像艾薇一样扛起煎炸师和厨房管理的职责。露丝耸了耸肩,抱了抱艾薇,然后轻声对她说:"人总有那么些时候要迈出这一步。"

"几周前?"马修喊了出来,"你不觉得也该考虑考虑我吗?我的生意如果能成,那得是你们俩共同参与的结果。艾薇,你是外滩岛最好的厨师之一——手培养起来的,赞助商愿意来帮我们很大程度上是看中了你。"

达妮像是被打了一巴掌,往后退了一步。"你一个字都没跟我说过。本来明年这时候我们会在一起工作,享受我们的一切。"

"可是明年,你攒够了钱,就要离开去上学了,"艾薇说,"到时候马修的生意蒸蒸日上。而我,依旧在厨房工作,而且离我长大的地方不到一英里。"

"可我的计划你都知道啊,"达妮喊道,"你早就知道我会离开去上大学。你之前还信誓旦旦地告诉我,我们三个至少还能在一起玩一年。"

"对不起,我没能信守我的诺言。"艾薇的泪水涌出眼眶,"现在不去的话,我这辈子可能都没法去了。"

达妮把红色塑料杯重重地摔在桌上,溅出了很多啤酒。"我不准你走。等问题全部解决了再说。"

"我不。"艾薇说。

"你说话简直像放屁!"马修说。

"确实。"达妮把双手交叉在胸前,表示了赞同。

第二天早上,艾薇就动身去了纽约,带着宿醉的脑子不眠不休地开车。

出了95号州际公路,进到城市停车场,她昔日坚定的决心瞬间开始崩塌,这里的停车费高得令人咋舌。在青年旅舍找到自己订的房间后,她在接下来的六天里,去了清单上列出的所有餐馆以及另外六家不在单子上的餐馆。没人听说过海滨度假旅店,也没有哪家店有职位空缺。

第六天,艾薇已经被挫败感、内疚和孤独折磨得喘不过气来。她从床底下拿出手提箱,开始收拾行李,又慢慢冷静下来。她继承了妈妈的鲁莽,却也继承了露丝的倔强,因此艾薇最不想做的就是夹着尾巴灰溜溜地回家。她并不是不愿意回家,但她希望自己是功成名就后衣锦还乡。所以第二天她又出门去找工作了。

这份坚持确实得到了回报,她在距离百老汇两个街区的一家店找到了工作。这家意大利餐厅名为温琴佐,艾薇成了店里的煎炸师和洗碗工。温琴佐是一家家庭餐厅,店员都是老板的自家人,艾薇是雷欧尼妈妈开店二十年来雇用的第一个外人。雷欧尼妈妈说她喜欢艾薇的长相、艾薇手上的老茧,甚至是在海滨度假旅店的厨房被炸锅烫伤留在手臂上的疤痕。她还说,艾薇的眼神总像是在告诉她"好的,妈妈"。雷欧尼妈妈解释说,有人在博客上给她家的店写了很高的评价,因此餐厅人气高涨。光是主厨,也就是雷欧尼妈妈的丈夫马里奥,还有他们的儿子吉诺已经忙不过来了，他们需要帮手。艾薇对这份工作机会感激不尽，当即同意晚上就开始上班。

艾薇搅动大锅里的意大利肉汁、切菜、炒菜、烤东西，而马里奥和吉诺总是冲着对方大喊，吵一些他们可能争了几十年的东西。每次争吵都以马里奥逃到小巷抽烟而告终，他们很像旅店后厨里的艾薇和露丝。

三年后，马里奥患癌，工作时间大大减少，吉诺成了主厨，艾薇则升任成了副主厨。

雷欧尼妈妈告诉艾薇，她也是温琴佐家的一分子。"你的身体里流淌着意大利血统。"艾薇曾对此坚信不疑。家庭并不总是团结，但理论上应当团结。当温琴佐餐厅遇到困难时，他们的确团结起来了，艾薇只得加倍工作以帮助餐厅苟延残喘。

露丝去世，艾薇要请假回北卡罗来纳州，可这样的时候，雷欧尼妈妈只是轻飘飘地来了一句"我很抱歉"，挤了几滴眼泪，对于艾薇的请求却还是拒绝得直截了当。他们抛弃了她。

因果报应啊，终于要反噬到艾薇身上了，而且把她推向了深渊之中。

第二章 艾薇

2022年1月18日　星期二　上午七点

　　艾薇在太阳升起时起床。这些年艾薇已经养成了一个根深蒂固的习惯——太阳初升便起床，这样一来就能在菜市场买到最好的农产品。她在餐厅待了一年，马里奥才带她去早市，把她介绍给菜摊的小贩。每次过去她都会回想起北卡罗来纳州的菜市场，她曾在那里买新鲜的鱼，买整只的鸡，买红薯、玉米和羽衣甘蓝。而在纽约的菜市场，她需要买的是各种西红柿、意大利熏火腿和小牛肉，以及她来这儿之前从未见过的香料。马里奥向她解释自己为什么要去这几家店买东西，哪些店童叟无欺，哪些店物美价廉，晚餐需要采购多少物资。艾薇拼命记住他说的这些东西，那时也不禁感叹，干这一行当真是得五感六觉、日复一日超负荷运转。浪费食物就会间接导致收入减少，温琴佐家跟海滨度假旅店一样，靠着微薄的利润维持运营。在早市的时候是她觉得离露丝和家最近的一刻。

　　在温琴佐餐厅的最后一年，她开始一个人去菜市场。马里奥的癌症有所好转，但膝盖的老毛病还是总犯，而且，虽然他并不愿意承认自己有糖尿病，还是时常因此头晕目眩。而吉诺，自从有了三个小孩后就再也没早起过。他对此解释说，多睡会儿他工作起来才有干劲。

于是艾薇只得早早起来，在日出时分来到菜市场，穿行于小贩之间，尝尝他们的蔬菜新不新鲜，闻闻肉的品质如何，捏捏瓜果有没有因为放太久而发软。逛早市对她而言，一直是感官的盛宴，也是创造力的驱动器。

她套件外套、穿双鞋子就出门了。此时太阳已从地平线探出头来，她朝沙丘走去，看海浪重重拍打在铺满贝壳的沙滩上。尽管她很想沿着海滩散散步，看看能不能捡到些新鲜的海产品，但她此行的主要目标是买咖啡以及采购一些杂货。明天早上，手里有杯暖乎乎的咖啡，她可能会在此流连忘返，尽情享受日出。

回到小屋，艾薇从手提箱里掏出一个体积约一加仑①的封口袋，里面满满当当装着她的洗漱用品。一楼的浴室里还放着露丝的牙刷和一管用了一半的牙膏。她轻轻摸了摸牙刷，接着抬眼看了看镜子，叹了口气，从包里掏出自己的东西。她刷了牙，把那头像极了露丝的黑发梳理好，扎成马尾辫，又涂了一点口红，看着气色好了很多。

她抓起包，顶着严寒匆匆钻进面包车里。不管旺季淡季，只要不是世界末日，北边两英里远的多蒂煎饼屋就会一直营业。车只开了五分钟，便看见了多蒂家巨大的煎饼标志，下面闪烁的红灯牌上写着"营业中"。

停车场停着几台卡车和服务车，车主人大概是几个正在店里用早饭的本地商人，这段时间估计正疲于应付淡季里没完没了的维修清单。一走进店，肉桂和培根的香味便扑鼻而来，大脑立刻被刺激得源源不断分泌出了多巴胺。露丝的许多老客户常说，吃一口海滨度假旅店的苹果派，就感觉

---

① 加仑是一种容量单位，分为英制加仑和美制加仑，此处为美制加仑，1加仑（美）约为3.8升。

什么都不是事儿了。

艾薇的前面是个高个男人。肩膀宽阔，黑色针织帽下面是一头黑鬈发，身上穿着一件厚厚的棕褐色工装夹克。他腿上的牛仔裤很干净，不过袖口和靴子倒是有些轻微的磨损。男人身上带着肥皂的香气，隐约还能闻见一丝锯末味，混杂在冰冷咸腥的空气中。在前台点菜的时候，艾薇听见了他的声音，回忆顿时如潮水般袭来。是道尔顿·曼彻斯特，前闺蜜达妮的哥哥。

他们高中是同一所学校的，不过她高一的时候，道尔顿已经高四了。他聪明、健壮、性格好，虽然称不上风度翩翩、性感迷人，但和人说话时，一双灰色的眼睛总是显得格外专注。"少女收割机道尔顿"这称号可绝非空穴来风或道听途说，校园里任何一个大活人都知道道尔顿是谁。

但艾薇并没有准备好走进满是伤心事的回忆里，所以直到他付完款了她也还是低着头没有上前寒暄。排到她的时候，她点了四号套餐，可以吃到鸡蛋、培根、煎饼，还有无限续杯的咖啡。她递给收银员一张十美元。

"一共四点五美元。"收银员看着比她年轻几岁，脑后的黑发扎成了马尾辫，古铜色的皮肤，蓝色的眼睛，眼周还能瞧见些许细纹。

"物美价廉。"艾薇说。

"你是第一个这么说的，"收银员答道，"我们店1月1日价格涨了一美元，再往后物价就一直噌噌涨个不停。"

艾薇把零钱塞进牛仔裤口袋，"我之前在纽约待了几年。"

"噢，那难怪。我唯一一次去纽约是初中旅行的时候。我记得当时花了八美元买了一个啥都没加的百吉饼和一小杯咖啡。"

"百吉饼好吃吗？"

她咧嘴一笑,"还不错,但我还是想在上面盖张多蒂家的煎饼。"

"我也就盼着这口呢。"纽约的快节奏依然在她的骨子里根深蒂固。她没有再闲聊下去,到旁边拿了个白色粗陶杯倒满咖啡,坐到了角落的一张桌子边。

她喝了几口咖啡,尝了尝味道,感受咖啡因慢慢唤醒身体,然后拿出手机,习惯性地打开了邮箱查看温琴佐餐厅的邮件。不停地检查自己的邮箱已经毫无意义了,但人与人之间的联系从不像大家所喜闻乐见的那样,能够利落地一刀两断。有几个之前供货的商贩发来信息祝她好运,但大多数邮件都是在询问开具发票事宜或确认订单。过去的一年里吉诺曾非常依赖她。罢了。

"艾薇?"

道尔顿的声音听起来像是被"焦油脚"(北卡罗来纳州的绰号)的砂砾刮过。她抬头看着道尔顿,那双灰色的眼睛已能看出十几年的风霜,皮肤也因常年待在建筑工地而晒成了古铜色。而下巴上浓密的黑胡子则透露出几分叛逆:十三岁的时候,他就爬到柯里塔克水塔上面玩;十六岁的时候,他开着吉普车独自去了加州;后来为了应征海军入伍,他放弃了杜克大学的全额奖学金。

"道尔顿。"

"所以你是要回来待一段时间吗?还是说回来一下马上又要走?"他的眼周已有皱纹,头上也看得见些白发。

"又?"她把手机塞进口袋里,站起了身,"我正在收拾露丝的房子。她东西挺多的,所以清理起来可能要费些时间。"道尔顿缓缓点了点头。艾薇又说:"我全搬到小屋里去了,她肯定不愿意我丢掉任何还能用的东西。"

"屋后木制平台和浴室之间那条战略隧道在这种时候很有用。"

他打量着艾薇,仿佛在适应眼前之人在过去十几年里的变化。"我知道这事必须得尽快处理。"

她把一缕散乱的头发拨到耳后,想着自己现在在对方眼里是个什么样子。"谢谢你所做的一切。清理的过程确实可能会很痛苦,但如果这件事能让露丝的在天之灵得到慰藉,那一切就都是值得的。度假旅店的打击已经够沉重了。"

"如果你需要帮忙把东西拖走可以联系我。"

"谢谢,但我自己可以。应该得来来回回很多趟,但我有大把的时间。"

"还回纽约吗?"

"也许会吧。"

他身体前倾了一点,"去了纽约,你的北卡罗来纳州口音也一点没变。"

也曾有过想要彻底脱离这里的时候,但根基太深了。"你可以把一个女孩从南方带出去,但不能把南方从这个女孩身上带出去。"

那双灰色的眼睛定定地看着她。"确实如此。"铃声响起,收银员叫三十二号订单。"我的餐好了。"

"露丝说你和你父亲的建筑公司发展得很好。"十二年前抵押贷款市场崩溃之后,这家公司很长一段时间处于苟延残喘的状态。

"我们现在有三十六个员工。"

"太棒了。"

他把咖啡杯举到唇边，顿了一下，"露丝有没有告诉你，我父亲买下了海滨度假旅店那块地？"

她慢慢地摇了摇头，显然对于露丝没有告诉她这事感到又震惊又伤心。"她就说是PDD建筑公司。"

"这个就是我们家公司，我爸、我，还有我妹的名字，皮特、道尔顿、达妮，第一个字的首字母连一起就是PDD。"

她脑海中浮现出刚被拆掉的度假旅店。"我没有意识到，在她告诉我之前，这桩买卖就定下来了。"

"我爸给了她一个非常公道的价格。"他说话听起来很有威严，好像想让她明白，曼彻斯特家对露丝很好。

"她也是这么说的。"这笔买卖还清了露丝的所有债务，这对外婆来说是一个极大的慰藉。

"达妮知道你回来了吗？"道尔顿问道。

艾薇清了清嗓子，还没准备好面对她的前闺蜜这个话题。"不知道。我昨晚刚回来。"

"给她打个电话吧。她想见你。在葬礼上大家都没有太多机会和你说话。"

"之前的事过去了，对吧？"这个问题听起来比她预想的要犀利。

他以为时间应该可以治愈艾薇的心灵创伤。"露丝房里的东西塞得满满当当的，一个人是不可能清理得完的。打电话叫我去帮忙吧。"

"我有面包车。我会买几十个垃圾袋和垃圾箱的。"

"建筑用的垃圾箱会不会好点？"

"我认为没有必要。"

"我做过很多类似的清理工作,垃圾箱是一定得有的,因为垃圾总是比你想象的要多。"

上一次过去的时候,露丝的房子里人满为患,但这次回来不到半天就开始找人来房子里帮忙了,这感觉很尴尬。"真的不用了。"

"就当是我欢迎你回家的礼物。垃圾装满了我就带走。"

"我觉得我可以自己解决这件事。"

"露丝也会像你一样独立。不过有时候也有点犟。但即使是露丝也会意识到有时候是要做出点让步的。"

"只是因为那场风暴而已。"艾薇为露丝辩护。

道尔顿嘴角勾起一抹淡淡的笑。"飓风总共刮了四次。露丝的独立是我最欣赏她的地方。她是我最喜欢的人之一。"

"她也是我最喜欢的人之一。"在纽约的十几年里,露丝和艾薇每周都会通几次电话。奇怪的是,相隔近五百英里之后,她们似乎发现了两人更多的共同点。

"要干完这活你一定得用上建筑垃圾箱,艾薇。"

道尔顿这句话让艾薇突然感觉他像以前的露丝,曾经她在海滨度假旅店厨房做饭时,露丝就像这样站在一旁指点自己。做什么工作就用什么工具。浪费时间就是浪费金钱。

"好吧,谢谢。"

他的神色顿时放松不少。"你在她的小屋准备做什么?"

"卖掉,"她说,"我需要那笔钱。"

"有找到买家吗?"

"还没有,我回来还没到二十四小时。"

"我想出价竞标，"他说，"那地方很不错。"

"我卖掉它不是为了让屋子被夷为平地。"艾薇回道。

"真正值钱的正是那块地。"即使在高中时，他也非常实际，很少会多愁善感。达妮曾说，母亲死后，他变了很多，也变得更加内向。

"我知道，但我希望房子能留下。1920年之后，这个屋子就一直是我们家的。再说了，现在很流行这种复古的东西，不是吗？"

"如果你允许房子被拆的话可以得到更多钱。"

"我不允许。"

"如果没有人同意你的条件呢？"

这房子装修起来可不容易。管道、电路和高压交流电都是70年代弄的。但圣洁的横梁、手工铺造的石头壁炉，以及环绕整个房子的木质阳台，这些都承载了太多的回忆。"船到桥头自然直。"

"我们正式谈这事之前不要卖给别人。"他再次强调。

"我会欣然接待所有能留住屋子的买家。"

"了解了，那就后会有期喽？"

"我会去隔壁工地的。"

他点了点头，拿起自己那份餐点离开了餐厅，走向一辆黑色皮卡。

艾薇坐在她的桌子旁，喝着咖啡，凝视着商店的前窗，看着道尔顿边打开包装的锡箔纸边钻到驾驶位，旁边座位上有只拉布拉多犬，对着他一边叫一边摇尾巴。道尔顿撕下一条培根，一半分给狗，一半自己吃了。

脚步声走近，一位女服务员送来她点的东西，"你还需要点别的东西吗？"

"不用了，这些就够了。"

她将艾薇的咖啡续满,"如果你需要什么就叫我。"

"好的。"

当艾薇向窗外望去时,道尔顿正从他的停车位往后倒车,他转过头,手臂随意地放在副驾驶位上,下颌线分明。艾薇突然感觉脑中涌现了一些可怕的想法。"可能是太久没见了,艾薇·尼尔。"

他把车开上了主干道,朝海滨度假旅店的方向开去。现在能诱惑她的只剩这份早餐了。她把一块香脆的培根撕成两半吃了,一入口便尝到了烟熏的咸咸的风味。难怪道尔顿的狗一直在摇尾巴。

她又拿起手机,重读了之前读过的十封电子邮件,然后把手机盖在了桌面上。这些东西把她的思绪重新拉回北方,那种感觉如此真实,好像截肢病人的幻肢。"别想了,艾薇,专注自己的新生活。管他什么意思。"她吃完早餐后慷慨地给了五美元小费,接着走出了店。下一个任务是买吃的和清洁用品。她的积蓄足以维持她几个月的生活。再过十五天就过生日了,在她卖掉小屋之前,至少还有一两个月的缓冲时间。

出店的时候,她顺手从货架上拿了份本地周报,然后走回车里,坐回驾驶位,打开暖气,一边呷着咖啡一边翻着这本薄薄的周报。每年这个时候外滩岛都很平静,所以文章大多是关于在做过冬准备的房屋,或者公司莫名其妙关张开张的事,当然,他们都正在为旺季做准备。旺季一般约定俗成,在复活节前一周开始。之前旺季是6月至9月,但远程工作、远程教育间接把旺季延长到从3月持续至12月。

下一站是五金店,她进门就拉了一辆手推车,找到了搬家用品区,然后沿着空荡荡的过道往前走。一趟下来,手推车上堆满了搬运箱、垃圾袋和清洁用品。艾薇在自助结账处刷了一下卡,刷的时候不忘手指交叉,企求信用卡能用,所幸是可以的,这一趟一共花了一百六十一美元,她算是松了一口气。卖掉房子后的首要任务是把欠下的房租和信用卡贷款还上。露丝一生都在还债,艾薇也一样,尽管她到现在都还不习惯每次只能付最低还款金额,也不习惯去不允许刷信用卡的商家,买东西都没法买。

十四个月前,温琴佐餐厅为维持运营只得削减员工工资。当时店里正在尽可能削减成本,于是在晚间工作前的员工家庭晚餐上宣布了这一决定。艾薇同意了,她是一个有团队精神的人,但工资缩水,她用信用卡的次数也被迫多了起来。按道理,情况会慢慢好转的,只要坚持下去,等餐厅还清过渡性贷款,重新开始盈利的时候,每个人都会得到奖金的。但截至目前,并没有什么奖金。

艾薇将买的东西装进袋子里,把手推车推到外面自己的面包车旁边,然后把东西丢到车后面。十二年前她搬到纽约时,几乎是身无分文,至少现在实现了从无到有的转变。如果人生再来一次,她一定会做得更好。

"艾薇·尼尔?"

她转身看见一个高大的男人,胸膛宽阔,一头白发依旧浓密,留着灰白的八字胡,鼻子圆滚滚的,脸颊红润,看着气色很好。这位是本地的兽医布朗医生,以前每周五他都会和妻子在海滨度假旅店吃饭,点上一份海鲜杂烩,面包要多加黄油的那种。

她咧嘴一笑,朝他走去,"布朗医生。"

他紧紧地抱住她,仿佛一下子就回到了十几年前。"很高兴见到你回来,孩子。你走后,你家的海鲜杂烩味道就不一样了。"

她闻到布朗医生身上烟草和狗的气味。"谢谢。"

他退后一步看着她,"你看着状态很好。看来岁月格外偏爱你。"

"这话我也想对您说呢。"

他笑了,"你肯定是骗我呢,但我还是会当真的。"布朗医生脸上的笑容慢慢淡下去,"露丝的事我很抱歉。她一直精气神很好。"

"的确是的,"艾薇说,"她生前承蒙您关照了。再见到您我很开心。"

"我也是。"

艾薇开车回小屋时,她突然意识到,除自己之外,露丝和所有人都相处很好。她们住一起时总是唇枪舌剑,没有什么话聊。露丝常说这是因为她们太相似了。"一个厨房里同时有两头母狼肯定会出麻烦的。"艾薇一直声称她和她的外婆不一样。然而在过去的几年里,"露丝主义"经常宣扬"努力工作,不伤害任何人"这句话。其他箴言还有:享受当下美好时光;付出必会有所收获;永远为客人留个位子。

她脑海中回响起妈妈的声音:"艾薇,坐直!"妈妈总是那样叫她。四岁的艾薇身子往后侧了侧,瞥了一眼正在换挡的妈妈。妈妈开车沿着海滨的道路行驶时,冬天寒冷的空气从窗户缝里渗进来。她们目前已经通过了七个绿色的里程标记和一个迷你高尔夫球场,还有数不清的用柱子支起的房子。她们的汽车后座被十一个绿色垃圾袋塞得满满的,袋子里装的是她和妈妈的衣服,艾薇还带上了她最喜欢的被子、一只独眼毛绒熊,还有一个袋子,里面装着残存的三条金鱼。"你确定我们会及时赶回家过圣诞节吗?在这里的话圣诞老人会找不到我的。"

从后视镜可以瞥见妈妈略有些紧张的笑容。"不用担心。圣诞老人会找到你的。"妈妈长长的手指拨弄着她的发丝,一头乌黑稠密的直发从视觉上拉长了她略窄的脸形。即使在年仅四岁的时候,艾薇也羡慕妈妈纤细的身材,希望自己粗壮的双腿能和妈妈的一样细长,乌黑的鬈发能奇迹般变得和妈妈的一样直。

艾薇从座位的安全带里钻出来,身体向前倾倒在两个座椅之间,然后按下收音机上的搜索键搜索电台音乐。在过去的两个小时里,没有一个台能与里士满的广播电台相提并论。她按了一下又一下。终于找到了一首音质有点模糊的《永远是我的宝贝》。托儿所的有些妈妈不喜欢唱这歌的玛丽亚·凯莉,但妈妈并不在乎。

艾薇重新坐回座位,但没有把胳膊伸进安全带里。"周六杰西卡的生日派对我们能赶回来吗?"

"当然可以啦。"

艾薇看着后视镜,等着妈妈对上她的目光。"五天之后就是了。"

"我自己会数。"妈妈按了几次收音键,切回到原来的电台。

妈妈撒谎的时候,她总能找到一些东西摆弄。但妈妈曾经也说过,她的谎言总是出于善意。和人们说点他们想听的话可以维持关系融洽。这招一直很奏效,直到妈妈再也无法继续自己的恋情,和男友分手,搬出公寓,辞职。

"还有多少英里?"艾薇问道。

这一次,镜子映出了妈妈的目光。"就两英里了。"

"我们回去是有什么紧急事吗?"艾薇问道。

"你这话什么意思?"

"你跟杰西卡妈妈说我们家有要紧事。你从来没和我说过这事。"

妈妈从包里拿出深色太阳镜戴上,"没什么。"

"怎么可能没什么？我们所有的家当都在后座，我们要回去看露丝了。我们从来都只有夏天才会回去看露丝。"

"我们需要多去看看她。你也需要多了解了解外婆。"

"为什么是现在？"

"今天是圣诞节，艾薇。一家人团圆的日子。"妈妈推了推那副遮住大半张脸的太阳镜。

"可是你们两个从来不说话。"

"我们会说。"

艾薇感受到妈妈声音中谨慎的语气，"什么时候？"

"很多时候。"

"但除了夏天，我们从不去露丝那儿。"

"这就是我们此行的理由。现在我们就是要去看露丝。"

艾薇望着窗外紧闭的店铺窗户，上面写着：春天见。

"圣诞老人不会找到我们的，是吗？"

"别问这么多问题了，艾薇。我头很疼。"

妈妈最近经常头疼，一旦头痛发作，她很快就会不高兴。于是，艾薇抱着双臂，耷拉着肩膀，数着沿路经过的小屋。

妈妈的车开过海滨度假旅店，艾薇以为她改变了主意要开车回家了。妈妈是个很善变的人。回家意味着圣诞老人可以找到她，她可以去参加杰西卡的生日派对了。可妈妈骂了一句，把车开进一个停车场，又掉头向北。这一次靠近旅店空荡荡的停车场时，妈妈眨了眨眼。

"回家，甜蜜的家。"妈妈说着，车胎在崎岖不平的人行道上隆隆作响。艾薇坐得更直了一些，对这个只存在夏天回忆的地方，她还是颇感好奇的。这块地空无一物，瓦灰色的天空下，一座座水绿色的小平房是唯一的亮色。妈妈停下车，关掉引擎。"准备好了？"

艾薇对外婆知之甚少，因而很是警惕。"应该吧。"

妈妈下了车，推了推太阳镜，挺直了脊背。艾薇跟上去，把被子披在肩上，在凛冽的海风里跟妈妈一起穿过停车场。

走进大堂时，妈妈犹豫了一下，摘下眼镜走到前台，按响了门铃。

"马上来！"一个声音从前台后面的房间里传来。

"我永远知道在哪里可以找到露丝，"妈妈说，"她总是会像我十几岁时那样坐在前台后面。"

门开了，走出一个五十多岁的女人。她个子不高，却用锐利的目光把自己塑造成了巨人，一头浓密的银白色鬈发梳在脑后，扎成一根马尾辫，一张晒得黝黑的脸庞，眼周、唇周都看得出细纹。她的笑容是自然而然的，已成习惯了，但当一看是女儿和外孙女时，笑容就僵在了脸上。

妈妈又挺直了脊背，好像第一次没有做好似的，朝前台走去。"妈妈。"露丝绕过前台拥抱了妈妈，她的笑容彻底消融了，妈妈伸出双臂搂住露丝结实的方形肩膀。艾薇感到妈妈身上所有紧张情绪都消失了。

"你能回家真好，"露丝说，"我已经给你和艾薇把小屋那间空房清理出来了。"

"谢谢你，妈妈。"妈妈抹了抹脸上的泪水，"看看艾薇吧。上次她来这里还是6月份的时候呢，这段时间她已经长高三英寸[①]了。"

听到叫自己名字，艾薇不由得向前迈了一步。"外婆好。"

[①] 英寸是英制长度单位，1英寸约为2.5厘米。

露丝凝视着艾薇,"上次我见到你时,你还不到我膝盖高呢。"

"我快五岁了。"

"嗯,上次见你的时候你才三岁。"

"已经过了两个夏天了?"妈妈问,但这一问更像是在问自己,"时间过得真快啊!"

艾薇盯着露丝,仿佛在露丝身上看到了自己矮胖的身躯和浓密的黑发。她的头发有一天也会变成银色吗?"妈妈说我们上一次来的时候我才四岁。"

"三岁。我数数很厉害的哦!"露丝说。

"我能数到一百。"不过艾薇没有说,自己有时候数着数着会数岔,又得重新开始数。

露丝看着艾薇,她身上只穿了件短袖,披了条被子,"你最好是带了毛衣来,接下来几周会很冷的。"

"我以为这里会很热呢。"艾薇说。

"夏天会比油条还烫人的,冬天就是要命的冷。"

"周六我还要参加一个生日派对。"艾薇说。

露丝看着妈妈,妈妈赶紧擦掉脸颊上的泪水。"你没告诉她?"

"还没,我想着我们到了之后我会说的。"

"什么意思?"艾薇问道。

"我们要搬到纳格斯海德了,"妈妈说,"这儿是我们的新家。"

"我不能去参加生日派对了吗?"艾薇想起了在里士满的朋友,漆成紫色和黄色的房间,还有幼儿园。"我们永远不回去了吗?"

"不回去了,"妈妈说完便转身离开了,"里士满不适合我们,我们要重新开始。"

又是重新开始。"我喜欢里士满。"

"你会更喜欢这儿的。"妈妈抬高了点音调。

"但如果我不喜欢呢?"艾薇问道。

"那就不用喜欢,"露丝回答她,"然后像我们其他人一样,充分利用这里的一切。"

"这不公平。"艾薇抱怨。

"生活本就不公平。"露丝回她。

露丝的目光中带着一种决心,宛若钢铁,不为她们的情绪或泪水所迷惑。她只认现实。圣诞老人不会找到艾薇。艾薇没法参加杰西卡的生日派对。海滩现在就是她的家。

第三章　艾薇

2022年1月18日　星期二　上午八点半

艾薇去了趟杂货店，直奔海鲜区，她知道即使在淡季，这里还是会有很新鲜的海产品。当她在海滨度假旅店的厨房工作时，她做过的鱼杂烩浓汤能积成一个池塘，做过的玉米面包能堆成一座山包，做过的无花果蛋糕能铺满一片草原。她突然想吃炖海鲜和露丝做的炸鸡了。

她买了蛤蜊、老湾调味料、蛤汁，在肉食区买了点猪背的肥肉和有机鸡腿，从一堆堆农产品里舀出土豆、洋葱、胡萝卜、腌无花果和坚果装进袋子里，然后又到烘焙区找到了面包屑和做蛋糕的所有配料，最后在乳品区买了黄油和脱脂奶。她已经十二年没有做过海滨度假旅店的菜单了，但重新烹饪露丝曾经的菜肴这件事，就像从阁楼上找到一个被遗忘的玩具一样，让她觉得颇为新鲜有趣。

想到小屋现在还一派杂乱，她又多拿了些绿色塑料袋，总共二十盒，全部和杂货扔到了一起。不到五分钟她就结好了账，信用卡这次依然可以使用。十五分钟后，她便沿着海滩路开车回到了露丝家。

艾薇拎着六个袋子爬楼梯走到凉台上，身上的夹克完全抵挡不住北风。她好不容易开了前门的锁，直接推门而入，走进了小屋狭小的L形厨房。她打开冰箱,准备好面对一团糟的场面,但意外的是里面已经被清理干净了。她把买的东西放好,然后翻了一下香料柜,找出几瓶过期的肉桂、牛至和罗勒给丢了。一般情况下,露丝会经常更新香料柜,但随着年事渐高或优先事项的变化,这项任务和很多其他事情一样,逐渐显得不那么重要了。

艾薇走进正厅,在一片杂乱中穿行,此时她不得不承认道尔顿关于垃圾箱的那个提议确实很好。她打开凉台的锁,拉了几下被雨水浸泡得肿胀起来的木门,接着把门拉开了。

潮湿的微风从海上吹来,又从她身边呼啸而过,吹进小屋的房椽里。海风搅动着水面,海浪不知疲倦地拍打着海岸。她走上凉台,这是房子里唯一不算杂乱的地方了。玻璃墙面被风打得啪啦作响,艾薇凝视着摇曳的海燕麦,沙砾在脚下被踩得嘎吱作响。这片土地虽然热情而美丽,但也同样粗野且令人生畏。堰洲岛期望岛民们能在此开辟新天地,但它对美好生活的承诺却每每会在风暴来临时戛然而止。

她回到屋里,关上门,转向餐桌上堆着的文件。大多数似乎是垃圾邮件、账单和报纸,看起来是有人在过去几周里尽心收集起来放在桌子上的。她抓起那个已经丢进了过期香料罐子的垃圾袋,开始把最上面一层文件分类,所有的垃圾邮件扔进一个袋子里,需要注意的文件则另外堆成一堆。露丝去世之后,随之而来的是大量的文书,因此她在过去的几周里学会了处理文书工作。

她花了将近半个小时才收拾好最上面那层,还找到了一本簿子,似乎是20世纪30年代旅店的登记簿。艾薇打开本子,用手指掠过黑体字写的签名,翻着泛黄的纸张,浏览着那些不熟悉的名字。这些名字写得都很规整，那个年代似乎流行这样整齐的字体。别人曾评价艾薇说，只有医生或密码学家才会喜欢艾薇那样潦草的字迹。

艾薇知道露丝出生于1938年1月2日，还知道露丝出生那年她母亲埃德娜·惠勒已经三十多岁了。现在看来没什么稀奇的，但在那个年代，三十多岁已经算是高龄产妇了。

露丝是埃德娜和丈夫杰克·惠勒唯一的孩子。听露丝说，埃德娜是个不走寻常路的人。1902年，埃德娜出生于北卡罗来纳州西部阿巴拉契亚山脉一带的一个大家庭，1920年，她动身前往北卡罗来纳州东边的外滩岛去找工作，在那里遇到了杰克·惠勒，被当场聘用，两人相识不到一年就结了婚。

露丝大概是1960年结婚的，她的丈夫听说在一场渔船事故当中身亡，那之后仅过去几个月，父亲杰克也离世了，初为人母的露丝开始和母亲埃德娜一起接手旅店的生意。

登记簿旁边是一本皮面的通讯录，信息都是露丝用正体字填上去的，艾薇对上面这些名字完全没有印象。露丝养育了艾薇，但艾薇对她知之甚少。

"也许我们是时候好好认识一下了，露丝。"

耳边响起一阵敲门声，她起身走出房间。开门的时候，她有些期待见到的是道尔顿。但来人却是他妹妹达妮·曼彻斯特，她站在前廊，拿着两瓶酒，面带微笑——这是她想讲和时的惯常表情。"欢迎回家！"

艾薇紧张得想说些什么，她盯着面前的女人，身材修长，面庞棱角分明，但似乎比高中时更圆润了些，一头金发依旧浓密，妆容也一如既往的精致，身上穿着一件厚厚的翠绿色大衣，里面套了件毛衣，下身是条黑色牛仔裤、一双红色帆布鞋。如果是艾薇这么穿的话看起来一定会很可笑，但放在达妮身上却毫无违和感。

十二年前，艾薇给露丝打电话，跟她说想家了，准备在大苹果城（纽约市的别名）待四个月就回来。十二年前，她曾想请求达妮和马修的原谅。"达妮怎么样？我一直想给她打电话，但我还没法鼓起勇气。"

"这个嘛，事情如今已经不像你离开时那样了。"露丝说。

"我最后一次见到她的时候马修和她都很不好。"

"不只是这样。"

"你这话什么意思？"艾薇说话时蜷缩在角落里，那里是她在史泰登岛租的小房间。房外，交通喇叭和警笛声齐鸣，窗外一个黄色的霓虹灯闪烁着"金融保释"的字样。

"达妮和马修，他们结婚了。"

"什么？"

"达妮怀孕了。"

艾薇脑子里天翻地覆，"怎么怀的？"

"已经两个月了。"

泪水让她快要说不出话来，"他们搞到一起的时候，我有过北卡罗来纳州的州界线吗？"

"那时候你在纽约至少有两个月了，"露丝冷冷地说，"他们又没有背叛你。是你离开了他们。"

露丝的大实话并没有减轻这件事给艾薇带来的打击。"前男友和闺蜜难道不是不可以勾搭在一起的吗？"她坚信在这世上，分手后的前任至少需要五六年时间才能开启新的生活。

"孩子,生活的步伐是永不停息的,它才不会管你喜不喜欢。你的离开给他们的生活留了个空洞,他们只是把这个空洞填回去了而已。"

"他们那边是我的备用计划。"她说,更多的是在自言自语。

"可你是他们的全部计划,"露丝说,"没有你,马修餐厅的资金筹备就泡汤了。达妮只能回来帮她爸工作了。"

"我不是故意要伤害他们的。"她试图解释。

"我知道。但你确确实实伤害他们了。"

而现在,十二年就这么过去了。

"你不请我进去坐坐吗?"达妮问道。

艾薇走到一边让开进门的路,"达妮,你看起来状态很好。"

达妮从艾薇身边走过时,她的目光肆意扫视着小屋的四周。她紧张或生气的时候,就会笑得比平时更夸张些。"自从露丝去世后,我就没有来过这里。我都忘了露丝是多么坚决地要尽她所能挽救那一切。"

没有人看到露丝心脏病发作。"她告诉我你们俩经常聊天。"

"我们单身妈妈是要团结起来的。"达妮拿出几瓶酒,"你在高中的时候没喝过酒,但我想你在纽约或多或少是喝过了。"

艾薇接过酒,看了看标签,有些惊讶。这两款解百纳上面的价格标签都写的是一百多美元,不管这是和好礼还是回家的欢迎礼,对艾薇来说都过于奢侈了。达妮并没有在炫富,她和她哥哥一样,除了本该上艺术学校的那几年,钱从来都不是问题。"谢谢。"

"曼彻斯特家的人来干活可比什么建筑垃圾箱有用得多。不过我来这儿，道尔顿又得指手画脚了。"

"两位都欢迎过来，"艾薇把酒放在厨房柜台上，"贝拉怎么样？"

达妮的笑容更加灿烂了，"她很好。你想看看照片吗？"

"当然。"

她翻了下手机相册，选了张最新的图。"我昨天拍的。"

艾薇细细打量着这个小女孩，她遗传了父亲的黑发、母亲的蓝眼睛，奶油般的肌肤白里透红，像个小桃子，谁看了都要羡慕。如果她留在纳格斯海德的话，马修和她真的会结婚生子吗？他们的孩子会像贝拉一样可爱吗？"她看起来跟你和马修长得很像。"

"她继承了我的创造力和商业头脑。我们相信她会大有作为的。"

"我也相信。"

达妮把手机塞进她名牌牛仔裤的后兜里。"这里好黑啊。"

"我还没来得及开窗透光，买这房子的人也得考虑更好的采光。"

"我们还小的时候，露丝总是会把窗帘拉开。"达妮小心翼翼地绕过一堆箱子和叠在一起的椅子，走向那排朝北的窗户。她把每个窗帘都拉开，好让微弱的阳光透过灰蒙蒙的云层照进来。"这样好点。年龄大了我就不喜欢阴天了。我一天二十四小时都想要阳光照耀。"

"我期待着几天阳光明媚的日子。今年冬天纽约没什么晴天。"

达妮用指尖在灰尘上画出一个"请等候就座"的标志。"纽约怎么样？你还在烹饪界发光发热吗？"

"没有光也没有热了。我正在寻找其他机会。"

达妮挑了挑眉，"你要离开纽约？"

"休息一阵子。"

"餐厅工作是很辛苦。马修开餐厅也经历过起起落落。"

露丝后来说过,马修最终找到了新的赞助人开了家店。他那次生意做得一般,后来其他三次做生意也都没有很大起色。

"不说马修了,"达妮说,"你看过露丝的画吗?她跟我说画都放在了空房间里。"

"画?"

"那间空房就是她的艺术工作室。"

"我完全不知道她在画画。"露丝总是随便在空白页或者预算和注册清单的空白处上涂涂画画,但从没见她正式画过画。

"你离开后她画了很多。"

露丝从未告诉艾薇这些。她把自己的一切都说给露丝听,但这件事外婆却对她守口如瓶。生活总在继续。"我还没有机会处理任何事。我得先把这个房间打扫干净,这样才有活动的空间。"

"我可以搭把手。"

接受道尔顿的垃圾箱、和达妮重归于好算是很容易了,但跟达妮并肩工作的话,感觉进展有点太快了。"这是我一个人该干的活。"

达妮做出一副痛心疾首的表情叹了口气。"好吧,我们不要粉饰太平装作无事发生了,艾薇。"

"什么事?我抛弃你们的事还是你和马修睡到一起的事?"

"十二年前,"达妮说,"你抛弃我们去纽约两个月之后,我和马修才发生那事。"

"我从没想过你会爱上他。"

"当你身后的桥坍塌时,唯一的选择就是继续前进。"达妮说。

"我不想成为每个人通往未来的桥梁。我甚至不知道我想要成为什么。"

"你仿句仿得不错。"达妮停了下来,深吸了一口气,"那晚我和马修都喝了太多酒,因为心里觉得太受伤了无处表达。我本来已经准备好忘记这档子事了,但我发现我以为的流感实际上是怀孕了。那时候我爸生意刚开始好起来,我有钱上艺校了也去不了。"她听起来很生气,"不用为我感到难过。你做了你的选择,我做了我的选择,我要为此负责。"

这样的话不会从艾薇口中说出,她从来没有给达妮打过电话,也没有跟她谈论过自己的离开。"这就是你嫁给马修的原因?"

"我们结婚是因为孩子,至少是为了贝拉共同努力尝试了一下,这点我很高兴。我们的婚姻持续了不到两年,但到今天我们也还一直是朋友,一起把孩子抚养得很好,马修和我都为此尽了力。我希望我俩也可以。"

艾薇奋力摇摇头,等待自己发火的那一刻。然而,愤怒的余烬都变冷了,连一缕烟也冒不出来,更别提发什么火了。

"你帮了我一个大忙,"达妮说,"我的孩子是我生命中遇到的最好的事情。"

"但你没上成艺校。"

"确实。"

"没有人能得到所有想要的一切。"艾薇说。

"我提议我俩休战。不要再对彼此寄予厚望,也不要再有压力了。"达妮说。

"听起来倒是简单。"雷欧尼妈妈的拒绝仍然在心中隐隐作痛,艾薇在想,如果她经历了达妮经历的一切,自己是否还能像达妮一样通情达理。

"我们不会大吵大闹，不会闹得像演电视剧似的。不过如果能让你感觉好点的话，我们可以互相骂几句。"

天啊，为什么对达妮生气这么难？"我们哪天晚上喝你带来的酒吧，喝到两人破口大骂。"

达妮看着她，然后咧嘴笑了，"我觉得还是别吵了。揭旧伤疤这事毫无意义。"

第四章 露丝

1950年6月17日　星期六　上午十一点

妈妈心情不错。前几晚她都没睡,她得确保旅店的房间都准备好了,要给厨房进货,把新订购的床单和毛巾都拆开,游泳池和前台前面的车库也都还得再清扫一遍。

夏季旅游旺季开张的第一天妈妈总是很紧张。接下来的三个月里,旅店赚到的钱可以支撑他们挨过漫长的秋天和死寂的冬天。旅店今夏的房间都订满了,但要是变天的话,客人就没法来,这样一来造成的损失是爸妈很难承受住的。妈妈一直担心一切都会在眨眼之间化为云烟,所以忙到劳动节过后的周末才松了口气。

这是露丝每年最讨厌的时候。她觉得游客的到来像是每年一次的考验。陌生人剥夺了她平静的生活,让旅店里充斥着各种噪声和无休止的咯咯笑声。她的空闲时间也变成在厨房里剥桃子、无花果和玉米,以及去鱼鳞,让饥肠辘辘的客人们吃饱喝足。露丝觉得这些人吃得比常人要多。

对于内陆人而言,开业当天总是兴奋不已,他们收拾行李放到车上,然后开车到柯里塔克湾对岸的内蒂珍珠餐厅,停下车吃饺子和油炸海产。

"露丝!"妈妈叫她。

露丝抹掉手上炭笔的痕迹，放下了速写本。"来啦。"

"该迎客了，把画收起来。"

"我在收呢。"露丝把铅笔和本子塞进厨房储藏室后面的角落，站到了前台后面的凳子上。

妈妈站在爸爸旁边，爸爸正在煮一大锅鱼杂烩浓汤，这汤加上玉米面包和桃子派，便会是许多常客所期待的欢迎晚餐。爸爸对海鲜用料很讲究，只从信任的人那里买，而且从不需要菜谱。

露丝在炖锅旁停了下来。这十二年来吃过或帮忙搅过的所有杂烩汤，要是按一碗五分钱来算，她早就是北卡罗来纳州最富有的女孩了。她敢打包票，自己可能还是小婴儿的时候，爸妈就已经用奶瓶给她喂汤了。"看起来好棒呀，爸爸。"

"谢谢我的宝贝女儿。"爸爸比所有同龄人的父亲都更年长，他从来没有说过自己的年龄，但露丝猜爸爸至少有六十岁了。他的前臂肌肉结实，身形瘦削，那头灰白的头发和因常年在太阳底下工作而起皱的皮肤并未减损他身上的威严。最开始他靠捕鱼为生，后来参加了海军，最后当了旅店老板。手臂上的文身记录了在战争中服役的岁月。有一次他在法国附近一艘船上遭遇了爆炸，没了右腿，只得退役，那条木头做的右腿也在时刻诉说着这段历史。

1920年，他拖着一条木腿一瘸一拐回了外滩岛，同时带回来的还有一笔可观的积蓄和一份坚忍的决心。后来他跟人打了一整晚的扑克牌，赢下了罗伊家的庄园。庄园地上有一排小平房，冬季给捕鸭人住，夏季给渔民住。房间里没有奢侈品，也没有什么娱乐场地可以让客人晚上聚在一起。爸爸做的第一件事就是建造这么个场地，里面还包含了酒吧、厨房和餐厅。那时候,男人们晚上聚在一起只是抽雪茄、喝酒、打牌,所以他认为除了基本的必需品,没有必要在这个空间里添置其他东西。

当妈妈在1920年搬到纳格斯海德时,第一站就是罗伊家的庄园。爸爸说他抬头看见面前那个金发女郎,皮肤白皙,身材高挑,只一眼便一见钟情了,当场就决定雇用妈妈。妈妈却说爸爸当时一直在喝酒,不可能记得他们第一次见面的场景。不管怎样,两人于1921年结婚了。他三十一岁,她十九岁。十七年后,这个家庭才有了露丝。

当妈妈不为开业日发愁时,露丝就喜欢听妈妈讲故事,讲她如何在二十八号小屋发现裹着粉色毯子的自己。妈妈讲故事的时候会变得非常安静,似乎这是一个庄严的场合,她描述当时的北风呼啸,告诉露丝,那天决定前去检查小屋是否被风暴刮坏实在是太幸运了。当时外面刮着时速高达五十英里的大风,但她猜一定是有个女人偷偷溜进了小屋,生下了孩子之后立马跑了。露丝的哭号引起了埃德娜的注意。她打开二十八号小屋的门时,还以为有只猫进了房间,然后她看到那张粉色毯子下有东西在动。埃德娜没有看到孩子妈妈的踪迹,所以她抱起婴儿带回了家。

她把罐装牛奶倒在一块拧好的棉布条上让露丝吮吸,让杰克先去最近的邻居家借了个奶瓶,然后去找警长过来。三十天过去了,这孩子还是无人认领,杰克和埃德娜再也无法忍耐,最终决定把孩子留下。没人有更好的主意,大家也并没有对这个决定大惊小怪,这个孩子从此成了这个家的一员,并以杰克母亲的名字露丝命名。

妈妈今天穿了条浆好的蓝色亚麻裙子,颈上围了条只在开业那天戴的红丝巾,还涂了口红。她拍了拍裙子上并不存在的灰尘,整理了一下丝巾,又在唇上抹了点润唇膏,原本就白里透红的肌肤显得气色更好了。妈妈通常不化妆,但旺季开业日这天是个例外。

妈妈转向露丝,把一缕不听话的黑发拨到了晒成肉桂色的耳后。

"我又不是小宝宝了,"露丝抱怨,"为什么我不能涂口红啊?"

妈妈舔了舔拇指,伸手把露丝右眉上的一块炭黑抹掉。"你不是小宝宝了,"埃德娜有些抱歉,"但涂口红对你来说还是太早了点哦。"

"就让我涂一点点嘛。"

"不行。"

"我得什么时候才够大啊?"

妈妈的唇边勾起一抹似有似无的笑意,仿佛在回忆曾经的自己与母亲相似的对话。"今年不行。"

"我敢肯定其他女孩都会涂口红。"

露丝指的是朵拉、杰西和邦妮,这三个女孩一直会同家人来旅店度假。她们第一次见露丝的时候大约都是七岁,但妈妈一直小心翼翼地让女儿和其他女孩保持距离。

"记住我说过的,客人和我们工作人员之间的界线。客人在一边,爸爸、你和我站另一边。"

"你觉得他们会忘记我吗?"露丝问道。

"大家很难忘记你的,"妈妈说,"去找塔莉吧,在游泳池附近,去看看她要不要帮忙。还有一个小时才到旅店的登记入住时间。"

"好的。"

塔莉·琼斯是露丝的表姐,前几天妈妈告诉她,塔莉这个夏天都会在这里工作,露丝这才知道有这么个表姐。塔莉是昨天乘坐停在大桥的灰狗巴士过来的。露丝和爸爸开了一个半小时车去接她,塔莉走下公共汽车,右手拎着一个棕色的手提箱,脸上的表情看着既害怕又兴奋。塔莉皮肤白皙,留着一头金发,露丝一眼就能看出她是妈妈的亲戚。看到露丝向她一边走来一边喊着塔莉时,她的肩膀立刻放松下来。

塔莉跟露丝一起住,睡在露丝对面那张单人床上。爬到屋顶时,塔莉凝视着大海,呆若木鸡地看了整整十分钟。但她直到今天仍然害怕海浪,也从不让水漫到赤着的脚趾上。

露丝穿过大厅,从后门走到长方形大泳池前。爸爸在战争结束那阵子建了这个池子,当时做这项工程是有风险的,但爸爸信誓旦旦地称,岛上的旅店越来越多,泳池会增加自家旅店的区分度,带来一份额外的吸引力。

塔莉站在夏威夷风情酒吧旁边,小心地叠着一沓刚漂白好的毛巾。在接下来的十二周内,没有被客人带走的毛巾将被不断回收清洗数千次。过了这一季,只有少数几条毛巾还能再利用,并且很难熬到下一个旺季。

塔莉又高又瘦,一头浓密的金发像极了妈妈,脑后扎着马尾辫。她是家中八个姊妹当中最小的那个,她的亲人,应该说她和妈妈的亲人,住在北卡罗来纳州西部靠近阿什维尔的山区。妈妈和塔莉的妈妈乔琳是姐妹。此外妈妈还有一个双胞胎妹妹帕西和另一个妹妹贝丝·安。

露丝从未见过妈妈那个大家庭中的任何成员,不过塔莉说,妈妈有定期与家中的姐妹们通信。

去年冬天,妈妈和乔琳在通信过程中决定让塔莉在海滨度假旅店工作一个夏天。

塔莉对海洋存在一种畏惧，也不喜欢沙子夹到脚趾里的感觉。昨晚从海滩回来后，她洗了两次脚，然后从手提箱里拿出两本破旧的平装书开始读，还拒绝了露丝第二天一大早去散步的提议。

露丝盯着那沓没叠好的白毛巾，"我发誓，你一转身它们就会变大的。"

"什么？毛巾吗？"塔莉看着那堆东西，"毛巾不会变大的。"

露丝伸手拿起一块新的长方形毛巾，一次又一次地对折，"你等着瞧吧。你会有一大沓的毛巾要叠；一转眼的工夫刚叠好空出的地方又会放满一堆脏毛巾。"

"叠东西没什么，"塔莉说，"这是个很让人放松的活。"

"如果我每折一条毛巾可以得到五分钱，我就会变得很有钱。"

在泳池的另一边，大西洋的海浪拍打着海岸，岸边的海鸥原本在刨着湿漉漉的沙子，翻找里边冒着泡泡的小螃蟹，海浪一来全给惊跑了。"在海边长大是什么感觉？我觉得大海很美，但我还是害怕。"

露丝的视线越过塔莉，望向玻璃般的海洋。"今天海上很平静。你来之后一直很平静。"露丝咧嘴一笑，说道，"妈妈最不愿看到的就是开业日当天风暴。"

"她也无法控制天气呀。"

"但爸爸觉得她可以。"露丝说。

"我想收集一些贝壳。"塔莉说。

"我以为你害怕呢。"

"是害怕，但我的好奇心越来越强烈了。"

"等到夏天结束，你能捡满一百万个贝壳。"露丝也会收集贝壳，但由于她就在海边长大,如果不想被自己捡到的贝壳淹没,就需要有选择地捡。一片蛤壳或一只海螺,如果没有光滑、干净的纹理,就会被重新放回沙子里。"大海和山一样美吗?我只看过照片。"

"山丘山谷有它们独特的美。"塔莉说着,把另一条毛巾放在越来越高的毛巾堆上。"但它们尽可能静止不动。世界是围绕着山转的。"

"这里不是这样。我们绕着海洋转。"

"在这儿确实有这种感觉,"塔莉点点头,"我昨晚在外面看到一艘船,像一棵圣诞树一样亮了起来。"

"渔船在傍晚靠岸抛锚,这样他们就能在日出前把渔线放进水里,这时候鱼最容易上钩。我敢肯定你看到的那艘船是我亨利叔叔的。"

"你上过船吗?"

"当然,我起码上过有数百次了。上个月我和亨利叔叔一起钓到了十条斑鱼。"

"我在河里钓过鱼。我没觉得鱼和鱼之间有什么不一样。"

"不,我觉得不是这样,但我也必须等它们炸熟了,摆在盘子上让我尝一下才能确定。"露丝手头那摞毛巾有些轻微的摇晃,于是她又重新摆了新的一堆。"周五晚上总是吃炸鱼薯条,所以到夏末你会吃到更多海鱼。"

"埃德娜姨妈告诉了我每天的菜单。"

"周六吃杂烩浓汤,周日吃炸鸡,周一吃烧烤,周二吃意大利面……"露丝滔滔不绝地列出了整个菜单,"永不变化。爸爸说,如果知道要买什么,他就能更好地做预算。他说,在这个疯狂的世界里,人们都喜欢可以依靠的东西。"

"我从不厌倦热腾腾的饭菜。"听塔莉说话的口气,好像这是件怪事似的。

"你爸爸是做什么的?"露丝问道。

"他是一名牧师,冬天的时候种种田、打打猎、编点柳条筐。他一直很忙,但要填饱我们一大家子的肚子,还是很费力。"

"你妈妈呢?"

"我妈操持家务,在家缝缝补补。她不像埃德娜姨妈,不懂得做生意什么的。"

"你以为姐妹俩是一样的。"

"我妈说,她俩就像白天和黑夜一样截然不同。"塔莉说。

露丝从未见过她的旁系亲属。除了亨利叔叔,他是爸爸的表弟,露丝还从来没有见过妈妈这边的家人。"咱们这一辈有多少人啊?"

"这个嘛,你家只有你一个小孩。埃德娜姨妈的双胞胎妹妹帕西有四个小孩;我妈妈有八个;贝丝·安就不知道了,几年前她和卡罗尔表姐一起跑了。"

"她们跑到哪里去了?"露丝问道。

"不知道。妈妈说那两个女孩是这群人里最漂亮的,很可能都找到了有钱的丈夫。"

露丝在脑子里做了个加法,"我至少有十二个表亲。"

"把贝丝·安考虑在内的话可能更多。"

"妈妈很少谈论她娘家的事。"

"我们都知道埃德娜姨妈。妈妈和帕西姨妈总是喜欢谈谈她写来的信。"

"你对我妈妈了解多少?"

塔莉抚平一条皱皱的毛巾,"她是第一个离开小镇的人,外婆常说是埃德娜让卡罗尔和贝丝·安有了离家出去的想法。但帕西姨妈和妈妈每次谈起埃德娜姨妈的离开,总是以抱怨开头,以想念告终。"

露丝无法想象她的妈妈竟然是一个开拓者。她以为妈妈就像月亮的周期一样一成不变。"你们圣诞节的家庭聚会一定很值得一看。"

"太吵了,"塔莉说,"几乎连自己的声音都听不到。"

"爸爸每年圣诞节都会烤一头猪,邀请每个人参加我们盛大的家庭晚宴。爸爸每次烤猪调味的方式都一样,跟餐厅里的一样,他还会给大家煮红薯、羽衣甘蓝,还有无花果馅饼。"

"不吃火鸡?"

"爸爸不喜欢火鸡。而且他必须捕很多鸭子才能养得起这一大家子。"

"姑娘们,毛巾好了没?"妈妈喊道。

"马上就好。"露丝回喊了一句。

"我们的第一位客人来啦!"妈妈说。

"他们来早了,"露丝说,"登记入住要到下午一点才开始呢。"

妈妈总是努力和客人打交道。如果房间准备好了,她就会给他们办理登记入住。要让顾客觉得他们家旅店很特别,其实成本并不高。

露丝和塔莉把毛巾堆在泳池边的小凉亭里,匆匆跑到大厅。看到那辆带着白色敞篷车顶的淡蓝色汽车时,两人都停了下来。漆好的车身在强烈的阳光下闪闪发光,像抛光的宝石一样。

开车的女人是第一次来他们旅店,但看起来一点也不像来旅游的客人。她头上系了条白丝巾,在下巴那里打了个结,脸上戴着副大大的深色太阳镜,身上穿着条印着白色波尔卡圆点的亮蓝色连衣裙。

"这是来度假的哪家人吗?"塔莉问道。

"不可能的。"来度假的妈妈们来时总是穿得很漂亮,但一般是温柔的浅色衣服,开着镶木旅行车,车上载着孩子和几个行李箱。

"她看起来像个电影明星,"塔莉说,"可不是嘛。"

妈妈站在露丝身后,离她很近,近到她甚至可以感受到妈妈因压力而绷紧的身体。"接下来的两周她会在我们这儿当歌手。"

"歌手?"露丝一脸诧异,"你从来没有提过我们会来一位歌手。"大多数晚上,旅店里响起的音乐声要么是当地男孩的吉他声,要么是爸爸在留声机上放的唱片声。

"我不确定她行不行,"妈妈说,"那些搞表演的人是说不准的。"

那个女人打开车门,穿着高跟鞋的脚先下了地,然后整个人从车里出来,胳膊下抱着一只小白狗。这只狗头上戴着个蓝色圆点的蝴蝶结,脖子上套着闪闪发光的项圈。女人把肩膀向后挺起,抚了抚裙子上的褶皱,然后用力关上了门,好像生怕别人看不见她似的。

妈妈越过露丝走向那个女人,她的笑容看起来更紧张了。"我很高兴你能来。"

女人看着墨镜后面的妈妈,扬起红唇,"很抱歉,我迟到了。梅西·亚当斯号上要维修的东西比我预想的还多。"

"春天那场风暴把我们都打了个措手不及,"妈妈说,"幸好你离这儿不远。"

"什么梅西·亚当斯号?"露丝问道。

妈妈把手放在露丝的肩膀上，"这是我的女儿露丝，今年十二岁了。露丝，这是卡洛塔·迪萨尔沃小姐，接下来她每天晚上都会为我们唱歌。一般她是在一艘叫作梅西·亚当斯号的表演船上唱歌，但这艘船5月份的时候被那场席卷这里的风暴刮坏了，现在还在科因乔克维修。"

卡洛塔小姐伸出一只戴着白手套的手，"幸会，露丝。"

露丝在裙子上擦了擦手，然后握住了卡洛塔小姐的手，"很高兴认识你，迪萨尔沃小姐。"

"叫我卡洛塔就行。大家都这么叫。"

妈妈不喜欢直呼人名字，她说客人和他们这些工作人员过分熟悉向来不是件好事。"这是我的外甥女塔莉·琼斯，"妈妈说，"她这个夏天都会在我们这儿。"

"塔莉，"卡洛塔又伸出手，"幸会。"

塔莉屈膝行礼，"幸会，夫人。"

"那条狗叫什么名字？"露丝问道。

卡洛塔挠了挠那只小白狗的耳朵，挠着挠着小狗的眼睛就缓缓闭上了。"它叫威士忌。请原谅，它年纪有点大了，所以有时会迷迷糊糊地睡着。"

"可是它好小，"露丝说，"它看起来像一只还小的狗狗。"

"它十二岁了。"卡洛塔说。

"跟我一样大。"

"是的。"卡洛塔说。

"卡洛塔，我先领你去你的小屋吧？"妈妈说。旅店旁边是惠勒夫妇在战争期间低价收购的三间小屋。一间成了他们的家，另外两间留给会长住一个月以上的客人。

塔莉带着惊讶和敬畏的目光注视着这个女人。

"你唱什么呢?"

"主要是唱点秀场音乐。你来看看吧,我今晚就开始唱了。"

"卡洛塔,"妈妈说,"你的小屋是那间带蓝色百叶窗的灰色小屋。"妈妈指了指小屋的方向。卡洛塔将她的太阳镜稍微往下拨了一点,露出一双活力四射的绿眼睛,顺着妈妈伸手指的方向看去。

"太棒了。那里有停车位吗?"

"在房子下面,"妈妈说,"我去那里等你。"

"你可以和我一起开过去。"

妈妈摸了摸身上那条已经失去光泽的蓝色连衣裙。她的口红早已变暗了,眼角的细纹也深了。"我走路会快点。"

"你确定吗?"卡洛塔问道,"我保证不会开得太快。"

"我走路比较好。"

"我可以和她一起坐车吗?"露丝问道。

"下次吧,"妈妈说,"你得为客人做好准备。"

卡洛塔绿色的眼睛隐匿在墨镜后面。"露丝和塔莉有足够的时间坐坐我的车。"

塔莉抬起头来,满脸敬畏,仿佛站在真正的电影明星旁边。"我想去。"

"那我们三个都来兜个风。"

塔莉拍着手,"那真是太好了。"

"等等,露丝,你能帮我一个忙吗?"卡洛塔说,"你能给我的狗一杯水,然后把它遛到小屋去吗?我先去帮它准备好毯子。"

"当然。"

卡洛塔靠得更近了,她身上浓烈的香水味似乎召唤出了大海之外一个更大的世界。"我保证不久就会带你们去兜风的。"

露丝接过威士忌,小狗的大小正好是她的臂弯那么宽。她把小狗抱得很紧,生怕把它摔下来。小狗抬头看着她,舔了舔她的下巴。"我觉得它喜欢我。"

"我也觉得。"卡洛塔说。

"我会好好照顾它的。"露丝承诺。

"我知道你会的。"

"姑娘们,照顾好小狗,然后把它送到卡洛塔那里,"妈妈说,"我们很快就会有一大批客人来了。"

"好的,妈妈。"露丝和塔莉一想到不能坐车,就都赶紧离开了,两人都对那只狗咕咕哝哝,好像它是个孩子一样。

"你见过这么有魅力的女人吗?"塔莉问露丝。

"我们这里有一些时髦的人,但没有见过像她这样的,"露丝坦言,"我从没见过色泽这么纯粹的金发。"

"而且你看到她的指甲了吗?全都涂成了大红色。"塔莉看着她自己的指甲,剪得很短,旁边的角质也很粗糙。"我发誓,我妈妈要能让我把指甲涂成红色,我就不会再咬指甲了。"

露丝把狗抱得更紧了,一边闻着卡洛塔残留的香水味,一边用手指抚过那个镶满水钻的项圈。

"夏天总是那么令人兴奋吗?"进入厨房的时候塔莉问道。

"从没觉得。年复一年,同样的老顾客。"她笑着走到那堆干净的盘子前边。

塔莉拿起一个碗,装满凉水,小心地放下。"如果卡洛塔是'同样的老顾客'之一的话,那就会有意思了。"

露丝把威士忌放下,小狗闻了闻面前的水,然后舔了起来。"今年夏天一定会不同于往年的。"

后来也的确如此。

第五章 艾薇

2022年1月18日　星期二　下午三点

艾薇已经装满了八个垃圾袋,但也仅仅是把露丝楼下卧室的壁橱里清理出了极小的一块。露丝有一个不为人知的喜好就是特别喜欢好看的鞋子、包包和毛衣。艾薇相当肯定,她的外婆自1960年以来就没有扔过任何东西。她把袋子拖下小屋的木楼梯,一步一步地向她的面包车走去,车现在已经塞满了。她把副驾驶座位上的最后放上去的那个袋子推了又推,挤到几箱粗陶器旁边。

当她砰地关上车门时,听到主干道上一辆大卡车减速的声音,注意力一下子被吸引了过去。那是辆平板货车,车斗上有个建筑垃圾箱。她看着车停到她家门口,然后又倒退到她的车旁。

她走到车窗前,惊讶地看着驾驶座上的道尔顿。"你确定我需要这么大的垃圾箱吗?"

"小心不出大错。"他把车停好,按了一个按钮,车斗慢慢地降了下来。

艾薇往后退了一步,"这是个完美的欢迎礼。"

他看着后视镜里的垃圾箱慢慢降到水泥车道上,"毕竟我感觉你不是个喜欢花的人。"

两人哄笑起来。"没那么夸张吧,不过今天早上那个垃圾箱还真是让我搬得膝盖发软。"

他关掉引擎,爬出驾驶室。"露丝总想把一切都留着。"

"如果所做的一切能让露丝在天之灵得以安息,那再麻烦也值了。你应该不知道有谁会想要十套白瓷盘子吧?"

她在露丝卧室的梳妆台上找到了那堆盘子。

"去五英里里程碑那里,有个旧货店,他们什么都收。"

"希望他们还营业。"

"我说的话依然算数。需要帮忙就给我打电话吧。"

"你已经帮了我大忙了。我买的那堆垃圾袋和十几个搬家箱简直像个笑话,真是狠狠打脸了。"

"我干活从来不会按照计划走,中间总是会出点岔子。"那只名叫水手的狗从驾驶室的窗户探出头来四处张望,接着狂吠起来。

"这位是你的老伙计?"她问。

"水手老了,但我不想把它留在家里。它总是和我形影不离。"

艾薇爬上卡车踏板去摸了摸水手。水手轻轻碰了碰她的手,艾薇便伸手在它两耳之间挠挠。"达妮今天早上来了,带了几瓶好酒。"

"我妹妹跟块滚石似的,永远停不住脚。"

艾薇爬下踏板时深吸了口气,"很难对她有脾气。"

他耸了耸肩。"她有时候也会很讨人厌。"

"是啊。"

"不管怎样,如果不是为了贝拉,她肯定会把和马修所有的过往抹得一干二净。"

"我希望我能改变一点历史,但奈何木已成舟。"

三辆载着挖掘机的大型平板货车开到了小屋旁边的荒地上,让她仿佛又身处交通噪声围堵的纽约城。

"你找了个绝佳的地段,"艾薇说,"露丝说她父亲第一次看到这个地方时就喜爱不已。"

"真是个有远见的人。"

"露丝也很多次这么说。"卡车的隆隆声越来越大。那甜蜜的家啊……"建设阶段大概需要多长时间?"

"重型设备需要工作一周左右,这样一来我们也好控制噪声。我们的目标是一个月内开始建房,到今年旅游季中期的时候差不多就盖好了。希望不要老下雨,建筑材料也能准时送过来。"

比起马修的狂妄自大,道尔顿身上却安静地透出一种自信。她甚至觉得哪怕是飓风来了也没法阻止他把计划中的小屋盖好。

"你很适合做这个工作。"她说。

"你也不赖。我确实想竞标露丝那个小屋。"他说。

"你上次进那个小屋是什么时候?"艾薇问道。

"12月,风暴过后。不过我只是把旅店的箱子和杂物什么的搬到里面。"

"就是说你都没仔细看看吗?"

"没有。"

"我以为你只是想要那块地?"

"也许我想要的是房子。"

"好吧，但我得提醒你，将它拖进现代社会可得花不少银子。"

"你现在有时间带我参观一下吗？"

"里边还有好多东西挡道，但我已经清出了几条可通行的路。"

"听起来是个有意思的游戏。"他告诉水手自己很快就会回来。狗叫了一声，在座位上坐了下来。

"跟我来吧。"艾薇上楼的时候听见道尔顿沉稳的脚步声紧随其后。她打开门。"欢迎来到丛林世界。"

道尔顿进门，先在脚垫上擦了擦脚，把帽子摘下，接着环视了一下黑暗的四周，到处都是箱子和从旅店里抢救出的家具。他先去厨房看了看，里面的电器都是牛油果绿色的。"任务艰巨呀。"

艾薇盯着那个炉子，上面的把手已经开裂，时钟也破了。她十岁的时候，有次在手上裹了一条薄毛巾去抓一个热铁锅的把手，试图把它拿到灶台边，热气穿透那条薄薄的毛巾，灼伤了她的手指。锅掉了下去，摔掉了把手。露丝立即把她拉到水槽旁，用冷水帮她冲手指上起的水泡。

露丝说："我希望每次在厨房烫到手的时候都可以拿到五分钱。我在你这么大的时候就开始在旅店帮我爸爸做饭了。"

艾薇吁了口气。"你爸爸是个什么样的人？"

"很安静的人，"她说，"夏天旅游季的时候他就在厨房里工作，冬天就做旅店的维修保养。他总是闲不住。"

"他去世的时候你几岁？"自从五年前妈妈去世以来，艾薇就开始着迷于判断逝者是否算是早逝。有三十年了吧？六十岁？八十岁？"早逝"和"寿终正寝"之间有一条分界线，但艾薇还不确定这条线究竟划在什么位置。

"他去世那年我二十二岁。"露丝关掉水,拿了一条红白相间的格子棉布,小心翼翼地缠在艾薇的手指上。

艾薇从回忆中挣脱,提醒自己现在没有钱留下一个有四十年历史的炉子,即使这个炉子承载着很多记忆。"这些橱柜现在看着是黑的,但实际上都是我曾外祖父用海里打捞上来的沉船木做的,那艘船在一次海难当中沉掉了。"

"你知道是什么船吗?"

"是一艘在一战后沉没的纵帆船。有个本地人把船上的木头拆下来,以两美元的价格卖给了我的曾外祖父。现在这么做肯定是非法的,但在那时,海滩上的任何东西,只要你捡到就算是你的了。"

他打开一扇柜门,一堆塑料储物皿掉了下来。

艾薇把那些储物皿留了下来,其中大部分都没有盖子。"抱歉。"

"这些可绝对不是我家的传家宝。"

"如果这些储物皿有市场,那我就要发财了。"她把容器推回柜子里,在它们掉出来之前迅速关上了柜门。

"这些橱柜都很坚固,所承载的历史也是独一无二的。它们需要好好清理一下,也许还需要重新布置一下,这样才不会挡住客厅和石壁炉的视线。"

她很欣赏道尔顿的想法,但未来的小屋装修事宜与她无关了。"这些事就留给你或其他买房子的人操心吧。"

"你想过你的下半辈子吗?"

"老实说,没有。海滨度假旅店被毁、露丝去世、搬家,这些事一直把我搞得焦头烂额。等这个地方卖了,我就可以喘口气了。"

这间U形的小厨房正好能容纳一个人,两个人也凑合。离道尔顿这么近,她能闻到他身上的新鲜木屑香,他身上的味道混杂着咸咸的空气。房间逐渐变得暖和起来。

她回到入口处,穿过一堆箱子走到正厅,这间房有拱形的吊顶和高至吊顶的石壁炉。

道尔顿跟着艾薇沿着狭窄的小路向后面凉台走去。他用力一拉,打开后门走到外面,迎面感受到凉爽微咸的空气。冰凉的空气吹在她通红的脸颊上,感觉很舒服。他走到带屏风的凉台边缘,凝视着外面汹涌的海浪。

"我喜欢这个地方。我父亲也会喜欢的。他四五岁的时候,在海滨度假旅店有过很多美好时光。"

"只有那几年会过来度假吗?"

"他父亲也就是我爷爷去世后,我奶奶就没再带我爸爸去过了。但爸爸不止一次说过,海风吹进了他的骨子里,所以长大之后他就搬回来了。"

"露丝曾说她和她父母其实都做的是回忆的买卖。"

"我父亲对此感悟颇深。"

露丝与达妮关系很好,所以艾薇也可以猜到露丝跟曼彻斯特家所有人关系都很好。

"你妈妈去世时还很年轻。"艾薇说。

"四十六岁,"他说,"真的还很年轻,和你妈妈一样。"

他们是在小学时候认识的,丧母之痛是最初她和达妮成为朋友的缘由。她俩是单亲小孩二人组,因此组成了自己的小圈子。两人都知道想念妈妈是什么感觉，知道失去妈妈的小孩可能会被悲伤席卷，生日和妈妈忌日的时候，她们就会和对方一起抱头痛哭。

"露丝一直对达妮很好，我和父亲从来没有忘记这点。"道尔顿说。

"这就是你买下旅店那块地的原因吗？"

道尔顿站在凉台上，脚在地上不停地磨蹭，那双劳保鞋的鞋头都被磨得有点破了。"这是桩好买卖。"

"道尔顿，你可得小心点，我觉得你和你爸爸快要成心软的慈善家了。第一口培根要先给水手吃，现在竟然又出于同情心买下我们家的地产。"

道尔顿唇角勾起一抹淡淡的笑意。"不用担心，我们挺能赚钱的。"

"我对此深信不疑。"

"我会给你一个公道的价钱买下这间小屋的。"

"期待一见。"

他看了看那一堆旅店宴会厅里的红色皮革宴会椅。"并非所有这些都令人伤感。"

"是的。换作露丝的话，她可以详细告诉你旅店里每件东西花了多少钱。那个女人一直是个守财奴。也许她认为我可以把这些东西卖了赚点钱。"

"你在卖旅店的东西吗？"

"是捐，"她说，"这些东西都还很好，捐出去比我卖出去赚个几美元更能帮到别人。"

他摇摇头，"这房子里满满当当的东西卖出去可不止几美元。"

"算是为下辈子积点德吧。"

他低头盯着她,良久没有说话。"目前为止有什么令人伤感的发现吗?"

"餐桌上的邮件下面有一本旧的旅店登记簿和一本通讯录。我不知道她为什么连登记簿都要留着。"她走到桌边,拿起通讯录,"也许你认得的名字会多些。"

他轻轻翻阅着那本黑色的小本子。"我有几个认识。亨利·安德森是我们本地的工匠和渔民,爸爸创业初期他帮忙做过木工活。"

"我记得亨利。我六七岁之前,他一直在我们旅店厨房里工作,是个很好的人。"她依稀记得露丝曾为参加他的葬礼换了套衣服去。当时在卫理公会教堂的长椅上,她坐在露丝旁边,看着一滴泪从外婆的脸颊上滑落。

"朵拉·伯纳德·沃尔顿是我妈妈的朋友。杰西·奥斯本·李也是。"

"女性婚后的名字是用不同于之前颜色的蓝色墨水写的,同时为了好修改,字母'O'和'B'的圆圈写得更小些。"露丝更新了好多次他们的地址。"

他一页页翻着。"我奶奶和邦妮姨妈的名字不在这儿。"

"你奶奶不再来海滩之后,就和旅店失去了联系,这也说得通。"

"邦妮姨妈去世的时候,我大约十二岁,露丝也参加了葬礼。"

"真的?她没有带我去。"

"露丝和我爸爸在接待客人的地方说了话。"

"你和你姨妈关系好吗?"

道尔顿皱起眉头。"跟邦妮姨妈关系好对我没什么好处。我父亲收养了妻子与前夫生的儿子,这件事大家都知道,也都觉得是个错误。"

艾薇几乎能猜到露丝要是听到这话得有多愤怒。露丝绝不能容忍这种想法。她接纳每一个人。

"楼下有两间卧室。其中一间是露丝睡觉的卧室,另一间是她的美术工作室,里面摆满了她的画架和画作。在我把这个房间腾空之前,我不会去动那间美术工作室的。希望我能尽快把其中一间给打扫干净,这样我就能睡在一张像样的床上了。那张沙发看起来就睡着不舒服,事实也确实如此。"

他朝沙发看了一眼,上面有条皱巴巴的毯子,枕头上还隐约留着她头枕过的痕迹。"天哪。"

"能展开说说吗?"

"达妮很想看这些画。她说或许露丝的画会更有市场,说不定能带给你更多的收入。"

"达妮见过那些画吗?"

"她们一起画过画。这对她俩来说都是一个很好的活动。"

艾薇不想嫉妒,但关于露丝,达妮所了解的那些她却并不知情,这一点的确让她感到内心起了波澜。"也许是的。我们到时候看看就知道了。在我做出任何决定之前,我想先好好地看看这些画作。"

"你还没看过吗?"

"这需要点勇气。"她仍然想知道为什么外婆从来没有告诉过她关于画的事情。"露丝把她的画保管得很严,所以我只能猜测这些画对她来说是很私密的东西。"

他伸手去拿桌上的旅店登记簿,翻开封面。"这本是1931年到1939

年记的。"

"不知道她为什么还要留着。"

"海滨度假旅店的档案室被毁得很彻底。那个房间上面的屋顶让风暴给刮掉了，雨水把整间房都淹掉了。里面的东西都抢救不回来了，所以这本一定是她特意留在这里的。"

"你想知道为什么吗？"

"也许她想让你自己找到原因。"

"为什么不直接告诉我？为什么给我留这种纠缠不清的谜团？"艾薇不解。

"我不知道。"他挠了挠胡子，"她们那一代人总是不够开诚布公和坦言相待。也可能是说出来太痛苦了。"

"她总有她的理由的。"露丝的生活总是一成不变，很容易猜到她在干什么。周六早上洗衣服，周日做炸鸡，周一做烧烤，周二记账，周三去杂货店购物。过了旅游旺季，露丝就会花些时间画画，但下一个旺季的到来总是迫在眉睫。

"能帮得上忙的地方请尽管告诉我。"

"建筑垃圾箱已经帮了很大忙了。我应该能把它填满。"

道尔顿重重地叹了口气。"是的，我把所有的东西都搬上来的时候就有这种想法了。"他大步走到门口，又停了下来，把手放在门把上。"如果你有需要，我会马上到的。我的雇员里面有很多人可以来帮忙拖出很重的东西。"

"我会的。"

"好的。"他扭了扭生锈的把手，下了楼梯，大步走向他那辆还没熄火的货车,水手正坐在前排座位上等着。

一阵雷声响彻夜空,把整个屋子都震得发抖,也让艾薇从酣睡中惊醒。她仍然是在沙发上睡,蜷缩在一条玫瑰色的被单里,这样的被单从旅店里捞回了有三十多条。大约六点钟的时候她就没再接着清理露丝的房间了,这时她看见垃圾箱上方乌云密布,密密匝匝下起了雨。她手机上的天气应用程序没说会有风暴。

露丝从来不喜欢看电视,所以小屋里没有电视。而且如果这将是一场大风暴的话,道尔顿会提醒她的。马上来临的风暴总是镇上的热点话题,但昨天吃早餐时店里没有一个人谈到过风暴的事情。但这场大风的确让天色大变,所有人对此都很惊讶。

她挪开了右臀部瘀伤的位置,望向窗外,一道闪电划破了没有星星的夜空。时速二三十英里的狂风呼啸着吹向小屋。老木头嘎嘎作响,房子下面八英尺高的塔架摇摇晃晃,墙壁也被吹得嘎吱作响。

她站起身,把被单搭在肩上裹紧,在窗前穿上印着神奇女侠的红袜子,然后拉开窗帘,眯着眼睛,透过凉台和夜晚的黑暗,望向沙丘和海滩。雷声轰鸣,一道闪电插进了汹涌翻腾的水面。

艾薇裹紧了被单。海浪冲出海岸,涌上沙丘那边的阶梯,在海滩的草地上溅起白色的浪花。

她和露丝一起经历过多少次风暴?每一次露丝都泰然自若。每次其他家庭撤离后,露丝都会让艾薇和曼彻斯特一家一起离岛,并承诺会马上跟上他们。但她从来没有信守这个承诺。她一直住在这间小屋里,密切观察着她的旅店。她的固执己见让当地政府也感到苦恼,他们一再提醒,一旦情况到了危急时分,他们就救不了她了。她什么都明白,但她一直坚持自己的立场,直到去年12月的那个晚上,警长威胁说如果她不离开就要强行逮捕她了。

艾薇退回沙发时,窗帘从她的指间滑落。为以防万一,她穿上了鞋子,把包和钥匙也都放在了身边。她拿着手机把枕头移到沙发的另一头,然后躺下,凝视着窗外的风暴。现在开车出去会更危险,但如果风暴进一步加剧,房子也变得不稳定的话,她就得离开了。

离开。是的。骗谁呢?如果风暴越来越大的话,就根本没法在这条路上开车了。真是见鬼,可能马上就要封桥了,那她就完蛋了。

"这不是个完美的结局吗?"艾薇喃喃自语,"我和小屋一起被风暴带走。"漆黑的房椽被刮碎掉下来,房里又响起一阵电路嗞嗞作响的声音。雨水沿着屋顶倾泻而下,顺着烟囱滑落下来,从封闭的烟道落进炉箅子里。

"露丝,希望这不是你给我的考验,这一点都不好笑。过去发生的那些已经是活见鬼了,我不需要再承受什么考验了。"她像个胎儿一样把膝盖曲起来。"如果这不是你做的,既然你已经去了天堂,那我应该可以受你的在天之灵保佑吧。"

第六章　艾薇

2022年1月19日　星期三　上午七点

雷声一响,艾薇就惊醒,雷声稍停,艾薇又睡去,直到凌晨四点周遭才算真正平静下来。这时候,艾薇已经懒得再担心小屋会不会倒塌这件事了,直接沉沉地陷入了深度睡眠——这对她而言是很罕见的。

如果不是凉台敞开的窗帘透了光进来,她可能整个上午都会睡过去。她睁开眼睛看了看手机,早上七点。

"这么早。再睡会儿吧。"她猛地拉过头顶的被子躲进去,决心至少再睡三个小时。她会在下午把落下的清扫工作给补上。她已经有好几年没睡过懒觉了。没什么大不了的,也不犯法。

一台推土机的引擎,不,是两台,在她的窗外轰鸣。两台机器的金属履带陷入泥土中向前滚动时,引擎也不断发出轰鸣声,而另一辆车的哔哔声表明它正在倒车。"正常正常。这儿就是个施工现场。"

艾薇从沙发上起来。小屋里很冷,所以她走到恒温器前看了一下,发现房间里才十摄氏度。"求求了,快让我知道这儿还有电。"

她试了几盏灯,都没法亮。"这日子真是一天比一天好哇。"她穿上外套,匆匆走到外面断路器箱那里检查了一下,发现主断路器跳闸了,把闸门重新打上去之后，马上就听到加热装置隆隆作响开始运作了。

她瞥了一眼建筑工地，看见道尔顿站在一辆卡车旁边，正在给司机发号施令，而司机正在检查这边大面积的泥泞水坑。她欣赏他的自信，欣赏他四处走动的样子，仿佛那是他的王国。正如自己在温琴佐餐厅的厨房里那样。在那个世界里，对她来说没有什么问题是大的或小的。她曾经是一位享受自己生活的大厨师。即使问题层出不穷的时候，她也从未怀疑过自己。而现在在这里，她没有工作，也没有未来的计划。这样的生活本该是自由的，但现在却感觉有点像在高空走钢丝，身下连安全网都没有。

她爬上楼梯，推开前门，煮了一壶咖啡。机器很快发出咕噜咕噜的声音，咖啡锅里三分之一满的时候，她拿了个印着外滩岛字样的蓝色马克杯倒了一杯，然后捧着穿过堆叠的椅子、桌子、台灯和床头柜，来到凉台。平静的海平面上洒满金黄的阳光，触碰到地平线。在这个地球尽头的地方，变幻无常的天气可能危险得要命，也可能美得要命。

她的目光移到了沙滩上一艘旧船的骸骨上，这船像是从沙子里冒出来的一样。风暴将海底的沉船残骸重新掀出来并不是闻所未闻的事。这片海域被称为"大西洋墓地"，因为数百年来，有数百艘像这样的船只在这里沉没。

艾薇上小学时，一艘快艇被海水带到哈特拉斯附近的沙滩上，并在那里停留了相当长一段时间，所以她们四年级的班级可以有机会去实地考察一番。老师解释说，在海岸外，有两块巨大的陆地相互碰撞。自然洋流不断移动水下沙洲，很容易使船只搁浅或沉没。

艾薇突然有点好奇，把杯子放下前喝了一大口咖啡，然后穿过凉台，打开吱吱作响的纱窗门，走下楼梯，来到潮湿的沙滩上。她边穿过残骸，边拉上夹克的拉链,把手插在口袋里。

船的外壳早已没了,只剩下一些肋状支撑梁,从船的龙骨或船脊处向外弯曲,上面的木头在海水中浸泡了几十年,已经变黑变硬了。

露丝从来没有提到过房后凉台附近发生的沉船事故,但在沙滩将其中一个秘密带出来之前,可能几十年甚至几个世纪都已经过去了。

一声犬吠引得她转过身来,她看到沙丘上有一只爱尔兰猎狼犬,它看起来比她见过的任何家养的狗都更像野兽。初升的太阳照在背上,她看着狗消失在高高的沙滩草后面。

艾薇在荒凉的海滩四下寻找附近有没有猎犬主人在散步,但并没有看到任何人。她跟着那只狗一直跑到一间有百叶窗和一条空车道的小屋前面。每年的这个时候,这片海滩都空无一人,所以这只狗肯定不属于小屋里的任何人。

她突然来了兴致,沿着木板路走下沙丘,然后穿过沙土地抄近路来到那间海滨小屋前。这间小屋建于20世纪70年代,外观是一个长矩形盒子,搭在八英尺高的支柱上,屋顶是沥青瓦做的,房里还安了百叶窗。木制平台沿着海的方向延伸,有两个楼梯,一个在前,一个在后。

艾薇踩着沙子穿过杂草,从房前绕过去,走到了一条混凝土车道上。她走到房子前面,但没有看到狗。它很有可能飞跑过海滩到另一个房子那里去了。

她不知道为什么这只狗会抓住她的好奇心。它看起来很健康,身体瘦削,像一匹狼,行动中充满本地人身上那种自信。她走过两个塑料垃圾桶,看到一个小杂物间。并没有发现动物的痕迹,但肚子已经在咕咕叫了。"好吧,该回到现实了。"

可正当她一转身,便听到杂物间的另一边传来一声微弱的呜咽。不可能是她心心念念的那只猎狼犬,但好奇心驱使她绕到房子后面一探究竟。

刚走过拐角,就看到一只小狗钻进了沙滩的草窝里。艾薇可以看到它因为怀孕而隆起的腹部。

艾薇慢慢走近,跪坐在狗妈妈身边,狗妈妈抬头看着她,摇着尾巴。"啊,是狗妈妈呀。你孤零零地在这儿吗?"她挠了挠狗的耳朵。"你不能在这里生下小狗,我得让你暖和点。"

狗微微后退,艾薇脱下外套,盖在它绷紧的身体上。"没事的。没事的。"

这只狗的体重不会超过二十磅①,看起来就像是腊肠犬的混种,但艾薇也说不清。"我带你走,所以请不要咬我哟。"

狗的肚子又来了次宫缩,艾薇等到这阵儿过去了才把它抱起来。她紧紧地抱着它,沿着海滩路匆匆走回到她家的车道上,上了小屋的楼梯,推开门。

她抓起昨晚用过的被单堆在那些箱子后面的角落处,希望这些能给这只狗妈妈提供一种隐私感和安全感。狗抬起头来看看她,试图站起来,但它又一次宫缩了,只得重新回到被窝里。"你安全了。放松一下,如果可以做到的话。我会拿热水或干净的毛巾什么的来。这就是现在和我在一起的妙处啦,我们有好几百条毛巾和几十条被子,所以不用担心会弄得一团糟。"艾薇匆匆跑到厨房里盛了一碗水,回来的路上还抓起一把毛巾。她回来的时候,狗妈妈正在舔一个看起来像小狗的东西。"天哪,你动作可

---

① 磅是英美制质量或重量单位,1磅约为0.5千克。

真快啊。"

她想过要不要坐下来帮帮这位母亲，但又转念一想，觉得没有她在身边，狗妈妈可能会更自在一些。她没有孩子，但她觉得自己会不希望有人在她生完宝宝之后盯着她喂奶什么的。

她在网上搜到了布朗医生的兽医医院电话拨了过去。她转接到语音信箱。"嘿，布朗医生。我是艾薇·尼尔。我发现了一只流浪狗，我说话这会儿它正在生宝宝。不知能否得到您的建议。"接着在语音信箱里留下了自己的号码。干完这些她去倒了一杯新鲜的咖啡，在厨房里踱步。几秒钟过去了，接着几分钟过去了。她意识到自己不停地走来走去没有任何帮助，于是坐在餐桌旁，打开了20世纪30年代的旅店登记簿。里面的字迹和客人一样五花八门，但令她感到惊讶的是，旅店在大萧条时期生意依旧稳定。客人大多是当猎人或推销员的男人。

不知道曾祖母那段时间过得怎么样。那个时候她应该已经怀上了露丝，准备生产了。

狗又呜咽了一声，把艾薇的注意力吸引了过去。她慢慢站起来，注视着箱子后面的角落。狗妈妈现在有了三只小狗。

"我希望你已经生完了，这是为你好，三胞胎已经够难搞了。"

宫缩开始变得弱下去的时候，狗妈妈舔掉了最后出生的小狗身上的羊膜囊。这些幼犬眼睛还看不见，又很小，只能扭动着靠近它们的母亲，摸索着找到乳头的位置。

艾薇把水碗端到狗妈妈嘴边。狗嗅了，舔了几口。艾薇用温水打湿一块布，小心地擦干了狗妈妈和小狗的身体。

这时电话响了起来。

"你好。"

"艾薇,我是布朗医生。"

"我这儿现在有了三只小狗。"

"那生得很快呀。"

"的确。现在我该怎么做?"

"我正在去诊所的路上,几分钟之后我就能赶来。你现在在露丝家,对吧?"

"是的。待会儿见。"

几分钟后铃声响起,狗妈妈已经把它的宝宝们都舔干净了,现在这几只小狗像是长在了妈妈的乳头上似的吸个不停。她打开门迎接布朗医生。"感谢您能来。"

"这是分内之事。我们的小狗妈妈呢?"

"沿着这条小路,穿过右边的箱子,它就在箱子后面。"布朗医生看到房间的状况,惊得张大了嘴。"我的天呀。"

"如果您缺少旅店用品的话请尽管拿。"

"我应该是不缺的。"穿过箱子时,布朗医生四下打量了下这个房子。

他走到狗妈妈身边时跪下轻声说了些什么,接着检查了它的每个宝宝,之后站起了身,"它们看起来都很健康。"

"那再好不过了。"

"要不要我给你叫动物管理局?他们可以来接。"

这是一个简单的解决方案。"不用了,狗妈妈和狗宝宝们可以留下来。我在这儿至少得待六七个星期,所以我有时间把它们的问题解决好。"

"好的。有需要就给我打电话。"他在一个标有"铅笔"的箱子前停了下来,往里看了看。"我们在诊所总会用到办公用品。"

"那今天是你的幸运日啦,可以把那些全拿走。"

布朗医生举起箱子。"我以前从来没有收到过用铅笔和钢笔支付的酬劳。"

"如果你给我开账单,我就用真钱付你的出诊费。"

"这我可不乐意,到这儿来是我的荣幸。"

艾薇把医生送到门口。"可以告诉你的朋友们,我这儿有各种旅店用品还有小狗狗,家里有需要的,全都可以免费拿走。"

"我会的。"他从外套口袋里掏出两罐狗粮。"狗妈妈可能饿了。现在给它吃一点,再让它喝点水。过几个小时再多给点。"

"我会的。谢谢你,医生。"

"我的荣幸。"

"医生,你知道这附近有一只爱尔兰猎狼犬吗?我今天看到了一只。"

他摇摇头,"我已经很多年没见过了。"

"我只是想你会不会知道它的主人是谁。"

"我之后会帮忙留意的。"

"谢谢。"

她关上门,回到厨房,从柜子里拿出一个白盘子,打开罐头,小心翼翼地舀了一小份狗粮放在盘子里,接着拿起纸巾,把盘子边沿擦干净,就像她在温琴佐餐厅擦过的每一道菜一样,接着她在箱子边跪坐下来,把手指伸进食物里，然后把手指伸到狗妈妈嘴边。艾薇等狗把她的手指舔了好几次，舔得干干净净，然后又从碗里接了更多的水。

她洗了洗手，然后在地板上铺了一张干净的床罩，小心翼翼地把每只小狗都放到这张新床上，她觉得狗妈妈也会跟过来的。它的确过来了。艾薇把四只狗狗安顿好后，收起了之前那条旧被单，把它丢进了外面的垃圾箱里。

她回到小屋，又添了杯新的咖啡，然后环视了一下大房间，从叠放着的椅子开始，一次两把，安静地把它们从前面的楼梯上搬下来。把它们扔进垃圾箱是很容易，但这些椅子品相都还很不错。所以她将它们堆放在车道尽头，并在上面贴上"免费"的标志。

堆成迷宫般的椅子消失之后，房间看起来明亮了不少。接下来，折叠的圆形宴会桌也被她放到了车道尽头，草草贴上另一个"免费"标志。

这一天变成了一系列单调的上下楼梯，总共有五十六次。每隔一小时她就会看下狗妈妈，每次都开心地看到狗在睡觉。最后在下午一点左右，她抱起了狗妈妈。"该去尿尿了。你的孩子们会没事的。我保证。"

她抱着狗妈妈出去了，但它的身体绷得紧紧的，它不停地呜咽着回头看。"它们哪儿也不会去的，我保证。"

艾薇把狗放在一块柔软的草丛中等它尿完，但又很谨慎地没有盯着看。这同样是一个女孩不需要观众的时刻之一。等狗终于尿完了，艾薇便把它抱起来，带回它的小狗身边。狗妈妈一丝不苟地检查了每一个孩子。它很满意孩子们一个都不少，又多喝了些水，然后便接着睡觉了。

二十分钟后，前门传来敲门声，艾薇从一个装满布餐巾和桌布的箱子里钻了出来，打开家门。

达妮笑眯眯地站在门口看着。"你这儿看着像在庭院里做旧货出售。"

"只是想把露丝留下的不怎么好看的东西都处理掉罢了。"艾薇说道。

达妮停下了脚步。"什么味道？狗吗？"

艾薇走到一边等达妮进来，然后把门关上。"我今天早上发现了一只怀孕的狗，它刚才在那堆箱子后边生了宝宝。"

达妮微微笑了起来，"我可以看看吗？"

"动作轻点，它现在还很警惕。"

"贝拉出生后我感觉自己浑身都散架了。"达妮慢慢挪动到箱子后面偷看，表情慢慢软了下来。她用手机拍了几张照片，"贝拉不能看见小狗，她真的对这种生物爱不释手。"

"六七周之内它们得找到一个家。你和贝拉可以从这窝里随便挑一只。"

"养小狗就像养孩子一样。我凌晨两点一般都是睡觉，忙贝拉的事，又或许是奔赴一场火热的约会。"

"凌晨两点是我以前下班的时间。"

"那是在纽约。这里是纳格斯海德。每年这个时候，晚上十点之后街上就没有人影了。"

"那你肯定感觉很拘束吧。"

达妮耸了耸肩。"之前会，我可是个夜猫子。"

"你什么时候变的？"在艾薇的印象里，有很多个深夜，两人在派对上或在海滩上喝酒，那时候她们喝酒还是不合法的呢。

"我们都长大了，"达妮环顾了一下房间，"看起来你的工作有所进展。"

"所有大件的物品似乎都在这个房间里。清理卧室恐怕会更费时间。我清理好了露丝的衣橱，但她房间里有太多东西要清，所以我决定把工作重点先放在大的东西上。"

达妮举起一个袋子，"我带了甜甜圈来。"

"甜甜圈？"

"可别说你已经不喜欢吃甜食了。"

"当然不会。"艾薇接过盒子，看着里面的三个巧克力培根口味的和三个香草口味的甜甜圈，上面撒了糖果屑。"我只是希望我的新陈代谢还有年轻时那么好。"

达妮轻笑一声。"我们现在都老啦。"

艾薇挑了一个巧克力味的。"给你来杯咖啡？"

"哦，那再好不过了。"

艾薇又去煮了一锅咖啡，然后倒进了两个粗陶杯，达妮则坐在餐桌旁，一眼就看见了旅店的登记簿。"是海滨度假旅店的。"

"露丝留下来的这本是从1931年到1939年的记录。"

达妮眯着眼扫视着这些名字。"来自纽约的猎鸭人爱德华·W. 特雷纳先生。"

艾薇把甜甜圈放在桌子上，坐在达妮对面。她生了达妮多少年的气啊？可现在两人坐在一起，却好像时间未曾流逝，那些戏剧性的过去从未发生。

"来自特拉华州威尔明顿的猎鸭人詹姆斯·T. 凯尔斯先生。"达妮念着。

"1月还是猎鸭的季节。"

"有很多男人和猎人会过来。"她扫了一眼名单,翻了几页,停了下来,"来过一个女人,独自旅行。真是稀罕。"

艾薇凑过去看了一眼,"珍妮特·欧文顿太太。"

"一个普通得不能再普通的名字。"

"欧文顿太太这里没有说明1月中旬来纳格斯海德的原因。"

"女人也打猎。"达妮说。

"我更倾向于相信她背后有更精彩的故事。或许这是个躲避暴徒逃亡至此的女子,那故事就有趣多了。"

"我不是来谈论这个簿子的,"达妮喝了口咖啡,"我来是要提醒你,马修知道你回来了,他坚持要见你。"

艾薇坐在位子上,挪了挪身子。"他为什么做事情一定要非此即彼呢?"

达妮耸了耸肩。"他那天要接贝拉,所以我没跟他吵。我觉得他一定是疯了,或者是走投无路了,然后又想找你一起做生意。"

艾薇从没想过达妮或马修有一天会为人父母。这与艾薇印象中当年抛下的两个少年似乎不太相符,她脑海中挥之不去的是他们憧憬不一样的未来的模样。

"谁能想到高中那个猎犬似的男孩最终会心甘情愿做个女儿奴呢。他永远在工作和陪女儿共度时光之间左右为难。"

"他曾经是很雄心勃勃的。"他经常和艾薇谈起开一家餐馆的梦想。艾薇负责厨房,他负责客人的业务。他谈起这事总是很兴奋,但每次这种时候，她都能感觉到自己的梦想在枯萎。

"雄心勃勃这一点一直没变。现在你已经在纽约做了十多年厨师了，而且很快就会有钱，他看到了你能带来的机会。不过我估计这次他会让你尽早签合同的。"

"不劳他操心这事。我没有留下来的打算。等卖掉这个地方，给小狗们找到了家，我就不待在这儿了。"

达妮的脸上掠过一丝阴郁。"那当你到了下一个不为人知的地方，你又会做什么呢？"

"我不知道。"

"你当然知道。你只是不想说出来。你又会去某个餐厅里。你跟露丝简直是一个模子刻出来的。"

"风险太大了，如果我把卖房子的钱都赔了，那我就真是一无所有了。"

"你觉得你会失败，但我不觉得。你算算看呀，你不是喜欢算数吗？"

"我脚下是万丈深渊，一旦失足，没有网罩可以托住我，但达妮，你有的是东西罩着你。"

"钱不是一切。"

"这种地方容易摔跟头，"她环顾了一下房间，"露丝懂得一美元的价值，否则她就不会留住这一切东西。"

"唯一能让露丝真正放松的是画画，"达妮说，"她画得很开心，她有一种独特的幽默感。"

"我一次都没见过她画画。见过她涂鸦但从没见过画画。"

"她有旅店要打理，之前你妈妈生病要照顾，后来有你要抚养，再后来还多了个我在这儿到处闲逛。她几乎没有一分钟独处的时间。"达妮举起手。她又说道:"别为这事心烦意乱。她爱你,很乐意给你一个家。"

艾薇环顾房子四周,她想知道,露丝要是直接把小屋给卖了,然后找到一个住着更方便的房子,会不会更开心些。"她死的时候你和她在一起。"

两人陷入了沉默。"我是来看她最新的画作的。我一眼就看出她身体不舒服,左手一直在颤抖。虽然她觉得我不用大惊小怪,但我还是打了急救电话。救护队赶到这里把露丝抬上担架的时候,她的心脏病就发作了。救护人员一直在对她进行救治,但她还是在我们赶到医院之前就走了。"

悲伤与内疚交织在一起,堵在艾薇的喉咙里。"谢谢你能和她在一起。"

"不必道谢。她像是我的第二个妈妈,我做这些是应该的。"

艾薇的感激之中掠过了一丝怨恨的情绪。达妮再次扮演了本应该属于艾薇的角色,但离开这里是她自己犯下的错。

"露丝很高兴你去了纽约,"达妮说,"她说你需要一段时间离开这儿。"

"她为什么会这么说?她自己从没离开过这儿。"

"这就不好说了。"

"你这话什么意思?"艾薇问道。

"我父亲曾经提到,露丝父亲去世时,露丝并不住在这块。"

"你父亲知道露丝去哪儿了吗?"

"我不知道,但我一定会再问问他的。"达妮的目光在杂乱的房间里游荡。"我觉得露丝还有话想要说。"

第七章 露丝

1950年6月17日　星期六　中午十二点

威士忌这只狗犟得很。它抬头看了一眼露丝和塔莉,眼神中带着挑衅,然后低头闻了闻地面,看起来好像要蹲下,但又没有,然后它走到另一个地方,重复了一遍那套动作,又改变了主意。循环往复。

"你就不能直接尿吗?我们想去见那位夫人,你不想吗?"露丝问道,"她是我见过的最有趣的人。"

"对我来说也是。"塔莉说。

狗咕噜着呼出了一口气。它用爪子挠着地面,好像在怀疑这坚实的土壤似的。最后,它终于停下来开始撒尿。

"差不多完事了吧,"露丝说,"你真的是个被宠坏的家伙呀!"威士忌打了个哈欠。

露丝抱起狗,两个女孩转向卡洛塔住的小屋。她们迎着阳光眯着眼睛,穿过洁白的沙地,穿过灌木丛和荆棘。白天的热气凝聚在潮湿的空气中,露丝还没走几步,肩胛骨间的衣服就被汗水浸湿了。

"太阳好毒啊。"塔莉说。

她的表姐和妈妈一样,太阳一晒脸就变成了亮粉色,很快皮肤也会开始发烫。露丝像海绵吸水一样吸收着阳光。为了保险起见,她用手捂住了威士忌的眼睛。"我们得去失物招领处给你拿顶帽子。"

"那再好不过了,"塔莉说,"你们这儿一直会有很多艺人来吗?"

"妈妈以前也有请人过来表演,但这些人一般只待一两晚,而且没有一个像卡洛塔·迪萨尔沃这样迷人的。"她浑身上下都闪闪发光,甚至连她的头发丝看起来都独一无二。

露丝用手指抚过她那头刚烈的黑色鬈发,这头发几乎没有被橡皮筋驯服过的时候。她在想能不能把头发拉直,然后盘成一个油光水滑的发髻。

走近小屋时,她透过开着的纱窗看到妈妈正在带卡洛塔小姐参观。

去年夏天以来,这间屋子就一直空着。三天前,妈妈带着露丝拿了水桶和拖把过来,把木地板、厨房的台面,以及贯穿整间屋子外部的凉台都给擦了,还用浸了白醋的干净抹布把每扇窗户都给抹得锃亮。这些活儿干完之后,屋子里所有的潮湿霉菌味都被亚麻籽油的清香所取而代之了。

现在,窗户打开了,柔和的海风不停地拍打着新的花窗帘,凉台上的秋千也被吹得在生锈的铁链上吱吱作响。按照外滩岛的标准,正厅算是相当大了,但有一两个来自内陆的客人曾评论说,如果不是石壁炉跟拱形吊顶齐高的话,房间就会显得太小了。

里面有一张沙发,两把椅子,一张用来喝咖啡、饮茶和吃饭的桌子,还有四个床头板。这些全都是爸爸和亨利叔叔手工打造的,每件家具都很结实。扶手很厚,做得比较低矮,就像爸爸在南太平洋航行时看到的那种家具风格。爸爸没有在橡木上雕提基神像和乌龟,但是在回收回来的木材上刻了鱼鹰、鹬和海鸥。妈妈则用厚实的帆布缝成了靠垫和枕头。

露丝帮妈妈在一楼铺了一张双层床，下铺铺上了一张印着亮绿色、红色和蓝色帆船的床单，还负责清理了梳妆台、镜子和角落里的一把小椅子。她曾帮妈妈打扫过平房的房间，但妈妈希望她这次干活可以更细心一点，不要又在卧室的绳条地毯下扫出一堆灰尘。

妈妈的声音透过卧室凉台的纱窗传进来。"楼上还有两个房间。这间小屋可以睡八个人，有过夜的客人请告诉我一下。我得知道我的地盘上都有谁。"

"我不会请客人来的，"卡洛塔说，"在船上生活了这么多年，我很期待自己能有点隐私和空间。"

"你在那条船上很久了啊。"妈妈这个陈述句实则是在询问。

"十四年。"卡洛塔说。

"你是怎么找到它的呢？我指的是船。你们一直在航行吗？"

露丝站在楼梯底下，被她们的谈话所吸引，一种别样的感觉在她的胸腔里打转，仿佛她们要悄悄说出什么真相了。

"我喜欢船，"卡洛塔说，"我们每隔一两天都在不同的港口停船。"

"你不讨厌四处奔波的日子吗？"妈妈问。

"不讨厌。我在一个非常小的小镇里度过了我人生前十五年。"

"你想家吗？"

"不想。你呢？"

威士忌吠叫着把毛茸茸的小身体靠在露丝身上。

露丝瞪了狗一眼，翻了个白眼，和塔莉一起爬上了楼梯。"我们刚刚听到精彩的部分。"

"最好不要偷听。"塔莉说。

"在旅店工作的人都会这么干的。"威士忌在一旁打了个哈欠。

露丝、塔莉和威士忌发现这两位夫人正从凉台走到客厅。

"你们真快,"卡洛塔说,"威士忌通常会磨叽很久。"

"它对自己在哪里方便真是很讲究啊,"露丝说,"所以我们花了比预期更长的时间。"

卡洛塔抱过狗时,手腕上一个银色的吊坠手链叮当作响。"它不习惯在旱地上方便,它是在船上长大的。"

"梅西·亚当斯号上面吗?"露丝问道。

"没错。"

"你肯定去过很多地方。"露丝最西只到过伊丽莎白城,最北只到过诺福克。都是跟爸爸一起去的,他要给船买木材或零部件。爸爸不喜欢远行,因为他晚上睡觉认床。但露丝喜欢过桥,看看桥那边有什么,经过五美分小商店的时候就停下来接杯冷饮机里的饮料。

"梅西·亚当斯号在内河水道航行,也会沿着东海岸上下航行。"妈妈解释说。

"你有来过外滩岛吗?"露丝问道。

"我们会尽量停在人口较多的城市,"卡洛塔说,"这里人口不够多。"

"春秋季可能是这样,但夏季的时候我们这儿简直人满为患,"露丝说,"对吧,妈妈?"

"你说得对,露丝。"妈妈的声音听上去很正式很严肃,不像她第一眼看见卡洛塔时高兴的样子。

卡洛塔笑了。"我们重新开船的时候会记得这一点的。"

"什么时候重开？"露丝不甘心。

"一个月，也许不到一个月。"

"这段时间你会一直在这里吗？"露丝继续追问。

"你的父母人很好，他们给了我一份为期两周的工作，船停在干坞的这段时间我可以有事做。威士忌和我都很期待可以享受一段'脚踏实地'的日子。"

"呀，那我们的'实地'可是应有尽有啦。"露丝的兴奋溢于言表。

"露丝、塔莉，你们该回旅店看看客人们了，"妈妈说，"我们会帮卡洛塔和威士忌安顿好的。"

"也许我可以帮帮她。"露丝说。

"顾客总归是上帝，"卡洛塔说，"这是我们娱乐界的至高法则。"

露丝的笑容消失了。去看那些一成不变的老顾客，年复一年地玩着一样的游戏，她对此毫无兴趣。

卡洛塔微微一笑，又补充道："演出必须继续呀。"

"走吧，露丝。"妈妈的话就像一阵不耐烦的狂风一样冒了出来，"我相信你和塔莉会喜欢和同龄的女孩聊天的。"

"你自己说过我们不能和客人做朋友。"

妈妈在开业日这天总是很紧张，这次比往年更甚。"和卡洛塔说再见吧。"

"待会儿见。"露丝说。

"再见，卡洛塔小姐。"塔莉说。

"我期待快点再见到你们，女孩们。"卡洛塔的微笑让她的目光变得更加温暖。

露丝和塔莉跟着妈妈走到外面,她们走过沙地时,上午的太阳已经升得更高了,沙地变得越来越热,而她心中所有关于这位歌手的问题也被这阳光炙烤到沸腾了。"卡洛塔小姐是怎么找到我们的呢?"

妈妈看了看手腕上那只精致小巧的金表,"她写信给我,告诉我她的船马上要停在科因乔克。"

"可是她是怎么找到我们的?我从来没有听说过梅西·亚当斯号呢。知道我们这儿的人都是来了好多年的常客!"

"我猜她给好几家旅店都写过信。我收到她来信的时候,就觉得她会成为我们这儿夏季娱乐活动一个很好的补充。新开的那家旅店肯定会成为我们的竞争对手。我们领先一步总是好的。"

"她真漂亮呀。"露丝说。

"她的头发金灿灿的。"塔莉也称赞着。

妈妈继续往前走,目光注视着旅店。

"你觉得她去过好莱坞吗?我的意思是,她美得可以做一名电影演员了。"

"她很漂亮。"

"你猜她几岁?"露丝问道。

妈妈眯着眼睛看向太阳,"我觉得三十吧。"

"她看起来不到三十。"

"到了。"

"你怎么知道的?"

"就是知道。"

"她就是突然给你写信的吗?"露丝问道。

"我刚刚说啦,她给科因乔克附近的旅店都写了信。"

"你能答应她真是太好了。我敢说她一定会大受欢迎的。"塔莉点点头。

妈妈低头看看两个女孩,她唇上的口红已经褪色,此时唇角又微微扬起,"我也觉得。"

她们回到登记处不到半个小时,第一辆镶木旅行车就停在了正门的车棚下。开车的女人戴着棕色的太阳镜,金黄的头发上裹着条白色的头巾,身上穿着条网眼连衣裙,耳上戴着小珍珠耳环。前排座位上坐着一个淡黄色头发的小男孩,后排座位上坐着一个同样发色的女孩。

露丝认出了曼彻斯特太太和她的两个孩子,他们自战争结束以来一直是海滨度假旅店的常客。曼彻斯特先生在伊丽莎白城的一家木材厂工作,现在是他为期两周假期的第一周,可他还未与家人团聚。

曼彻斯特太太从车里走了出来,手里抓着个红色的包,与那条紧紧束在腰间的腰带相得益彰。她的一根手指伸到了纤细的脖子上,放到戴着的那串珍珠项链下面,带着一种微妙的既轻松又忧虑的心情望着旅店。

女儿邦妮和儿子皮特都四肢修长,皮肤白皙,身材匀称,两人也分别从车里出来。邦妮戴着和她妈妈一样的太阳镜,她比露丝小一岁,却高了两英寸,还有她的胸——天哪,她的胸围在一个冬季里就长了有两倍之多,鼓鼓囊囊地裹在粉红色紧身连衣裙里。皮特现在五六岁了,上身穿的是白衬衫,有一半的衣摆塞进了下身穿着的卡其色裤子里面。他揉了揉鼻子,看向大海。

露丝不自然地挪了挪身子,瞥了一眼自己平坦的胸部,深吸了一口气,希望能让那里显得大一些。然而并没有什么用。

妈妈伸手推了她一把,于是她露出一个大大的笑容,走到曼彻斯特太太面前。"您能再次光临真是太好了,曼彻斯特太太。在您来临之时我们的夏天才真正开始。"她用这句话或类似的话来问候每一位常客。"曼彻斯特先生本周末会过来一起吗?"

"应该不能,"曼彻斯特太太说,"他工作很忙。"

"这真是太糟糕了,"妈妈说,"我们会想念他的。"

邦妮把眼镜往下拉了一下,双眼凝视着旅店叹了口气,好像已经很厌倦这个地方了。

"很高兴你能回来,邦妮,"露丝紧张地打招呼,"希望你这段日子都过得很好。"

邦妮看着露丝。"帮我拿行李,露丝。我想去游泳。"

露丝一动不动地站了一会儿。"冬天过得还好吗?"

"我们搬进了新房子。"

"你搬出你爷爷奶奶家了?"

"爸爸说我们得有个自己的地方了。"她摆弄着银手镯上挂着的那个狗狗护身符。她的指甲修剪得很整齐,还涂上了一层透明的指甲油。"是时候拿行李了。"

露丝从前门的三辆行李车中挑了一辆,推着朝汽车走去,曼彻斯特太太见状打开了车后的挡板。露丝、曼彻斯特太太和露丝妈妈一块儿卸下行李箱,小心翼翼地把它们堆放在行李车上,一旁的邦妮在检查她的指甲,皮特则慢慢走向标有"泳池"的那块牌子。

"小皮特,别走得太远。"曼彻斯特太太警告说。

"我不会的。"皮特说着,目光始终注视着大海。

"孩子们,我们去登记入住吧。"曼彻斯特太太说,"很高兴再次见到你,露丝。你长高啦。"

"就正好一英寸。"露丝说。

露丝把行李车推到玻璃门前,停了下来,为曼彻斯特太太和她的孩子们打开了门。她回头看了一眼,期待看见妈妈给她一个微笑或鼓励的暗示,但她的表情看着却有些僵硬。妈妈怎么了?

等下一批客人的车开进了车库,妈妈的笑容又回来了,塔莉走上前去卸货。露丝用一块石头顶住了主楼的门,那块石头是专门为这个工作准备的,她跟着这家人走进了大厅。这一天结束的时候,她们会重复这个工作二十次以上。

露丝打开登记簿,看着曼彻斯特太太在上面签名,邦妮则又在看她的指甲,皮特在玩单脚站立的游戏,现在换了一只脚支撑站立。

"我们还可以待多少天?"皮特问道。

曼彻斯特太太签了名,放下笔时叹了口气。"皮特,我们才刚到。这几天不要再问我这个问题了。"

"那到底是多久呢?"

"十四天。"

皮特咧开嘴笑了起来。"我可以去游泳吗?"

曼彻斯特太太的声音听着有些低落,充满疲倦和烦恼。"先等我们回到房间把行李都打开。"

露丝跟着这家人走出主楼南侧,沿着一条水泥人行道走到最后一间平房前。曼彻斯特家族每年都预订相同的房子,因为这个房子有两间卧室,卧室中间的客厅面朝大海，面积也是这些平房当中最大的。

露丝打开门抵住，拖着行李车进了房间。她像妈妈教的那样，打开了厚厚的水绿色窗帘，让光线透进来。

曼彻斯特太太把包放在沙发上，打开推拉门，呼吸着咸咸的空气，凝视着风平浪静、不见波澜的大海。"这周的天气预计是怎样的？"

"爸爸说晴空万里。"露丝把行李卸到客厅，把行李车推到敞开的门前。

"太好了。天气不好的时候，这个地方可能会非常暗。"曼彻斯特太太说。

"需要我给您拿点什么别的东西吗？"露丝问道。

曼彻斯特太太转身仔细打量了露丝一番，然后递给她一张叠好的美钞。"不用了，东西已经齐了，露丝。谢谢你。"

露丝点点头，关上门，把钱装进口袋里，推着车回到登记处。行李车上没了行李的重量，因此穿过大厅时，前轮有些摇晃，到那儿她发现妈妈正在把一份行李装到另一辆行李车上。

她认出了奥斯本夫人和她家的四个孩子。老大是十二岁的杰西，老二是十岁的双胞胎兄弟加里和格兰特，最小的比利今年八岁。奥斯本夫人将香烟举到红唇边，深深吸了一口，才从车里起身。她的手指轻轻弹了弹，那段长长的烟灰就掉在了地上。

妈妈的笑容看着更自然了。"您来了，夏天才真正开始。"

"埃德娜，等我坐到泳池边，喝着冰冰凉的金汤力酒的时候，夏天才算真正开始。"奥斯本夫人说。

"哈哈，我们的酒吧一直为您敞开大门，"妈妈笑着回答，"我们先帮您登记入住,您拿了钥匙就可以去房间里了。游泳池也随时可以去,今天是我们这几周里最美好的日子之一。"

"你可真幸运呀,埃德娜。我这几个星期连做梦都想着来这儿。"奥斯本夫人说。

"听您这么说我很高兴。"

但令露丝失落的是,杰西也长高了,海蓝色短袖上衣裹着鼓鼓的胸脯。"嘿,露丝。"

露丝拉了拉衬衫下摆,"杰西,很高兴见到你。邦妮也来了。"

"太棒了。我现在就去换衣服游泳。"

微风将她棕色的刘海从额前拂开,把脸露了出来,她脸上的雀斑在阳光的照耀下变成了粉红色。"嗯,回见。"

"回见。"露丝看着女孩匆匆走进旅店,对于自己和她们从来没有成为朋友这件事,不知道应该高兴还是失望。

汽车络绎不绝地开进来。一点钟的时候,朵拉·伯纳德和她的家人一起来了。她是一个高高瘦瘦的女孩,留着棕色的头发,今年她换了副眼镜,虽然还是金属框的,但款式比去年那副更时髦新颖些。让露丝感到庆幸的是,朵拉的胸部没有像前面几个女孩那样发育得那么快。她身上穿着绿色连衣裙,脚上是一双滑面的夏凉鞋,看起来都很新。不过要说新衣服和新泳装,她可不是独一份的,所有来这儿的女孩都为这个夏天准备了这些东西。

一直到三点多钟露丝和塔莉才有时间休息。她俩跑到厨房里,看见露丝爸爸正把残羹剩饭弄到一个桶里当作钓螃蟹的诱饵。

露丝给塔莉和自己倒了几杯柠檬水,两人贪婪地一饮而尽。爸爸给两个女孩各盛了一碗新鲜的杂烩浓汤,还拿了些凉拌卷心菜和玉米面包过来。

"谢谢爸爸。"

"吃吧,孩子们。今天下午会很忙的。"

露丝撕下一块烤得脆脆的面包塞进嘴里。"你见过新来的那位夫人了吗?她要在我们这里唱歌。"

"她真的好漂亮。"塔莉说。

爸爸一瘸一拐地走到水池边,步伐中带着看得出的疲惫,"你妈妈跟我说起过,但我还没见过。"

"她真的很独特,我从没见过她那样的人。"

塔莉往一块方形玉米面包上抹黄油。"我也是。"

"她怎么个独特法呢?"他洗碗的时候,白色短袖下面就会露出一个褪色的船锚文身。

"她的穿着打扮啦,她的头发啦,她美美的指甲啦,"她低头看着自己的手指,"妈妈说我不能涂口红,但我敢保证今天邦妮·曼彻斯特就涂了,而且我猜她还上了指甲油。"

爸爸的眉头皱得更深了。"邦妮和你差不多大?"

"还小一岁呢。但今年她看起来长大了好多。"

洗涤槽中升起热水的蒸汽。"有些女孩是要发育得更快些,你也迟早会长大的。但不管你未来长成什么模样,你都会非常漂亮的,就像现在一样漂亮。"

"我不漂亮。"

"漂亮呀,你很漂亮。"他回应得斩钉截铁。

露丝拿过黄油涂在玉米面包上。"你确定？"

"我很确定。"爸爸说。

塔莉咯咯地笑了起来。"我妈妈说，发育得晚比发育得早更值得庆幸。"

"塔莉妈妈说得对，"爸爸说，"人生不必着急。"

"为什么？"露丝追问。

爸爸抬头看了看天花板，摇摇头，喃喃地说了些什么，露丝却只听清楚了"报应"两个字。

"什么报应？"露丝问道。

爸爸清了清嗓子。"没什么。相信我就好。迟一点会更好的。"

露丝吃着杂烩静静地坐了几分钟。笑声、水花飞溅的声音和收音机里播放的平·克罗斯贝的《别把我关在里面》不断地从纱门外传进来。

"姑娘们，我知道这很不容易，"爸爸说，"但你们已经长大了，应该能明白要保证这儿正常运转需要付出很大的努力。全体出动吧。"

"我会任劳任怨的。"露丝说。

"妈妈为这里所做的贡献你们可能一半都还没看到呢。"

无论露丝睡得再晚，起得再早，总能看见妈妈穿着那条浆好的裙子，列出一连串的家务，又摆桌子又扫地，忙个不停。

"我知道，"露丝说，"有时我也希望她能让自己慢下来。"

爸爸在干燥器上放了一个干净的湿盘子。"我猜她不知道要怎么慢下来。"

露丝拿了一条毛巾，开始擦白瓷盘子。"卡洛塔会不会需要些吃的呢？午餐供应的时候我没有看到她。她现在肯定很饿。"

"我觉得也是。"

"我可以给她送点吃的。"

爸爸沉默了片刻。"或许是个好主意。去给她弄盘吃的,跑过去送给她吧。但不要逗留太久。"

"塔莉能来吗?"

"当然可以。"

塔莉吃完最后一口杂烩,把盘子端到了洗涤槽边。"谢谢杰克姨父。"

"姑娘们,你们得半小时内就回来,才能来得及去泳池边的酒水屋工作。亨利还没来,今天可能来不了了。"

"保证完成任务。"露丝拿了个干净盘子和一个碗,在炉子上选了一块切得方正的玉米面包,加了点凉拌卷心菜和一大块黄油,装了碗汤,又拿了个盘子扣在了汤碗上,接着小心翼翼地拿了一块水绿色的餐巾包了套干净餐具,还从冰箱里拿了瓶苏打水。"爸爸,我们马上就回来。"

露丝和塔莉从侧门离开时,妈妈走进了厨房。"露丝,你们两个小姑娘要去哪里?"

"爸爸说我们可以送盘吃的给卡洛塔。"

"爸爸说的?"妈妈沉默了片刻,"快点回来。"

"爸爸已经说过了。"走过晒得滚烫的沙滩时,露丝一直小心翼翼的,生怕汤溅出来,于是用最快的速度移动着。

走近小屋时,敞开的窗户里飘出一阵乐声。她听到女人的歌声,再走近一点,她便透过窗户看到卡洛塔站在镜子前唱歌。她唱着:"一只小鸟告诉我……"她扭动着臀部,打着响指,赤着的双脚轻轻在地板上打着节拍。

"她声音真好听。"塔莉悄悄说。

"我知道。"露丝把盘子端平,试图模仿卡洛塔扭臀的动作。不过,她的动作并不流畅,看起来还有些生涩。塔莉咯咯地笑了起来。

威士忌吠叫着,跑向露丝站着的那扇窗户。

卡洛塔转身,目光锁定在了露丝身上,然后她关掉了唱片机走向门口。"是露丝和塔莉呀。"

露丝举起盘子和苏打水。"我们给你带了吃的。爸爸妈妈觉得你可能饿了。"

"他们觉得我饿了?"

"好吧,是我觉得。然后爸爸妈妈说让我过来,放下盘子就走。我爸做的鱼杂烩浓汤是整个州最好吃的。"

卡洛塔笑着推开纱门。她接过盘子和苏打水,放在柜台上。"我很感谢这顿饭,姑娘们。通常唱歌前我不会吃这么丰盛的一顿饭,但我会好好享用这瓶苏打水的。"

"杂烩汤凉了之后味道还是很好,"露丝说,"但那块黄油可能会化掉。"

"那我得把它放到冰箱里去。进来吧,姑娘们。"

威士忌走到露丝跟前闻了闻她的脚,舔了舔她伸出的手指,喉咙里发出咕噜咕噜的声音,然后又退回到卡洛塔给它放的粉垫子上。

"你觉得这房子怎么样?"露丝问道。

"非常好。这里比我曾经待着的地方要大得多。"

"我猜这房子跟一艘船比一定显得很大。"塔莉说。

"我们的是表演船。你可能会觉得很惊讶,我在船上的房间已经是比较大的一间了,但比起这个房子还是太小了。有地方能伸展活动开来真的太棒了。"

"你喜欢住在船上吗?"露丝问道。

"我喜欢看到不同的城镇,而且如果我想唱歌就必须得有观众。"

"你的声音真的很好听。"塔莉说。

"谢谢。你们俩都会唱歌吗?"

露丝咯咯地笑着,塔莉则摇了摇头。"我是我俩当中唱得不好的那个,可以用糟糕来形容了。但我喜欢画画。"

"画什么呢?"

"一切。夏天的时候我没什么时间,但天气变冷客人离开之后,我就有大把的时间了。妈妈把没用过的纸垫给我缝成了一个册子,我就在空白的那面画画。生日那天爸爸妈妈送了我彩色铅笔。"

"你是哪一天出生的?"

"1938年1月2日。"

"你现在十二岁啦。"

"对,十二岁。塔莉十四岁。你今年多大了?"

卡洛塔咧嘴一笑,"活了多少年就是多大。"

"什么意思?"

卡洛塔微微耸了耸肩。"意思是我不会回答这个问题的。一位女士是不会说出自己的真实年龄的。"

"我妈妈四十八岁了,她告诉我的。"露丝说。

"我妈妈四十六岁了。"塔莉也主动报出。

"你们俩一直胆子这么大吗?"卡洛塔问道。

"是的。"露丝回答。

"妈妈说我几乎是想到什么就说什么。"塔莉说。

"听起来你们的妈妈很了解你们俩。"

露丝点点头,"我猜应该是。"

"女士们,我得为今晚的表演做准备了,所以我现在需要休息了。但你们随时可以过来玩。然后,露丝,下次让我看看你的画吧,我真的很想看。"

"真的?"露丝又惊又喜。

"当然啦。"

第八章　艾薇

2022年1月19日　星期三　上午十一点

"你看到那艘沉船了吗？"艾薇问达妮。

"什么沉船？"

"去外边看看。昨晚就在那儿了。"

达妮走到后凉台，凉爽的海风越过屏风将她牵到了外面。她双臂交叉，紧紧缩在夹克里，盯着那艘船暴露在沙滩上的船骸。"你听说过关于这艘船的故事吧？"

艾薇也走到凉台上。"没听过。你从哪里听来的？"

"我父亲给我讲的。这艘沉船第一次出现在这里时，他五六岁的样子，还记得自己在船上玩过。不过据他说，当时船体暴露出来的部分更多一些。"

"是哪一年啊？"

"1950年。爸爸对此有点着迷，十几岁的时候就开始读自己能找到的所有关于沉船的书。他成了这一带的沉船专家，而且知道这艘船是什么来头。"

"这样啊。那这艘船什么来头？"

"这艘船叫自由·T.米切尔号,是一艘木制单桅帆船,1870年的时候在这片水域航行,从南卡罗来纳州到纽约途中遇到了风暴,接着就被那场狂风巨浪席卷吞噬了。"

"天哪。"

"爸爸说,船上八名船员和两名乘客都遇难了。"

艾薇九岁的时候曾在海浪中游泳,被一个大浪打了个措手不及。她在海浪中翻滚了很久,沙子剐蹭着她的肩膀和后背,嘴里也灌满了海水。她努力保持回去的方向,海水却不断呛进肚子里,她以为自己就要死了。但就在这时,一只手从天而降,把她从海浪中拉了出来。再抬头的时候,她看到的就是露丝那张夹杂着愤怒和担忧的脸。那次之后,她开始对海洋有了十分的敬畏。她想象着船上遇难的那十个人,想象着他们被大西洋吞噬入腹时的恐慌感。

"关于那些逝者,你父亲还知道些什么吗?"艾薇问道。

"细节处我记得不太清楚。你得问他自个儿了。但我得提醒你,只要是问到自由·T.米切尔号的事,他就能跟你滔滔不绝地讲几个小时。他甚至还记得船上那只爱尔兰猎狼犬的名字,叫鲍里斯。"

艾薇盯着船骸上发黑的拱形船木。"爱尔兰猎狼犬?今天一大早我在沙丘上也看到了一只。就是因为它我才找到狗妈妈的。"

"狗妈妈?"

"我给它想好名字前只能这么叫了。"

达妮摆摆手打住艾薇的话头。"别给它取名字。我了解你,你心太软,取了名字就更放不下它了。"

"我才没有心太软。"十几年来,艾薇颠覆了自己的生活,并在纽约的烹饪界中艰苦打拼,而现在她又一次颠覆了自己的生活。这样的决定需要石头一样硬的心。

达妮笑了。"行吧。但养狗意味着扎根,意味着喂养之外的责任,意味着你要卖掉老房子又多了一个顾虑。"

达妮如此直言不讳地谈论这只狗,也让艾薇意识到她并没有忘记自己十二年前突然抛下她离开的事情。"关于自由·T. 米切尔号你还知道些什么?"

她的眼睛亮闪闪的。"据说船整个暴露在阳光下时,逝者迷失的灵魂就会在海岸游荡,给生者制造麻烦。"

"真的吗?你真的信这个吗?"

"那只猎狼犬确实把你带到了狗妈妈那里,现在你要负责照料四只狗。这不就是带来的麻烦吗?"

"我只对自己负责。"

达妮笑了,"我觉得这就是胡说八道。讲真的,时间往前推两个月的话,你有想象过这样的场面吗?"

"这艘沉船出现之前我就在这里了。"

"爸爸说那次风暴席卷旅店之后这里就露出了一小部分残骸。"她耸了耸肩,"看来是亡灵在作祟吧,现在露出了这么大片船骸,不知道他们接下来要做什么呢。"

艾薇摇摇头。"除非那只猎狼犬把我引到另一只怀孕的狗那里去,否则我应该没事。今天进展不错,把这儿清理干净、卖掉,我就会找到一个更好的去处,这一切都只是时间问题。"虽然有遗憾和悲伤交织在一起,但这还算是个简单的计划。

"你真觉得可以再次离开这里?"

"我只知道我会离开的。"

达妮挑了挑眉,"你要去哪里?"

"还不知道。"

"这里不比任何地方差,"达妮说,"你成年后还没有好好在外滩岛待过。"

"这里有太多的过去了。"妈妈和外婆的去世让这座房子笼罩在怅然之中。

"你觉得住在别的地方这些过去就会不存在吗?它们会一直跟着你。我对此一清二楚。"

"你是想说……"

"面对它。"

"我有,我有在面对。"

"你在有意忽视。比如说对我。"

"对你怎么了?"

"从我到你家门口之后,你就一直对我彬彬有礼。换作我是你的话,我就会生气。"

"我答应了你会好好吵一架的。总有一天会的。"

"你不会。你就是对这种事无能为力的老好人。这么多年对着旅店和温琴佐餐厅那些毫不值得的客人微笑,把你塑造成了这样一个老好人。你脑子里'避免冲突'的思想已经根深蒂固了,你根本不知道怎么吵架。"

"我知道。你可以去问纽约菜市场的摊贩、那些餐厅老板,或者美食评论家。"

"这些都只是简单冲突,你连根头发都不会掉。那些情感上的事情,比如失去母亲、外婆,眼看着家族遗产被风暴摧毁,最好的闺蜜和前任上了床……这些难道还不令你难过吗?"

"也许我把这些事想得很开。妈妈去世的时候我也才五岁。露丝这辈子过得都很好。海滨度假旅店消失前已经屹立了一个世纪开门迎客。你和马修勾搭上的时候,我已经在纽约待了两个月了。"

达妮耸了耸肩,"人要是没有气得要爆炸的话,逻辑都会很清楚的。"

艾薇紧握着的拳头举到了胸前,"你真是太疯了,我可没时间跟你闹。我得去收拾卧室了。"

"好吧,随便你。但如果你生气了,想发通无名火的话,尽管来找我。我是生气专家。"

"你为什么要生气?你有女儿,有自己的生意,而且还跟前夫分道扬镳了,还有什么好生气的地方?"

"生活充满了各种不可预测的困难,艾薇。"

"你有什么瞒着我的吗?"艾薇眯起眼睛盯着达妮,"你要死了吗?"

"不,我才没有要死了。"

艾薇松了口气,"贝拉还好吗?"

"挺好。"

"你父亲呢?道尔顿呢?"

"一切安好。"

"你是不是还有什么没说的?"

"没什么要上报给你的，"达妮很不耐烦，"我能活到一百岁。不过，我太多的回忆里你都是个恶棍的形象。我没人可责怪的时候就会怀念跟你生气的日子。"

"我不是恶棍，"艾薇连忙为自己开解，"十二年前我确实很傻，懦弱又幼稚，但我还不算恶棍啊。"

"恶棍从来不觉得自己恶，有些恶棍甚至迷人又可爱。这就是他们为什么还能这么招人喜欢。"

"我不知道你这是在恭维我还是侮辱我。"艾薇说。很长一段时间内，她都没有把自己的麻烦归咎于达妮，所以她想当然地认为达妮对自己也是这样的想法。

有那么一会儿，海浪拍打着船的残骸，两人都沉默着不说话。

"只是个内心想法，不过已经存在很久了。"

"看来那些亡灵在给我们制造麻烦呢。"艾薇说。

"不，这只是一场感情上的交谈而已。不过对我来说，这类交谈的结局一般都不好。"达妮笑了，"你看我，我现在说话很像露丝。"

更加努力工作。埋头苦干。生活对所有人都是不公的——"露丝主义"无处不在。

"她比我预想中还要聪明。"

"她在很多方面都头脑过人，但也放弃了很多快乐的机会。"达妮说。

"让她画画是谁的主意？"艾薇问道。

"她自己的，但她说这样做是为我好。当时贝拉只有几个月大，马修一直忙个不停，我感觉自己整个人空落落的。她让我带着孩子来这里，然后一起画画。"

"我很高兴她找到了让你们俩都开心的事情。"

"她从小就想成为一名艺术家。她终于感到自己遂心而活,如果这些事情都是有意义的话。"达妮说。

艾薇心中燃起一阵无名火,"你怎么就知道她原先就不是遂心而活呢?你生来就是最有资本遂心而活的人。老天,你就是《失落殖民地》①里的小弗吉尼娅·黛尔②好嘛。"

"艾薇,我说过了,钱并不能解决所有问题。"

艾薇对惹得达妮生气感到有些高兴,但很快又开始对自己失望了。"你一直都这么说。但钱解决不了的肯定都是小问题。"

达妮的神情很快从嬉笑转成了愤怒。"这场谈话进行得过于深入了,我要喝醉了才谈得下去。我还是走吧。缺什么东西或者是想一醉方休了,就给我打电话。"

"我会的。"

"你不会。但我会再来的。贝拉肯定很想看看小狗。我也不确定,我们可能会领养一只回家。"

"真的吗?我以为你不想养小狗。"

"我闺女一直缠着我要养条狗。现在亡灵带了三只小狗来,我还能说什么呢?你明天在这里吗?"

艾薇现在很舍不得达妮离开。在她们的成长过程中,达妮是唯一一个

---

① 《失落殖民地》也称《鬼魂传奇》,是2007年10月13日上映的美国悬疑电影。
② 弗吉尼娅·黛尔是第一个出生在美洲的英格兰孩子。人们对她的生平知之甚少,且她多年来一直为大众所想象,并在美国神话和民间传说中占有重要地位。

可以跟她吵完架下一秒又找她借二十五美分的人。"我每天都在。"

"好的。"达妮环顾了一下房间,"你看到我的包了吗?"她问。

"餐桌上。"

她眯着眼睛看过去,找到了包。"确实是。"

"如果它是一条蛇,它早咬你了。"

达妮站在外面,凝视着钴蓝色的天空。"最美的蓝色。"

"真好看啊。"

"这些都独一无二。要是可以的话,我会把它们全部装到瓶子里存起来。"达妮下了楼梯钻进车里,慢慢从车道倒车到马路上。以前她开车就跟刚出笼的鸟儿一样快。做母亲之后她逐渐变得成熟。曾经那股气焰还在,她还是那么爱管闲事,但浑身上下散发出更柔和的光辉。

露丝从来不是一个与人分享感情的人,也从未与任何人分享过这些画。她可能会说这些画"太私密了"。要是她现在去看画的话,露丝会生气吗?要是沉船里的那群鬼魂中又多一个气急败坏的露丝,必然是艾薇现在最不想看到的。

她瞥了一眼,发现路边所有的桌椅都没了。这一局,免费市场得分。

艾薇关上门,转身时听到了小狗嘤嘤的叫声。她从盒子后面偷看,看到狗妈妈已经站了起来。"要尿尿吗?"

她小心翼翼地把狗妈妈抱起来,走出后廊,然后将狗放到沙子里。谢天谢地,狗妈妈很快就完事儿了,他们不久就摆脱了户外的寒冷。"我不能再叫你狗妈妈了。我只是想给你取个名字,不是要建立起什么羁绊。谁都应该有个自己的名字。"

狗伸出舌头舔了舔她的脸。

"好吧好吧。我也有点喜欢你。"她挠了挠狗的耳朵。

回到屋里,狗妈妈喝了水,吃了半碗狗粮,然后坐回了它的小狗旁边,小狗们迅速凑过去嘬它的乳头,嘤嘤地抱怨它刚才的离开。

"你叫什么名字好呢,狗妈妈?"艾薇问道。狗妈妈抬头看着她。

"自由·T.米切尔号把你带到了我身边。就叫'自由'怎么样?"

它没什么反应。

"那叫莉比?"

莉比闭上眼睛不为所动。

"不喜欢的话,我很乐意接受你的建议。我们还得考虑下给小狗起什么名字。这段时间总不能叫它们为小家伙一号、小家伙二号和小家伙三号吧?"

艾薇打开了露丝艺术工作室的门,开了灯。头顶的灯泡发出微弱的光,在至少五十幅用牛皮纸包着靠在墙上的画上投下了阴影。角落里放着一个溅满颜料的画架,架在一块帆布垫布上,还放了一张折叠桌,上面摆满了画笔、颜料、稀释剂和抹布。另一个角落里有一个板条箱,里面装满了素描本。

她伸手拿了一张小画,把它带进了客厅,然后放在桌子上打开牛皮纸,发现这是一张带有20世纪50年代风格的海滨度假村的渲染图。

这幅画大胆地混合了蓝色、白色和水绿色,颜料似乎以一种随意的方式挥洒在画布上组合在一起,创造出一种节日的感觉。海滨度假旅店三角形的"客满"牌子前停着一辆白色敞篷车顶的粉蓝色别克。

艾薇现在明白达妮为什么要看这些画了。"我都不知道,露丝。要是你早点告诉我就好了。"

她觉得露丝离她好近,甚至转身仔细看了看,看看外婆有没有站在身后。"对不起,我不应该离开你。"

房外,海水冲刷着海岸。艾薇的泪水在眼中闪烁,她眨了好几下眼才止住眼泪。她没有自怨自艾,又转回去做手头的整理工作。她的视线离开画移到了楼梯上,便上楼去了。她打开了自己那个旧房间的门。这里就像房子的其他角落一样,充满了从海滨度假旅店打捞出来的东西。但在杂乱之外,还是可以看到她过去生活的痕迹。

"这儿就是你的房间了。"多年前她们进到这个房间时,露丝这样对艾薇说。

"你怎么不睡楼上?"艾薇问道。

"我更喜欢脚踏实地的感觉,"露丝说,"但你应该会喜欢这儿的。这是整个房子最好的房间。可以从窗户看到整个海滩。没有几个女孩子可以享受这样的盛景。"房间里有两张单人床,一张铺着绿色的被子,另一张铺着蓝色的被子,两张床之间有一扇大窗户,可以俯瞰沙滩和大海。

一阵风吹过,地板开始嘎吱作响。"这里晚上会很可怕吗?"

"我还是个小女孩的时候,大部分时间都一个人住在这间房里。你妈妈在你这个年纪的时候也睡这里。现在轮到你啦。"

"那她现在怎么住在楼下?"艾薇问她。

"她离我近一点比较好。"

"因为她会害怕吗?"

"有时候会。"

艾薇皱了皱眉,"那要是我晚上害怕呢?"她望着那片沙滩和汹涌的海浪。

"你不会害怕的。"

"那妈妈为什么会害怕?"

"你和你妈妈不一样。她更像她爸爸,你更像我。"

"我外公是什么样的人?"艾薇走进房间,手指轻抚着蓝色的被子。

"他不是最勇敢的人,但永远努力把事情做到最好。"露丝耸了耸肩,好像要把一个试图重新趴回她肩上的旧包袱抖落。

"他现在在哪儿?"

"他在一场事故中去世了。"

"像我爸一样?"

"是的。像你父亲一样。我们惠勒家的女人碰上的男人总是运气不太好。"

"那我也会运气不好吗?"

"不,你的运气会比你妈妈和我加起来还要好。"

"如果我不想住在这里怎么办?"她问露丝。

露丝咧嘴一笑。"我敢打包票,你在房子里转完一圈最后还是会选这间的。"

多年来这句话一直在艾薇的脑海里回响,每当她想起时,总忍不住大笑——露丝一定是错的。现在为了证明一点,她大声说:"露丝,我现在转身,不是打算在房子里转一圈哦。"

接下来的一个小时里,她把成箱的餐具、《圣经》、餐巾纸和碗放到了车道尽头的"免费"牌处。这时候才总算能看见整片没有被箱子占满的木地板,然后她开始扫地,以房间最右边的犄角旮旯为起点,把灰尘扫出门去。走到床边时,她搬起床架的一端,小心翼翼地向左移了几英尺。

这一搬就暴露了床下放着的一堆盒子,包括一些看起来像自制的素描本、商店能买到的那种素描本和一个黑色的箱子。

艾薇把这些东西收拾好带到客厅里,放在旅店登记簿和通讯录旁边。她的目光被那些旧一点的临时写生簿吸引住了,这些本子是由一堆海滨度假旅店的纸质餐垫缝成的。从内容来看,这些画的历史可以追溯到20世纪40年代末或50年代初。

每一寸空白处都被大海、这座房子和度假旅店的平房的图画填得满满当当。每一张画的右下角都签着"RW"。是露丝·惠勒的名字缩写。从上面的日期来看,这时候露丝应该是八到十二岁。

这种对透视、阴影和细节的把控感放在一个成年人身上都称得上是非同一般,更不用说是露丝这样一个孩子了。但正是因为她有一双善于观察事物形状和动态的眼睛,才为这些图画注入了灵魂。

露丝没有接受过正规的艺术培训,尽管她曾经说过,如果年轻时能做出更好的选择的话,她会去学艺术的。艾薇认为她做出的"更不好的选择"是指很年轻就结婚生女,然后和她妈妈一起经营海滨度假旅店。

她打开那个黑箱子,一张薄而易碎的纸在打开的那一刻就直接裂掉了。纸下面盖着的是一台旧的35毫米徕卡相机。这台德国制造的相机像素很高,曾经被顶尖的摄影师用来拍摄时尚、战争和生活领域的照片。

银色金属的底部刻有字母"CD"。"'CD'?'CD'是谁?"她问。艾薇翻阅着通讯录,目光扫过所有名字。没有一个姓氏首字母为

"D"、名字首字母为"C"①的人。

她迫不及待地看了一眼照片计数器，上面显示相机里有底片，已经拍了十张照片。打开相机的话底片会曝光，照片也会被毁掉。艾薇把相机放在一边。照片冲印店不像以前那么普遍了，但她一定得找到一家店，可以在不损害底片的前提下帮忙检查一下。

她抚摸着相机上刻着的"CD"两个字母。露丝可能是买的二手相机，所以这个"CD"也可能是前一位相机主人留下的。她感到惊讶的是，相机的主人竟然就这么将其遗忘了。但有一台这么好的相机就只是把它收起来，这一点都不像露丝的作风。露丝保留了很多东西，但所有这些都与她有某种情感羁绊。

这意味着"CD"一定对露丝有特别的意义。

---

① 英文名为名在前，姓在后。

第九章　露丝

1950年6月17日　星期六　下午四点

露丝正站在酒水棚旁边的放毛巾的小屋里，盯着那些孩子在清凉的水中嬉戏。她挪了挪身子，微微向后靠了点以躲避阳光直晒带来的灼热。妈妈之前说，客人吃晚饭的时候，她就可以去游泳，但现在她得给客人分发毛巾，告诉他们浴室在哪儿、晚餐什么时候开始、晚上什么时候涨潮、今晚月相如何，告知客人任何他们想要知晓的信息。当然，要是她可以在酒水棚里卖他们一杯可乐或一杯鸡尾酒，那就再好不过了。

塔莉走出餐厅，端着一盘冰镇好的酒，拿给那一大群坐在泳池边大太阳伞下的妈妈们。曼彻斯特夫人、奥斯本夫人和伯纳德夫人像去年和前年一样，坐在往年坐的那张桌子旁相同的位置上。夫人们的鸡尾酒已经喝到第三杯了。

塔莉把酒放在桌上，但三个女人都没有抬头看她。曼彻斯特太太拿起一包红色的波美尔香烟，啪地打开一个银色打火机点着了香烟。她抽了一口烟，吐出一圈烟雾。

塔莉端着托盘来到酒水棚，手里还拿着两瓶可乐。"埃德娜姨妈说我们可以喝瓶可乐。"

妈妈从来不会和她甜言蜜语或热情拥抱，那些冰苏打水、新画笔和伊丽莎白城的旅行就是她们母女之间的交流桥梁。

"谢谢。"

露丝喝了一大口，一下子就喝掉了差不多一半，瓶壁冒出的水珠顺着冰凉的雾蒙蒙的瓶身流了下来，塔莉则拿着可乐小口小口地抿着。她皱了皱鼻子，因这样一份纯粹的愉悦，整张脸庞都变得柔和起来。"哇，这个真好喝啊。"

"你以前喝过可乐吗？"露丝问道。

"十二岁的时候，有一次我表弟让我喝了一口他的可乐。但我自己从来没有喝过一整瓶的。"

"夏天礼拜六的时候妈妈都会让我喝一瓶。因为礼拜六是一周当中最忙碌的日子。"

"埃德娜姨妈真的很好。"

"我们只要在这里再待大约半个小时就可以了，"露丝说，"然后我们就去帮妈妈布置餐厅准备晚餐。"

"你觉得晚饭后我们可以去看那位女士唱歌吗？"塔莉问道。

"我们得在那附近服务客人，所以在帮他们取酒的间隙听听音乐肯定是可以的。"

"我从来没有见过像她这样的女人。"塔莉说，可乐的气泡让她有点喘不过气来。

"你看过电影吗？"

"没有。"

"去年妈妈带我去看了《旋律时光》①。整部片子都歌声洋溢,有好多像卡洛塔那样的女士。"

"我读书主要是因为有意思。"

塔莉来的时候,小心翼翼把三本破旧的平装书拆开放在了床头柜上。

"你喜欢读什么书?"

"我喜欢南希·德鲁②系列的书。我偏爱那种神秘色彩。"塔莉说。

"谁是南希·德鲁?"

"一个像我们这么大的女孩,她会破案。"

"她为什么要破案?"露丝问道。

曼彻斯特家的小男孩像个小钢炮一样跳进他姐姐在内的几个女孩中间,还把水溅到池边的露丝身上。池子里的女孩们尖声大喊妈妈,露丝则享受着凉爽的水滴洒在她的脸上。皮特听见妈妈叫他名字的时候马上潜到了水下。

"我不知道,"塔莉说,"南希很聪明,而且她很喜欢刨根问底。"

"南希,"露丝微笑着将可乐瓶举到嘴边,"你说起她名字的时候感觉你们俩像是一对好朋友。"

"我有时候是会有这种感觉。"

露丝盯着手里的瓶子,很希望里面剩下的不止那一小口可乐。她没有书中的朋友,但画画的时候她从来不会感到孤独,因为画画的时候,她可以在这边多留点阴影,把那边的线加深一点,或是运用大片的留白。

"今年夏天要留意看能不能找到什么书了。这些客人退房后会把各种

---

① 《旋律时光》是迪士尼推出的第十部经典动画。
② 南希·德鲁是一本推理小说中的人物,其身份是一名业余侦探。

各样的东西留在他们房里。其实妈妈储藏室里可能还有一大箱去年我们捡到的书。"

"真的?"塔莉很激动,"什么样的书呀?"

"我没太注意过。"她从来都只注意那些客人们丢下的蜡笔、铅笔和钢笔,然后把它们攒起来留着冬天用。"晚餐和演出的间隙我们可以溜去储藏室看看能找到什么。"

"我想去。"

露丝仰头喝光了最后一口可乐。有人说话的感觉真好啊。

周六的晚餐大获成功。每个人都喜欢爸爸的海鲜杂烩,因为今天客人们才刚来,还很有胃口,很多都想来第二份甚至第三份。等到下个周六,他们就会变得无精打采、全身浮肿,准备要减少进食了,但现在的话,他们的肚子已经准备好看到多少吃多少了。

盘子都拿去清理干净了,客人们也都回到了自己的房间,准备在晚上娱乐活动开始前再回来重新集合。露丝轻轻地推了推塔莉,她们这时正把最后一沓干净的盘子堆在厨房的长桌子上。"老爸,我们可以去储藏室找找旧书吗?塔莉喜欢看书。"

"要快一点,"他说,"你妈妈很快就会找你们去给客人的休闲活动提供酒水啦。"

露丝猜,妈妈最多还有二十到三十分钟才会来找她们。事实上,她知道在开业日当晚最好不要跟妈妈说休息的事情。但爸爸性格比较温柔,他不擅长拒绝所有合理的请求。

露丝擦干双手。"我得拿钥匙。"

"前门的石头下面藏着一把备用钥匙。我知道你之前在储藏室里面捡过东西。"

露丝吻了吻爸爸的脸颊。"我们马上就回来。"

"快点哦,"他温柔地催促,"否则我们几个都惨啦。"

露丝牵着塔莉,把她从厨房里拉了出来。"那个储藏室就在我们家后面。"她说。

两人穿过沙滩飞奔向她父母的房子,在傍晚柔和的阳光下感受阵阵凉爽。房子后面是一个十平方米大、四四方方的储藏室,前门挂着一把锁。露丝在爸爸说的那块石头下面找到钥匙打开了锁。她打开门,拉了一下门边悬着的绳子,上面的铰链开始嘎吱作响,然后一个灯泡咔嗒一下亮了起来。

房间的木墙阻挡了炎热和潮湿,散发出一种陈腐的霉味。昏暗的灯光洒在一堆棕色箱子上,照亮了空气中飞舞着的尘埃。每个箱子上都标着年份。"每年夏天要过去的时候,妈妈都会让我检查一遍客人落下的东西。她以前会把多余的东西带去卫理公会教堂,但战争结束后她就没去过教堂了,所以这些箱子都还在这里。"

"埃德娜姨妈为什么不去了?"塔莉问道。

"她很生那个牧师的气。但她永远不会告诉我们为什么。爸爸说,我妈妈一旦有了一个想法,就永远不会放手。"

"杰克姨父去教堂吗?"

"不。他从来都不是周日会到教堂做礼拜的人,所以妈妈不愿再去教堂这件事,他也没有说什么。"

塔莉走进房间,手指轻轻掠过盒子。"这里面都是人们落下的东西？"

露丝伸手拿过贴有"1946"标签的箱子。对于一个人来说，四年的时间似乎足以让他完全忘记失去的一切。她把箱子放在灯下，打开盖子，拿出里面的几件衬衫、几顶帽子、一副太阳镜和一个玩具士兵。

塔莉拿起一件粉白相间的格子上衣。"这也是有人落下的？这衣服还很好。"

"对。如果你看到任何想要的东西，可以直接拿走。妈妈不会介意的。"

"你确定吗？万一有人看到我穿着这件衣服，然后说这是我偷的怎么办。"

"他们落下的东西到你这里怎么能叫偷？我觉得如果他们在乎这些，早就回来找了。"

这个箱子里没有书，所以她又去拿了下一个箱子。里面有一顶边缘略有磨损的草帽，露丝坚持说塔莉在沙滩上散步的时候可以用得上。塔莉戴帽子的时候，一眼瞥见了乔其特·海耶写的《彭霍尔》。她的眼睛亮了起来。"这本真是近乎完美，几乎连卷边都没有。我那些书读了太多遍，现在甚至得绑一根橡皮筋来防止书页掉下来。"

露丝没有在这个箱子里找到其他书，于是便合上了，拿出了另一个箱子。"那本书是关于什么的？"

"是本悬疑小说。"

"是你的好朋友南希那样类型的书吗？"

塔莉仔细翻阅着泛黄的书页。"我不知道。"

露丝打开1949年的箱子，把手伸进各种织物、帽子和围巾的海洋中一直摸索,直到她又摸到一本书。她把那本保存得很好的平装书递给了塔莉。

"《琥珀》。"她念出声,看到封面上那个穿礼服的女人的时候瞬间就被迷住了。这本书折角很严重,右下角的书页也有卷边,像是水池中被溅出的涟漪。

露丝合上箱子,然后又在另一个箱子里发现了一本侦探故事,封面上有一个皱着眉头拿着枪的男人。"你读完这本书之前最好不要把这本书给我妈妈看到。她可能对枪有意见。"

塔莉紧紧抱着三本书,"我一读完就还回来。"

"你想读多久就读多久。不要让我妈看到那本书上印着一个拿枪的人就行。"

"不说出来算是一种说谎吗,还是不说就是不说?"

"你想跟妈妈说什么都行,但如果我是你,我会等把那些书读完再说。"

塔莉看起来若有所思。"晚点总比没有好。"她拿起那件衬衫,"那这个我应该要放回去吗?你妈妈可能会不乐意看到我穿着。"

"不,她不会担心这事。但她可能会担心一本书会在你的脑海里灌输某种思想。"

"什么思想?"塔莉问道。

两人从储藏室走出来。露丝关掉灯,锁上门,把钥匙重新放回原位。"我不知道。我画画的时候她对我这么说的。她说画画会让我有更多的想法,让我有些异想天开的念头。确实是这样。画画让我的脑海中充满各种想法各种梦想。"

"什么样的想法？"

"比如去学校学艺术。比如有一天我可以靠画画谋生赚钱。你能想象吗？就像你有一天能通过读书赚到钱一样。"

塔莉咯咯地笑了起来。"这些想法听起来都不错。"

"妈妈只是不想让我忘记，海滨度假旅店是供我吃饱穿暖、为我遮风挡雨的地方。她说，不是每个人都可以过上这样的生活。"

"她说得对。有很多人饿着肚子回家。"

"这就是你来这里的原因？"

"是其中之一，我妈妈也想让我来看看外面的世界。"

"我不知道我们的世界有多大，但在这里有很多工作要做。"

"总比像你妈和我妈那样在地里干活要好。"

"妈妈在地里干活？"

"我们的外公有个农场。现在那里由他的长子，我们的舅舅里奇来经营。他在农场里种瓜、种红薯、种玉米和小麦。去年收割的时候，我的背很疼，胳膊也感觉像裹了铅一样。"

"你多大开始收庄稼的？"

"大约十岁的时候就开始了。"

露丝妈妈一谈到自己之前的生活总会回避，或者用画画有关的话题来分散她的注意力。"妈妈比我认识的任何人都勤奋。"

"你妈妈一定在做正确的事情。这里很漂亮，客人们看起来也很高兴。"

"她把旅店打扫得非常干净。至于客人的开心，也只是因为今天是假期第一晚而已，"露丝说，"时间一长，他们就会发现自己不喜欢的地方。你很快就会见识到的。"

两个女孩跑回她俩现在共用的那个房间。自己的房间里多了个人,感觉还挺奇怪的。塔莉昨夜里一直辗转反侧,但想到旁边还躺着另一个人,心里多少有了点安慰。她把书都塞到了床垫下面,小心地把那件衬衫挂在她的小衣橱里,那顶帽子则钩在床头柱上。

两个女孩匆匆回到泳池边,周遭混杂着笑声和碰杯声,留声机里弗兰克·辛纳屈用轻柔的声音唱着《傻瓜冲进来》。妈妈几年前在收音机里听到这首歌之后非常喜欢,然后特意去诺福克的一家唱片店找到了留声机里的这张唱片。

客人们主要是女性,手里都拿着酒。年纪小点的孩子们在浅水区游泳,朵拉、杰西和邦妮的肩膀和鼻子都晒得带了点甜菜红,现在她们都已经换上了棉质的吊带裙。这群女孩儿靠得很近,说话时咯咯的笑声甚至盖过了大人说话的声音。

"她们真是亲密无间啊。"塔莉感叹。

"是啊。"

"你认识她们吧?"

"战争开始那年她们就来了。"

"你们不是朋友吗?"

露丝揉了揉肚子,胸中不知不觉涌起一种无名的紧绷感。"不可以和客人在一起玩。"

"我觉得她们看着有点自大。"塔莉低声说。

"我觉得这是因为她们现在胸大。"露丝回答。

塔莉笑不可遏,"我有胸,但我不自大。"

露丝昂起头，"等我有那玩意儿的时候我也不会自大的。"

"冬天如果你给我写信我会回你的。没有什么比一封信更让我欣喜若狂了。"

一提到冬天，露丝就想到夏天转瞬即逝，很快塔莉就要走了，她又要孤零零一个人了。"我肯定会好好写的。"

"可一定得附上你的画啊。"

她的心情突然明媚起来，"一定会的。"

她们到提供茶点的帐篷那里时，妈妈正在放冰杯，杯子里盛着绿色的冰沙，顶上放了一颗红色的樱桃。"姑娘们，你们去哪儿了？"

"我们去储藏室了，"露丝说，"去给塔莉找个沙滩帽。如果她不戴帽子的话皮肤会晒得通红的。"

"你想得很周到呀，露丝。"妈妈说，"你们每人都拿一个托盘去，问问客人要不要来一杯。每个客人只能给一杯。"

"这是迎宾酒，"露丝说，"喝了一杯，他们就一定会自掏腰包要第二杯的。"

"你们俩绝对不能喝。这批酒比上一批还要烈。"

露丝和塔莉端着托盘走向那些女客，她们高兴地接过了免费的酒水。露丝经过游泳池时，邦妮看了一眼朵拉和杰西说："露丝，别忘了我们也要喝。"

女孩们咯咯地笑了起来。

"这个不适合未成年人喝。"露丝说。

"那就给我们每人拿一瓶冰可乐，"邦妮说，"记得给吸管。你可以把账记在我们房上。"

邦妮要不是客人的话，露丝早就叫她滚蛋了。但爸爸说了，卖瓶装饮料是有利可图的。"好的。我马上回来。"

她把最后一杯酒分了出去，然后回到了妈妈身边。"那些女孩子要三瓶可乐。她们说把账记到她们房上。"

妈妈扬起眉头，从冰桶里捞出三瓶可乐。"她们都长大啦？"

"可能是吧。我是说，看她们样子就知道了。"

"不用担心。迟早会轮到你的。"妈妈把声音放低了一点。"在完全成为大人之前，你的胸会长得比她们还要大的。"

露丝瞪大了眼睛。"你怎么知道的？"

"你爸爸告诉我了。"妈妈说。

"可是你怎么就能确定呢？谁知道我那块会长成什么样。"

"我觉得总有一天你会拥有你想要的那种曲线的。"

露丝希望她的胸脯能在今年夏天，在那些女孩离开之前就快快长起来。不过，哪怕只是光想想自己的身体会发生怎样的变化，她的精神就已经为之一振。她把冰镇可乐端到女孩们面前，给每个人递上一瓶。

邦妮拿着可乐吸了一口。"哇——太好喝了！你不来一瓶吗，露丝？"

"现在不行。我在工作。"

"我们来的时候，我注意到了你穿的那件小制服，很可爱。"

"那只是一件普通的新衣服，不是什么制服。"

"哦，我的错我的错。"

露丝摇摇头转身。

"别走太远啊，"邦妮喊道，"我们可能会想再喝一瓶。"

"遵命。"

留声机停了下来,妈妈走到爸爸上周刚搭好的小舞台上。这个季节,妈妈的笑容总是看起来灿烂友好,这份笑容,虽然有点假,却有一种感染力,让人很难不高兴起来。

"女士们,先生们。"麦克风发出刺耳的声音,妈妈不得不敲了它几下,"这周我准备了一份稀罕的礼物款待大家。"客人们继续喋喋不休了一阵子才逐渐安静下来。"接下来,我们将会有请才华横溢的卡洛塔·迪萨尔沃小姐为大家演唱。她是梅西·亚当斯号的头号唱将,这艘船目前停靠在科因乔克的干船坞。如果你们之中有谁曾有幸在梅西·亚当斯号上观看过演出,那您一定能想象今晚会有多么美妙。"

通向大厅的侧门打开,卡洛塔走了出来,仿佛她走上的是台下成千上万观众的盛大舞台。舞台是用再生木搭建的,台下的观众大约只有二十人,聚集在泳池边,但这些似乎都无关紧要。

她穿着一条翠绿色的裙子,走动的时候臀部摇摆,喇叭裙随之飘动,闪闪发光。这条连衣裙收紧了她纤细的腰身,也凸显了低领口下丰满的乳房。几个男人站得更高了,女人们则有些不自在地挪了挪身子。就连邦妮、朵拉和杰西似乎也注意到,卡洛塔·迪萨尔沃小姐的胸可比她们大多了。

卡洛塔把她的一头金发梳理过了,发尾盘成了一个发髻,耳上挂着钻石耳坠。连高跟鞋都在闪闪发光。她咧开樱桃般红润的嘴唇,露出一口洁白但稍微有点歪斜的牙齿。这种不完美并没有减少她的美丽,反而增加了她的魅力。她从不羞于承认自己的缺点。

露丝用舌头舔了舔她的牙,发现自己的门牙也有点歪歪扭扭的。

"晚上好，夫人们、先生们。"卡洛塔说。她的声音清澈明亮，那些原本还在喋喋不休的人也不由得看了过去。她不是那种会被人忽视的女人。男人喜欢她的长相，而一部分女人则想知道，如果她们是她，生活会有多不一样。

卡洛塔勾起唇角，仿佛知道了一个别人不知道的小秘密。她将手放到身侧，开始打响指，随着只有她能听到的管弦乐，臀部也轻轻晃动着。

她开口："接下来为大家带来比莉·哈乐黛①的《非你不可》。"

人群中有许多人鼓起了掌，每个人都知道这首歌。

她向左看看，又向右看看，开嗓前脸上的笑容更灿烂了。

卡洛塔的声音像无风天的海洋一样，流畅轻快地带出一串串音符。她开始打节拍，鼓励观众跟着一起唱。男人们依旧为她神魂颠倒，而原本看起来有点犯红眼病的女人们则开始有了笑意。

露丝瞥了一眼咧嘴笑着的塔莉。"她太棒了。"

"她就像是从故事书里走出来的一样。"塔莉说。

妈妈一直很肯定露丝的身材会越来越丰满，那也就是说，有一天她会比内陆来的女孩们更夺人眼球。看着卡洛塔唱歌时，她突然灵光乍现。妈妈是想告诉她什么吗？

露丝经常在其他女人身上寻找自己的影子。一个露着歪扭的牙齿的笑容，一个行为举止，甚至是一种绘画天赋。但现在，当她再次用舌头去舔她那排歪歪扭扭的牙齿时，心好像跳到了嗓子眼。一个在表演船上工作、四海为家的女人自然是没有时间照顾一个小婴儿的。

---

① 比莉·哈乐黛是美国女歌手、演员。

这已经不是她第一次怀疑来旅店的某个人是自己的生母,那个在风暴天来到这里,在二十八号小屋独自分娩,然后用粉色法兰绒毯包好孩子便消失的女人。

但这次,她内心的那个小声音第一次说,卡洛塔·迪萨尔沃小姐必须得是她的亲生母亲。

第十章　艾薇

2022年1月20日　星期四　下午三点四十五分

下午早些时候，艾薇收拾的热情突然高涨。她照料好莉比和小狗，清理了旧卧室的壁橱，把一堆东西送到了路边，有十几个叠放的茶几、四个"请等待就座"的标志牌，以及六个金框镶边但已经失去光泽的海滩风景照。艾薇重新贴了一个新的"免费"标志，希望它能给这条路带来魔法。

然后她把徕卡相机塞进包里，钻到面包车的驾驶室里，这辆车现在简直像个旧货店，装满了各种旧东西。十分钟后，她进了那个煤渣砖砌成的单层平房的停车场里，打开了后备厢，伸手够到的第一个袋子里面塞满了旅店用的床单和毛巾。她拎起来摇摇晃晃地走到前门，用膝盖撑了一下袋子，腾出一只手打开门。门上挂着的铃铛在她头顶叮当作响。一个白发苍苍的女人从长长的前台后面走了过来。"亲爱的，你直接放这里就行。"

"谢谢。"袋子一丢感觉身体都轻盈了。"我还有几个。"

"准备装修吗？"女人问道。

"卖房子。"她说。

"现在是个成熟的时机了。我们这儿就是个买方市场。你的房子在哪儿呢？"

"还记得海滨度假旅店吗？"

女人的眼睛突然亮了起来。"当然。露丝的地盘。"

"我是她外孙女。我准备卖掉她的小屋了。"

"艾薇·尼尔？"

"是我。"

"上次见面，你还在读高中呢。"

艾薇模糊地忆起当年在海滨度假旅店做慈善筹款的事情。"那时候我们在为你们店筹集资金吧。"

"没错。露丝连一分钱的租金和茶点费都没向我们收。"

"哇。这确实是她的作风。"

"她这辈子没少行善积德，也不喜欢别人对此大惊小怪。"

艾薇现在想起来了。露丝还给艾薇付了钱做这个活动。"我甚至都没有意识到。"

"我和我丈夫都喜欢海滨度假旅店。直到去年，我们都还会在你家旅店庆祝结婚纪念日。我丈夫很喜欢你家的炸鸡。"

"您是库珀太太，对吗？"

女人笑了。"你记性真好。"

"你们每次来都靠窗坐。"

"我们很喜欢窗边的风景，当真是这一带一顶一的视野。"她往前凑了一点。"我觉得你走了之后旅店的食物味道就不一样了。露丝总夸你的厨艺呢。后面是去了纽约对吧？"

她原本以为自己离开旅店、离开那个厨房的事并不会有人注意到。"没错。"

"你做的饭给我留下了很深的印象,我相信凭着这样一份厨艺肯定很好找工作的。或许你应该在这一带开个店。"

"是个好主意。"她出于礼貌答道。

库珀夫人再准备开口时,艾薇举起一只手示意,"且慢。我马上会拿着更多东西回来。"她转身出门,很快又带着两个袋子回来。最后桌子上堆起了十个袋子。

库珀夫人从拐角处走过来。"你这里有什么?"

"很多海滨度假旅店留下的毛巾、桌布和床单什么的,这些都还很新,然后还有一些衣服,我外婆啥都留着。"

"要收据吗?"库珀夫人问道。

"不用了,谢谢。我就希望这些东西之后能给人派上用场,这样露丝知道了也会很高兴的。"

"她把这些东西都留着,我倒是一点都不惊讶。海滨度假旅店就是她的家,这所有的一切都是她与那个家最后的联系,这些东西会被送到避难所得到充分利用的。"

这里面很多东西都唤起了艾薇的回忆。她每天上学前和放学后叠的餐巾,平房里没人打扫时她用手一张张抚平的床罩,婚礼或家庭聚会前在圆桌上铺上的宴会桌布。所有那些被她塞进袋子里,拖过来、举过来的东西都像是从她的记忆里走出来了一样。"附近有相机店吗?"

"当然。有一家叫鲍勃家电维修小店。现在真想修相机的人没几个了,但还是有人需要修点电器的。相机在他那里也属于小家电的范畴。那家店在里程碑标着'10'的地方。"

"那离这里才几英里远,太棒了。"

"你需要相机吗?我这里有很多旧相机。"

"谢谢,但是不用啦。我有一台露丝的旧相机。我猜里面有几张底片。"

库珀夫人点点头。"看来是个谜。有帮得上忙的地方随时联系我。"

"我肯定还会回来的。今天拿来的还只是我之前那个卧室和露丝房间的一小部分东西。"

"露丝确实从来不乐意浪费任何东西。"

艾薇谢过库珀夫人,出门上车向南开了五英里,然后在那边购物中心的狭长地带发现了这家维修店。窗口有一个红色的霓虹灯,上面亮着"正在营业"。

她下车走进这家小店里,里面摆满了烤面包机、风扇、微波炉和吹叶机,墙上摆了一排架子。接着她走到一个摆满相机、手表和装饰时钟的玻璃柜前,柜子后面是一个收银台和一个用帘子隔开的房间。

艾薇按响柜台上放着的小铃铛,随后一个头发乌黑但稀疏的矮胖男子从门帘后走了出来。

"有什么可以帮上你的吗?"他问。

"有的,希望您能帮帮我。我是艾薇·尼尔,是露丝·惠勒的外孙女。"她把相机放在展示柜上。

"露丝……很抱歉听到她去世。"

"谢谢您。"

"我是鲍勃。你需要修相机吗?"

"我还不知道。我在她屋子里发现了这台相机。"

鲍勃的目光落到了相机上。"徕卡?看起来有些年头了呀。"

"的确。我不知道它有没有坏,但我猜里面应该有底片。"

鲍勃接过相机,检查了上面的照片计数器。"看着里面应该是有十张照片。"

"这台相机被藏在床底下。不知道里面的底片还能不能用了,过了这么久都没有冲洗出来,但我觉得还是值得一试。"

"我可以试试。我有一个简易的暗房。现在很少有人来冲洗胶片了,但这个暗房还是可以满足你的需求。"

"那可太好了。"

他把相机翻过来,长满老茧的手指滑过相机金属机身上刻着的"CD"两个字母。"会不会是旅店的客人落下的?"

"不知道这个'CD'是谁。但要是里面的照片还能挽救一下的话,说不定就能解开谜题了。"

"我们试试看吧,"他笑着说,"相机一旦打开,里面的底片就会报废,这你清楚吧?"

"我知道,但我还是觉得值得一试。您这儿需要付定金还是直接刷信用卡呢?"

他从抽屉里取出草稿纸和一支笔。"写一下你的联系方式,有问题我就给你打电话。"

她在纸上写下了名字和电话号码。"感激不尽。"

"为了露丝,赴汤蹈火我也在所不辞。她真是个神仙般的人,2005年冬天,我的房子让洪水淹了,她让我在你们旅店平房里住了三个星期,一毛钱都没收我的。"

艾薇想起了那个冬天。旅店一半的平房住的都是被洪水淹了房子的乡亲。"是的,她人真的很好。"

离开维修店的时候是四点钟。她离开家不到一个小时,所以还有足够的时间去杂货店,之前扔掉的肉桂、牛至和罗勒需要补货,还得买点新的辣椒粉和红辣椒碎。但如果她要做炸鸡,那就得换个方向了。

于是她去了市场,买了香料、两袋新的咖啡,给莉比买了些咀嚼棒,还称了两磅黄油。

到收银台排队的时候,她前面站了一个高大肩宽的男人,深棕色的鬈发长至衬衫领子,手里拿着一块牛排、几个土豆、一把新鲜的欧芹和迷迭香,还有点沙拉配料。从以往经验来看,男人一般会拿预先包好的那类商品,所以她只好帮他托了一下。

男人走到收银台时,艾薇便把她要买的东西放到了传送带上。他转过身来的时候,整张脸都露在了艾薇面前。她感觉心里一揪。这男的不就是她高中时的男朋友马修·彼得森,达妮的前夫吗?这是什么狗屎运?

艾薇伸手梳理了一下头发,这一刻她真希望自己出门前洗了头,她还考虑了一下要不要装作不认识这人然后慢慢退回到过道上。但她没有,她开口叫了一句:"马修?"

那男人转过身,最初那个眼神告诉艾薇,他并没有一下子就认出她,但很快马修就咧开嘴笑着摇了摇头,那张脸上找不到任何苦闷或愤怒,不管什么时候,只要马修乐意,他总能笑得出来。如果不是前面有个推车挡着,他甚至会过来抱住她。不过艾薇想到自己今天出来前没有洗澡,最好还是不要跟他有肢体接触了。

马修的身材保持得很好,爸爸们都会有的大肚腩也没有出现在他身上。他今天穿了一条干净的牛仔裤,上身穿了件灰色毛衣加翻领皮夹克,这样的外表总能颠覆一个坏男孩的形象。

"艾薇,我有听说你回来了。还好吧?"

"好得不得了。"

"我差点没认出你。你现在像个纽约人似的。看着很前卫。"

"也可以换个词叫丑陋吧?"

"没,一点都不会。你保养得很好。"等收银员把他要买的东西清点好,他便把信用卡塞进了刷卡机。"我听说你在卖露丝的房子。"

"是时候卖掉了。"

"那露丝时代就真的结束了。"

"日子还得过下去嘛。"这样的对话她可没有事先排练过,也想不出比这更轻描淡写的回答了。

收银员把东西装袋时,马修的注意力全集中在了她身上。"你现在状态真好。"

"谢谢你。"艾薇仿佛感觉时光倒流,又回到了2010年。那几年她总是穿件露脐上衣,一头鬈发扎在脑后,脚上踩一双紫色人字拖,回忆起来全都是大写的尴尬。

但那时候,马修总能哄得她自我感觉良好。不过讽刺的是,正是因为他这样,艾薇才有了离开外滩岛、离开马修的勇气。这次回家从一开始就感觉像是在调研过去犯下的错误。

"你现在肯定忙得不可开交吧,"他说,"露丝之前把旅店里她还能拿得出来的东西都留起来了。"

从他这话艾薇也听得出,露丝在晚年或多或少没有当年的精气神了。"她在大萧条时期长大,什么东西都不喜欢丢掉。"

"我不是责怪她,她爱的一切被毁了是很难过的事。"

他的话里隐藏着艾薇并不愿说出口却又不言而喻的痛苦。"确实是。"

艾薇走向收银台时,马修正把自己的东西装进他的手推车里。她等收银员把自己的东西全部扫描完,然后刷了信用卡付账。

"你买这些是要做什么啊?"

"我要说是做露丝牌炸鸡,你敢信吗?"她问。

"毕业前你还发誓以后再也不做炸鸡了。"马修之前老是听她抱怨因为做炸鸡把油溅到手臂上而被烫伤。

"我礼拜四调好料等礼拜天再吃,至少不是同一天进行,分开行动,分开一小步,文明一大步。"

他轻声笑了一下。"看来你还是那个收拾行囊,毫无计划就开车直奔纽约的女孩。"

那个十八岁的姑娘就算有开拓精神,也傻得可以,但最主要的特质还是自私。她想让那个姑娘拒绝在这里停留扎根,继续飞向未来。"我习惯放胆生活,没办法啊。"

"你还记得怎么做炸鸡吗?"

"食谱早就烙在我脑子里了。"

"那你会把食谱告诉我吗?"

她抓过杂货袋。"露丝让我发誓要保密的。"

"之前我有问过她,但她一直不肯说,我寻思自己应该挺有魅力的呀。"

露丝一直不喜欢马修油腔滑调的德行,她倒从来没有跟艾薇直说,但偶尔翻来的一个白眼足以胜过千言万语了。"我也不会说的。"不到一分钟，他们就轻松恢复了高中时期的革命友谊。"我见了达妮，她来过我家了，一如既往的漂亮。"

马修的笑容在一种微妙的紧张气氛之中消失了。"她总是很沉着，看起来十全十美。"

这样的溢美之词后面会不会也隐藏着暗暗的指责呢？马修家以前靠卖家具赚了很多钱，曾经艾薇也很清楚她和马修门不当户不对，当时她告诉自己这些都无所谓。现在她突然意识到，马修最终，或者说至少是有一段时间，和光鲜靓丽的达妮走到了一起，对这件事情其实一点都不用感到惊讶。

"我们都会向往像她一样完美。"艾薇说。

"你想一起吃顿饭吗？我很想跟你叙叙旧。"

"但我现在太忙了。"她现在满脑子都是清扫房子的事，哪怕只是把自己拾掇干净，都是件大工程。而且她现在也做不到踩着高跟鞋去跟马修吃饭。

马修嘴角勾起一抹笑意。"我们吃饭很随意的。"

"马修，你邀请我吃饭我很高兴，真的。"他俩边说话边走到人行道上。"但是我得处理房子的事，还得照看几只狗……"

"几只狗？"

"故事有点长。总之我现在有一只母狗和三只小狗要照料。"

"可千万别让贝拉看到了。"他突然温柔地笑起来，"她缠着我和达妮好几个月了，说想养条狗。"对贝拉的温柔让他完全没了那个坏男孩的样子，也给他添了一份独特的魅力。

"达妮也是这么说的。"

"我们真的要一起吃个饭,艾薇,回来了怎么能不叙叙旧。"他的笑容着实迷人。

"当然,当然得聚一聚。明天晚上怎么样?"

"我明天要找新的零售空间,但晚饭前我肯定会收工的,我们计划一下吧。"

艾薇没有其他社交活动,所以也不好拒绝,而且如果她坦言相待,马修便会带着那种不加掩饰的喜悦看向自己,她就一定又会觉得受宠若惊。"回见。"

"我六点来接你。"

"这么听起来我们已经计划好了。"

"你能回来真是太好了。"马修把手举了起来,让艾薇感觉他要抱住自己了,但是并没有,他只是伸手比了个松松的拳头。"你回来了,外滩岛才是原来的外滩岛。"

"谢谢。"

艾薇把东西放进车里,开车回到小屋。到家的时候,她看见小狗们一边贪婪地喝着奶,一边嘤嘤地叫着。莉比侧身躺着,让孩子们吃饱喝足。

艾薇跑到厨房翻箱倒柜,想找出一个大煎锅,但最后找到的远不止一个,她找到了好几十个从海滨度假旅店捡回来的锅。她挑了一口铁铸的长柄煎锅,这锅她曾经用了很多年,它早被熏得漆黑,沾满油烟和调料味。她举起锅,像握着一位老朋友的手那般握住了锅柄,然后放到面前的炉子上,把火开到最大,这时她突然想起之前和露丝的一次对话。

"为什么我们老用同一口锅啊?"艾薇一边问露丝,一边把围裙系在她细细的腰间。这年她上五年级,第一次到厨房帮厨。

"这口锅从没让我,或我的爸爸妈妈失望过。"露丝回答说,"只要你妥善保管着,它就不会让你失望的。"

"你爸妈以前做的事情你也全都做了吗?"艾薇问道。

露丝勾了勾唇角。"我妈妈听了肯定要哈哈大笑了。她经常说我一根筋。"

"你也经常这么说我。"

"有其外婆必有其外孙女嘛。"露丝说完,在锅里倒了很多油,然后打开炉子,又拿了一袋面粉倒了一碗出来。"我们要加盐和胡椒。没有人喜欢吃清淡无味的炸鸡。"

一般周日晚上露丝从旅店厨房下班之后,就会带些炸鸡回家,但这是她们第一次一起做炸鸡。

接着,露丝将乳酪倒入碗中,又把几只常温鸡腿洗净并拍干。没有艾薇妈妈在背后喋喋不休,锅里热油噼啪爆裂的声音听起来格外响亮。尽管妈妈已经去世五年了,但艾薇还是会觉得没她在的屋子太安静了。

露丝小心翼翼地把鸡肉放进乳酪里,把碗里的面粉也倒了进去,接着把所有鸡腿都抹上油放到一旁,然后把木勺的勺柄伸进了油里。艾薇看见勺子周围的一圈油开始冒泡了。"有这种变化的时候就说明油温合适了。"艾薇看着一只鸡腿被露丝慢慢放进了油锅里,先是发出了嘶嘶的声音,接着被炸得噼啪作响。"现在你来试一下。"

艾薇也拿起一只鸡腿,在锅上转了一圈,然后学着外婆的样子,慢慢把它送去泡个滚烫的"热油澡"。一滴油溅到了她的皮肤上。

"哎哟。"艾薇叫了出来。

露丝递给她一条湿毛巾。"烹饪避免不了被烫伤。"

艾薇仔细观察着自己红色的烫痕。"或许我不擅长这个。"

"没有的事,"露丝鼓励道,"你可是个烹饪天才。"

"那我可以在咱们旅店厨房当厨师吗?"

"当然可以啦。"

第二天放学后,艾薇就开始在厨房工作了。最开始那段时间,她做的工作严格意义上不能叫工作,只能叫打杂,大部分时间她都是坐在桌旁,做做作业,吃吃点心,叠叠餐巾纸,有时候还会帮露丝和安德森先生拿些东西。安德森先生那年九十二岁了,还是会偶尔过来和露丝一起做饭。到艾薇十一岁的时候,她可以帮忙切凉拌卷心菜里面的卷心菜,给周三晚上的海鲜烩菜切洋葱丁。等到中学毕业的时候,她还会站在烤箱前,站在台阶凳上帮着做饭。

艾薇的薪水并不多。露丝觉得,海滨度假旅店算是个家族生意,所以这个家里的人工资是最少的,露丝也不例外,她有时甚至没有工资。

艾薇的烹饪技术不断提高,她的自信也在与日俱增,高中时身边很多朋友还都迷迷糊糊的,她却已经有了自己的目标:她知道自己无论如何都会成为一名厨师。

艾薇按照将近二十年前露丝教她的方法把食材摆好。艾薇不需要再用勺子测油温了,她的感官在厨房里经受了数千个小时的磨炼,所以很清楚油温什么时候好,或者鸡肉什么时候要翻一下或该捞出来了。

四十五分钟后,老旧的小屋里弥漫着炸鸡的香气,空气中满是回忆的味道。莉比也从它的小床铺上起身,竖起耳朵走进厨房。

"看来炸鸡对狗的诱惑力跟对人的是一样的。"艾薇说。她弄了一碗狗粮,在上面撒了几片酥脆的鸡皮。"我在给你养成一个很不好的习惯,但新晋妈妈还是应该善待自己。"

艾薇放下碗,看着莉比吃得狼吞虎咽。于她而言,看着别的生命享用自己做出的食物有一种巨大的满足感。她拿了一只鸡腿吹了吹热气,然后举到了鼻子边。于她而言,气味是最强的记忆导体。闻着露丝牌炸鸡的味道,她又开始想,自己本该过着怎样的生活呢?

第十一章 艾薇

2022年1月21日　星期五　上午七点

今早艾薇是被碾土机碾过沙子和土壤的声音吵醒的。"真早啊，道尔顿。"

她从旧双人床上坐起来，望向窗外，姜黄色的太阳从地平线上探出头来，在大西洋的水面上投下新生的光芒。她摆了摆双腿，舒展了一下僵直紧绷的后背。碾土机开到屋旁时，艾薇揉了揉眼睛，下楼走进厨房里，然后一边让咖啡机工作着，一边看着旁边的莉比和三只尚在熟睡的小狗。莉比看起来该去方便了。

于是艾薇带着它出了后门，朝沙丘走去。莉比把鼻子贴近地面，搜寻一个合适的方便之地。艾薇则兴致勃勃地看着那边的船骸，她很高兴这家伙还在。如果这艘船真的让生者与亡者之间近在咫尺，那露丝说不定正与她比肩而立呢。这想法让她宽慰了不少。

艾薇把莉比带回屋里，喂了点吃的，在咖啡机咕噜咕噜快要煮好咖啡的时候，她已经顺便把装饲料的碗给刷好了。她倒了一大杯咖啡，端着下楼，又爬上沙丘，越过沙地走到船骸那里。她用手指轻轻掠过潮湿发黑的木头船身，这些木头摸着硬得像石头一样。

达妮昨晚给她发了消息，说她父亲想来看看船骸，想问他们今天上午能不能过来到卧室外的凉台上看看，因为那里视野最好。艾薇很快回消息同意了，他们约好今天上午十一点会过来，所以她还有足够的时间喝喝咖啡、洗洗澡。

她四处张望了一番，看还能不能看见上次那只猎狼犬，但自那天过后，她就再也没有看到过了。不过谢天谢地的是，暂时还没看出来真的有亡灵在海底游荡并焦急地等待着船只重回海底。

艾薇呷了一口咖啡，现在喝已经太凉了。"我要郑重声明哦，对于这艘船，我没偷过没抢过，所以有怨念不要发泄在我身上啊。"

风吹过沙滩草，夹杂着沙子掠过海滩。"还有露丝啊，如果你就在附近，就给我指点指点关于小屋的事情吧，我会非常感激的。露丝，我想你了。"

半个小时过后，她依旧站在原地呼吸着咸腥的空气，听着大海的声音。这里确实存在一种野性的呼唤，今天的微风吹得她不想走。

碾土机的声音让她的注意力回到了那片曾经是海滨度假旅店的土地上。"我不会上当的。我知道这一切都是瞬息万变的。"

她把咖啡渣倒进沙子里，然后回到屋里。达妮和她父亲几个小时后就过来了，她想再打扫一下。她不在乎达妮会不会看到一个乱七八糟的房子，但露丝会在乎皮特看到一个哪怕只是稍微有点乱的房子。

她爬上二楼，开始清理这层的卧室，搬走了宴会上用的那些旧椅子、一台淘汰掉的打印机、一台收银机，还有一台十五年前流行的电脑。

上午十点多，艾薇的身子还埋在装满《圣经》的壁橱里，一个电话直接把她从里面揪了出来。她从后兜掏出手机，"我是艾薇·尼尔。"

"尼尔小姐，我是给您洗照片的鲍勃。"

她伸手把刘海往后捋了一下，"我还记得您，先生。照片的事情有进展吗？"

"底片保存得非常好，取出来的十张底片都能洗出来，我刚刚已经全部打印出来了。"

艾薇在地上跪坐下来，把跑到脸上的一缕头发撩开。"有发现什么吗？"

"从照片里海滨度假旅店的样子来看应该是50年代初拍的，这些照片里有拍到一艘表演船，有海滨度假旅店，有一只小白狗，一个非常迷人的女人，这女人很像拉娜·特纳①呢，有一群年轻女孩，几个三十多岁的女人，还有一张照片我猜拍的是露丝。"

"真的？"她伸了伸懒腰，"我现在可以来拿吗？"

"可以的。我整个上午都在店里，中午打烊，下午休息要钓鱼去。"

"我马上过去。"

"那一会儿见。"

艾薇兴奋地挂掉电话，带着莉比到外面快速解决了一下小便，也顺便看了看小狗的情况。狗宝宝们眼睛都还看不见，但各自的性格已初见端倪了。最大的那只吃完东西就扭动着走开，因为它似乎很怕热，那只浅棕色的小母狗总是懒散地躺着，而那只黑白相间的小母狗则是最爱叫唤的。它们都在一天天长大，一天天变重。一旦哪天它们有了自由活动的能力，那可就一发不可收拾了。

---

① 拉娜·特纳是美国影视女演员。

艾薇抓起包出门,锁前门的时候,她注意到调查员已经在附近工作了,在马上要建起新房的地方进行打桩放样。从桩子的数量来看,露丝的小屋明年就会迎来很多新邻居了。

道尔顿站在工地的中心处,他今天穿了一件厚重的夹克,头戴一顶无边便帽,下身穿着一条牛仔裤和一双工靴。他迈着坚定的大步在工人们中间走来走去。他能够肆意活在自己的世界里,而艾薇如果再诚实点,就会承认自己对此有点嫉妒。初到纽约的那段时间,她正处于青春期和成年期的交叉口,还以为到了个安乐窝。

收拾好公寓的时候,她以为那个已经长大成人、智力成熟的纽约艾薇自然会知道接下来要怎么做。但哪怕到今天,她也对自己人生的下一步毫无头绪。

她把车倒出车道,余光瞥见"免费"牌那里又空了。"上帝会永远与你们同在。"

她驶出了海滩的路,一直向北走,开了五分钟的样子就进了维修店的停车场,然后下车进了店里。

鲍勃正站在柜台后,戴着大大的放大镜检查一个钟的内部零件。

"你好呀。"他放下小螺丝刀,摘下眼镜,"你要的东西已经准备好啦。"

"我已经迫不及待想拿到了。海滨度假旅店留下的照片不多了,大部分照片都在上次那场风暴中被毁了。"

"海水几乎可以毁掉一切。"

12月的那场风暴过后,露丝一直情绪低落。艾薇当时恳求露丝和她一起回纽约,她跟露丝保证会带她去大都会博物馆逛逛,去顶级餐厅吃饭,去中央公园散步。但露丝拒绝了。艾薇还曾保证自己过几周就会回来,但真正回来的时候已经太晚了。

鲍勃打开一个马尼拉文件夹,里面有一个透明的塑料套,装着一排十张的底片。"像我在电话里说的那样,这些底片保存得出奇地好,要洗出来没有一点问题。"

艾薇拿着底片倒过来看了看,试试能不能看到照片真正的样子,随后她把底片放到一边,伸手去拿打印出来的那沓照片。照片摸起来很凉,上面还残存着显影剂的味道。"我能找到您真是万幸,现在大家都用数码相机了。"

"现在每个人都有手机。没人拿相机拍照了,都是拿手机拍。"

艾薇的目光落在了面上第一张照片上,这张拍的是一艘停泊在码头上的大船。这艘船名为梅西·亚当斯,船底是平的,总共三层,上面还有白色的栏杆和一些装饰物。顶层有一个遮篷,遮住了船的后半部分,下面的栏杆边站着十来个人,都朝着拍照人的方向挥手。船上静静矗立着两个黑色的烟囱,并没有一丝半点的烟雾从里面升起。

"表演船吗?"艾薇问道。

"大约1900年到60年代后期这段时间,表演船在沿海内航道上有很高的人气。我给一位朋友打了电话,问了她关于梅西·亚当斯号的事,她告诉我,直到60年代中期,这艘表演船的生意都如日中天。"内陆航道从佛罗里达州南端一直延伸到波士顿,汇集了运河、河流、水湾、堤坝和峡湾,一个多世纪以来,这条航道上货物运输不断。

"基本上算一个巡回演出团或马戏团了吧。"艾薇说。

"差不多。他们船上会有歌手、演员、魔术师、杂耍演员。这些人认为只要是人们会买票来看的都叫表演。"

"那为什么露丝的相机里会有梅西·亚当斯号的照片呢？她爸妈带她到船上看了演出吗？"

"也许吧，但这台相机在当时可并不便宜。众所周知，惠勒夫妇一分钱都要掰成两半花。买这么贵的相机似乎不符合他们的作风。"

艾薇翻到下一张照片，上面是一辆带有白色敞篷车顶的浅色别克。她认出这是露丝画过的一辆蓝色汽车。"开这么一辆车也不符合他们的作风。"

"那辆别克应该是40年代后期出的，这种车属于性能不佳的花架子。"

下一张照片上是一个女人，她一头淡金色的头发在脑后盘成了一个发髻，铅黑的眉毛让那双明亮的眼睛和扬起的嘴唇更加生动，笑容灿烂而富有感染力。她身上穿了件浅色的开衫，长度刚及那对丰满的胸部。"这肯定不是露丝妈妈。"从露丝对埃德娜·惠勒的评价来看，她一直待人和善，整个人全身心投入旅店中，而且性格有些阴郁不爱讲话。"她肯定是跟那辆车和表演船有关的。"

下一张照片的主角是海滨度假旅店。当时旅店的平房被漆成了石灰白，坐落在当时用作餐厅的主楼一侧，主楼的另一侧是游泳池。一切看起来都是那么新鲜，完全不像她记忆中那个疲惫不堪、忧心忡忡的地方。"海滨度假旅店"的牌子是新安的，"暂无空房"的灯牌也亮着。她再一次发现这张照片也很像露丝画的其中一幅画。"过去几十年里，一到夏天旅店就会爆满。"

"夏天是旅店的巅峰时期。"鲍勃说。

下一张照片上是一个年轻的女孩,她站在耀眼的阳光下咧嘴笑着。女孩漆黑的眼睛和灿烂的笑容让艾薇立刻就认了出来,"是露丝。"

艾薇心目中的露丝一直很老。露丝的生活好像就是照料旅店、照顾艾薇生病的妈妈,再到后来照顾艾薇,此外很少做其他事。

撇开身体特征不看,没有任何迹象能透露照片上这个姑娘未来会成为这样一个女人。照片里的女孩看起来对一切都感到兴奋不已,似乎最不乐意做的事情就是工作。艾薇猜测这时候的露丝应该是十二岁左右,这一年大概是1950年。

下一张照片拍的是大海,从角度来看,是从她现在住的小屋里拍摄的。照片正中央是昨天重新出现的沉船。

"那艘船现在又重出水面了,是吧?"鲍勃说道。

"是的,到现在为止还在那里。皮特·曼彻斯特很快会过来看看。听说他算是个专家。"

"确实是,希望他能带点这艘船之前的照片给你看看,里面有一张1870年拍的,也就是这艘船出现在岸上的第一年。"

"我非常期待。"

"小心船上的鬼魂和小妖精哦,"鲍勃笑着说,"它们会给你带来麻烦的。"

"希望它们可以放我一马。"她边说边继续往下翻看剩下的旅店和度假游客的照片。"要付您多少钱呢?"

"一分钱都不用。"他说。

"您确定?"

"露丝的外孙女在我这儿永远不用付钱。"他把艾薇的照片塞进一个白色塑料袋，袋子上写着"鲍勃家电维修小店"。

"再次感谢您。"

"不客气。"

艾薇坐回车里，她现在依然不能确定相机主人究竟是谁，但或许曼彻斯特先生会知道。拍这些照片的那个夏天，他可能就在那里。

回到小屋时，达妮已经把车停在了车道上，她和她父亲正打量着这座屋子。曼彻斯特先生个子很高，有一头浓密的灰发，到了这个年纪肩膀却仍然宽阔笔直。

"艾薇。"达妮笑着打了声招呼，她穿着一双很有设计感的靴子，下身是条靴型牛仔裤，上身是件长至腰际的毛衬里厚皮夹克。

艾薇身上那件"久经沙场"的灰色汗衫再次让她感到有些羞耻。

"达妮。"

"你还记得我爸爸吧？"达妮问道。

艾薇向曼彻斯特先生伸出手，"很高兴再次见到您，曼彻斯特先生。"她离开露丝的葬礼时，这位老先生曾与她握手告别，说了些称颂露丝的话。但在艾薇的记忆里，那一天在场所有的人和他们所有说的话都糅合成了一张面目全非的拼贴画。

"很高兴你回来了，"他说，"我们都很想你。"

"我也很高兴再次见到您，见到达妮，回到这个老地方。"

"这小屋一直没变，"他说，"这十分难得。"

但其他一切都变了。"您是要来看看沉船吗？"艾薇开口问他。

"已经迫不及待了，"他搓着满是老茧的手，"达妮告诉过你我是个历史迷吧？"

艾薇爬上小屋的楼梯。"她说啦。您能过来我实在是荣幸至极，这艘船绝对意义非凡。"

艾薇打开了前门，原本安静待着的莉比突然开始吠叫了起来，一边还在箱子堆成的那面墙后偷偷看他们。"只有我一个人，你和你的孩子们都很安全。"

"如果不是要上学，贝拉现在肯定也在这里，"达妮说，"她很想来看小狗。"

"欢迎她随时过来。"

她把放了照片的文件夹放在桌子上旅店登记簿的旁边，然后把达妮和皮特带到后门，三人一起穿过了沙丘。皮特一看到沉船就拿出手机开始拍照。

"你这儿已经成了我们家的话题中心了，"达妮说，"贝拉讲这儿的小狗，爸爸讲这儿的沉船，道尔顿讲这儿的……"

艾薇感觉脸颊有些发热，"道尔顿讲这儿的什么？"

"这么说吧，在他看来，你是外滩岛的人气回归嘉宾。他来过这儿很多次了吗？"

"倒也没有。他看起来总是在工地上忙得不可开交。"

"这里的开发算是公司的大项目，要建十间房子，"皮特说，"这些房子，他要卖掉，要建起来，压力很大。"

"这里一定不愁卖的。"艾薇说。

"像这样的滨海房产很稀罕，道尔顿已经卖了过半了。"皮特的声音中带着掩盖不住的骄傲。

他走到沉船旁，用手抚摸着横梁。"出事的时候，这艘船正在从南卡罗来纳州运货到纽约的途中，"皮特解释道，"除了船员，船上还有一名妇女和她两个月大的婴儿，女人叫弗朗茜丝卡·温特沃斯，孩子叫萨拉。弗朗茜丝卡是一位年轻的名媛，她乘船准备去与丈夫团聚。我在纽约报纸上找到了几篇带有她照片的文章，当时她的离世一连几天都是当地报纸的头条新闻，去世的时候她年仅二十一岁。船上一共有十二个人，除了她和她的孩子，其他所有人的尸体都被找到了。"

"这母女俩的尸身呢？"艾薇问道。

"最有可能的说法是弗朗茜丝卡的裙子过于厚重了，所以把她压在了水下，身子一直沉在海底。很多人猜测萨拉也一直在她怀里抱着。"

一股冷风从海面袭来，吹得艾薇打了个寒战。"这太可怕了。"

"我简直无法想象。"达妮轻声说。

"有人说他们见过弗朗茜丝卡的亡灵，"皮特说，"她穿着一条黑色连衣裙，金色的鬈发像一圈光环般笼罩在她苍白的脸庞周围。"

"哇，你研究的真是不少啊。"艾薇搓了搓手，试图让自己暖和一点。

"我还可以告诉你所有被发现的水手以及货物的一些情况。这艘船当真是让我有些着迷。"他从口袋里掏出手机，调出这艘船的黑白图像，当它停靠在查尔斯顿港时，船帆卷起，线条干净利落。

冰冷的空气渗入艾薇的骨头里。"我还找到了些您可能感兴趣的东西。"

三人从寒风中走进屋里，顿时感觉身子被温暖包裹了。艾薇走到餐桌前，从文件夹中取出彩色照片。"看看这些。露丝、旅店还有沉船我是认出来了，但还有几个人我不认识。"

她将十张照片沿着桌子边缘排成一排。皮特走到她身后，从眼神中看得出他一定认出了什么人。"这个肯定是露丝，"他指着照片上那个年轻女孩说，"还有这张照片上的五个女孩，一个是露丝，一个是塔莉，那是我姐姐邦妮，旁边是她的两个朋友杰西和朵拉。"

这张照片上，露丝露着一个淡淡的，甚至说得上是勉强的笑容。艾薇又看向了女孩们旁边穿着泳衣、戴着草帽和猫眼太阳镜的几个女人，她们都拿着香烟，面前的桌子上摆满空了的鸡尾酒杯。"坐在泳池边的那三个女人的话……"

"最右边是我妈妈安·曼彻斯特。"皮特解释道。

达妮凑到照片前，仔细打量着那个身材纤细的金发女郎。"这是奶奶？她看起来像格蕾丝·凯利[①]呢。"

"我妈妈年轻时候相貌很是出挑的，"他语气中满是怀念，"她过去常说，我父亲对她是一见钟情，后来他被派遣到海军新兵训练营去了，春天回来的时候他们就结了婚。父亲家这边对此很不高兴，但生米已经煮成熟饭了。"皮特缓缓地舒了口气。

达妮见状轻轻拍了拍父亲的背。"能再看见她生病之前的样子真好啊。"

皮特清了清嗓子。"她旁边是奥斯本夫人和伯纳德夫人。这两位夫人的女儿也是我姐姐邦妮的玩伴。"

"她们应该都是露丝这个年龄吧。"艾薇说。

"露丝比她们大一岁，她对这几个女孩一直很好，但她们从没真正待

[①] 格蕾丝·凯利是美国影视女演员、摩纳哥前王妃。

见过露丝。"

"为什么啊?"艾薇为年轻时的露丝感到愤愤不平。

皮特看起来有点不好意思,"我妈妈非常在意阶层划分。露丝是旅店的员工,我妈妈、妈妈的朋友还有她们的孩子都是客人。"

艾薇很清楚服务业从业者的生活。不是每个客人都会与她进行眼神交流,有些客人可能很粗鲁,很多时候根本不会把她当成平等的人进行沟通,还有些时候许多人在她身旁叽叽嘎嘎,好像把她当空气或者聋哑人。高中的时候,所谓的阶级划分从未成为艾薇和达妮之间友谊的隔阂,但她一直都知道,有钱人的世界和她的很不一样。

达妮拿起另一张照片,"这位是谁?"

"卡洛塔。"皮特答道。

"卡洛塔?"艾薇重复了一遍。

皮特似乎在努力回忆起一些其他细节,"姓迪萨尔沃,全名是卡洛塔·迪萨尔沃。那个夏天她来旅店驻唱。"

"驻唱?"艾薇重复了一遍。

皮特用手指轻轻拍了下表演船的照片,"她在梅西·亚当斯号上表演,这艘船在那年春天的风暴当中受损了,船上的演艺人员和工作人员都因此滞留在了附近,演艺人员都各自去度假村和旅店里找工作,卡洛塔就这样来到了海滨度假旅店。"

"你还记得她吗?"艾薇问。

"哦,我当然记得啦。她很能让人印象深刻的,是那种自带主角光环,一走进来就是目光聚焦的人物。女人嫉妒她,男人嘛,男人会想得到她。记得第一次听到她唱歌的时候,我觉得我爱上她了。"

达妮笑了。"你当时几岁了,爸爸?"

"六岁。"他耸了耸肩,"很难不爱慕她。"

达妮用拳头轻轻戳了戳她爸爸的肩膀。"爸,你可从来没提起过她。"

"我到现在才想起她来呢。"

艾薇指着塔莉,"露丝也从来没有提过她。"

"她们是多年的好朋友,但后来闹翻了。上次我听说,塔莉住在伊丽莎白城的一个养老院里。我没在葬礼上见到她,不过她最近好像病了。"

艾薇拿过通讯录,但没有在里面找到塔莉的信息。"又是一个谜。"

"她很可爱,总是看起来有点紧张。那年夏天她和露丝是最好的朋友,但当时的我更感兴趣的是在泳池里游泳以及和我的朋友们一起玩。然后很多事情都在那个夏天大变样了,后来的十年里我完全忘了海滨度假旅店。"

第十二章 安

1950年6月18日　星期日　中午十二点

安·曼彻斯特左手拿着一杯金汤力酒，右手点了一支香烟，在泳池边的太阳伞下蜷缩着已经晒得发红的身体。手里这杯酒是她在过去的一个小时里喝的第三杯，尽管很想喝第四杯，但她需要慢点喝了。现在还不到中午，照这样的喝酒速度，还没吃晚饭就已经倒下了。如果这么在睡梦中白白浪费掉假日时光可就太暴殄天物了。她的目标是令人愉悦的微醺，这种状态下就能逃避掉那些总是紧追着她不放的愤怒和沮丧。

"你觉得那个歌手怎么样？"凯特·伯纳德用她乔治亚州的拖长口音说出这些话。"她自然是很有魅力，声音也很好听。"

安闭上眼睛，吸了一口烟，回忆着那位歌手自信的绿眸和她感染人心的笑容。这个女人生活在她们这些体面人的围城之外，安不知道自己对她那样的人生选择是种怎样的感情，是嫉妒，还是憎恶。

几年前安和彼得就看过卡洛塔的表演了，他们那时刚结婚不久。彼得看得很着迷，演出结束之后依旧没完没了地谈论她，当时她只能安慰自己丈夫只是喜欢那场演出而已。她既紧张又焦躁，害怕卡洛塔会认出她，到时候她就不得不承认那段并不愿说起的历史，她就得接受彼得那天晚上其实完全没有顾及自己的心情这个事实。

"一个舞台女郎而已，掀不起什么风浪吧。"安这话更像是在自言自语。

凯特看着麦琪·奥斯本，两人都扬起了眉毛，既不敢笑，也不敢做何评论。彼得·曼彻斯特拈花惹草的德行尽人皆知。"那你觉得埃德娜是怎么把她弄来的？海滨度假旅店是很好，但也不像是个能让演艺人趋之若鹜的地方。"

"埃德娜很聪明的，"麦琪说，"像战后筹措资金建游泳池、重新装修主楼这些事，一般人可做不来。"

埃德娜不是畏首畏尾的人，她的笑容背后藏着钢铁般的坚韧，这点和安很像，这样的品质也让她俩过上了今天的日子。尽管如此，安也想知道她究竟是怎么把卡洛塔请到这里来的。

"我希望她唱《蓝月亮》。"凯特说。

"叫她唱呗。"麦琪回了句。

"她那艘表演船真的还在修吗？"安问道，"还是说埃德娜也编了那个故事？"

麦琪和凯特交换了一下眼神。"埃德娜还讲过什么故事？"

今天的酒喝得她话有点多了，"埃德娜总是在讲故事。"安把杯子里正在融化的冰块晃得哗啦哗啦响，她知道自己不能再多说话了。"卡洛塔本来可以去诺福克或罗利，那里观众更多。"

"管他呢，"麦琪插话道，"她能在这儿我很高兴，这给我们原本平淡且毫无波澜的假期添了很多乐子。"

麦琪家是木材大户，凯特家则是种植业大户。战前她们去过欧洲旅游，也经常去纽约玩，所以于她们而言，这次的出行没什么稀奇的，但来这里孩子们很开心，这点她们都认同。

安和彼得的婚姻使她进入了麦琪和凯特等人的社交圈，但她每天都在想自己是否符合这个圈子的标准。战争期间她首次提出了这个度假计划，其余人也都很想找点乐子，所以一致决定将其作为一年一度的活动。战后她们的丈夫也加入了这个旅行活动。

彼得总说工作忙，不和妻儿们一起过来。但安也没有那么天真。她其实常常想，自己和孩子不在的时候，彼得有可能连办公室都懒得去。一想到他们上次吵完之后丈夫既紧张又沉默的样子，她便觉得现在的休闲时光十分快乐。

"我们的姑娘们看起来玩得很开心啊。"麦琪说。

安把太阳镜拉下了一点，看着那三个坐得离她们不远的女孩。上次邦妮宣称今年她和她的朋友们要走出自己的路，她听着很不是滋味。现在这姑娘和杰西、朵拉都坐在泳池边，尽力摆出像妈妈们那样的姿势。

她扫视了一圈泳池，没有看到小皮特，他很可能去海滩上了。这小男孩一直对挖宝这件事乐此不疲。

正当安想去找的时候，皮特从海滩上走到了泳池边的木制平台上，头发湿漉漉乱糟糟的，脚上全是沙子。他扔下毛巾便跳进了游泳池。

安挥手向露丝示意。今年露丝第一次在酒水屋工作，但她对自己的工作已然得心应手。等女孩朝她这边看时，安便举起空了的玻璃杯，哗啦啦地晃动着里面的冰块。

露丝点点头，冲进酒水屋里拿了一杯金汤力。今年的酒比往年烈，但彼得不在，最后在此醉生梦死的又会是谁呢？

"让一个十二岁的孩子来端酒感觉真是太奇怪了。"麦琪说。

"又不是让她喝酒，"安回道，"而且她看着远比实际年龄要成熟呢。"

"亨利哪儿去了？他不是一直是这儿的调酒师吗？"麦琪问。

亨利·安德森又高又瘦，黝黑的皮肤衬得他的蓝眼睛愈加深邃，今年是他在旅店工作的第十五个年头了。作为一个打工人来讲，他是很有魅力的。不管来这里度假的母亲们如何跟他调情，他都始终不为所动。

"不知道，"安说，"他向来是那种说不准的人。"

女孩端着一个托盘回来了，托盘上放着一个厚玻璃杯，里面的碳酸液体上漂着几块冰。她把酒端到安面前，"其他几位夫人还需要我拿些什么来吗？"

"不用了，谢谢你，亲爱的。"女孩的皮肤比她印象中更黑了，变成了浆果一样的棕色，但还是非常漂亮。

"过了一个冬天你长高啦，"麦琪说，"你高了得有一英寸吧。"

"是的，夫人。"露丝说。她从围裙口袋里取出订单票，和笔一起放在桌子上。

安的签名潦草得几乎认不出。"你妈妈最近怎么样？我今天都没怎么见到她。"

"她在厨房帮爸爸一起做自助午餐呢。"

"埃德娜还好吗？"麦琪也问。

"是的，夫人，"露丝回答，"她很好。"

"那你怎么样？"麦琪又问。

"我也非常好，夫人。"

安呷了一口酒,"现在还画画吗?"

"一有机会我就画。"露丝说。

"那很棒啊。露丝,去问问那几个姑娘要不要喝可乐,"安说道,"假日时光,女孩们应该好好享受一番。"

"好的,夫人。"

"也请你和另一个帮忙的姑娘喝一瓶,"安说,"记在我账上。"

露丝看着安再次确认,"您是要请我和塔莉喝可乐吗?"

"是的。"酒又起作用了,但这并不是酒精第一次让她误入歧途。

"谢谢您!"露丝说。

"不客气。"

安看着她走到那几个姑娘的桌旁,起先没人理她,后面每个人都要了一瓶可乐。安像露丝那么大的时候,要帮着照顾五个表弟,还要在烟草田里打工。邦妮不知道她和她的朋友们有多幸运。

不过谁知道呢,也许露丝才是真正意义上的幸运儿。她会走上既定的人生道路,聪慧如她,一定能在这个世界上牢牢站稳脚跟。

像卡洛塔的话,早已有了自己的生活,根本不需要像彼得这样的男人。安敢肯定卡洛塔攒了钱,为自己退下舞台的那一天未雨绸缪。卡洛塔,必定深谋远虑。安很多时候都会羡慕露丝和卡洛塔,美貌曾经是她通向上流社会的门票,她也一直很努力地在谈吐、着装和举止方面下功夫,巩固自己的上流地位。但有一天,她会年老色衰,彼得也会不要她,到时候那个世界就会将她驱逐出境。

她呷了一口金汤力。这种想法总是令人不安且恐惧。她要弥合彼得和她之间的裂痕,想办法保住这种生活。

埃德娜将热盘菜放到自助取餐区的尽头，她瞥了一眼观景窗外的泳池，正好看到露丝给邦妮、杰西和朵拉又分别拿了一瓶可乐。她一方面为露丝感到难过，因为她知道露丝很想像其他女孩一样长成大姑娘，学着那些母亲的样子点酒、签发票。扮演一个成年女人的角色，以女人的身份跟男人调情，一开始是会很有趣。她们那个年纪很容易羡慕成年人的自由，因为成年人看起来好像都在享受生活的嘉许。但这样的嘉许并不多，而且人与人之间相差甚远，她们以后都会知道，自由是有代价的。

她不愿意安·曼彻斯特给露丝和塔莉买可乐喝。"最好不要跟我们需要服务的人太熟。"这是她父亲过去常说的话。父亲曾是一名牧师，对待自己的教众总是谨慎细心，但他还是很认可上面那句话。

今天的气温有三十多摄氏度，她很不愿意让露丝去酒水屋干活，但是亨利在旺季的第一周总是迟到。旅店预算太紧，除了他和塔莉外没法再请别的帮手了。尽管很想就迟到的事跟亨利说几句，但她明白，他来得晚情绪可能会好一些。

埃德娜回到厨房，倒了两杯冰水端给露丝。露丝的头发已经让汗水浸湿了，脸颊也热得通红。埃德娜给了露丝一杯水，把另一杯放在吧台上。可乐真的很好喝，但也真的不解渴。"塔莉呢？"

"浴室。"她一边说着，一边大口喝着水。

"你为什么不进去准备午饭啊？里面凉快些。"

"我在这里没事。"她说。

"天气太热了，过几分钟大多数人都会往屋里走的。"

露丝回头看了看卡洛塔住的小屋。"我今天还没见到她呢，快吃午饭了，你觉得她是不是不舒服了？"

"我敢肯定她一直在睡呢，昨天对她来说应该格外漫长。"

"她今晚还唱歌吗？"

"她每晚都会去表演的。"埃德娜说。

露丝喝光了杯里的水。"你觉得她白天会做什么呢？"

"睡觉，在木制平台上坐着。"长久以来，埃德娜的生活一直是动态的，她无法想象，甚至害怕生活变成那样的静态。

"我当一名歌手似乎也不错。"

"我觉得这份职业比你看起来要更难，只是卡洛塔让它看起来很容易而已。"

"午饭后我可以去她那儿吗？她可能饿了，想吃个三明治什么的。我昨天还说了会给她看我画的画。"

露丝对卡洛塔很着迷，埃德娜对此并不感到惊讶，这位歌手的确美丽又摄人心魄。"午餐服务结束后给她弄一盘吃的吧，可以去她那里待一个小时，但是不要一直用你的画缠着人家，给她看看你画得最好的那几张就行了。"

"真的？"

埃德娜知道露丝今天下午有六个活儿要干，但总归这还是个小女孩，她希望女儿的童年时光尽可能地多。长大成人是很快的。她拨开露丝被汗打湿的刘海，"这是你应有的自由。"

"谢谢你，妈妈。"

吹来的东北风很是凉爽，但埃德娜瞥了一眼晴朗的天空，很快就察觉到这样的阳光灿烂不会持续太长。她敢肯定今晚会有风暴。"现在进去看看爸爸有没有什么需要帮忙的,他很快就要敲午餐铃开饭了。"

"哦,我刚刚一直在记曼彻斯特夫人的酒水呢,她今天已经点了四杯了。"

"如果她再点的话我会稍微冲淡一点的。"

"好的,妈妈。"

"谢谢亲爱的。"

虽然酒水订单是一个很好的收入来源,但安·曼彻斯特每年都有酗酒的倾向。到目前为止还没有捅出什么娄子,不过埃德娜想着以防万一。

第十三章　露丝

1950年6月18日　星期日　下午三点

露丝很高兴，她从来没有见过饭菜像今天这样吃得这么干净，客人们吃饱喝足后纷纷回到了自己的房间里。午饭后到晚饭前这几个小时的宁静是一天中最美好的时光。客人们回去洗个澡，小睡一会儿，五点左右又会重新回到这里喝酒、吃晚餐、看表演。

她盯着那盘准备重新包起来的午餐肉，想猜测一下卡洛塔会喜欢吃什么。火腿肉还是鸡肉呢？奶酪的话这里有瑞士奶酪和美国奶酪。梅奥酱肯定是要有的，但有些人喜欢加芥末酱，还要来点生菜、番茄和洋葱。露丝最后把所有她精挑细选出来的东西放在一个盘子里，还拿了几片白面包。

"你要去哪儿？"爸爸问她。

"给卡洛塔送盘吃的。"

"又去啊？"

"她每天都得吃饭啊，爸爸。"

爸爸叹了口气，好像在担心着什么事情，过去的几周他经常会这样。"好吧，别玩太久。"

"我不会的。"

妈妈端着一个托盘进来，上面放着半空了的盐瓶和胡椒瓶。"要尽快回来，露丝。"

爸爸摇摇头，"要戴上你的帽子，露丝，外面虽然刮着风，但太阳还是很毒的。"

"今天有天气预报吗，妈妈？"露丝问道，"感觉风暴要来了。"

"有的，但风暴得到今晚晚些时候才来。"

"好的。"露丝从后门的木钉上抓起一顶松软的草帽，捂着盖了盖子的托盘，用屁股把后门撞开。她转身时，洗碗槽里的锅碗瓢盆开始叮当作响，她听见爸爸跟妈妈的谈话，"这不是一个好主意。"

"会没事的。"妈妈应道。

"我知道你想做正确的事……"

好奇心让露丝停住了脚步，但时间一分一秒过去，父母并没有再说话，她心里明白，在听到自己的脚步声穿过木制平台之前，他们都不会再出声了。最近他们经常讲些悄悄话，但每次她一过去这样的谈话就会戛然而止。

露丝匆匆穿过滚烫的沙滩回到她的小屋，她很感激海风给她送来的清亮。天空北边聚集了大团大团厚重的云，南边却还是一片蔚蓝晴空。妈妈是对的，风暴要来了。

她冲进屋里，抓起今天早上挑好的那本写生簿，急急地朝卡洛塔的小屋走去。上楼梯时听到有嗡嗡的声音，她注意到卡洛塔已经打开了所有的窗户，让微风进到房子里。威士忌在枕头上睡着，并没有看到它的女主人在一旁轻轻摇摆着，节奏像是一首无声的歌谣。

卡洛塔穿着一条卡普里裤①，很好地修饰了臀部玲珑的曲线，白色短款上衣下露出一截细细的腰肢。她光着脚，头发随意地扎成马尾辫，脸上也未施粉黛。在这样一个私密的时刻，卡洛塔身上所有的魅力都被剥去，露丝看到的是一个普通的女人，倒是有点像妈妈，但跟她自己并不像。如果卡洛塔是她的生母，她们会看起来很像，至少是有点像的对吧？

露丝敲了敲门。卡洛塔没有被吓一跳，她慢慢转过身，笑容跟她在舞台上时一样温暖。"你好呀。"

"我给你带了午餐来。"

卡洛塔步履平稳缓慢地走向门口。"你真是太好了。"她推开纱门，"进来吧，露丝。"

露丝曾经来过这个小屋几百次，唯独这一次她觉得这儿不一样了，变了。阳光透过窗户照进来，旁边深色的木质窗框看起来更亮了，卡洛塔的裙子挂在门框上，绿的、红的、蓝的，像狂欢节般活力四射。壁炉边并排放着五双高跟鞋，露丝很想知道穿上那样的鞋走路是什么感觉。她有穿过妈妈的鞋子晃荡几步，但那双鞋子鞋跟很低，而且是方跟。

"你看起来好像刚晒了太阳。"卡洛塔说。

"我刚刚在泳池边的酒水屋帮忙呢，之前一直在那儿做事的伙计还没来，妈妈就让我去帮忙了。"她瞥了一眼自己棕色的手臂，跟卡洛塔白皙的皮肤比了一下。"我常晒太阳，在圣诞节到来之前好好珍惜可以晒太阳的时候。"

"我没这个必要了，我会晒得满脸通红。"卡洛塔的唇角勾起一抹微

---

① 卡普里裤是一种女性常穿的裤子款式，多指七分到九分长度的裤装，起源于意大利的一个名为卡普里的小岛。

笑，"你的皮肤很漂亮。"

"谢谢。"

"你妈妈让你端酒吗？"她的眼睛炯炯有神，透着好奇和愉悦。

"主要是端些可乐，还有点鸡尾酒。"

"你妈妈违反规定了哦。"

露丝耸了耸肩，"她说我们要做必须做的事，她从不会让规定阻碍干实事的道路。"

"埃德娜会违反规定？"

"她不觉得自己违规有什么值得大惊小怪的，她说上帝创造黑白灰三色是有原因的。"

"能这样想很好。"卡洛塔用手指拧着一个圈形的耳环。"夫人们喜欢喝什么酒？"

"那些妈妈们喜欢金汤力。"

"她们看起来就像是喝金酒的人。"卡洛塔说道。

"我知道怎么把金酒和汤力水调成金汤力。"重要的是她表现得比看起来更加成熟老到。"亨利教我的，等他到了旅店，他再接手调酒的活儿。"

"他什么时候教你的？"

"几周前。"露丝看着卡洛塔，确认她凝视的眼光背后没有任何评判才松了一口气。那些妈妈们并不同意让她端酒水，但这也并不影响她们点单。"喝金酒的是群什么样的人呢？"

"就是看着会去乡村俱乐部的那种人。"她说，"听我说，你这不是什么苦差事，干我这行，就要学会看人，来帮助我判断要唱什么歌。"她取下盖在盘子上的餐巾,掰下一块奶酪塞进嘴里。"很美味。"

"因为不知道你喜欢在三明治里放什么,所以我带了很多佐料。"

"太感谢啦。"她又掰下一块奶酪,"那么,她们昨晚对我的节目有什么看法?"

"大获成功。"露丝回道。

"我昨晚没见到什么男人。"

"她们的丈夫要周中或者周末才来,妈妈们和孩子们会在这儿待几个礼拜,但爸爸们只在周末来。"

"你的信息非常有用。"

"我确信那些爸爸也会很喜欢你的。"

"通常是这样的。"她回道。

这时露丝注意到了放在餐桌上的相机,"你经常拍照吗?"

"我用完几卷胶卷了,"她说,"看到有趣的东西我就会咔嚓一张。"

"你来到这里之后有看到什么有趣的吗?"

"有一些吧。那些是你的画吗?"

露丝把夹在腋下的本子递给她,心里七上八下的,"这些是我上礼拜画的。"

卡洛塔小心翼翼地打开本子,一页一页地翻着。"都画得很好呀,露丝。"

"你不用跟我说客套话。"不过如果她是自己的妈妈,那肯定是要这么夸赞一下女儿的。

"没有在客套,"卡洛塔认真地说,"你真的很有天赋。"

露丝心中升起一股暖意,"真的?"

"真的。"

卡洛塔的视线从铅笔画中的海景移向大海。"这边很漂亮。我见过许多水道、河流、海峡、海湾,但这里是我印象中最漂亮的地方之一。"

露丝试图找出这片海洋的独特之处。"我一直想看看山。我看过照片,但我从没去过山里。"

"我在北卡罗来纳州的西部长大,那边有很多山,春夏的时候绿意盎然,冬天就变成了冰天雪地一片洁白。"

"我妈妈小时候也住在山里,那你最后怎么去船上做表演工作了?"

卡洛塔看着她,但没有回答。

露丝急忙说:"我妈妈说,我有时候说话不过脑子的,你不想回答也没关系。"

"你妈妈为什么搬到了这里呢?"

露丝耸了耸肩,"她一直想看看大海,就像我想看看山一样。她到了这里,遇到了爸爸,然后她说他们一见钟情了。"

"这样的吗?"

"你谈过恋爱吗?"

卡洛塔咧嘴一笑,"谈过很多很多次。"

"我以为我们都只能有一个真命天子。"

卡洛塔合上写生簿,把它还给了露丝。"这样的对话应该是在你和你妈妈之间进行的。"

"她从来不喜欢谈这种话题。"

"啊,好吧,我想她可能不愿意看到她的小女儿长大了然后问这样的问题。没有哪个妈妈希望自己孩子长大的。"

露丝走向高跟鞋，盯着那双鞋头发亮的漆皮皮鞋。"穿这个疼吗？"

"会疼的，但我已经穿了很多次了，所以现在不会疼了。"

一阵风穿过凉台上的纱窗，穿进屋子里来。"妈妈说今晚晚些时候会有风暴。不知道她是怎么知道的，但她的天气预报总是很准。"

"听说有人能预知天气的变化，但我向来没有这方面的天赋。"

"我有那么一点，"露丝说，"但没妈妈那么厉害。"

"今晚去演出前我一定会关上窗户的。"

"你要唱什么歌？"

"我准备了几个选项，还没有确定下来，但是会跟昨晚不一样。"

"我相信会很好听的。"

"有什么想听的歌吗？"

"我还不知道。昨晚的歌都很好听，不过我喜欢关于眼睛的那首歌。"

"《目光所及》吗？"

"没错。"露丝说。她喜欢卡洛塔闭上眼睛，将感情倾注到歌曲中的样子。

"比莉·哈乐黛唱的，所以很有名，她是我最喜欢的歌手之一。今晚我一定会再唱一遍。"

"真的？谢谢你。"

"这是我能做的一些微不足道的事情，因为你今天给我带了午餐，你真的非常非常好，露丝。"

"午餐只是举手之劳啦，就是做一件正确的事而已。"

卡洛塔深吸了一口气，笑容变得更加柔和。"我可以给你拍张照片吗？"

"好呀，当然可以。"

卡洛塔拿过那台银色相机，举起。露丝咧嘴一笑。相机当即咔嚓一声。

"我可以给你拍张照片吗？"露丝问道。

卡洛塔笑了笑，"等我化了妆随时可以。"

"我觉得你现在就很美。"

"这个世界不需要留下一张证据提醒我有一张平平无奇的脸。"

"才不是呢。"

卡洛塔目不转睛地看着她，"坚持画下去，直觉告诉我你很有才华。"

"我没有找老师或上奢侈的艺术培训。"

"自学成才？我非常欣赏这一点，我唱歌就是自学的，后来想要提高技巧时，我就去关注那些比我唱得更好的人。"

"你并不是一开始就是唱歌的吧？"

"你的画有随时间一天天进步吗？"

"有呀，当然有。"

"你和我并没有那么截然不同。"卡洛塔笑了，"我该休息了，露丝。晚点见。"

露丝并不想离开这里，但还是告了别，"好的，回见。"

她走出门便又想起卡洛塔，想起她凝视着自己的模样，感觉心情更加轻快愉悦了，好像在两人身上发现了一些相同之处。

她并不急着回厨房或餐厅里，和卡洛塔在一起会让她觉得自己长大了，觉得自己有存在感，而回到旅店她就又会感觉自己像个隐形人。

这时候的海滩上空无一人。妈妈们和她们的女儿都在休息或是在想今晚该穿什么。她们好像都在不断竞争，以展现自己的最佳状态。

露丝脱下鞋子沿海走着，享受着凉凉的海水溅到脚上。

海面上海鸥的叫声吸引了她的注意力，海水看起来比早上更加不平静，聚集的云团也变得更加灰暗。

海鸥又叫了一声，这一次她听出了焦虑的情绪。她望向天空，然后又望向海滩，但什么都没有看到。

咕咕咕。

她的目光掠过波涛汹涌的海面，这一次，她看到的不是鸟，而是一双扑腾着的手。她回头看向旅店和泳池，准备喊人，但外面没有人。

那双手更加用力地扑腾着，动作愈加狂乱。潮水逆流暗示着马上要退潮了。

露丝眯起眼睛，认出了那个金发碧眼、皮肤晒得通红的脑袋。"曼彻斯特家的小儿子。"

他被困在激流中，现在需要保持与岸平行而不是试图往岸边游。她把手放在嘴边做喇叭状，朝那边喊："别扑腾了！游出来！"

水中的手臂扑腾得更厉害了，但男孩的哭喊听起来却像是漱口般含糊不清。

"该死。"露丝低声骂了一句，把鞋子扔到岸上，写生簿也放在旁边。妈妈不会乐意在晚饭前看到她浑身湿透的。

她朝海面走去，海浪拍打在她身上，并且有越来越高的趋势。她把溅到嘴里的海水吐了出来。

露丝是个游泳健将。顶多五六岁的时候,爸爸和亨利叔叔就教会了她游泳。他们坚持说,如果露丝要一起跟去钓鱼,就得先学会游泳。第一堂游泳课后,亨利自豪地夸耀说露丝就跟条鱼似的,那时候她就想,也许她的生母是一条美人鱼呢。后来她花了很长时间才打消这个想法。

她深吸一口气,一头扎进汹涌的海浪中,任由其冲刷,她一直往前游,最终冲破海浪跃出水面。

擦掉眼旁的海水,她看清了曼彻斯特家的小男孩。她游过去的时候,发现男孩扑腾的频率慢了下来。她每划一次水,脑子里就会响起亨利关于溺水者的警告:他们会绝望,会把你拖垮。他们没有杀人的意图,但还是会害人性命。

她游到离男孩很近的地方,绕到他身后,一把抓住他的胳膊,把他抱在胸前。他本能地想推开她,不顾一切地想逃离这里。

"别动啊,该死!"亨利叔叔和爸爸在钓鱼之旅中总少不了说些脏话,她早已耳濡目染学会了几句。"放松下来,再不放松我们俩都得死。"

"我就要死了!"

她脑子里涌现出了些比"该死"更妙的脏话。"你还乱动的话,我就放开你,到时候你就必死无疑了。调整呼吸,我抓着你呢。"

这话听起来一定比露丝实际感觉的更自信,因为她感觉怀里的男孩没那么紧张了。她踢着水,使两人得以浮在水面上,心还是怦怦直跳。

"像青蛙一样踢脚,"她指示道,"我也会做一样的动作。"

"好。"

皮特听完便开始踢腿了,这点值得表扬。她回头看了看,把两人的身子往岸边引。

"我们要去哪儿?"皮特问道,话语中流露出一阵恐慌。

"为了躲开离岸激流,笨蛋。"

"什么?"

"上岸之后我会告诉你的。"她没有力气在保持两人浮起来的同时还能说话,所以两人踢腿的时候她没再说话了。足足过了五分钟,她才感觉海水的牵引力减弱了。"我们现在要往海边去。"

皮特点头的幅度几乎微不可察了,但他一直有在踢腿。很快他们就靠近了防波堤。"闭上眼睛和嘴巴,"她命令道,"我没说打开就不要打开。"

就在她说话的时候,第一个海浪打过来,拍过他们的脸颊,把他们的身体推到了岸边。她想深吸一口气,但还是闭上眼睛和嘴巴,等着下一个海浪把他们推到沙滩上。感受到粗糙的卵石沙地剐蹭着后背时,她知道他们安全了。她放开皮特,站了起来。

只是一次呼吸的时间,下一波浪潮就袭来了。她抓住皮特的胳膊,把他拽了起来,"站起来。"

男孩没有抱怨,只是摇摇晃晃地站了起来。他打了个趔趄,但露丝紧紧地抱着稳住了他,直到他完全站稳身子。两人气喘吁吁的,肺部也很疼,蹒跚地向海滩走去。

走到旱地时,皮特跪到了地上,吐出一口水,他抬起头,透过额前一缕金发望着露丝,胸口依旧微微起伏。"谢谢。"

"一个人下海游泳真的很蠢。"她瞪着皮特。

"你也是一个人游过来救我的。"

"所以说我俩都是蠢蛋,起来吧。"她环视了一圈海滩,确定附近没有人看到,这才松了口气。"你看海面,看到有些地方是斜着打过来的了吗?"

皮特眯着眼看过去,"看到了。"

"那就是离岸激流,答应我别再靠近那里了。"

"不要告诉我妈妈,"他恳求道,"她知道了就再也不会让我去海里了。"

"那你保证不会再单独下海了?"她伸出小指。

男孩也伸出小指勾住,"我发誓。"

"那现在这是属于我们俩的秘密了。"

第十四章 艾薇

2022年1月21日　星期五　上午十一点

艾薇很想向曼彻斯特先生多问些关于1950年夏天的旧事，但她没有这么做。达妮之前说过，那个夏天她爷爷去世了，她父亲的生活也从此改变了。每次达妮想问她父亲关于爷爷的事时，他都会转移话题。

"您还记得关于露丝的什么吗？"艾薇向曼彻斯特先生问道。

"她很有意思，人很好，总是洋溢着活力，还从海里救回了曾经那个冥顽不灵的我。"

"什么时候的事啊？"艾薇又问。

"1950年假期的第一天或第二天吧，我妈妈午休的时候，我就偷偷溜去海里游泳了。"

"你一个人？"达妮问道。

曼彻斯特先生耸了耸肩。"那时候不一样，那时候的父母不像现在这样围着孩子转。"

"奶奶喜欢围着金汤力转。"达妮说。

曼彻斯特先生没有否认这一点。"反正就是，我觉得很无聊，便一把抓起衣服，偷偷溜出了我们住的那个平房。"

"你姐姐邦妮呢？"

"在费心捯饬自己，晚上好和朋友们一起吃饭。经过杰西房间的时候她看到了我，告诉我要注意安全，我挥了挥手示意她不要担心。"

他那时才六岁。艾薇尚未为人父母，但每每想起自己在海中被海浪重击的经历，便觉得如芒在背。"然后发生了什么？"

"我被困在了暗潮里，露丝当时正沿着海滩散步，然后看见了我，便游过来抓住我，把我抱着，我可被她骂惨了，回岸边之后她还骂我是个蠢蛋。但她骂得对。我俩发誓永远不会告诉其他人那天发生的事，我也是直到现在才说出这个秘密。"

"她一直不让我一个人去游泳，"艾薇说，"有一次我不听话自己去了，也是她把我从暗潮里揪回来，然后我被禁足了整整两个礼拜。"

"海边的本地人都对海洋怀有虔诚的敬畏之心。"达妮说。

"当时我还是个内陆人呢，"他笑了笑，"我那时候并不觉得大西洋比游泳池更危险。"

"之后再也没重蹈覆辙了吧？"达妮问道。

"报告女士，没有。"但皮特自嘲的语气与眼神背后暗藏的阴霾并不太一致。"后面几天，每次我望向大海时，埃德娜投来的目光都在告诉我不可以去。"

"您觉得是露丝告诉她了吗？"艾薇又问。

"没有，但是埃德娜女士看破了一切，她肯定是看到了露丝湿漉漉的衣服和我一脸茫然的样子。露丝和埃德娜都是守口如瓶的人。"他低头看着五个女孩的照片，用手指点了点上面他姐姐的脸。"邦妮晚年跟我谈到过那个夏天，她很后悔自己曾经那样对待露丝。"

"露丝感谢您过去几年为她所做的一切,"艾薇说,"她说您帮忙修东西,但从不收一分钱。她需要卖地的时候,您又把地买下了。"

"这些都是我力所能及的,"曼彻斯特先生说,"很高兴能看到这些照片,感觉回到了过去。如果我知道了和船骸有关的什么事,一定会告诉你的。"

"谢谢。"

他亲了亲达妮的脸颊,"我要走了。你晚点回去看得清路吗?"

烦恼使达妮的笑容顿时暗了下去。"我没事,爸爸。我等会儿就去学校接贝拉了。"

"替我亲亲我的宝贝外孙女。"曼彻斯特先生说,"艾薇,我会回来汇报一番那艘船的情况的。"

"谢谢。非常感谢您。"

皮特转身离开,达妮还留在这里。"我从来不知道他差点淹死这事,他和露丝都没有跟我透露过半点。"

"我也是。"

"我们对他们一无所知啊。"有一瞬间,达妮看起来像是要再说些什么,但她没有,只是将目光转向了那个大房间。"看来你的工作进展顺利。"

"杯水车薪罢了。"

"我知道你已经计划妥当了。不过,我还是一直很想看看露丝的画。"

"当然可以啊,现在就可以看几幅。"

在这间用作工作室的卧室里,堆放在墙角的画作比其他地方更加显眼，摆得也很规整。

达妮走到一幅小的旁边，打开了上面的包装。画的是一个小女孩坐在沙滩上，眼睛凝视着地平线。她举起画，眼睛眯了起来。"可以去光线更好的地方仔细看看吗？"

"当然。"

达妮把画带到客厅里，举到厨房的大窗前看：阴郁的灰色海洋尽头飘浮着蓝色的天空，被璀璨的阳光照得透亮。一边坐着的小女孩有一头乌黑的头发，在脑后扎成马尾，正双臂环抱着膝盖，身上穿的是一件白衬衫和一条红色短裤。海面上一艘船正驶向远方。

"你怎么看？"艾薇说，"她好像要表达些什么。"

"这是你啊，你正在注视着一艘即将远航的船呢。"

艾薇回想起她曾在海滩上像这样坐着度过了很多时光，凝视着大海，想着在别的地方生活是什么样子的。她一直确信未来会更好。她有段时间以为自己等到了那种更好的未来，但它就像那艘船离开女孩一样，轻而易举就溜走了。她希望，她需要，去相信生活一定会更好。

"我喜欢她对色彩的运用，非常明亮而且充满活力。"达妮说。

"她似乎偏爱水绿色，这算是海滨度假旅店的标志性颜色。"

"即使是在阴天四处都显得贫瘠荒凉的时候，这样的流行色在这里也可能看起来相当鲜明。"

大多数度假游客都把这里视为天堂，他们当中许多人渴望海边的生活，但很少有人意识到美丽是与野蛮并存的。大自然母亲用风暴、用腐蚀性的咸腥空气、用虫子和啮齿类动物来提醒这里的人类，他们都逃不脱她的手掌心。

"你有没有想过住在别的地方?"艾薇又问。

"当然。大约四年前,贝拉和我差点搬去了里士满,但后来我还是不想离家人太远,贝拉也和她爸爸感情很深。"

"我今天在杂货店看到了马修。"

达妮表情中的一些温柔突然消失无踪。"他想干什么?"

"他约我出去吃饭。说他想叙叙旧。"

"然后你就信他的了?"达妮问道。

"我只期待一顿美餐几杯美酒罢了。"

"他是一个好父亲,也曾尝试过成为一个好丈夫。"

"还有好男朋友。"

"很对。"达妮看着艾薇若有所思。

"你知道吗,我本来准备待到十二周就回家。"对于艾薇来说,十二周像是过了十二年。"到劳动节的时候,我觉得我可能是疯了。我离开了所有爱我的人和朋友,我放弃了一份稳定的未来,我那时候只想回家了。"

达妮缓缓点头。"我当时觉得很受伤,也很害怕,我有点想跟着你去纽约,但我想让你主动来邀请我一起,我不想破坏别人的梦想。"

"我当时住在史泰登岛一个小得跟箱子似的公寓里,乘渡轮进城上班。雷欧尼妈妈把最头疼的烂活全都丢给我,每天都问我是不是想卷铺盖走人,你去了会很痛苦的。"

"我当时就已经很痛苦了,"达妮摇摇头,"所以我才让你见鬼去。"

"当我知道你和马修的事时,我意识到自己已经走上了一条不归路,好像没法往回走了,我必须得留下来。"

"不管怎么说,我真的很抱歉,"达妮说,"抛开酒精和排卵激素的刺激不谈,和你的前任上床这事真是糟透了。"

艾薇低头看着画中坐在沙滩上的小女孩。"你帮了我一个大忙。如果不是这样的话,我就会回来,然后在接下来的十年里不断自责,思考'要是我当时那样'现在会怎样。"

"然而现在'要是我当时那样'成了我常挂在嘴边的话,我还记得给贝拉喂奶的那些个晚上,我乳头疼痛,睡眠不足,小孩又疝气。马修一直努力工作来养活我们母女,我总是一个人带着她。"窗外乌云飘过,遮住了些太阳光。"我第一天知道这孩子的存在时就开始爱她,但有时候我希望她可以晚十年再出生。"

"想为共同的未来做打算的时候,人生就变得不一样了。"

"我爱惨了贝拉,我简直无法想象没有她的日子。"

"所以说我们都过上了想要的生活,没有马修的生活。"

达妮笑了,"别误会,他是个好人。只是我们不合适罢了。"

艾薇想着即将到来的晚餐,感到异常兴奋又激动。再见时,她感受到了马修身上性吸引力的召唤,但这一次,她希望而今这个更加成熟聪慧的艾薇不要被荷尔蒙的冲动带入歧途。"这幅画你拿去吧。"

"什么?不行。"

"我是认真的,你一看到这画就爱不释手,而且你一直是露丝的好朋友,曾经跟她一起画画的也是你,不是我,把画挂墙上,这样一看见它你就能想起我和露丝了。"

"她在画里倾注的感情一年比一年多,到最后她自己也承认,这里面有太多她的个人情愫，没法拿去卖的。这些画是她生命的延续，她厌倦了失去……"

悔恨如刀般扎在艾薇心上。"比如妈妈，比如我。"

"她一直可以理解你的离开。她从不对你追随梦想这件事有任何微词。"

"我倒希望她埋怨我，对我发脾气，骂我几句，那我至少还能有个正当理由去怨她。边生气边干活比边内疚边干活要好受得多。"

达妮笑了起来，"可不能生气啊！老天，生气伤身啊。"

"你能有什么好生气的吗？你有个天使般的小孩，而且最终也和马修分道扬镳了。"

"我们都有自己的烂摊子要收拾。"

艾薇知道达妮正为什么事神伤，但昨天她明白了一点——达妮是吃软不吃硬的。"这幅画你留着吧，我认真的，改天我再看其他的画，如果这么个小画就承载了如此之多的情感，我就要担心更大的画会对我有怎样的威力了。"

"我们的想法一样，但还是早点看吧，我保证露丝不卖这些画，有一部分原因是她想让你留着，她肯定是想通过这些画跟你说些什么。"

那就更有理由拖着不看了。

达妮向前门走去。"我可以带我闺女来看看小狗吗？挑小狗不应该我来，因为小狗是贝拉要养的。"

"你真的要养一只吗？"

达妮翻了个白眼，"我已经失心疯了，我根本不需要家里添只小狗，但贝拉已经拿着小狗的照片看了无数次，她说想要最小的那只小狗妹妹。"

"那只看着很弱小的狗崽子吗?"

"贝拉对弱者向来怀有悲悯之心,"达妮有些自豪,"她甚至已经给狗狗取好了名,叫星星。"

"星星?"

"她想成为一名天文学家。"达妮说。

"很棒啊。"

"我有没有跟你说过我开了个艺术画廊?"

"没有。"

"没有很大,也没有很华丽,但是能有就很不错了,可以来看看。"

这份邀请听起来带着些试探的意味,似乎达妮并不指望艾薇真的会来。"我一定会去看的。"

"我觉得我俩已经是成熟的大人了。"达妮说。

艾薇笑了起来,"我们长大了。"

"长成了最好的我们。"

第十五章 艾薇

2022年1月21日　星期五　下午五点

　　这一天结束的时候,艾薇已经把露丝的卧室打扫完了,床边的杂物也已经清理干净,她也终于能够扯下那套老旧的床单丢进洗衣机里。机器在一旁轰鸣,艾薇则与莉比还有它的幼崽们坐到一起,狗崽们为了争抢奶水扭打成了一团。

　　星星是那只身形矮小、黑白相间的小家伙,找到位置吸奶对它来说似乎很有难度,所以艾薇把它往右边推了推,直到看见它粉红色的小嘴终于含住了妈妈的乳头。星星一边用力吸吮着,一边用它的小爪子揉着莉比的肚子。莉比抬头看着艾薇,摇了摇尾巴,然后闭上了眼睛。

　　星星已经有了名字,其他小狗似乎也应该有自己的名字了。"我们叫另外两只小狗阳阳和月月怎么样?听起来我真像个地球妈妈,但的确是时候给它们起个名字了。"

　　莉比打了个哈欠。

　　"可能不是非常合你意,但貌似跟星星这个名字交相辉映了。"

　　艾薇起身看了看表。是时候洗个澡了,得让自己在跟马修约会时表现得像样点。

她在手提箱里翻到了一条尚好的牛仔裤、一件黑色的V领毛衣，还有一双蛇皮踝靴。这是她在曾经难得的晚上休息时间穿的纽约"制服"，那时候她会这么穿出去和圈子里的朋友们喝酒吃饭。纽约餐饮圈子里的副厨和服务员都相互认识。他们打造了一个自己的小镇，有时这群人的关系就像任何一个小社区的邻居一样交织在一起。

她打开热水龙头，走进淋浴室，让热水冲走身上的盐分和汗水。她把脸转向水洒下的方向，突然想知道道尔顿今晚在做什么。这事并不重要，也并不该是她要在乎的，但她还是好奇。

尽管她很想多冲一会儿，但热水已经告急了。露丝曾吐槽过水箱的加热装置，但后来也并没有叫人修好。很典型的露丝的行事风格。热水少意味着用的水也会少。

艾薇拿毛巾擦干头发，又从手提箱里掏出吹风机，这是她几周来第一次好好吹头发。吹好之后，一头秀发看起来简直在闪闪发光，连她自己也感到惊讶。接着她拿出化妆包，里面装着一管几乎空了的遮瑕，一盒几乎变成碎块的粉饼和一盒同样碎裂的腮红，还有一支结块的睫毛膏。虽然马马虎虎，但到底还是完成任务了。

艾薇穿上牛仔裤和毛衣，还有仍然沾满纽约街头灰尘的脚踝靴。用毛巾擦亮鞋子后，她又从化妆包里掏出了她最喜欢的金箍耳环。很经典的款式，当时她在梅西百货花了五十一美元买的。她戴上耳环，又把头发拨弄松散了些。总体效果还不错，甚至有点令人耳目一新的意思。"欢迎回归人类社会。"

穿上皮夹克后，艾薇从手提箱里拿出一条围巾，检查了莉比碗里的水和食物，然后将包搭在了肩上。她出门晚了五分钟，但除非马修在过去的十二年里有了翻天覆地的变化，否则他也一定会迟到。这人一般会迟到十分钟的样子，但让人等他二十到三十分钟也是有可能的。

她匆匆走出门，把门锁好。车道尽头停着一辆卡车，司机正在把那里的免费捐赠品装到车斗上。借着昏暗的灯光，她可以看到这个男人的身形，他太高了，肯定不是马修。艾薇正要走近去感谢那人，他却刚好转过了身来。是道尔顿。

她把围巾围好，高跟靴在水泥车道上发出咔嗒咔嗒的响声。"我觉得你不是那种需要免费东西的人吧。"

道尔顿抬起头来的时候，棒球帽的帽檐遮住了他的眼睛，但艾薇还是能感觉到他的目光变得锐利起来。他的唇角勾起一抹笑意。"我开车回家路上会经过旧货店，把这些东西放到那里去只是举手之劳。"

"我认为这一带对老式旅店家具、床罩和灯具还是有需求的。"

道尔顿关上后挡板，从卡车那里绕过去，然后看着艾薇，"你打扮得真漂亮。"

"我以前经常这副装束的。"他的赞赏让艾薇觉得温暖亲切。"不过去年我有点忙。"

"欢庆我们来到了步履更慢的时代。"

她咧嘴一笑，"溢美之词总是值得感激的。"

"我只是把我看见的说了出来而已。"他小心地摘下破旧的工作手套。

水手从卡车的后座上站起来，看到艾薇时摇了摇尾巴。她打开后门，在狗狗两耳之间挠了挠。

"你要去哪儿？"道尔顿问道。

"和马修吃个晚饭。"

"我前妹夫？"

"也是我高中时期的前男友。他想跟我谈谈现在正着手做的一个新项目。"

"他现在又想搞什么呢？"道尔顿的话语中透出几分不确定性。

"我感受到了你的疑虑。"她又拍了拍水手，然后关上了车门。

"他现在有几家企业。"道尔顿似乎在很小心地选择他的措辞，"有些人确实干得比其他人好。"

她不清楚达妮从她妈妈那里继承的遗产是否资助了马修的某些企业。"他一直是个梦想家。"

"你们俩不是在高中的时候商量过开一家餐厅吗？"

"是他的主意。当时想了很多计划和点子。我们甚至还物色了一些合适的地点。"

"你为什么没有去做呢？"

"我半夜醒来，看到了五十年后的自己。我一生都在这个方寸之地过完了，我错过了整个世界。"

"世界上比这更糟糕的事情多的是呢。"

"这话你得跟一个十八岁的孩子说。我当时想要的是张开双翼大展拳脚，对我来说纽约似乎是一个最佳地点。"

"你在那儿学会了什么？"

"我认识到自己可以在任何地方生存。"

"露丝说你赢了好些奖呢。"

"几个当地的奖项而已。"

"她经常夸你。"

"真的?我每次告诉她赢了比赛,她都只会说期望我成为最好的那个。"

"她还给我看了报道你的文章。一篇叫《最佳人选》的,讲的是当地六位最有可能在未来获得詹姆斯·比尔德奖①的厨师。"

"真的?"那篇文章报道后一连好几个月餐厅的生意都是蒸蒸日上呢。

"她为自己的外孙女感到骄傲。"

她的喉咙一紧,有那么一会儿不知道该说什么。"我很高兴听到这些。"

"说起来我没有在'免费'的东西里看到锅碗瓢盆。"

"那些锅碗瓢盆和我一起度过了很长时间,有几个煎锅就像是我手臂的延伸。"

"露丝把所有的厨具都留了下来,我之前把装它们的箱子都抬到小屋去了。"

"我最终会抛掉一些的,但留下的肯定还是占多数,以备我不时之需。"

"看来你比自己想象的还要多情恋旧啊。"

"也许是吧。"艾薇准备把话题从自己身上转移,于是她问道尔顿,"这阵子你忙什么呢?露丝之前告诉我你订婚了。"

"曾经是的,几年前的事了,不过最后没有成功。"

---

① 詹姆斯·比尔德奖是由詹姆斯·比尔德基金会颁发的年度奖项,是为了表彰美国餐饮界的杰出厨师、餐厅、美食作家及其他专业人士而设置的奖项。

"这就说完啦？你和我一样，说起事来细节处偷工减料。"

他把手套塞进外套口袋里，"都是往事了，对吧？"

"明白了。"每当露丝提起"道尔顿"这个名字，她的注意力就会变得敏锐起来。"新房子进展如何？你们要全力以赴啦。"

"我们施工制造了很多噪声，我知道的，但光栅已经弄好了。下周天气应该会变暖，所以我们正在安装地基和柱子。一旦这些东西搞好了，工程进展就会加快很多的。我们希望能在2月底之前把房子盖好。"

"当季售罄吗？"

他把十指交叉在一起。"一直有人来咨询房子，我估计完工之前就能把房子全卖了，这就意味着我们会为客户做房屋定制。达妮去年一直是我们的室内装潢设计师，她也已经联系好了几个潜在买家。"

"她说她开了一家画廊。"

"是的，那里也是她为我们做设计的地方。"

"她在色彩方面天赋很高。"

"她还设计出了一些非常漂亮的房间呢。"

"要能把这些设计全都在家里打造出来就好了。"

"我们会试试的。"

一辆黑色的SUV开过来，调挡降速，然后停在道尔顿的卡车旁边。从车上下来的是马修，他今天穿的是牛仔裤、蓝领衬衫和一件修身的大衣，整个人看上去很精神。艾薇走近他时，闻到了扑面而来的须后水[①]香味。

"道尔顿，"马修伸出手，"工程进展如何？"

---

① 须后水是男性剃须后专用的乳液。

"还不错。"

他往建筑工地的方向看去,"看起来进展喜人。"

"这也是我们一直希望看到的。"这谦虚的话语掩盖了艾薇在道尔顿工作时所看到的那份自信。

马修对艾薇微笑了一下,"你看起来很漂亮。"

"有时我需要自证一下,艾薇不是只会穿厨师服和白裤子的。"

他的目光里闪烁着赞赏,"你的证明成功了。"

马修的夸赞让她回想起了高中时代,那个激增的荷尔蒙与年轻的可能性交织在一起的时代,一个热烈但短暂的时代。"谢谢。准备好出发了吗?我要饿死了。"

道尔顿清了清嗓子,"去享受你们的晚餐吧。"

"道尔顿,再次感谢你把这些东西拖走,"艾薇说,"这些东西你是要装去旧货店吗?"

"是的。它们都会得到很好的利用的。"

"那很棒啊。要是露丝觉得它们被浪费掉了的话,会把自己的棺材盖掀掉的。"

"送去旧货店就不用担心了。"

她向道尔顿走了一步,很想把手放在他的胳膊上,但还是绕过他的卡车朝马修的SUV走去了。

马修走到驾驶座的侧门时,她也打开了自己那一侧的车门。"回见,道尔顿。"

"回见。"道尔顿回道。

艾薇关上车门,坐在柔软的真皮座椅上。内饰很豪华,而且是一款新车型。马修一直很喜欢好车。高中时，他存钱买了人生中第一辆卡车，当然，大部分钱是找他父亲要的。那辆车是二手的，但车况很好。第一次开那辆车来到这座小屋接艾薇去约会时，他更关注的是自己开车时的样子，而不是女友的新衣服。

"我是认真的，"他说，"你今天很漂亮。"

"谢谢。"

他把车开上海滩路，开车离开时，艾薇从后视镜里瞥了一眼道尔顿的车。这个人身上的特质大多不会变，定好的计划也会长期不动摇地坚持下去。

"你在纽约最喜欢的餐厅是哪家？肯定不是你工作的地方吧。"马修问道。

艾薇重新把注意力放回马修身上，"苏豪区有家牛排馆，肋眼牛排切得像黄油一样。"

"你在高中时是个素食主义者来着。"

"你说的一定是达妮，她才是素食主义者，我可是个纯粹的肉食动物。"

他做了个鬼脸，"对不起。我不是故意要把你俩搞混的。我年纪大了，健忘。"他打趣道。

"说溜了嘴吧。"

"天哪。"

离开纳格斯海德后，他们从未谈论过他转而和达妮在一起的事情。"不必为此心烦意乱。"他绝对不会的。她唯一一次见到马修忧心忡忡的样子是因为他第一辆卡车的挡泥板撞到了。"都一切安好了。"

"你能这么想真是太好了,我和达妮对此都很感激。"

对她来说,失去马修只是个小插曲,她多年来最主要的不满其实是马修后来和达妮在一起了,不过随着时间的流逝,就连那股熊熊燃烧的怒火也渐渐平息了。这个世界可是充满了比一场失败的高中恋情还大的问题。

"听说你要卖掉那座小屋。"

"的确。"她望着前面的一个小店,冬天下午四点以后营业的店为数不多,那家就是其中之一。过去本地人常光顾那家店,现在似乎仍然如此。"是奥图尔家的酒馆,看来有些事情永远不会改变,这真令人高兴。"

"是啊,真令人欣慰。"他把车停在奥图尔的停车场,"那就在这儿吃?"

"我们曾在这里度过了很多美好的时光。"

她下车走动了一会儿,等着马修在车上看完消息。一阵风把艾薇吹向酒馆前门,她顺势上前打开了门,感受到了一股迎面吹来的暖气。

"抱歉让你久等了,处理了一下工作。"他说。

"我明白的。"今晚的相见本质只是个工作会议,不应该因为业务细节而烦恼。不过,他全神贯注的样子还是很讨喜的。

环顾酒馆的时候,她似乎有那么一刻,感觉自己过去十几年好像从没活过。这里的装饰风格是为航海爱好者设计的,有传统的深色镶板、小圆桌和并不配套的椅子,墙上挂着些旧船的照片,整个店闻起来有汉堡、薯条和吉尼斯啤酒的味道。音响里放着《都柏林人》唱片中的《罐子里的威士忌》。

乔·楚伊特是他们一个高大魁梧的高中同学,现在正站在吧台后面。

当年他父亲经营这里，但似乎这桩生意现在已经由下一代人接手了。

"乔，看看这是谁来了。"马修喊道。

乔原本低着头，手里拿着一个磨砂杯子，放在打开的啤酒水龙头下接啤酒，这时他抬起头，面无表情的脸上绽开了灿烂的笑容。他把啤酒放到吧台一个客人面前，转过身来，给了艾薇一个熊抱，向后一靠，艾薇的脚就离开了地面。"从大北方回来啦。"

艾薇开怀大笑，"乔！你还是一如既往的壮硕啊。"

他轻轻把艾薇放下，仔细打量了一番，"你也一如既往的漂亮。关于露丝的事我很抱歉，我很喜欢那位夫人。"

"我在葬礼上见到你了。"艾薇脑海里关于那一天的记忆仍然是一片模糊的面孔和许多善意的话语，不过她记得乔站在殡仪馆后面，一双蓝眼睛哭得通红，说："她是个非常好的人。"

"我还挂了一张她的画在那里呢。"

艾薇顺着他的目光看向一幅画，画上是乔所在的酒吧街对面的海滩，画中一对夫妇在看日出，初升的太阳在平静的海面上洒下红色、橙色和水绿色的光彩。"很梦幻。"

"两年前我接手酒吧的时候她送给我的，她说这一天对奥图尔来说是全新的一天，是需要庆祝的日子。"

"她很喜欢你的。"她说。海滨度假旅店和奥图尔酒馆每年5月都会联合举办一场慈善活动，为消防部门进行募捐。那几年，艾薇和乔在各自的摊位上各司其职。乔卖的是小盘的香肠和土豆泥，她则卖碗装的鱼杂烩浓汤和玉米面包，所以两人的摊位之间可能会有一些友好竞争。好吧，把"可能"去掉。艾薇参加的最后两年都赢了，不过谁会在意这事呢。"你爸爸近来可好？"

"这个嘛，他中风之后丧失了行动能力，一直没有恢复过来，偶尔会到店里来一下，但大部分时间都是待在家里，我妈都快被逼疯了。"

露丝之前被弗兰克的中风吓坏了。她一遍遍地说，希望时机成熟的时候上帝快点把她带走。艾薇记得她当时开玩笑说露丝会一直好好活着的。

"生意怎么样？"

"比去年1月好些了。没有人愿意回家，他们宁愿和几个陌生人一起在酒吧里坐着。"

"我明白的。"

马修将目光转向一张空桌子。"乔，我们可以拿两份菜单然后坐那张桌子吗？"

乔递给他们两份薄板状的菜单，"我们家的招牌你肯定知道咯。"

"还有汉堡和薯条吗？"艾薇问道。

"艾薇，可以透露一下露丝的炸鸡秘方吗？"乔问她。

"当然不可以啦。"

"你又不是露丝。"

"得了吧。我要刚说的那两样，再加个啤酒。"

"包在我身上。"

马修咧嘴一笑，"我要烤鸡三明治。"

"不要蛋黄酱，一份沙拉，不要薯条？"乔直接帮他说出了下面几句话。

"我的新陈代谢能力可没有艾薇厉害。"马修说。

"我们都在努力保持曾经青少年的形象。"乔取笑着几个人。

艾薇眨眨眼笑了，"我很想念你，乔·楚伊特。"

"希望你这次回来不是转头就要走。"乔说。

"我至少还要在这里待六个礼拜呢，六个礼拜之后就不敢保证了。"她如实回答。

"那么我们就得改变你的想法了。"他回道。

她坐到椅子上，背靠着墙，把包放到了身边那张椅子上。马修接着端上了两杯啤酒。

她贪婪地喝着，品味着清凉又略带苦涩的麦芽味。"我好像回到高中了。"

马修坐下来喝了一口啤酒。"我就猜你来这儿会很高兴的，这里对我来说也有很多美好的回忆。"

她和马修在这里吃了很多次饭，在餐巾纸上草拟了未来开餐厅的计划，其实基本上就是他给自己餐厅想出的点子。他总是把她纳入自己的计划，但分配到的职责也永远只是他的助手。那时候她并不擅长表达自己想要什么，因为她也并不知道自己真正想要什么，甚至连那个离开的决定也只是一场毫无计划又莫名其妙的叛乱。她只知道她要证明自己是艾薇，而不是露丝的外孙女或马修的女朋友。

"对不起，"她开口，"我不应该抛弃你，抛弃我们的计划。"

"往事已成风啦。"

"并没有，"她摇摇头，"我抛下了所有人。"

"我早就原谅你了，我真没事的，不过达妮那边可就说不准了。"

"她看着还好。"

他轻声笑了一下，"她看着还好才最该感到害怕。"

"我不知道还能做些什么弥补。"

"你能做的不多,我们只能往前走。"

"我也这么觉得。"

"如果你有一台时光机可以回到过去,你会选择改变主意吗?"

会。也许会。但她开口却是"不会"。

"我也不会。我有个天使般的闺女,还开了几家不错的餐馆。我命由我不由天嘛。"

艾薇喝了一大口啤酒,心想着,真希望事情像他说的这么简单。"所以你有个创业的打算?"她问道。

马修的手指沿着酒杯的边缘滑着。"这么快就进入主题了?"

"为什么不呢?说说你的想法?"她的嘴角轻轻勾了一下。

马修向后靠在椅子上,注意到艾薇投到他身上的关注,似乎对此很是享受。"新餐馆能给客人提供很好的用餐体验。我在达克选了一个地点,就在达妮画廊所在的那条街对面。"

"你想离贝拉近点,也很合理。"

"我想尽可能多地陪伴她,这很重要。说不定有一天她会为我工作,这谁说得准。"

"前提是她不去接手画廊。"

"没错。"他小心翼翼地回道。

艾薇将话头转回生意上。达克是纳格斯海德以北约二十英里的一个小镇。过去十年里,这座小镇有了爆炸式的发展,一家好餐馆在那儿赚钱是很有胜算的。"更大的房子意味着更高的租金。"

"但也有越来越多的人想找个好地方,吃顿大餐,观赏海边日落。"

在一定程度上这话说得没错。从艾薇的经验来看，丰盛的晚餐也许能让假期的一两个晚上过得愉快。但她坚信，餐饮行业的生计是休闲餐饮。不是每个人都想在假期打扮得光鲜靓丽。她已经在温琴佐餐厅那里听到过无数次这样的话，这些客人每晚都来吃手工比萨。

"听起来很棒，"她举起杯子，"我相信任何你想做的事你都会做成的。"

"这还只是个想法，我还没有签租约，还在探索当中呢。"

"因为？"

"一个厨师，只要一个人。"

她喝了一口啤酒，向后靠了靠。"谁是你心目中的人选？"

"你。"

她笑了，"我们真是兜兜转转又回到了原点，回到乔这里，讨论我为你工作的事情。"

马修眉头皱得更深了，"我不这么觉得，我认为我们是合作伙伴，艾薇。我承认我在高中的时候太自大了。"

"谁不是呢？"

"我自己一个人做不来的。我有过几次尝试，但没有一次能大获成功。"

"你觉得我会和你一起工作吗？"

"我这不是在问嘛。"

如果说露丝教会了她什么的话，那就是，成功是伴随着大量的血汗和泪水而来的。马修是个有想法的人，他有些想法确实很不错，但他必须和一个可靠的厨师合作才能成功。"我不。"

"你不？"他倾身向前，唇角勾起一抹笑意，仿佛觉得她可能在逗他。

但艾薇并没有这个意思。"我最不想做的事就是重回餐馆谋生，然后又后悔，干六个月就离开。我在厨房长大，然后又用了十多年的时间在里面生活、生存。我需要休息。"

"你流淌着烹饪的血液，不可能长时间不做饭的，所以能跟人合作，拥有一部分餐馆的所有权，这对你来说是最好的。"

乔端着他们的餐点过来，把盘子放在两人面前，在两人之间瞥了一眼，此时马修正把身子探向艾薇，而艾薇则紧紧靠在椅背的藤条上。显然这样一幅场景让乔觉得很有意思。"有些事情永远不会改变。请尽情享受你们的晚餐。"

"谢谢你，乔。"艾薇回道。她从盘子里拿起一根薯条咬了一口。"这个与你、与我、与我们的过去都没有任何关系。我已经筋疲力尽了，马修。那种能把厨房搞得有声有色的创造力，我现在已经没有了。"

"但从厨艺来说，你是咱们这儿最好的厨师之一。"

"如果你想让餐馆出挑，厨艺是远远不够的。"她说。她打开银餐具的包装，抚平餐巾纸上的折痕，接而闭上眼睛咬着汉堡，品味着多汁的肉饼和柔软的黄油面包。汉堡吃了一半，这几分钟里她都没有说话。她把剩下的一半放下，再吃下去热量会爆炸的。而且，她一呼吸莉比就会闻到汉堡的味道，到时候莉比肯定要嘴馋了。

马修看了看他那份烤鸡三明治，然后在切肉之前把面包取了出来。他似乎感受到艾薇投来的诧异目光，于是解释道："我只吃生酮，保持身材。"

"没有碳水的人生真的值得吗?"艾薇又往嘴里塞了一根薯条。

"最起码很健康。"

"确实是。"她说着又喝了一口啤酒。

"你可以给餐厅命名,设定主题,选择菜单和员工。"

虽然这主意听起来很不错,也令人心动,但她还是摇了摇头。"我不是要给你泼冷水,马修,但我不会跟你一起做生意的。"

他咧嘴一笑,"这我可不确定。"

"我很确定。"

曾经马修那张笑脸和总是含情脉脉的双眼让她很是着迷。高中毕业舞会后,艾薇的衬衫和胸罩让他心神荡漾,哄着她心甘情愿地在海滨度假旅店的一间空荡的平房里献出了自己的童贞。

要么她现在对他的魅力免疫了,要么她已经明白,为了两人日后能够相安无事,与其现下许下承诺,还不如直接就说不。"我不是个小孩了,马修。"

他的表情变得严肃起来。"我也不是。我有一个孩子要养,我现在已经学会脚踏实地了。我之前做生意犯过一些错,后来也吸取了惨痛的教训,但是这次的计划当中是有很多切实可行的想法的。艾薇,你听我跟你说,你负责厨房,我负责前厅客人,我们绝对是最佳拍档。"

"旺季或许能行,那淡季呢?"

"我们会在旺季十四个星期的时间里,赚到年收入的80%左右。"

"那如果这个旺季夏天天气很糟糕呢?露丝不在这里可真遗憾,她会好好给我们讲讲飓风活跃的季节会发生什么。"她呷了一口啤酒,微醺的感觉逐渐打开了她的话头。"她会好好给你讲讲,1954年的黑兹尔飓风,

1999年的弗洛伊德飓风,以及2016年与你同名的马修飓风,当时那场风暴对整个州都造成了严重影响呢,最不能忘怀的是她人生中最后那场无名风暴,直接让露丝元气大伤。"

"如果她再年轻一点,肯定可以从风暴中恢复过来。"

"你想一辈子都在关注天气,担心恶劣的天气会不会把你掀了吗?"

"这都是你从露丝那里学到的。"

"什么?"

"总感觉灾难潜伏在角落之中。我觉得这也是你离开的一部分原因,老想着留下来的坏处,却从来不想想好的一面。高中的时候你就是这样否定了很多我的想法。"

她歪着头,"你怪我吗?"

"公平而言,并不。但这就是我们需要彼此的原因。我需要有人来让我降挡减速,而你需要有人推你一把提升速度,而不是一直开个一挡。"

"我才没有一直挂一挡走。"

"你去了纽约,这点倒的确需要给你加分。然后你找到了一份工作,在同一个地方待了十二年多。你为什么一直待在那儿不去别的地方?"

"我喜欢那里。"

他挑了挑眉,"你没有收到其他地方的入职邀请吗?"

"当然有,但我在老东家那儿一直升职呢。"

"你有变得更有钱吗?"

"算不上,但餐饮业很少有人致富的。"

"你找到了一个觉得安全的地方就留下来了。"他举起双手。

她找到了一个新的大家庭,然后不敢让新家人失望,不愿再做一遍曾经对马修和达妮所做的事。

"这不是浪费时间,"他继续说,"你建立起了很棒的声誉,成了更好的厨师。"

"你是说我太害怕冒险了吧。"

"不是害怕。但你就像露丝一样,一旦找到一些有用的东西,就会死死抓住不放手。"

似乎有某支箭射了出来,正中靶心。"如果这就是你对一份销售工作的想法……"

"我们可以将这个想法变为现实。"

即使只是为了证明他是错的,她也需要看他的商业计划,讨论他的融资,查看一下选址……

他咧嘴一笑,"我感受到你的心思在变动。"她把杯里的啤酒一口干完。

"我就当咱俩的合作是可能的咯。"他眉眼带笑。

"我可没点头。"

"你也没有说不行。"

她盯着空了的啤酒杯,提醒自己打开这扇门是一个危险之举。如果她对马修说"好",她的余生就都要在这里度过了。"你那儿有什么我可以看的书面文件吗?"

他的笑容变得更加灿烂了。"当然有啦。"

第十六章 达妮

2022年1月22日　星期六　上午十点

这条消息使得本已阴沉的天气看起来更加压抑了。达妮讨厌灰色。灰蒙蒙的颜色像是把世界上所有其他颜色都吸干了，不仅妨碍在阳台上欣赏柯里塔克湾的美景，还总是让她感到闷闷不乐。颜色象征着生命和活力，还可以将二维转化为三维。

她抬手回了消息：不用担心。我会想办法解决的。

无论如何，她都会搭到车去诺福克的。

达妮看着那幅挂在书桌对面墙上的画，是露丝画的那幅海景。她以前从未见过这幅画，不过她猜这是露丝在那场风暴前不久创作的。露丝将自己的懊恼、无限情丝和才华汇聚在一起，转移到了画布上。

那段时间，露丝谈到艾薇的次数明显多了起来，希望她能回来。达妮曾数次考虑给艾薇打电话，但她始终没能鼓起勇气拨出那个电话。而如今当她凝视着这幅画时，心中无比希望当时的自己能够足够勇敢。

"妈妈！"贝拉喊她了。

达妮抬起眼镜，揉了揉鼻梁，目光从波涛汹涌的水面上转向那边画架上挂着的自己画了一半的画，这是她三个月前开始画的，本来预计到现在应该完工了的，但出于各种正当理由并未达成预期进度。

"我在这儿，贝拉！"她说。

女儿的脚步声在她们的小房子里咚咚响，把橱柜里的盘子震得咔咔作响。贝拉在十一岁的孩子当中算是很高的了，如果儿科医生的预测正确的话，她应该会长到六英尺，长得和达妮一样高。她遗传了父亲的蓝眼睛和黑头发，总在脑后绑一个马尾辫，还和父亲一样有着橄榄色的肤色，哪怕在夏日的骄阳下也不会晒得更黑。要不是贝拉出挑的身高和修长的四肢，人们都不会相信这孩子是达妮的。

贝拉在阳台门边停了下来。她手里紧紧攥着手机，这是马修送给她的圣诞节礼物，拿到手之后就没见她放下来过。达妮曾要求马修在女儿十二岁之前不要给她手机，但她的前夫一旦有了某个想法，就会说一不二。为了支持一个女孩应该有手机的观点，他列出了一大堆理由表示有手机会更加安全，因为他知道任何能保护贝拉的事情达妮都会答应的。到现在，每天达妮都会因为女儿花在手机上的时间太长导致母女开战。

"今天我们可以去看小狗吗？"贝拉问她。

几天前，达妮提到了艾薇家的小狗，想以此转移贝拉放在手机上的注意力。这招奏效了，效果好得出奇。从那一刻起，贝拉就一直念叨着小狗或兴致勃勃地分析三只小狗的照片。

达妮瞅了一眼灰蒙蒙的天空。太阳预计会在十一点前出来，照亮这一整天。尽管她不想在艾薇那儿挤着，但也知道贝拉没看到小狗是不会消停的。"我得先给艾薇打个电话。"

"可以现在就打吗？"贝拉笑得像她蹒跚学步时一样甜美。

达妮感觉心都要化了。她喜欢女儿这样的笑容，也正是这份笑容让她拿起了手机。"你这样可不公平哪。"

贝拉的笑容愈加灿烂了,"我知道呀。"

艾薇见到达妮的反应一直还好。拎着两瓶酒去她那儿的时候,达妮还不确定接下来会发生什么。她已经准备好迎难而上,做一个更坚强的人,向所有人证明她过得很好。

她从来不希望自己和艾薇之间的关系出现裂痕。艾薇去纽约时,她受到了很大的伤害。但在她和马修上过床后,她开始走出恐惧,开始思考接下来的人生她真正想要的东西。上艺术学校的事还是不考虑,所以她又重新思考了搬去纽约的主意。大苹果城有这么多艺术学校,她可以一边上学,一边当个服务员。

但当家用验孕棒呈现出表示阳性的粉色时,生活便发生了翻天覆地的变化。她觉得天旋地转,坐在父亲家的浴室里哭了起来。擦干眼泪后,她的第一个想法就是打电话给艾薇,她的好闺蜜。她们从小学开始就形影不离了。但是她要对她的好闺蜜说什么呢?"你离开两个月后我被你前男友搞大了肚子"?

她的下一个选项是露丝,露丝一直以自己的方式承担了一些本该由达妮母亲履行的职责。但是,她又该对露丝说什么呢?"你还记得艾薇那个前男友吗?他被甩了你挺高兴的对吧?是这样的,还是那个男的,把我肚子搞大了。"

接下来的几个月里,她假装那根验孕棒和之后用的另外五根都是工厂的劣质批次。后来道尔顿从海军退役回家,发现达妮胖了不少,而且总是喝姜汁无酒精饮料。

进到父亲公司的第五天,道尔顿抓住她的胳膊,带着她走出公司办公室，走到一个他们父亲听不到的地方。"发生了什么？"

9月下旬的风并没有缓和太阳的炙热，她的颈背和不断胀大的乳房之间很快变得汗津津的。"什么意思？"

"我又不傻，达妮，"他说，"父亲是谁？"

"什么？"

"达妮，孩子父亲是谁？"

他的语气中充满愤怒，表明绝不会就此罢休。道尔顿工作起来总是很严肃，但在日常生活中却是个相当随和的人。他肯定交过很多女朋友。但此时此刻，她看得出道尔顿在得到答案之前绝没有跟她随和的意思。

两个人面对面站着，达妮的声音哽咽了近一分钟。最后，她鼓起勇气开口，"马修。"

"马修？马修·彼得森？艾薇的前男友吗？"

"是的。"

"妈的，达妮。什么时候的事儿？"

她省略了很多细节，但指明了自己是在艾薇离开八周以后才怀孕的。"真的是意料之外，求你别大喊大叫的了，我发誓，你说的这些话，我都已经跟自己说过了。"

忧虑驱散了他的怒气。"这事还有谁知道？"

"我没告诉任何人。"她答道。

道尔顿可以迅速从发现问题转向解决方案。需要采取行动的时候，他从不会优柔寡断。"你看过医生了吗？"

"没。"

"那这就是你第一件要做的事，下一件事是马修，他必须娶你。"

"道尔顿,这不是什么旧社会了。而且我不会犯了一个错误又接着犯另一个错误。"

道尔顿摇了摇头,"先看医生,然后去找马修。"

对于孩子的事马修很震惊,但也同意娶达妮。三天之后两人在法院成了婚。他们结婚的头几个星期乃至头几个月都觉得很尴尬。他们婚姻的关注点是达妮腹中的宝宝。贝拉出生后,两人有尝试过做一对真正的夫妻,甚至有一段时间,情况还挺乐观。但期望一个孩子来维系婚姻对任何人来说都是不公平的,所以他们在贝拉一岁生日时就分居了。

达妮和马修的婚姻虽然最终以失败告终,但两人都认为拥有贝拉是他们最大的福分,在达妮看来,他俩都是好父母。他们都无法想象没有女儿的生活,也都愿意为女儿做任何事。

达妮与艾薇的重逢很顺利,很文明,像成年人一样。她向所有人证明,她已经开始了新的生活,过去的一切都不重要。但这一次,她没有将自己的未来与艾薇或其他任何人的未来挂钩。

达妮背对着贝拉坐直,又瞥了一眼灰蒙蒙的天空,拨通了艾薇的号码。

嘟声第三次响起时电话通了,艾薇接电话时听上去有点上气不接下气的。"是我,达妮。我那十一岁的闺女对你家小狗日思夜想呢。"

"我家有三只小狗呢,欢迎她在六个礼拜之内过来领养一只回家。"

过去十余年里,艾薇变了。真见鬼,她们都变了。艾薇变得更理性、更务实了,做事情不再那么毛躁,越来越像露丝了。

"我们今天可以过来吗?"达妮感觉到贝拉就站在她身后翘首以盼。

"随时都可以来。小狗现在正喝奶呢,所以莉比等会儿要休息一下,可能会让贝拉抱抱星星、月月和阳阳。"

"你给另外两只小狗也起了名字?"

"贝拉不是给小狗妹妹取了个名叫星星嘛。"

窗外,阳光透过流苏般的云彩,露出了蔚蓝的天空。"我们一小时后到。"

"我一整天都在。"艾薇说。

达妮挂断了电话。"好了,姑娘,准备好出发吧,艾薇说现在就可以去。"

"现在?"

"是的,现在。"

达妮补了妆,梳了下头发,拿起了包,然后四处搜寻本就挂在大钥匙扣上的钥匙。贝拉手舞足蹈地穿过房子去穿上外套、戴上帽子。

她看了看时间,十点十五分。没有下雨的迹象,晴空万里。"准备好了?"

"准备好了!"

屋外,阳光穿过树木,投在水面上的光影被风吹得歪歪扭扭。在看不见的地方,光线透过云层的裂缝漏了出来,洒向远方。

两人坐进车里,达妮一边倒车一边小心翼翼地盯着钉在树上的反射镜,她有一两次直接把车倒到了树上。她开上主路,沿着熟悉的路线行驶,和贝拉搬进这座房子已经有十年了,这条路线她也走了有十年了。

她穿过南海岸路,然后左转进入了海滩路。十分钟后,她开进了艾薇家的车道,把车停在了艾薇那辆面包车后面。

"记住我们约好的!你必须把小狗照顾好,你要喂它东西吃,要遛狗,它大小便之后还得收拾干净。"她把这些话说得很大声,为的就是留个记录。她很清楚,贝拉上学的时候大部分照顾小狗的责任都得落在她身上。所以其实她早在画廊里找了个安置小狗的地方。

贝拉兴高采烈地晃动着身子,明显按捺不住自己的激动。"保证完成任务!养狗真正的好处就在于,我不会总盯着手机看啦,对吧?"

的确,她的宝贝女儿已经把这个理由当作王牌打出过好几次了。"希望如此。"

下车之后,她往建筑工地那边瞥了眼,工作人员正在勘测十座房子的地基。父亲告诉道尔顿和达妮他把露丝的地买下来了的时候,两人都吃了一惊。露丝从未向她透露过自己的财务状况,但达妮其实一直怀疑露丝欠了不少债。海滨度假旅店长期以来利润微薄,露丝能一直开门营业简直是个奇迹了。毋庸置疑的是,这块地不便宜。

开始清算之前,道尔顿已经卖掉了六座房子,有一座是昨天刚卖出的。接下来剩下四座房子卖出去也并不是什么难事,只要不出现交易失败的情况(不过她私以为这是不可能的),公司这笔买卖就肯定不会亏本的。

道尔顿把她的名片给了几个买家,向他们推荐她的装潢设计,这份小兼职可以打发在画廊无所事事的时间,也能让她在偶尔生活费超支的时候不用找父亲或者马修开口要钱。

达妮越靠近楼梯,就越发感到担忧。她不知道艾薇看到贝拉会做何反应,毕竟贝拉是她和马修一夜情的产物。这孩子的父亲是谁一眼就能看出。她上前按响门铃。DNA是一股强大的力量,她对此心知肚明。

听到里面有只狗在叫唤,贝拉忍不住兴奋地蹦跶了几下。"那是小狗狗吗？"

"听起来更像是狗妈妈莉比。"

门打开了，艾薇站在门边，怀里抱着一只黑白花的小狗，只有巴掌大小。她看了看贝拉，哪怕在那张脸上看到了无数马修的影子，也用微笑很好地掩饰了过去。"听说有个小姑娘很想要只小狗。"

"是我！是我！"贝拉喊道。

"这就是我闺女。"达妮说着，把手放在了贝拉肩上。

"我叫贝拉·彼得森。"

"很高兴认识你呀，贝拉。我是艾薇，我抱着的这个小家伙就是星星。如果你进来坐在莉比旁边，我就让你抱抱它。"

达妮不得不承认，艾薇很懂营销话术。"它还在窝在箱子后面吗？"

"是的。看见没，它正盯着我们看呢。它不喜欢和孩子们分开。"

艾薇带着贝拉走到箱子墙的旁边，坐到了地板上，拍了拍身边的空位。贝拉坐了下来，艾薇让莉比闻了闻小狗，让它确认孩子没事，然后再把小狗放到了贝拉手里。

"天哪，妈妈，"贝拉小声念叨了一句，小脸紧贴到了狗狗小小的身体上，"它好可爱。"

"她是这一窝里面最小的，"艾薇说，"还有个狗哥哥和狗姐姐呢。"

贝拉看着那两只棕色的小狗。"它们都很可爱。妈咪，我们可以全都领回家吗？"

达妮已经准备好回答这个问题了，"就一只。"

"我该怎么决定呢？"贝拉仰头问，"我不能丢下其他狗狗啊。"

"你有优先选择权,"艾薇说,"之后我也一定会为另外两只狗狗找到好归宿的。"

"它眼睛都没睁开呢。"贝拉说着把狗狗凑近脸颊。

"小狗出生的时候就是这样的,"艾薇解释道,"它们要一个礼拜左右的时间才能睁开眼睛。"

"我可以抱下小狗哥哥吗?"贝拉又问道。

艾薇把狗妹妹抱开,放到它妈妈边上。莉比凑过去嗅了嗅,然后舔了舔女儿的脸。星星呜咽几声,凑到了妈妈的乳头旁边。

达妮十分能和莉比感同身受。贝拉出生之后胃口一直很好,喂了不到一周的母乳,她的乳头就生了疮。露丝带着一个粉色的篮子到她家门口,篮子里装满了婴儿穿的连体衣。达妮一看到露丝就泪流满面。

"没事的。"露丝说着,轻轻抱住了达妮。

"我没想到你会来,我以为你生我的气了。"

"我没有生气,亲爱的。"露丝挨着她坐到沙发上。

"这事你跟艾薇说了吗?"

"说了。"

"然后?"

"她很生气,也很震惊。"

达妮的眼泪流得更凶了,"我不是故意要伤害她的。"

"我知道,她也不是故意要伤害你的。"

"但她就是伤害到我了,我也的的确确伤到了她。"

露丝摸摸贝拉的头,小家伙头上已经长满了浓密的黑发。"艾薇一见到贝拉肯定会喜欢得不得了,你等着瞧好了。"

而现在两人终于第一次见面了。

艾薇抱起棕色的那只小狗介绍道:"这是阳阳。"

"它也太太太可爱了!"贝拉忍不住冲上前。

艾薇起身往后退了一步,"它们都很可爱。"

"看见没,我天天都得听她叨叨这些。"达妮说。

艾薇笑了起来,"可以想象。"

"这不会都是你计划好的阴谋吧?"达妮问道。

"回答正确。"

"等你生了小孩之后,记得让我给他买糖吃,再送一只小狗过来。"

"谢谢提醒。"

达妮环顾了一下四周,"进展如何?"

"今天准备收拾最后一个老房间,现在就只剩下满满当当的梳妆台抽屉和我那些孩提时代留下的旧物了。"

贝拉把小狗放在狗妈妈身边,躺到它们一旁的地板上,轻轻呢喃着些什么,仿佛迷失在了自己的世界里。

"嘿,我能找你帮个忙吗?"达妮问道。这才是此行最让她头疼的地方。她一见到艾薇,就一直在酝酿这事。

"说说看。"

"周一贝拉上学的时候,我得开车去诺福克看医生,本来是跟一个朋友说好了让她带我去的,但她现在又没法来了。"天啊,她最不想做的事就是找艾薇帮忙了。但这只是个小忙。"医生那边要求我路上必须让司机开车，事儿挺多的，我知道。"

"什么医生啊？"艾薇问道，"你的问题严重吗？"

"不严重，没什么严重的，就是我需要配副新眼镜而已，新眼镜会让我瞳孔放大。"

"我觉得每一副眼镜都是一份时尚宣言。"

"对，确实是，不过眼镜也是有实用价值的，我有散光，这毛病挺让人恼火的，但又不得不面对。"

"你成年之前眼睛可从来没有出过什么毛病。"

"年纪大了眼睛就开始不行了。"

"你才三十岁，一点也不老。"

"当母亲的老得快啊。"

"你上次和朋友出去喝酒或者约会是什么时候的事了？"

"隔了有一阵了。"

"我也一样啊。"

"桥的另一头有家酒庄，你走之前我们一定要去上一次。"达妮不愿囿于艾薇的想法。"上次我没去送你，这次我一定到场。我亏欠你太多了。等你房子收拾好，小狗再大一点，我就拉你出去吃饭。"

"那是必须的，周一我开车送你去诺福克。"

"谢谢。"

"昨晚我和马修一起吃了晚饭，他依旧风采不减当年。"

达妮赶紧往贝拉那儿看了一眼，小姑娘此时又换了一只小狗抱着，一边还拍着莉比的头。"嗯，的确是。"

"他准备开一家新餐厅。"

"他念叨这事有好几个月了,不过我没太注意。"

"他还是花了不少心思的,你知不知道你画廊对面的那栋楼也在他的选址范围内?"

"又来了,马修他总是一肚子花花肠子。"达妮看着艾薇,期待她会说自己完全不看好马修那套油腔滑调说出的主意。

"你觉得他的想法怎么样?"艾薇问道。

"理论上可行,但你也知道打造一个地方需要很多年,我不确定他有没有这个耐心。"

"这生意可能不到一年就泡汤了。"艾薇接道。

"所有生意都有失败的可能,艾薇。"

"他说我过于谨慎了。"

"我可不会这么说。"

"那这事我就很难点头了。"

"他想让你去当厨师,对吧?"达妮问道。

"是的。"

"然后?"

"我告诉他,等他把提案发过来,我会看看具体的数额之类的,除此之外任何事我都不保证。"

"我觉得他出发点是好的,"达妮说,"他所说的那栋楼我也知道,位置很好。"她看着艾薇,"你真有兴趣?"

"别显得那么震惊。我一直在想我本可以走出不一样的道路,我不想再让任何人失望了。"

"如果你认为和马修做生意就能纠正过去的错误,那就大错特错了。"

"我没有想纠正过去的意思。"

"没有吗?"

"我在纽约看过太多餐厅失败和成功的案例,我年纪大了,学聪明了。"

"早知如此,何必当初是吧?"

"这是露丝曾经的老话了。"艾薇说。

"她从不回头看,她在往事中吸取了教训,但从不会在那些可能发生的事上踌躇太久。"达妮说。

"我真是太幸运了。"

第十七章　卡洛塔

1950年6月19日　星期一　上午七点

发端于大西洋的风暴猛地袭来，窗外狂风呼啸，猛烈地拍打在小屋上。凌晨一点多的时候，卡洛塔被周围肆虐的风暴惊醒了，她感觉自己仿佛被困在了这里，变得无比渺小，仿佛重新回到了在梅西·亚当斯号上的第一个夏天。狂风怒号，凶狠地捶打着船身，掀扯着船上的板子和铆钉。大自然母亲不停地搅动着海水，以其无上神力警示着每个子民。

第一次亲历大西洋风暴之后，她就收拾好行囊，准备返回土地坚实的内陆。她不愿再过这种风雨飘摇的日子了。但就像很多故事中的常见桥段那样，有个小伙子出现了，说服她留了下来。

十四年后，小伙子早已不在人世，但她仍在梅西·亚当斯号上谋生，在东海岸和内陆水道、河流、海峡和海湾上来来回回，并乐此不疲。每次靠岸船长吹响船号，镇上码头附近的人都会跑过来看他们停船。观众总是在顷刻间蜂拥而至，他们的水上小演出团让每个人都兴高采烈。

海滨度假旅店的演出进展很顺利。前两晚她都大受欢迎，每次走上舞台，都会看见台下或坐或站的观众人数更多了。今晚是演出的第三夜。再住一晚，她就能打破在港口停留的最长时间纪录了。究竟观众只是因为新鲜才来看演出,自己的高人气仅仅只能昙花一现,还是说她的无限魅力可以倾倒众生,令人夜复一夜为她而来——这些问题到时自会有答案的。

在这儿驻唱两周的决定是她和埃德娜都同意的,虽然两人都不知道这样的安排是否行得通,但都愿意放手尝试一番,因为她们知道彼此能提供对方所需要的东西。7月初,梅西·亚当斯号将再度起航,届时她也该一同前往下一个港口了。

她突然感到一阵心神不宁,便从床上坐了起来,听微风吹过,发出低沉的声音。她想家了,想念那艘晃晃悠悠的船。她把腿搭到床边,轻抚了一下睡梦中的威士忌,然后走进了小厨房,把茶壶装满水放到了炉子上,旋钮转一下炉子就开火了。

卡洛塔打开冰箱拿牛奶,然后看到了那个吃了一半的三明治。她会想念露丝的。那个孩子,埃德娜的孩子,是个活力四射的家伙,工作起来很能吃苦,心地也善良。卡洛塔发现自己很期待她的下一次到访。

有几次她发现露丝在盯着自己看,或许这小姑娘第一次看到来自外面世界的人。又或许,她看到了更多。露丝很聪明,从她的画就可以看出她的洞察力不一般。

她走到凉台,凝视着清朗的天空和看起来像是沉船残骸的东西。她知道这片海岸线的水域里到处都是沉船残骸,但从种种迹象来看,这不是什么好兆头。

"收集这些破板子有什么重要的?露丝盯着我看又有什么重要的?"它们的确本不该重要,但现在又的确很重要。

船长不喜欢在港口逗留三天以上,因为时间一长,令人头大和令人心碎的事情都会多起来,这都会很影响生意的。

水开了。她转身背对沉船离开,希望来到这里是正确的决定。

露丝是在风暴中长大的孩子。风暴来临之时,必须任凭大自然发泄,父母让她到浴室躲起来的时候,也必须毫不犹豫。昨晚的暴雨来势汹汹,但这还不算她经历过的最糟糕的一次。每次电闪雷鸣,塔莉都会在毯子下面把自己裹得紧紧的。但她没有哭,也没有叫醒露丝安慰自己,这算勇气可嘉了。

这天早晨叫醒露丝的是培根和甜面包,食物的香气勾得她迅速起了床。"快起来,瞌睡虫!爸爸在做甜面包呢。"

"要起床了吗?"塔莉叹了口气。

"是啊。"她铺好床,麻利地穿衣、刷牙、梳头,然后冲下楼进了厨房。

爸爸正站在炉子边,从铁锅里捞起炸得酥脆的培根。"早啊!宝贝闺女。"

露丝从盘子里抓起一块培根。好烫好烫!她只得在亲吻父亲脸颊的时候迅速换了只手拿。"早呀,昨晚又来风暴了。"

"还不算太糟。"爸爸说。他很少因为海上自然灾害而发愁。

"有什么损失吗?"

"有一大片海滩被风暴刮得干干净净,不过咱们旅店还好。你妈妈老早就去旅店了,怕有客人昨晚被吓到了。"

走廊里响起了脚步声,塔莉走了进来,看起来面容憔悴,头发也散在肩上。

"记塔莉人生中第一场风暴,"露丝评论道,"永生难忘。"

塔莉用手摸摸头发，站在厨房边上，手撑着柜台，仿佛这是一艘摇摇晃晃的船。"我还以为屋顶会被掀掉呢。"

"不会的，"露丝说，"如果是那么大的风暴，爸爸妈妈肯定会把我们带到浴室去的。"

"为什么是到浴室去？"塔莉问道。

露丝递过去一片培根，仿佛这是能解答一切的灵方。从塔莉脸上的表情来看，这东西似乎的确起了效。"浴室是家里最坚固的地方，对吧爸爸？"

"没错。"他拿了块抹布，把炉子打开，端出了一盘甜面包。爸爸要起来做酵母发的面包，得花好几个小时，也就是说他昨晚也没有睡好。

"那如果风暴太强，浴室也承受不住了怎么办？"塔莉问道。

"那最好要往内陆那边跑了吧。"爸爸说。

"但到了那种时候我们是不可能脱得开身的。"塔莉咬了一口培根。

"对，的确是走不掉。"爸爸在热乎乎的面包上淋上蜂蜜。

"那要怎么办啊？"塔莉问道。

露丝吃完培根，走到冰箱那里，抓起还剩半瓶的牛奶，倒满了两个杯子，把其中一杯放到塔莉面前，然后把瓶子放回了冰箱。

"不用担心，"爸爸回答道，"我们都会没事的。姑娘们，坐到桌边一起吃点早餐吧。风暴过后的几天可是捡贝壳的黄金时期，今年海滩上还有一个惊喜等着你们呢。"

"什么样的惊喜啊？"露丝问道。

"拭目以待吧。"

塔莉盯着露丝爸爸，等待他说出更多细节，但他的话题就像昨晚的狂风一样，已经转移到了其他事情上。"今天我们会有更多的客人要接待，几位太太的先生和孩子们的父亲都要来。"

这些男人的到来意味着酒水铺能卖出更多波本威士忌，很晚的时候泳池边打扑克的人也会更多，吃饭的时候孩子们也不会那么吵闹了。同时，太太们的小团体也要解散了，白天她们会跟自己的家人坐到一桌上。

"我们要做的事会有什么不同吗？"塔莉问道。

"毛巾的用量会增大，泳池边你们要捡起来的杯子瓶子也会多很多。"爸爸回道，"亨利今天会过来，酒水的事他可以负责了，中午和晚上他也会帮忙弄烤架，今天中午咱们吃汉堡，晚上吃烧烤。"

塔莉耸了耸肩，吃掉了最后一口培根，"这人听起来像是我的哥哥们。"

"差别不大。"爸爸回应道，"快吃吧，姑娘们，我要去主楼跟埃德娜一起办入住手续，新的一天要开始啦。"

爸爸走后，露丝叉了一个甜面包放到塔莉盘子里，"风暴带来的最好的事就是第二天有这样的小面包吃，天气不好的时候爸爸就睡不好觉。"

"因为担心吗？"塔莉问她。

露丝撕下一块松软的面包，"他向来都是这样的。"

"再来一场风暴可怎么办？"

风暴还会来的，永远不会消失的。但是，爸爸一直给她一种特殊的感觉，让她可以对此不再恐惧。"快吃吧！你咬一口就会希望再来一场风暴了。"

塔莉咬了一口，惊讶地两眼放光。"唔……"

"这是世界上最好吃的面包。爸爸说，在他以前待的一艘船上，厨师会烤这样的小面包,以此安抚那些经受住了人生中第一次风暴的水手。"

"我应该也经受住了这个考验吧。"塔莉说。

"是的,你做到啦。"露丝咬了一大口甜面包,接着又灌下一口牛奶。"动作快点!我想去看看爸爸说的惊喜是什么。"

"会是很多贝壳吗?"

"也许是的。当然也可能是一只死掉的海龟,或者巨大的水母。"

"什么是水母?"塔莉问道。

露丝咧嘴一笑,"看到了你就知道了。"

十分钟后,露丝和塔莉爬上沙丘,穿过海燕麦。站在沙丘顶部,她们可以清楚地看到此刻平静得毫无波澜的海面,海藻、贝壳和浮木凌乱地散落在沙滩上。

"那是什么?"塔莉问道。

露丝顺着她指的方向走向那个看起来像一艘船的东西。"船"与大海平行,船头朝北,但船尾部分陷在了沙子里,上面那些直径有十二英寸左右的大木头已经变成墨黑色。

"是一艘沉船!"露丝惊喜地叫道,"我听说过,但从没见过。"

尽管在这里的日子平淡得一眼望不到头,但爸爸总会告诉她,大海会在你最意想不到的时候给你惊喜的。

"它是因为昨晚的风暴沉掉的吗?"塔莉问道。

"不是,这船很老了,超级老。"

"船上的人呢?"塔莉问道。

"哪怕是在那场风暴当中幸存下来了也早就死了吧。"

"但船已经靠岸了,船上的乘客也应该上岸了吧?"

露丝走下沙丘,惊叹于船骸是如此之大。"不一定,很多人在抵达旱地之前就已经淹死了。这一带有数以百万计的沉船残骸。爸爸说水手很讨厌在我们这片航行,因为这边沙洲很浅而且总在移动,有时候你以为自己已经远离了北卡罗来纳州海岸的时候——砰!"

塔莉吓了一跳。

露丝咧嘴一笑。"水下的沙洲动了,船就卡住了。要是刚好来了场风暴,那海浪很快就会把船给掀翻。"见这位小观众听得如此聚精会神,露丝忍不住为这个故事添油加醋了一番。"这片水域被称为'大西洋墓地',因为这里埋葬着很多沉船和死去的水手。"

塔莉盯着海面,瞪大了眼睛。"尸体会被冲上岸吗?"

"我听说有的会。"露丝说。

"那这些尸体会怎么样?"

"当地人会把他们埋掉。不过通常他们会先把死者身上的贵重物品和沉船上能找到的东西都洗劫一空。船上的木材会拿去建房子,其他东西会拿到拍卖会上卖掉。"

"天啊。"塔莉走近船骸,但没有碰它。

露丝脱下鞋子,绕过塔莉,爬上暴露在外的横梁,踮着脚在上面走,一直走到前甲板。她试了试潮湿的甲板是否稳固,判定自己是可以在上面安全走动的。她抬手在眼前搭了个"凉棚",遮住阳光,然后凝视着大海,就像这船上某位逝去多年的水手。

"小心别扎到脚了。"塔莉说。

"你怎么跟我妈妈似的。"

"我之前就在谷仓里扎到过脚,一点都不好玩的。"

露丝赤着脚穿过这艘被水流冲刷了几十年甚至几个世纪的残骸。嘴上虽然嫌弃塔莉的关心，但走的时候她还是很注意脚下的。

塔莉在船骸周围走来走去，好奇地四处看看，但没有碰任何东西。

"你觉得这是艘什么样的船？"

"我还不知道。但爸爸或者亨利肯定知道。他俩总有一个知道的，他们知道世界上所有的船。"

"亨利是谁啊？"

"他和爸爸一样在海军服过役，但参加的是不同的战争。他俩是表兄弟，不过亨利的父母早逝，所以他是被爸爸的姐姐抚养长大的。冬天他在救生站工作，夏天就来咱们旅店，空闲的时候他也会去钓鱼，反正不会在一个地方待太久。"

"魔鬼最爱找游手好闲的人。"塔莉说。

"妈妈也这么说，我猜这也就是为什么她永远忙个不停吧。你妈妈成长的过程当中我妈妈有一直陪着吗？"

"应该是吧。在我出生前埃德娜姨妈就走了，我也从没想过要问妈妈关于她的事。"

"妈妈家里有那么多兄弟姐妹呢，可以想象。你们那儿家家户户都有那么多人吗？"

"大多数家庭是有五六个孩子，你很幸运，可以一个人享受一整间房。"

"风暴来了就没那么幸运了。"尽管露丝会因为塔莉睡不着觉而受到影响，但听到塔莉在床上翻身、呼吸和挪动的声音时，感觉还挺好的。好像不那么孤单了。

塔莉耸了耸肩,"我猜习惯独处需要很多的练习来适应。"

露丝跳下船,跳到沙滩上,绕着船走动着。潮水滚滚而来,溅到了船木上面,也冲刷着她的脚趾。

塔莉把头发塞到耳后,目光落到潮水送来的贝壳上。"这么多贝壳呢。"

"每年这个时候,海滩上的贝壳主要是蛤蜊和牡蛎的壳。海螺要1月份才有。"看到塔莉略带疑惑的表情,露丝忙补充道,"我梳妆台上那个螺旋形的东西就是海螺。"

"你觉得我能找到一个吗?"

"这可不好说,说不准的。"

"我想带一个回家给妈妈。她现在看不太清楚了,但只要摸到一个东西,她就能说出很多相关的事情。"

"我给你一只我的海螺吧。你妈妈闭上眼睛,然后把它放到耳边,就能听到大海的声音了。"

"真的吗?"

"绝无虚言。"露丝看了看表,已经快八点了,便催促道,"我们快回旅店吧,客人们的早餐时间到了。"

塔莉又捡起一个贝壳,"我们晚点还能再来吗?"

"当然。"不过到时候海滩就会跟现在不太一样了。到时候潮水会涨得更高,拍到离沉船更近的地方。渐渐地,大海会把它带来的一切收回,先是贝壳,最后是那艘沉船。

她们穿过沙丘,把塔莉捡到的贝壳扔到房子下面,然后去把脚冲干净。七点五十五分的时候,两人已经到了主楼。

餐厅里有几位客人走来走去,但大多穿着浴袍,端着两杯咖啡,仿佛马上就要回自己的房间。

泳池边坐着一个人,身穿卡其色裤子,蓝色伊佐德短袖衬衫,一双驼色甲板鞋,墨黑色的头发梳在脑后。他此刻正翻着《诺福克杂志与指南》,大理石烟灰缸上搭着一支抽了一半的香烟。

露丝走向妈妈,她正端着一摞白色的粗陶盘子。"他来得很早。"

"刚到。"妈妈急促的语调像是把每个字的边角都剪掉了。"看看曼彻斯特先生的咖啡够不够,"妈妈说道,"塔莉,你跟我来厨房吧。"

"好的,妈妈。"

"好的,埃德娜姨妈。"

露丝拿起不锈钢咖啡壶,走到泳池边上的木制平台上。"要再来点咖啡吗?"

曼彻斯特先生抬起头,仔细打量着她。"好的,谢谢。"

她把咖啡满上,闻到了男人身上欧仕派须后水的浓烈香气。曼彻斯特先生肆无忌惮的眼光让她觉得紧张,但她还是稳稳地握着咖啡壶,一滴也没有洒出来。"早餐已经准备好了。"

"谢谢你,露丝。"

听他说这个名字,竟觉得不寒而栗。并不是说他知道自己的名字很稀奇,大多数常客都记得露丝,但从他口中说出来就让人觉得这个名字意味深长。

"非常乐意为您服务,先生。"

露丝离开泳池,却感觉那人的目光一直跟着她,重新进到主楼之后,她发现妈妈站在那里看着她。

"还好吗?"妈妈问。

"当然。我很好。"

莫名的烦恼让她绷紧了嘴唇。"曼彻斯特先生有没有对你说什么?"

"就说了句'谢谢你,露丝'。"

"还有别的吗?你看起来很不安。"

"就是他叫我名字的时候感觉有点奇怪。"

"怎么会这样?"

"好像我名字很好笑一样。"

妈妈把手放在露丝的肩膀上,"别理他。"

"你确定没事吗,妈妈?"

"什么事都不会有的。"无论妈妈在想什么,都会被她迎客式的招牌微笑所掩盖。"咱们该把早餐送上去了。"

第十八章　露丝

1950年6月19日　星期一　下午三点

"我们今晚应该去沉船边讲鬼故事。"露丝说道,她们正在收拾泳池边桌子上的空杯子。

塔莉把烟灰缸里的东西清到桶里,睁大了眼睛看着露丝。"这可不是什么好主意。"

"为什么啊?"露丝问道,"肯定会很有意思的,可以让爸爸在沉船那边生篝火,咱们烤棉花糖吃。"

"那万一火光引来了亡灵呢,你怎么能保证不会有个什么突然冒出来?"

"那就只能祈祷无事发生了!"

"不行,你不能为那种事情祈祷,露丝·惠勒。在死人之间惹是生非,将会烦恼终生的。"

"你怎么知道的?"

塔莉扬起头,"我就是知道。"

露丝收起剩下的杯子,把桌子擦干净。篝火或许还能有一点召唤亡灵的作用,露丝越想越兴奋。"我们去问问妈妈吧,如果她觉得不行,那我们就不去。"

"埃德娜姨妈不会同意的,"塔莉很确信,"我们老家的人没谁会疯到想去引诱亡灵出来的。"

"但她现在不在你老家了,她现在是这里的人,我们这边没那么忌讳亡灵之类的东西。"

"离家的游子总有一片心归于故土的。"

露丝把一盆脏盘子拖到厨房后门,塔莉则把垃圾桶拖到高高的公用栅栏后面。这边的建筑设施并没有漆上漂亮的颜色,看过去就是一堆灰色的混凝土和生锈的金属混杂在一起。

露丝先把厨房后门用身子挤开一点,然后用脚踢开,在门砰的一声关上之前钻了进去,走到里面放下那盆脏盘子。再转身时,她看到卡洛塔和妈妈正面对面站着。两人没有说话,但每个人都神情紧绷,很明显,她们并不享受彼此的陪伴。

妈妈穿着一件灰色旧工作服,外面的围裙因为做饭变得脏兮兮的,还在洗碗的时候弄湿了。卡洛塔则穿着带波点的蓝色卡普里裤、白色吊带上衣,戴着一顶宽檐帽,脚上是一双露趾坡跟鞋,指甲和脚趾都涂成了鲜艳的红色。

她正想着从那张用来准备菜肴的木桌后面看看她们在干什么,两人却都迅速转过了身来。

"露丝,"妈妈清了清嗓子,"盘子都收拾完了吗?"

"收完了,塔莉正在倒垃圾呢。"露丝向卡洛塔笑笑,"嘿,你怎么上这儿来啦?"

"我就是把几个没洗的盘子拿过来,再次感谢你。"卡洛塔解释道。

"哦，难怪呢，"露丝点点头，"不用客气。"

妈妈没有抱怨过露丝给卡洛塔送午餐这事，今天甚至还帮忙在三明治旁边加了一块奶酪。

"去休息几个小时吧，露丝。"妈妈说，"好好享受今天。"

"我不用帮忙准备晚餐吗？"

"我会处理好的。"

妈妈今天早上还清清楚楚地说让她在客人晚餐的时候来帮忙呢，露丝不知道她为什么又改主意了，妈妈从来不会改变主意的。

看来妈妈现在比起以前没那么死板了，露丝觉得冒险才能有所收获，"我们可以在那艘船骸旁边生篝火吗？大家可以烤棉花糖吃，亨利今晚来的时候可以讲鬼故事给我们听。"

妈妈瞪大眼睛，露丝觉得妈妈否决这个主意的速度应该会跟她重新思考如何实现这一目标一样快。

卡洛塔没说话，但始终观察着她们的对话。

"大家可以自带毯子。"露丝此时从妈妈眼中看到了一丝希望的光芒，赶紧继续推销，"这会是一个非常美好的夜晚。"

卡洛塔挑了挑眉，"听起来很有意思，今晚没有月亮呢，我听说，"她说着，突然把声音放得很低，"这样的夜里，生者和死者之间的屏障会变得非常薄。"

露丝咧嘴一笑。"那儿还有沉船呢，我跟你打包票，亨利绝对能讲出好多故事。"她说完，用最渴求的目光看着妈妈，"你觉得呢？纳格斯海德可没有其他旅店有这种活动呢。"

"我可以同意篝火活动，但你得帮忙捡柴。"妈妈说。

"我会叫塔莉一起帮忙的,我讲鬼故事的时候她听得可认真啦。"

卡洛塔笑了笑,"她肯定是这样,她的亲戚们可都不喜欢神神鬼鬼的东西。"

"她没问题的,"露丝说,"她来这儿之后总怕这怕那的,然后都慢慢适应过来了。"

"我今晚可以在沉船边表演,"卡洛塔进一步提议,"我可以根据场合改变歌声里的感情,甚至召唤一下亡灵呢。"

"谈这种事可能会吓跑客人的,"妈妈反驳道,"他们会有怨言的。"

"那他们可以离开,"露丝说,"不想待在那儿的,爸爸可以带着回他们房间。"

塔莉从后门走进来,打开公用水槽的水龙头洗手,但头始终没有抬起来,仿佛自己的出现会打扰到她们。

"塔莉,你能帮我一起捡点篝火用的木柴吗?"露丝问道。

塔莉把手冲干净,然后关掉水龙头——她肯定是在想亡灵的事情。"当然可以。"

"到时候卡洛塔小姐会在那儿唱歌,妈妈还说亨利会讲鬼故事的。"

"我没说亨利会去讲故事。"妈妈打断她。

"你也没有说他不会。"露丝反驳道。

卡洛塔笑了笑,"露丝,你在争取自己利益这事上真是太聪颖过人了。"

露丝看到了卡洛塔眼中的打趣意味,突然想到什么,便说:"你说这话的语气很像妈妈。"

卡洛塔朝她点点头，"我把这话当是夸我咯。"

妈妈清了清嗓子，"我会问问亨利的，如果你俩能捡到足够的木头，晚饭的时候我就会向大家宣布这个活动。"

露丝嘻嘻笑起来，"这活动绝对会轰动全海滩。妈妈，你就瞧好吧。"

"那可就太好了，"妈妈说，"只要咱家在旅店竞争中脱颖而出就行。"

露丝拍了拍手，"塔莉，咱们干活吧！"

塔莉摇摇头，"我会帮忙捡柴火，但如果到时候有鬼，我就不在那儿待着了。"

"那当然啦，"露丝说，"你肯定不想一走了之惹他们生气吧。"

露丝为塔莉打开厨房的门，回头看了看她妈妈和卡洛塔。她们之间那种紧张的气氛暂时消失了。

露丝和塔莉堆了足够生三次篝火的木柴，晚饭的时候两人都饿坏了。爸爸让她俩在厨房吃好东西洗好碗，七点刚过就领着两人从厨房出来，手里拿着铲子和斧头，跟着她们来到沉船附近海滩上的柴堆旁。

爸爸仔细看了看柴火堆，"足够用了，干得好，姑娘们。"

"我们把能找到的所有柴火都捡来了。"每次妈妈或者爸爸夸自己的时候，塔莉似乎都看着有点惊讶。

"我和塔莉能帮忙生火吗？"露丝问道。

"首先，我们得挖一个坑把木头铺好，然后我们再看。这可不是闹着玩的。"

"我们会非常小心的。"露丝赶紧说，"你可以站在我们旁边。"

身后的海滩上响起了脚步声，露丝转过身，看到亨利正朝他们走来。他刚刮过胡子，穿着干净的卡其裤和一件白色T恤，露出了手臂上的海军文身。

他身材高大，身形瘦削，肌肉结实，戴了一个黑眼罩，皮肤黝黑，让人感觉很像个海盗。

有次露丝和亨利在旅店厨房洗碗的时候，问过他是怎么失去眼睛的。亨利把一个油乎乎的锅放进装满热肥皂水的水槽里。"在意大利海岸上没的，那时候有枚火箭弹击中了我们的船，飞出来很多弹片，我脸上也被刮到了。"

"疼吗？"

"那时候不疼，我满脑子想的就是要把甲板上的火扑灭，然后我又想，如果跑得再快三秒，我面前死掉的那个人就是我自己。"

"他被炸了？"

"是的。"他抓着刷子的手攥得更紧了，狠狠地刷着仍然粘在锅上的油脂。

"然后呢？"露丝问道。

那口锅已经被刷得闪闪发亮了，最后冲洗的时候，她注意到亨利下巴上的肌肉都在微微颤抖。他把目光落在露丝身上，仿佛在掂量回答的力度。"我把船上的火扑灭了，这就是我能做的一切了。"

她接过湿淋淋的锅，放在烘干架上，"你不害怕吗？"

"害怕是对时间的浪费，露丝。"他说完咧嘴一笑，眨了眨那只尚好的眼睛，又拿起另一个要洗的锅。

后来她问起过妈妈有关亨利的事情，从妈妈口中她得知，亨利经常和爸爸聊到很晚，两人坐在屋后的凉台上，一口雪茄一口威士忌，凝视暮色中的大海。

"你爸爸是能让亨利定下心来的人。"妈妈说。

"那谁是让爸爸定下心来的人呢？"露丝问道。

"是你和我。"她答得简明扼要。

风暴来袭之时，没有人比亨利更无所畏惧。去年冬天，他看到附近有艘船用无线电发出了求救信号，马上开着自己的船出海营救。据说亨利顶着狂风巨浪，找到求救船爬了上去，把六名水手救上了自己的船。

哪怕让他和十个人比赛伐木，他也绝对能最终取胜。但亨利有时到了上班的时候还不来，妈妈对此颇有微词，爸爸总会替自己的表弟说话。"他经历过这么多事，偶尔有什么不当也可以谅解。"爸爸开解道。

"你也参加过战争，"妈妈反驳说，"但你永远不会抛下我。"

"战争给每个人带来的后劲是不同的。"他柔声解释。

亨利走近他们，看到沉船，看到旁边的露丝、塔莉和表哥，咧嘴笑了起来。

"亨利，你终于来啦！"露丝惊喜地叫道。

他给了露丝一个熊抱。"如果不是风暴，我昨天就在这儿了。"

"你昨天出海了吗？"露丝问道。

"是的，救上了几个人。"

爸爸伸出手跟亨利握了握。"你能来真是太好了。"

"这是我的表姐塔莉，"露丝说，"今年夏天她都在这儿。"

塔莉小心翼翼地握住伸来的那只粗糙的手。亨利轻轻握住她的手晃了晃，"很高兴见到你，露丝有没有把你折腾得够呛？"

塔莉红了脸,"没有的,先生,她非常有意思。"

"不必称我为'先生',塔莉,"亨利说,"我就是个踏实干活的人,叫我亨利就行,大家都这么叫。"

塔莉松开他的手时皱了皱眉头,似乎这种亲昵的感觉在她的家乡并不常见。"好的。"

"露丝,你妈妈说你们想听鬼故事。"亨利说。

"是的!"露丝惊喜地叫道,"你有什么故事吗?"

他大笑起来,笑声让人觉得很温暖,"我倒有那么一两个故事挺想讲的。"

爸爸插了进来,"我再不快点把篝火生起来,露丝可能就要把整堆柴给直接点着了。"

亨利仔细看了看那堆精心堆放的柴火,"这火能一路烧到英国去了。"

"我希望篝火能大点。"露丝说道。

"哦,肯定大的。"亨利的注意力转移到船骸的墨黑色木头上,每一次海浪涌来,上面都会挂满水滴,闪闪发光。"真没想到可以再次看见这艘沉船,上次出现是多久的事了?"

"三十年前,"爸爸说,"1920年的夏天,我刚从海军退役的时候。"

"那年我十岁,"亨利回忆道,"它露在海滩上的那几个礼拜,我一直跑到上面爬来爬去。这次船骸上岸露出的面积更大了,风暴一定是直袭了这一带的海岸。"

"风暴离我们近得不得了。"爸爸点头说道。

"那声音听起来像是要把房子连根拔起呢，"露丝补充道，"不过塔莉和我都没有害怕。"

"那真是太棒了，"亨利说，"塔莉，这很值得你自豪，你度过了人生中第一场海洋风暴。"

"风暴经常有吗？"塔莉问道。

亨利从来不戏弄塔莉这样的人，"今年夏天最糟糕的情况应该已经过去了。"

"那太好了。"她回道。

最恐怖的风暴要八九月才登场，不过露丝没有说出来。"你对这艘船了解多少？"

亨利瞟了一眼表哥，露出一个狡黠的笑容，"你跟她说过了吗？"

爸爸摇摇头，"只字未提，我想着让你跟她说。"

"跟我说什么？"露丝问道。

"你等着吧。"亨利卖着关子。

"你知道关于这个沉船的故事吗？"塔莉瞪大了眼睛问道。

"可能知道一两个。"

"你是怎么知道的？"她又追问。

"我就这么知道的。"

"这些故事可怕吗？"露丝也插进来。

"取决于你对可怕的定义。"亨利回答。

塔莉不安地换了条腿撑着身体。"故事里有鬼吗？"

亨利似乎很喜欢他的小听众，"你们想要故事里出现鬼吗？"

"不想！"塔莉赶紧抢答。

"想！"露丝惊喜地叫道。

"晚上再讲吧。"亨利卖着关子。

亨利喜欢讲故事。他讲的故事无关战争，而是关于外滩岛。去年，他有几晚坐在泳池边，给客人们讲关于海盗和藏宝的故事。那个礼拜剩下的几天里，旅店几个小男孩一直在海滩上挖洞寻找丢失的黄金。本来挺有意思的，直到有个孩子妈妈踩到一个他们挖的洞，扭伤了脚踝。

"行吧，"露丝同意，"你见过卡洛塔了吗？"

"尚未有此殊荣。"亨利说着，瞥了一眼又在盯着柴堆的露丝爸爸。

"卡洛塔是今夏咱们旅店的驻唱，"露丝解释，"她今晚会在篝火旁唱歌。"

"听起来我们会迎来一场真正的篝火派对。"亨利说。

爸爸扫视了一番沉船，又回头看了看沙丘，计算了一下风向，然后在残骸顺风处确定了一个地方。他递给亨利一把铲子，准备挖一个很深的火坑，"你不吃东西的话现在就可以帮忙开挖了。"

"乐意效劳。"

两人一起很快就完工了，接着亨利开始往里铺柴火。

"咱们得先从引火开始，姑娘们，你们来把最小块的柴火放在坑中间。"

亨利拾起最大的那根木柴。露丝和塔莉两人合力才能搬动的木柴，他轻轻松松就放到了坑里，然后用爸爸带来的斧子砍成了小块。不到半小时，木柴就按大小堆好了，火也生起来了。

露丝和塔莉回到旅店，拿了一摞被子准备给忘带毯子的客人，总有人会丢三落四的。

包括曼彻斯特一家在内的几位客人出现在沙丘顶部。小皮特跑在前面,径直来到火坑旁,飞快地看了一眼露丝,然后低下头,匆匆走到还没被烧掉的那堆木头旁边。邦妮,以及她的朋友杰西和朵拉动作则要慢得多,仿佛是担心自己看起来像皮特一样幼稚,所以她们就这么慢悠悠走着,偶尔停下来看着露丝,然后窃窃私语一番。

曼彻斯特夫妇拿起一条毯子,在奥斯本夫妇身边铺开坐了下来,每人手里都拿了杯酒。曼彻斯特太太的脸看起来很红,不用猜,要么是喝多了,要么是跟丈夫刚吵完架。

邦妮、朵拉和杰西又突然看向露丝大笑起来,然后开始嘟嘟囔囔。

每次她们做出这种好像比别人懂得多的行为,露丝就会感到很不舒服,这礼拜她们老是这样对自己,但就算见得多了,也还是每次都会感到很受伤。

塔莉凑到露丝耳边,"我们也应该找点她们的事来窃窃私语一下。"

露丝抬头看着塔莉,惊讶地对上她坚定的目光,"比如?"

"比如邦妮的脚是不是太大了,杰西的脸太宽了,朵拉就有点太高了。"

露丝再看向那几个女孩时,目光从杰西的脸上移到了邦妮的脚上,再移到朵拉的腿上。她咯咯地笑了起来。

"倭瓜脚、蒲扇脸,还有个长竹竿。"塔莉总结道。

"好刻薄的形容呀。"

"我们家乡那边,不论发生什么,家人都会永远团结在一起的。"

露丝笑得更开心了,她看见塔莉的神情变得更加坚毅了。"我觉得你是我们俩当中更坚强的那个。"

"不，你才是，露丝，你绝对是。"

亨利的目光越过露丝，嘴巴因惊艳而微微张大，好一会儿才合上。露丝转过身，看到卡洛塔，她今天穿了一条翠绿色的连衣裙，非常修身，很能衬出她的曲线，脚上虽然没穿鞋，但修剪得干干净净的手指上拎了双坡跟凉鞋。

卡洛塔的步伐缓慢却平稳，她知道自己走来的时候有几个孩子父亲正目不转睛地看着她。她每一步都不紧不慢，确保不仅每个人都看到了自己，而且还能有空隙偷瞄第二眼欣赏一下。

卡洛塔微笑着走近露丝和塔莉，"晚上好，女士们，看起来你们做了个很棒的火堆。"

"爸爸马上就要把它点着了。"露丝说。

亨利在一旁清了清嗓子。

"卡洛塔，这是亨利·安德森先生，"露丝介绍道，"他夏天基本都会来咱们这儿工作。"

亨利向卡洛塔伸出手，"很高兴认识你，卡洛塔。"他把声音拖得绵长，轻柔而缓慢地念出了她的名字，一双蓝色的眼睛细细打量着卡洛塔，仿佛她是世界上唯一的女人。"我们以前见过吗？"

卡洛塔笑了笑，但似乎并没有因他灼灼的目光而慌张，"我觉得应该没有，不过我猜你就是那个会讲鬼故事的人。"

他的笑声听起来深沉而沙哑，"大部分故事都是关于什么海盗、宝藏的，鬼故事的话，露丝爱听，所以多少有那么一两个。"

"露丝，"爸爸喊她，"想来帮我生火吗？"

"想！"

"你妈妈呢？"爸爸问她。

"还在厨房忙活呢。"

爸爸看向沙丘，"姑娘们，我们最好动作快点，省得被她抓住絮叨。"

露丝和塔莉飞快地跟着走到最干燥的那堆柴火前，爸爸从口袋里拿出一个银色打火机，上面刻了一个人的姓名首字母。他打开盖子，拇指在燧石上弹了几下，打火机迸出几丝火花，最后那一下柴火终于点着了，柴堆上跃起一团火焰。"拿点树枝来。"

露丝用最小的树枝把干草捆起来，放在靠近火焰的地方，尾部很快就被点着了，爸爸从她手中接过干草捆，放到了柴火堆上。火焰贪婪地吞噬着木头，沿堆成三脚式的树枝四处游走。

亨利离开卡洛塔身边，抱了满满当当一揽木柴走到火坑边，小心地把柴火丢进去。火焰很快把这些柴火都纳入囊中，火焰越烧越高，发出噼里啪啦的响声。

妈妈从沙丘上走下来，手里提着满满一篮子棉花糖和顶端削尖的长树枝。她的目光转向火焰和离火堆很近的露丝，很快挑起了眉。爸爸耸了耸肩，冲妻子使了个眼色。

妈妈摇摇头，脸上的表情似乎即将由晴转阴。

"走开点，姑娘们，"爸爸说，"离火堆远一点，否则我们所有人都得被她生吞活剥了。"

火焰像正午的太阳一样让露丝觉得温暖。"那到时候你就像往常一样哄哄她就行啦。"

爸爸轻声笑了起来。"我会尽力的。"

妈妈换了衣服，涂了口红，所以今天看着比以往更年轻，也没有那么满脸倦色。孩子们围在她身边要棍子和棉花糖。露丝忙走向妈妈，拿起篮子帮忙一起发。女孩们尽心地用树枝穿着棉花糖，男孩们则似乎更喜欢用树枝打打杀杀。

露丝看着站在沉船旁边的卡洛塔和亨利，两人都是一种很放松的姿态，笑得很开心。明眼人都看得出他们彼此有好感。露丝一直好奇自己的生母是谁，但从没考虑过自己的亲生父亲。她觉得自己的亲生父亲必须像亨利一样高大帅气，因为"高大"和"帅气"这两个特质，少一样卡洛塔都不会喜欢的。

妈妈走到卡洛塔和亨利跟前，三个人说了一会儿话，然后妈妈拍拍手，引起大家的注意。她介绍了一下卡洛塔，观众都鼓掌欢迎。卡洛塔的人气每晚都在增长，今晚的表演还吸引了几位本地人和其他旅店的游客。

妈妈笑了笑，尽量表现得轻松，欢迎大家来到海滨度假旅店的海滩。不管面对什么苦差、后勤和任何辛苦的工作，妈妈都能泰然自若。但在众人面前，她看起来并不自信，甚至有些胆怯。

"你们当然不是来这里看我的，"妈妈闲谈了几句后说道，"今晚我们将迎来两位特别的嘉宾，首先是卡洛塔·迪萨尔沃，她刚从梅西·亚当斯号表演船上回来。"

妈妈退到露丝身边，卡洛塔则走上前来，先感谢了妈妈，"让我们先用掌声感谢埃德娜、杰克、露丝和塔莉，没有他们，我们今晚就无法在清朗的夜空下享受这美妙的篝火。"

客人们鼓起掌来，卡洛塔耐心等待着人群安静下来。她放下凉鞋，开始用脚打着节拍，手指在空中扬着，弹起只有她才能听到的曲子。等所有人的注意力都集中过来,她便轻启双唇:"蓝月亮……"

悠扬的歌声在风中飘荡,飘过海浪,飘过嘶叫的火焰。"蓝月亮……"

亨利站在篝火旁,双手插在口袋里,入迷地听着卡洛塔的歌声,仿佛看见了一个活在人间的海妖塞壬。他挪了挪身子,深吸了一口气。

卡洛塔以高音结束了这首歌,然后又唱了几首曲调活泼的歌。结束演出的时候,台下已有了四十多名观众,纷纷为她鼓起掌来。

卡洛塔举起双手,眼里闪烁着恶作剧的光芒,等待人群安静下来,"你们准备好享受真正的精彩了吗?"

人群中传出轻轻的一声"准备好了"。

"我听不见,"卡洛塔用手在耳边做了个喇叭状,"刚刚有人说'准备好了'吗?"

几个人哈哈大笑,大声喊:"准备好了!"

"不好意思?"她还在继续活跃气氛,"你们准备好享受真正的精彩了吗?"

这一次,观众一致大喊:"准备好了!"

"这才差不多嘛。因为接下来我要给你们介绍的这位,想必你们很多人都认识了,他就是——亨利·安德森先生。我听说他以前也会给大家讲故事,但今年,他会带来更加有趣,甚至可能是更加黑暗、更加可怕的故事。"

人群中传来一阵笑声。

"安德森先生,你可以上来和我一起吗?"卡洛塔问道。

亨利把手从口袋里抽出,大步朝她走去。他站在她身边,看起来比她高出至少五英寸的样子。

卡洛塔仿佛老友相会一般搂住了他的腰。"接下来,他会和大家讲述关于我们身旁这艘沉船的往事,以及船上迷失的亡灵。"

亨利低头略带惊讶地看着她,可能是因为那个搂腰的动作,以及卡洛塔对自己极度的期待和夸赞让他感受到了莫大的挑战。认识亨利·安德森的人都知道,他在挑战面前从不退缩。

卡洛塔走到一边,拿起鞋子走向身后熊熊燃烧的篝火,火光在她身上映照出一种超凡脱俗的光芒。

"这艘船被称为自由·T. 米切尔号,"亨利回头看了看那艘船,"八十年前,它扬帆启航,那时它是一艘值得骄傲的时髦快船。"

亨利用手抚摸着船上的木头,仿佛这是一匹在北边柯里塔克灯塔附近流浪的野马,接着轻松地爬上被海水侵蚀的横梁,沿着狭窄的边缘往前走。到船头时他停了下来,然后像一名船长一般,扫视着大西洋平静的海面。"在一个平静的日子里,自由·T. 米切尔号启程了。风势正好,足以鼓起船帆,经验丰富的船员并没有预测到什么风暴,这趟从南卡罗来纳州查尔斯顿到纽约的航程预计将迅速且顺利进行。"

塔莉盯着亨利,仿佛下一秒就要大喊着让台上的人闭嘴。露丝看着塔莉,又用胳膊肘撞撞她,小声开解:"这故事肯定很有意思的,你等会儿就知道了。"

塔莉摇摇头,"我不知道。"

妈妈走到露丝和塔莉身后时,亨利已经绕着甲板走了一圈,然后转过来面对着人群,"但如果你问船长,担不担心这场航行呢,他会告诉你他很担心,他觉得整个航程注定会失败,无论天空多么平静,他都无法摆脱自己的船被诅咒的恐惧。"

亨利咧嘴一笑,但这一次,笑容里那些幽默的痕迹都变得微不可察,甚至带了些凶恶。"你们又要问了,为什么会被诅咒?"

他的目光扫视着人群,人群中充满了紧张的笑声。

"自由·T. 米切尔号上唯一没有人陪同的女乘客是弗朗茜丝卡·温特沃斯——查尔斯顿最美丽的女人。她的父亲查尔斯·温特沃斯是当地一名法官,名下有一个种植园,据说是该地区产量最高的种植园之一。城里合适的男人都曾追求过弗朗茜丝卡。"

他搓着双手,望了望天空,又看向人群,"但其实这位法官有个秘密,因为赌博,他早已负债累累,家族即将毁于一旦。这时候纽约实业家杰罗德·拉斯伯恩跟他说,只要把女儿嫁给自己,就能帮他把债还清。"他摇摇头,"弗朗茜丝卡不想嫁给他,但她别无选择,于是,这对夫妇举行了奢华的婚礼,然后在查尔斯顿度过了六个礼拜的蜜月期,那期间没有人见到这对夫妇,他们再次出现在人们面前的时候,弗朗茜丝卡明显瘦了,脸色也更加苍白了。她本应与丈夫一起搭乘最近的航船回纽约,但她母亲说弗朗茜丝卡怀孕了,恳求杰罗德让她留在查尔斯顿,直到孩子出生。杰罗德最终同意了。"

露丝凑近塔莉,"亨利故事中的坏人总是很有钱的。"

"为什么?"

露丝耸了耸肩,"可能坏人除了钱就发挥不了其他作用了。"

"丈夫离开后,弗朗茜丝卡的情况立刻好转了,七个月后,她生下了一个女婴。弗朗茜丝卡想和父母住在一起,但杰罗德要求妻女立刻回来。弗朗茜丝卡恳求父母让自己和女儿留下来,可一旦他们点头,欠给杰罗德的钱就根本还不上了。"

亨利顿了顿,在沉默中引出观众的悬念。"弗朗茜丝卡只好自己出马,找了位当地的女巫,向她求了副保护咒。她在那女人那里用金子买到了一个魔咒,如果船长坚持把她带到丈夫那里,就让自由·T.米切尔号沉掉。这事她没跟任何人说起,但1870年查尔斯顿还是个小镇,所以消息不胫而走。"

"然后船长就知道了?"塔莉向亨利确认。

他点点头,眯起一只眼睛。"他确实知道了,但如果他把这事告诉船员,他们就会罢工不干,如果他不把弗朗茜丝卡送到她丈夫那里,他也要付出惨痛的代价。船长进退维谷。"

"魔咒怎么让船沉掉?"邦妮发问。

亨利在甲板上踱着,他身后,即将落幕的太阳像个熟透的橘子,燃着明亮的橙色。他回头看了看海面,又看了看人群。"咒语召来了海怪。"他解释道。

几个孩子爸爸笑了起来,曼彻斯特先生则看起来面色不悦,包括曼彻斯特太太在内的孩子妈妈都紧紧盯着亨利看,显然,她们当中很多人欣赏他这样的体格。邦妮、朵拉和杰西等孩子们挤得更拢了。

"航行一开始很顺利,"亨利继续说,"没有什么问题,海面很平静。船长拒绝让船掉头之后,在离海岸大约十五英里的地方,从南边刮来了一场风暴。仿佛波塞冬放出了巨龙,挥舞着尾巴,把大海搅得天翻地覆。"

"弗朗茜丝卡呢?"卡洛塔问道。

亨利的目光在卡洛塔身上逗留了一下,而后又掠过人群。"船搁浅的时候,她和孩子挤在船舱里,然后海水一波一波灌进船里,淹没了甲板。这是一个可怕的夜晚。暴雨滂沱,电闪雷鸣,狂浪翻涌。后来船体开始倾斜,水手们惊慌失措,因为很多人不会游泳。"亨利摇摇头,又开始说,"弗朗茜丝卡意识到自己与女巫的交易成真时,也是吓坏了。所在的船舱被海水灌满了,她打开一个垫满毯子的箱子,把她的孩子安置在里面,然后在孩子身上放了一个小十字架,祈祷海怪带走她,放过孩子。"

人群中鸦雀无声,每个人都聚精会神地听着亨利的故事。他从船骸上跳了下来。亨利和卡洛塔一样,享受自己站在舞台上的感觉。

"当地人在岸上遇到这艘搁浅在岸的船只时,马上把里面值钱的东西都抢光了,他们把自由·T.米切尔号洗劫一空的过程当中,没有看到任何生者的迹象。然后有个男人听到有婴儿的哭声。找了一圈之后,他们发现箱子里有个女婴,裹在毯子里哭,好像她要靠这眼泪活下去似的。"

露丝仔细地观察着卡洛塔,想看看这个桥段是否引起了她的共鸣。她是在回忆当年抛下露丝的那个夜晚吗?

"妈妈,你发现我的时候,我身上裹着条粉色的毯子对吧?"露丝低声问埃德娜。

妈妈把手放在她肩上,声音似乎因某种情绪而听起来有些紧绷,"我只记得你天使般的小脸蛋。"她低声回答。

露丝挨得更近了。她想问妈妈关于卡洛塔的事,可喉咙却像被什么堵住了。

"弗朗茜丝卡和水手们怎么了?"邦妮发问。

亨利停顿了一下,给他的听众们留下了琢磨的空间。"水手们的尸体都被冲上了岸,但弗朗茜丝卡的却一直未见踪影。许多当地人声称看到一只爱尔兰猎狼犬在沙丘上奔跑,但没有人抓到过它,还有人说这狗也是那艘失事船只带过来的,船上唯一幸存的人,就是那个婴儿。"

"她后来怎么样了?"露丝问道。

"听说是被一名村民收留了,除此之外我也不清楚了。"他用手指划过人群。"你们想知道我故事中的鬼魂在哪里吗?"

人群中发出一阵紧张的笑声。

"水手和可怜的弗朗茜丝卡,他们的鬼魂现在就在这里,在这片海岸上,他们会一直在这里徘徊,直到大海将这艘船带回黑暗的水底。听到猎狼犬的嚎叫或女人因失去孩子而哭泣的声音时,你就可以肯定,他们是来自自由·T.米切尔号上的魂灵。"

"弗朗茜丝卡的鬼魂长什么样子?"塔莉问道。

"我没有亲眼见过,但据说,她的脸色苍白如皓月,长发金黄,上面缠着海藻和贝壳。有人说,黑暗中她的眼睛会发光。"

曼彻斯特太太喝光她杯中最后一口酒,笑了起来,"真是个荒诞的故事,我们的孩子今晚都要睡不着了。"

亨利看着女人,但表情中没有任何歉意。

"我们让卡洛塔小姐再来一首歌吧?"埃德娜问道。

听完这个故事,卡洛塔看起来严肃了许多,但多年的娱乐生涯让她很快就缓过神来,再启红唇。"这主意很明智。"

卡洛塔的歌声响起,观众的气氛逐渐轻松下来,等她唱完,大家的笑容也不再看着那么紧张了。

塔莉靠在露丝身边,"我晚上要睁着一只眼睡觉了。"

"别说这种傻话了,我们今天早上来这里就没看到什么鬼,不会有事的。"

"但如果真见鬼了怎么办?"塔莉问道。

"那我们就问她过得怎么样,给她拿条毛巾,端杯冰镇可乐。"露丝回答。

"你不能为鬼魂做事。"塔莉说。

"为什么不呢?我敢肯定他们和我们一样,有欲望有需求,如果没有的话,就不会在黑暗中睁着发光的眼睛四处游荡了。"

"别说了!"塔莉倒吸一口凉气。

露丝瞪大了眼睛,举起双手在空中乱抓一通。"发——光——的眼睛!"

妈妈清了清嗓子,走到她们身后,怀里抱着满是沙子的毯子。"露丝,你吓到塔莉了。"

露丝垂下双臂,微微噘起了嘴。"就是说说弗朗茜丝卡和在那艘船上死去的人而已嘛。"

妈妈把毯子的一角递给露丝,自己拿了另一端,一起把上面的沙子抖掉。"姑娘们,亨利的故事听听就好了,不要放心上。"

"埃德娜姨妈,你觉得弗朗茜丝卡是真人真事吗?"塔莉问道。

"亨利是讲故事的好手,只是今晚他有些过于想表现了。"妈妈一边说着一边叠起毯子。

露丝判断,肯定是因为卡洛塔。亨利看着卡洛塔的样子,就像一个盯了一架烤猪整整一天的饿汉。

"所以不要相信他的无稽之谈,"妈妈补充说,"没有什么鬼。"

"但船就在这里,船上的人可能都死了,对吧?"塔莉问道。

妈妈耸了耸肩,"除非有值班的救生艇船员救了他们。"

"你觉得他们最后得救了吗?"塔莉一定要听到结局是幸福的。

"当然啦。"妈妈回答。

露丝朝塔莉眨了眨眼,"肯定的。"

"我妈妈说,亡灵在世间游荡,是因为他们想弥补生前的错误,或者想找回失去的什么东西。"塔莉解释说。

"弗朗茜丝卡犯了什么错误吗?"露丝问道。

"她去找那个女巫,"塔莉说,"然后把孩子单独留在了人世。"

"有时候,母亲会出于爱做出艰难的选择。"妈妈把另一条毯子的边缘递给塔莉和露丝。

"不管出于什么原因,"塔莉一边抖着毯子一边说,"她都还是离开了自己的孩子,然后因此困扰至今。"

妈妈若有所思地接过毯子叠好,"或许你说得对。"

露丝盯着卡洛塔,感觉两颊有些发烫,难道她是回来这里找自己的?她有从露丝的眼中看到熟悉的东西吗,或者有从露丝耳朵或者鼻子的形状看出什么来吗?

露丝一边收拾叠好的毯子,一边打量着笑盈盈地和客人聊天的卡洛塔。不管她怎么找,都没法在那张脸上找到自己生母的痕迹。卡洛塔喜欢拍照,露丝喜欢画画。这可能算是某种关联吧,但比起眼睛、鼻子甚至手长得相像来说,实在是太微不足道了。

妈妈把手放在露丝的肩膀上。"是时候把心思放回到正事上了,而不是因为一个故事胡思乱想。"

露丝学会说话以来,从未在提问这件事情上发过怵。直到现在。

第十九章　露丝

1950年6月22日　星期四　上午十一点

接下来的几天，夏日炎炎，日子也很悠闲。卡洛塔很少在午前现身，一旦过来，都会带着她那台相机。她从不羞于让人拍照，昨天还给塔莉、露丝和朵拉、杰西、邦妮几个女孩一起拍了张照。来自内陆的姑娘们着迷于卡洛塔从容的举止，都老老实实排成一排，没有互相讥笑。接着她把镜头转向坐在泳池边的妈妈们，她们也都很高兴，每个人都坐直了些，微微挺起胸膛，面带微笑。卡洛塔晚上演出的观众与日俱增，妈妈把餐厅所有的椅子都放到泳池边以便容纳众多观众。

露丝还没有勇气和卡洛塔说她想说的事。她每天都送午餐过去，和卡洛塔谈谈威士忌、谈谈她的画，又或者谈论卡洛塔在表演船上的生活。但从未提到什么裹在粉色毯子里的婴儿。

露丝站在毛巾棚里，看见安·曼彻斯特从泳池边走过，向妈妈走去，她知道麻烦来了。这么怒气冲冲的步伐，总不可能跟妈妈说出什么夸赞或者其他和和气气的话来。露丝叠毛巾的动作没停，但为了听清她们的谈话而有所放慢。

"埃德娜，我少了几件首饰，"曼彻斯特太太开口，"我昨晚放在梳妆台上的,现在不见了。"

妈妈挺直了肩膀,就像她在面对任何挑战时所做的那样。"你什么时候发现东西不见的?"

"今天早上醒来的时候。"

曼彻斯特太太昨晚很早就跟跟跄跄地离开了篝火派对。曼彻斯特先生一来,这就成了她每晚的惯例。她丈夫没有跟着回到房间,而是喝着酒继续看卡洛塔的演出。

"你确定没有放到别的地方吗?"

"没有,我每天晚上都把它们放在同一个地方。"她一口咬定。

每年夏天都会上演不同版本的该类戏剧。说丢手表的、丢鞋子的、丢耳环的、丢项链的——度假的人脱离了日常生活,比平常更容易犯错。

"要不要我帮你在房间里找找?"妈妈问,"我很擅长找东西。"

"我已经把房间翻过两次了,埃德娜。"曼彻斯特太太每说一个字,语气就更加咄咄逼人。

"但我非常了解这些房间,"妈妈坚持说,"这些年来,我已经摸遍了每间房、每个角落、每个缝隙,我可以告诉你哪块地板哪个位置有松动,哪块窗户拉不动,门铰链又有哪里嘎吱响。"

曼彻斯特太太皱了皱眉,眼中闪过一丝懊恼,"我房里你肯定找不到的,我建议你去搜搜那个小女仆或者那个歌手的房间,表演船上的人大多不可靠,做清扫工作的人也经常手脚不干净。我可以肯定,塔莉穿了我的一件旧衬衫。"

妈妈的嘴唇抿成一条线。"我手下的人不可能是小偷,我雇人的时候非常谨慎。"

曼彻斯特太太露出责备的神色,"我们对人的了解从来没有我们想象的那么透彻。"

"我和塔莉现在去你房间。"妈妈坚持道。

"我丈夫在睡觉,"她很快回答,"等他起来了,随你们怎么清理搜索。"

"那再好不过。"妈妈一动不动地站着,目送曼彻斯特太太走开。她左手的手指弯曲,但什么也没说。

露丝急忙跑到妈妈身边。"塔莉和卡洛塔没有偷任何东西。她们都是好人,妈妈。"

妈妈把一根散乱的头发塞在耳后,"我知道。"

"为什么曼彻斯特太太会这样说?"

"她已经不开心很久了。"

"为什么?"

妈妈猛地叹了口气,"别告诉别人,曼彻斯特先生在,她的日子很不好过。曼彻斯特先生酗酒成性,战前他们家来这里度假的时候他父亲也是这样。"

"他以前也来我们这儿度假?"

"以前夏天他们家是这儿的常客,也是在这里认识他妻子的,曼彻斯特太太当时在这儿当服务员。"

"曼彻斯特太太在咱们这儿工作?"

"服务员也是个正经工作,凭本事吃饭的。"妈妈沉默了片刻。

"她看着好像出身豪门的千金呢。"

"她只是嫁进了豪门。"

"我不喜欢曼彻斯特先生。"

"我也不喜欢。"

露丝第一次听到妈妈如此诚实、毫不掩饰地表达出自己的看法。"也许他们明年不该再来了。"露丝说。

妈妈脱下围裙,"我马上就回来。"

"你要去哪里?"露丝问道。

"和卡洛塔谈谈。"

"为什么?"

"我最好现在就跟她谈谈,免得曼彻斯特太太捅出更多娄子,再给警长打电话。"

"我能一起去吗?"

"不,你就留在这里,我一会儿就回来。"

妈妈把围裙递给露丝,然后穿过炙热的沙滩,丝毫不在意炎热的天气和刺目的阳光。

露丝应该让妈妈来处理这件事。客人登记、算账、利润……旅店的事情,事无巨细,都由妈妈一手操办。她还辅导露丝做数学作业,让爸爸保持情绪稳定,亨利不够钱用的时候,也都是她帮忙给他找工作。她也会确保曼彻斯特太太不会带来什么麻烦的。

尽管如此,露丝仍然对卡洛塔很好奇,说不定她真是自己的至亲呢。她跟在妈妈后面,小心翼翼躲着怕被人看见。卡洛塔小屋前面的纱门关上后,她蹑手蹑脚地爬上后面的楼梯,正好听到母亲开口:"安·曼彻斯特在闹事呢。"

"她一直很喜欢闹这出,"卡洛塔听起来毫不在意,"曼彻斯特太太但凡少喝一点,日子也要快活得多。"

"同意,"妈妈说,"我担心她会不会精神失控,她一直紧张兮兮的,刚刚还在怀疑塔莉。"

卡洛塔摇摇头,"塔莉是个很棒的女孩子,你给她钱她也不会说半句假话出来。"

妈妈叹了口气,"她总让我想起她妈妈,诚实又纯真。"

"你上一次回家是什么时候?"卡洛塔问道。

露丝从没想过卡洛塔会了解妈妈在来度假旅店之前的生活。

"我还没回去过。"妈妈说。

"为什么啊?"卡洛塔很好奇。

"那你回去过吗?"妈妈有些不服气。

"没有,但我经常给妈妈写信。"

妈妈清了清嗓子,"帕西非常爱你。"

两人沉默了一会儿,卡洛塔重新开口:"露丝知道这家人的事吗?"

"知道一些基本的事。"

露丝不明白妈妈的意思,蹑手蹑脚地向门口靠近了一点。

"我们谁都不需要也不想惹麻烦,尤其是现在。"妈妈说。

"我会好好表现的。"卡洛塔回道。

"谢谢。"妈妈走出前门时,露丝蹲下身子,准备等妈妈走过沙丘那边再出去。

屋里传来一阵脚步声,凉台的门开了。卡洛塔看着蹲在地上的露丝,皱起眉头,"这间小屋里有老鼠吗?"

露丝站起身来,看到卡洛塔眼中闪过的笑意,这才松了口气。"我很担心。"

"担心什么?"

"所有的麻烦事。"露丝说。

"我和你妈妈会处理好的,这种事我们不是第一次遇上了。"

"你是怎么知道塔莉和妈妈一家的?"露丝问道。

"这事你应该问你妈妈。"

"那她就会知道我一直在偷听了。"

卡洛塔挑了挑眉,"我发现你偷听没事,她发现了就不行?"

"她会不高兴的。"妈妈很少生气大吼,但每次感到失望时,脸上的表情都令人无比沮丧。

"你为什么觉得我不会不高兴呢?"卡洛塔问道。

"你比妈妈酷多了。"

"是吗?"

"是呀。你四处旅行,见多识广。"

"你妈妈活得很充实,露丝,她比你想象的更开放。"

卡洛塔竟然替妈妈开解,这让露丝很惊讶。"你还没告诉我你是怎么认识塔莉的家人的。"

卡洛塔嘴角勾起一抹有些狡黠的笑意。"我们的家乡是个小地方,大家互相都认识。"

"那你也认识妈妈的家人?"

"认识,认识一些。"

"他们什么样子?"

"是非常好的人,我觉得,非常优秀、勤劳,每周日去教堂做礼拜,每天都会读《圣经》。"

露丝的思绪在卡洛塔、塔莉和妈妈的容貌上飘荡,她们每个人都长得不一样,却都给她一丝熟悉的感觉。是眼睛、鼻子还是头形相像呢?

卡洛塔走下凉台的台阶。"如果你想多了解一些你妈妈家的事情,不妨直接问问她。"

"她从来不想提起以前的事。"露丝心中涌起一阵由来已久的挫折感。"每次都转移话题。"

"那你应该尊重这一点。不是每个人都想回忆过去。"

"但我想了解更多。"她心中潜伏已久的好奇心在咆哮、在抱怨。"你知道我是被收养的吗?"她低声说出这个大家从不谈起的秘密。

卡洛塔垂下的目光中似乎隐藏着些什么情绪,是吃惊,还是恍然大悟?"是吗?"

"妈妈说她在一间小屋里发现了我,当时我身上裹着一条毯子,她说我哭得快要断气了。"

卡洛塔的眼神变得更加柔和,"那你一出生就是个健谈的小宝宝呀?想想看,多有意思。"

露丝耳朵里嗡嗡作响的紧张感因为这份并不那么好笑的幽默缓解不少。"那个把我抛在屋子里的女人,妈妈没有找到过半点关于她的痕迹。"

"我想不到会有人能在你妈妈眼皮子底下偷偷进出这个度假旅店。"

露丝仔细端详着她的脸,寻找她就是那个女人的蛛丝马迹。"你是说妈妈骗我?"

"你想多了,"卡洛塔很快否认,"你妈妈很爱你,我遇见过很多很多人,他们会愿意付出一切来过上你这样的生活。"

"但我在这世界上某个地方还有另一个妈妈,一个不爱我的妈妈。"忧虑如潮水般从她身上倾泻而出。

卡洛塔盯着露丝的眼睛,"为什么这么说?"

泪水在她的眼眶里打转,"寒冬腊月的,她把我一个人留在了一个旅店的房间里,谁会这样对一个小婴儿?"

"她把你裹在了毯子里,放在一个温暖的房间里,然后没多久我猜埃德娜就找到了你。就像我刚说的,没有人能从你妈妈眼皮子底下偷溜进来的。"

"妈妈说那个女人一定是在风暴的时候来的,生下我然后就走了。"

"有些即将临盆的女人是会独自出门的。不管你怎么说,这个女人还是用自己所能做的事情爱护了你。"

"你是这个女人吗?"露丝低声问她。

卡洛塔的表情变得温柔,两人沉默了一会儿。"不是的,露丝,我不是她。"

露丝看着那双和自己一点也不像的眼睛。卡洛塔会骗她吗?

卡洛塔仿佛读懂了她的心思,忙说:"我向你保证,我不是你的生母。"

露丝拭了一把眼泪,从卡洛塔的目光中看得出,她真的没有骗自己。过去几天在她心中积聚的所有期待像一个过度膨胀的气球一样爆裂了。"我还以为你是呢。"

"我不是,亲爱的。"

她突然觉得现在站在这里很傻。太蠢了,让想象力和好奇心混杂在一起真是太蠢了。"对不起。"

"没什么可说对不起的。你最后一次和你妈妈谈论这事是什么时候?"

"有一阵子了。"

"再去和她谈谈吧,露丝。你现在长大了,她可能会跟你说更多的。"

"也许是吧。"

"跟她谈谈吧,露丝。"

大多数晚上卡洛塔都睡得很好,但今晚她睡不着,睁着眼睛盯着天花板。今天看着露丝的眼睛时,她又感受到了那份早已抛弃很久的感觉。她不确定自己在这儿逗留的目的,现在她怀疑这个决定是不是个错误。当然,她可以去一些更热闹的地方赚更多的钱。

她从来不会好好为自己造成的损失善后,一旦出现这种情况,她就溜之大吉。"最好是不要久留,继续向前看。"

她到厨房给自己倒了一杯威士忌,拿了包香烟和一个打火机,走向卧室边的凉台。她抿了口威士忌,然后打开打火机,点着了唇上叼着的香烟。卡洛塔举起香烟抽了一口,凝视着平静的海面,慢慢吐出烟雾。她不常抽烟,这东西对声带不好,但有些夜晚是需要喝杯威士忌、抽根烟消解的。

她的思绪又回到了埃德娜和露丝今天的来访。说了这么多,却还有很多话没有说出口。

她无法真正缓解露丝的担忧,但安·曼彻斯特的事情倒是可以处理。

她早就看透夫妻生活，的确是有人享有幸福的婚姻生活，但大多数人婚后都因为诸如义务、孩子、债务和工作等事情深陷泥潭，无人救赎。曼彻斯特夫妇之间的问题无关爱情，而是源于两人之间的怨恨和固执。对于安来说，指控旅店员工偷窃，比起向丈夫承认自己喝醉了，不记得把首饰丢到了哪儿要容易得多。

透过面前缭绕的烟雾，她看到沙滩上有一个男人，光着脚在走，裤子卷到了小腿那里，右手上有一支香烟。

她想了一会儿，猜测那人可能是曼彻斯特先生。这人每次靠近时，都会死盯着自己不放。但随着距离越来越近，她从那不紧不慢但坚定从容的步伐和方正的肩膀上认出了来人是谁。是亨利。

卡洛塔缓缓吐出一口烟，将烟蒂摁进了烟灰缸里。近几天她和亨利一直眉目传情，两人总能找到取笑或赞美对方的话题聊起来。卡洛塔舔了舔嘴唇，开了凉台的灯——他会注意到的。

亨利停下了脚步，烟头闪着红光，卡洛塔感受到他的凝视。

她在灯光下起身，整理了一番长袍的带子。

亨利继续沿着海滩走了五十码左右，径直走过了她的小屋，这让她有些失落。自己的第六感失灵了，还是对那份流连的目光产生了误解？

男人突然停下了脚步，转身往回走。他回来的步伐比之前要快了些，当走到小屋附近的沙丘时，卡洛塔笑了。她的第六感一如既往的准确。

亨利爬上沙丘，走向通往凉台的楼梯。他把一只脚搭在了最底层的台阶上，月光映照出一口洁白的牙齿。"这么晚还没睡啊。"

"你的鬼故事害的，"她开玩笑说，"我还在等弗朗茜丝卡或那只猎狼犬的亡灵从海滩那边飘过来呢，那旅店的客人以后可就有的谈了。"

他走上楼梯，打开了纱门，但没有进去。"我经常说，做什么事情都要把它做好。"

"你想喝点什么吗？"她问。

"我脚上有沙子。"

她低头看着他赤裸的双脚和脚踝，上面沾满了湿漉漉的沙子。"你肯定知道该怎么做的。"

他坐在楼梯上擦掉脚上的沙子，卡洛塔则进去又拿了个杯子。身后的门关上时带来一阵吱呀声，她的身子也不由激动得微微颤抖。

亨利走进来，目光马上被那台相机吸引了。卡洛塔觉得他离自己好近，看着更加高大了。他开口问："你也是个摄影师吗？"

她把杯子递给他，"会拍一些，但只是为了好玩而已。我去过很多地方，多到我自己都记不清，照片可以帮我记住曾经去过的地方。"

他浅啜了一口杯中的酒，"很棒啊。"

"不过无聊的生活，不喝劣质的威士忌。"

"很合我心意。"

她把酒杯续满，"你怎么想出这个故事的？"

"把一些事实拼接在一起，再加点个人发挥。"

"哪些是事实？"

"这艘船被称为自由·T. 米切尔号，由南卡罗来纳州启航开往纽约，这些信息应该不会有错。"

"船上那个小婴儿呢？"

他轻晃着杯中琥珀色的液体。"有传说写到在那艘沉船上发现了一个婴儿，说她后来由当地人抚养长大了。"

"孩子为什么不送回到她父亲那里?"卡洛塔问道。

"就像我在故事里讲的那样,她毯子里夹了张纸条,上面说,让这孩子听天由命比听她父亲之命要好得多。"

卡洛塔心中涌起一股强烈的好奇心,压得她有些喘不过气来。"这故事谁告诉你的?"

"我奶奶,"他回道,"她知道外滩岛的大部分秘密。"

"也许她只是像你一样很有讲故事的天赋?"卡洛塔的眼睛闪闪发亮。

"很可能是吧,但这个故事我奶奶讲了一辈子,一直讲到她眼睛看不见,卧病在床,一觉不起。她一直说,我们这儿住了一个沉船上来的小孤儿。"

这情节听起来像是没有妈妈陪伴的女孩自我安慰的故事。露丝很可能也给自己讲过一个类似的故事。"她有没有提到过这个女孩过得幸不幸福?"

"我奶奶说,她过得很好,养父母也很爱她。"

卡洛塔看着他,试图判定眼前这个讲故事的人告诉她的幸福结局是否属实。"那个孤女从没想过要找她那个有钱的父亲吗?"

"她活得很开心,没必要给自己找麻烦。"他从脖子上取下一条银色链子,上面挂了几块胸牌,还有个金属丝焊成的十字架,很是精致。"这是我当年海军入伍的时候,奶奶送给我的。"

"你故事里说,弗朗茜丝卡给孩子留了个十字架。"

"有人私底下说我奶奶就是那个婴儿。"他说。

因机缘分离的母女,她的心跳不由开始加速。"但这事她从没亲口承认过吧？"

亨利的头发在海风中吹动，拂过他的前额和眼罩，让他看起来像个甜美的恶魔。"我们安德森家的人从不让真相妨碍好故事的诞生。"

她有些入迷，"天哪，这确实是个好故事。"她的拇指抚过胸牌上亨利名字的印记，"去的大西洋还是太平洋？"

"大西洋。"

她曾向无数为摆脱战争而努力奋斗的士兵唱歌。白天没什么，但到了晚上，到了午夜时分，她总觉得那些亡灵又要来故地重游了。她把胸牌和十字架还给了亨利。"看来你奶奶是你的幸运符。"

"我走到哪儿都戴着它的。"他将链子挂回脖子上，但依旧不羁地散落在衬衫外面。

"这么晚了，你在沙滩上走来走去干什么？"她轻声问道。

"那你怎么也在这儿？"他反驳。

"或许我们心里都有想要相见的亡人吧。"卡洛塔回答。

他转动着酒杯，月光将杯中琥珀色的威士忌酒照得格外通透。"你这么迷人的女人，怎么会想着鬼神之事呢？"

她一直都知道自己很迷人。十三岁的时候，她家旁边就经常有一堆鬼鬼祟祟的男孩。她十五岁时离家出走，十六岁时爱上了一个心地善良、热爱流浪的年轻人。"敢问谁没有要悼念的故人呢？"

他的目光越过唇边的玻璃杯看着卡洛塔。"你丈夫吗？还是男朋友？"

"一个不安分的灵魂。1937年的时候他也加入了海军，同年因为热病离世了。他曾经很渴望能够功成名就，却被一场病折磨到死。"她已经很长时间没有谈起丹尼了,她在梅西·亚当斯号上的第一次演出是在诺福克,也是在那里她认识了丹尼。船离开诺福克后,他跟卡洛塔一起去了下一个港口查尔斯角,接着进了西点军校。她爱他,想嫁给他。但他死了。即使过去了那么久,她也没法让自己详细地重述他们的故事。

"但至少他生前愿意为荣耀而战,从这方面来讲他就是个耀眼的人了。"

"谢谢。"

"你还有过其他男人吗?"

"没有,"她说,"我总是在路上奔波,没法对男人托付终身。"

他喝了口酒,"那表演船上的男人呢?"

"船上大多数男人都结婚了,他们都是夫妻一起表演。已婚男人我是绝对不会碰的。"

"如果你想知道的话,我还没结婚。"

"周围的女孩肯定都把你当香饽饽呢,我可是注意到那些女客人对你暗送秋波了。"

"那些女人很麻烦的。"亨利微微勾起唇角,微笑中并没有戏谑之意。他又道:"我很久以前就吸取了这个教训。"

她喝完威士忌,放下杯子。"我不喜欢长期交往,在港口共度几个晚上是最好的选择。"

亨利目不转睛地看了她许久,终于上前一步。他们之间隔了几英寸,但两人身上散发出的某些能量却向外延伸出去,相互碰撞,缠绵在了一起。卡洛塔的身体因激动有些微微颤抖。

亨利托起她的脸,用拇指的指腹轻轻摩挲着她的下巴。

丹尼去世之后，她也有过男人，但没有大多数人想象的那么多。她很挑剔的，也很小心。因为男人，虽然可能很有趣，但也可能带来麻烦。

卡洛塔俯身吻他，她早已被欲火化成了春水。有时候，一点小麻烦还是值得冒些险的。

第二十章　艾薇

2022年1月24日　星期一　上午八点

艾薇已经把屋子打扫干净，最后一批杂物也清出去了。这事总算告一段落了，一点左右，她睡了过去，睡得很不安稳。艾薇觉得一定是潜意识知道自己忘了设闹钟，所以才一直做些奇怪的梦让自己睡不踏实，她梦见了沉船，梦见了亡灵，最后还梦见一只大狗在嚎叫。

她突然完全清醒过来，立马坐起了身，双腿悬在床边，向窗外的沙丘望去，看到一只大狗向大海那边奔去。是猎狼犬。如果不是当时，她会马上冲出去追那条狗。现在是早上八点四十五分，她该去接达妮了。妈的。

她在接下来半小时里，带着莉比出去上了厕所，给它喂了吃的，然后马上洗了个澡，穿了条深色紧身裤，搭配她经典的靴子和黑色V领毛衣。还剩不到二十分钟，她开车从纳格斯海德到了达克镇。

她一开始开过了头，只得在Wee Winks便利店前掉头，折回了那栋安着亮黄色邮箱、上面漆着272号的房子前，接着沿树木繁茂的车道向一座新英格兰风格的小屋驶去。小屋坐落在一座小山上，俯瞰着柯里塔克湾。90年代初以来，这座房子一直是曼彻斯特家的地产，当时房前的主干道只能通往北边的达克镇。也就是那个时候，皮特·曼彻斯特开始以较低的价格购置海边地产,这些房产到20世纪初开始对外售出时,身价已经涨了十倍,皮特因此获利颇丰。

艾薇来这里的次数多得数不过来。这座房子在过去的十几年里翻修过几次,壁板换成了灰色的夏克尔风①,百叶窗也换成了黑色的,还另外搭建了一个阳台,正对着海峡,可以观赏到明媚的日落。堪称一个完美的艺术家居所。

她把车停在达妮的SUV后面,沿着砖砌的人行道走到前门,门上还有个装饰用的椭圆形黄铜门环。

艾薇敲了敲门,听着那阵坚实的脚步声离门越来越近。她把头发捋到脑后,突然后悔出门前没有洗头化妆,因为她敢肯定达妮绝对会收拾得光鲜靓丽出门。

门开了,站在门边的达妮身材高挑,体态匀称,扎着马尾辫,身上穿了件粉色毛衣,配紧身牛仔裤和黑色高跟靴,还戴了对闪闪发光的耳环,在脸旁轻轻摇晃着。

"你确定我们这是去看医生吗?"艾薇问道,"这么盛装打扮。"

达妮挑了挑眉,"我出门不总是盛装打扮的吗?"

"确实。"

"先进来吧,我拿一下包和手机。"

艾薇走进去,把身后的门带上。每一面墙上都挂着色彩鲜艳的艺术品,每一幅作品的位置都是精心规划好的,令人印象深刻。她接着跟在达妮身后走进了厨房,映入眼帘的是白色的大理石台面、定制的不锈钢厨房

---

① 夏克尔风是一种基于夏克尔教派的艺术风格,具有简洁、无装饰、实用以及做工精良等特点。

用具和焦糖色宽木板铺设的地面，料理台上放了一个手工雕刻的木碗，里面盛着柠檬和苹果。

"我没拜访的这段时间，这里确实变了很多。"

"也让我逐步变成一名室内装潢设计师，然后为我的家族建筑企业工作。"

"你爸爸现在住在哪里？"

"我和马修离婚之后，他就搬到了道尔顿那里，他说贝拉和我需要一个自己的家。我想让他留下来，但他不听。"

"过去十年他一直和道尔顿一起住吗？"

"道尔顿给他的卡车和工具建了一个很大的车库，车库上面就是爸爸住的公寓，这么安排对他俩都是好事。"

"道尔顿现在还单身，我真的很惊讶。他高中的时候就是女孩心中的理想男友啊。"

达妮笑了笑，"他谈过几个女朋友，最后都没能步入婚姻的殿堂。他自己也承认总是忙于工作，没法成为一名合格的丈夫。"

"我可以理解那种痛苦，"艾薇说道，"我应该五年之内约会都没超过三次。"

"你们两个很像，"达妮把手机丢进包里，"天天就知道工作工作工作。"

"有什么问题吗？"

达妮拿起钥匙，"这让我觉得你很像露丝。"

"真的吗？"

"我这是夸你呢。如果我像她那么有干劲，我也会搬到纽约开始新的生活。"

她们一起走出门,达妮锁门时,艾薇先上了她那辆面包车把引擎发动,旧车的供暖起效时间往往要更长些。

达妮打开前排副驾边的车门,瞥了一眼用胶带缠着的棕褐色皮座椅。

"要不坐我的车?"

"不要,我和梅布尔有感情了。"

"梅布尔?"

"就是我的面包车,它很有特色的,所以我觉得它应该有个名字。"

系好安全带之前,达妮摸了下收音机坏掉的音量按钮。"这玩意儿要是还能用的话就好了。"

"能用。"艾薇晃了晃收音机按钮,然后调试找到了正播放的某个频道。

"没有蓝牙?"

"这车在蓝牙发明之前就问世了。"

达妮叹了口气,"我就不该问。"

艾薇沿着高速公路穿过南海岸,然后右转开上莱特纪念桥。"约的是眼科吗?"

达妮从包里拿出一副黑色流线圆框太阳镜戴上,"没错。"

"必须开那么大老远去诺福克看眼科医生吗?"

"这个医生是专家。"她掸了掸裤子上并不存在的头发,然后抬头透过车窗望向海面。

"我认识你很久了,达妮。这事跟我没关系,但我这个人你也了解的,我从不避讳谈些尖锐的问题。"

"不需要谈论尖锐的问题,我就是眼睛出了点毛病,医生给我滴了眼药水之后我得等好久才能开车回家,但是贝拉放学回家的时候我是一定得在家里的。"

论起遮遮掩掩逃避回答的伎俩,艾薇可是无人能及,达妮隐藏得再好也逃不过她的眼睛。但艾薇很了解达妮,她知道如果自己逼急了,达妮的脾气可就没她的脸蛋那么漂亮了。她总会知道真相的,只需要耐着性子等等看。

阳光洒下,海面上波光粼粼,快开到桥中心的时候,从北边吹来的风侧灌进了面包车里,她不得不将两只手都把在方向盘上稳住。

十二年前,她乘坐自己那辆黄色小车离开外滩岛,心中五味杂陈,兴奋,却又紧张害怕。越过北卡罗来纳州界线进到弗吉尼亚州的时候,决心过上另一种生活的想法已经开始动摇了。然而内心的固执,让她从弗吉尼亚坚持到马里兰,再坚持到特拉华。看到新泽西州的州界线后,她第一次感到惶恐不安。她在一个休息站停车,点了一份汉堡和薯条,然后坐在车里盯着手机看。汉堡丰富的脂肪和碳水化合物麻痹了大脑,她感觉自己的冒险精神又回来了。"明天去了不好的话再打电话吧。"第二天她打电话,告诉露丝自己已经安全到达,不用担心。就算露丝听出她说话犹犹豫豫——她经常这个样子——她也还是什么都没说。

就这样过了两个月,感到惶恐不安就用碳水麻痹自己,不管过得多糟糕,给露丝打电话的时候也永远报喜不报忧。她从来没有给达妮打过电话,因为害怕一旦听到达妮的声音,离开的负罪感就会让她彻底崩溃。

"露丝葬礼后你没有在镇上待一阵子,这让我挺惊讶的。"达妮突然说。

"我也不想走,但我的公寓和工作的餐厅都还有很多事要处理。我们总是有一堆烂摊子要收拾,自由的生活需要时间来争取。"

"辞职对你来说一定很不容易。"

"到了最后,离开那里比我想象的要容易。"雷欧尼妈妈竟然如此轻易就让她走了,回想起来依然觉得痛心。为她工作了十几年,可在拒绝自己请假的时候,她连眼睛都没眨一下。但艾薇自己十二年前离开朋友家人的时候也是一样的决绝,她也不好意思站在道德制高点上五十步笑百步。

"纽约的氛围与这里完全不同。我知道那家餐厅现在很想你回去帮忙。"

"我一直尽量不去看他们的社交媒体动态或者现在网上任何关于他们餐厅的评论。"

"然而……"

艾薇耸了耸肩。"最近Yelp点评上关于他们家的评论都不怎么样。我觉得他们现在经营得很困难。"

"这不会让你觉得有点得意吗?"

"倒也没有。或许有那么一点点吧。但我提醒自己,在我急需工作的时候,是温琴佐餐厅雇用了我,我穷途末路的时候是他们给了我试用期。"

"不必太同情他们。他们本来可以帮你的,但他们没有。"

"我本来也可以帮你的,但我没有。"艾薇回她。

达妮摇摇头,"你离开这件事伤了我的心,但也让我变得更坚强了。"

车子继续开了四十五分钟,两人没再说话,只有车上唯一能收听到的国家广播电台在发出声音。离开达妮家九十分钟后,两人进到了医疗中心。达妮带艾薇绕过广阔的停车场,来到一座由玻璃和铬合金制成的时尚建筑附近。

"里面肯定都是些专家吧。"艾薇笃定。

"都是这一地区的业界翘楚。"达妮下了车,关上车门,没再接着说什么。

艾薇跟着她进去,坐电梯上到三楼。达妮摘下墨镜,熟门熟路地找到诊所,进到一间豪华的候诊室。里面的墙壁刷成了富有活力的蓝色,椅子则漆成了生机勃勃的红色。"真是个令人心情愉悦的地方。"

"他们相信色彩的力量。"达妮说。

"就像视觉会影响味觉那样吗?"

"是的,类似这样。"

艾薇还看见有台很精致的咖啡机,旁边放着一摞杂志,那边电视上正在播报天气预报,预计明天天气晴朗。

达妮走到接待员面前,"我是达妮·曼彻斯特,跟你们扎卡赖斯医生有约的。"

接待员微笑着回她,"好的,我们的确有您的预定。请稍等,护士马上就出来接您。"

"谢谢。"

艾薇去做了杯咖啡递给达妮,但她没要。艾薇便去加了两份糖和一份奶油自己喝,然后拿起一份最新的《开胃酒》翻着。"这儿可真不错。"

"有时一次面诊可能要好几个小时,所以他们希望陪同的家人在外边能舒服点。"

"要好几个小时吗？"她之前预计是离家五个小时，因为莉比在家顶多五个小时就憋不住小便了。

"我应该不会超过半小时的。"

"不着急，如果时间长的话，我就给道尔顿发消息，让他带莉比去上个厕所。"

"不用花那么长时间。"达妮很坚定。

护士叫到达妮的名字时，艾薇正喝着咖啡，开始浏览杂志的扉页。达妮悄声无息地跟着护士走了。

艾薇又开始翻一本小册子，上面详细介绍了诊所的宗旨、服务，以及从业医师。她的目光锁定在扎卡赖斯医生的信息上。个子看着很高，皮肤浅褐色，笑容灿烂，看上去四十多岁。手上没有戴婚戒。可这位性感医生治疗的眼科疾病看起来都不是什么常见病。"呸，性感个屁。"

艾薇的注意力回到杂志上那盘意大利面拼盘上，非常经典的做法，面上淋了红色的酱汁，撒了罗勒，旁边还放着一条硬皮面包。看起来还不错，但她来做的话可以更好。

她又翻了几页，翻到一家前竞争对手的餐厅简介时手停了下来。路易吉家跟温琴佐家在同一个街区，两家店的工作人员彼此都很熟，一直保持友好的竞争伙伴关系。

路易吉从他父亲和爷爷那里继承了这家店，现在是他们餐厅的主厨。他才三十五岁，看上去却像五十岁了。他曾经和艾薇参加过当地消防站组织的烹饪比赛。艾薇打败了路易吉，把他气坏了。

"看看现在是谁赢了。"她翻过那页，嘴里笑声嘟囔着。

她往后继续看了很多精美的图片，看那些食物和带有异国风情的餐饮场所。曾经有一段时间,每看到这份杂志和其他类似的杂志,她都会做起自己的烹饪梦。这一次看到这份杂志,她心里想的却是要把露丝的炸鸡和海鲜杂烩食谱改一改了。那个凉拌卷心菜的调味料或许也可以改进一下,烧烤的食谱,还有最近一直在琢磨的天妇罗面糊也可以更进一步了。

诊室的门开了,达妮走了出来。"准备好走了吗?"

艾薇看了看表,发现达妮进去有四十分钟了。她喝完最后一口咖啡,把杯子丢进垃圾桶,杂志也放回原位。再抬起头的时候,她一眼撞见达妮湿润、布满血丝的眼睛。"还好吗?"

"滴眼药水滴的,眼药水对眼睛有刺激性。"

一听就不是实话,但艾薇不打算在诊所里跟她争。电梯门一开,艾薇就跑过去把门把住了。达妮戴上眼镜,在铺着瓷砖的地面上慢慢走着。走近电梯门时,她的步伐变得更加缓慢,仿佛不确定在哪里停下来。

"向前迈一步。"艾薇引导她。

"我自己知道,"达妮接着换了更柔和的语气,"谢谢。"

艾薇更加谨慎地看住她,因为她不太确定达妮是否看得清。"你一定是滴了很厉害的眼药水。"

"是的。"

艾薇紧紧地站在她旁边,帮忙打开了副驾驶那边的车门。达妮坐到座位上,摸到安全带扣好,没有说一句抱怨的话。

艾薇上了驾驶座启动引擎,把车开出了停车场。一直到艾薇开车逃出诺福克拥堵的街道,回到州际公路上,两人都没有说话。"我看了诊所的宣传册,扎卡赖斯医生很迷人呀。"艾薇开口打破沉默。

"是的。"达妮回道。

"他结婚了吗?"

"你对他感兴趣吗?"

"不是,我只是觉得你们两个迷人精在一起的话简直是天作之合。"艾薇说。

达妮拂去袖子上的一根线头,"他对待病人很专业。"

"那更有理由喜欢他了。"艾薇又道。

"我有比追眼科医生更重要的事要做。"

"我看小册子上说,一般的病他都不治。"艾薇没有把剩下的话说完,她希望达妮自己说出来。

"特殊病例、一般病例他都看。"

看来这招不起效。"告诉我到底发生了什么。本来应该你哥哥或者你爸陪你来的,而不是叫一个曾经跟你闹掰了的朋友。"

"他们没空,我也没跟你闹掰。"

这话是带着讨好自己的意思吗?"你还没把全部的真相告诉我。"

达妮用修剪整齐的指甲摩挲着后颈。"全部的真相?"

"上一次你没告诉我全部真相,结果就是我们十多年没往来。"

达妮叹了口气,"我的视力在退化。"

这些字眼在艾薇的脑子里盘旋着,她一时接收不住这里的信息量。"你需要更好的眼镜吗?"

"眼镜可以帮我争取一些时间,但到了四十多岁,我还是会失去大部分视力,这个病叫视网膜色素变性,遗传病。"

"你家里有谁得过?"

"我还不确定，我追溯了妈妈的家族史，没有人失明，但在爸爸家这边却查不到关于我奶奶安的娘家人的消息，好像没人知道她从哪里来的。"

艾薇做了个深呼吸。"天哪。"

"我也想说。"她推了推眼镜，"这辆车里应该没有苏格兰威士忌吧？"

艾薇没理她这句话，"但你现在还会开车。"

"只有白天天色亮的时候才开。去年有天晚上我出了一次小车祸，之后我就没再夜间行车了。幸运的话，我还能再开十年车。希望我的病情能撑过贝拉的十六岁生日，到那时候她就能去考个驾照帮帮忙了。"

"贝拉呢？她有这种病的迹象吗？"

"没有。我带她去过一次扎卡赖斯医生那里，他觉得贝拉没有遗传这个病，但我们会一直关注的。"

"贝拉知道吗？"

"关于我的事吗？没有，我还没准备好告诉她。我希望她享受学校生活，享受和朋友一起玩耍，而不是整天为我担心。我要是告诉她了，她绝对会少不了担心的。"

尽管道尔顿从没跟艾薇说过达妮的事，但她确信道尔顿会担心他妹妹，在讨论小狗的事情时她就注意到了。"你还没有告诉道尔顿或者你父亲是吗？"

"我还没有。到目前为止，我还没有告诉他们的必要。我可以自己约医生，可以自行调整生活渡过难关。但我能独自工作的日子将一去不复返。"

"他们今天真的给你滴眼药水了吗？"

"真的滴了。几个月前我就知道我今天必须得有个司机，而且我原先找的那个朋友是真的有事来不了。"

"我猜马修也不知道。"

"不知道，他肯定会是最后一个知道的。我不需要他插手我的生活。"

"他确实有这种倾向。"

"没错。"

"他到时候不会借此质疑贝拉监护权的安排吧？"

"我觉得他不会，但任何牵扯到贝拉的事情我都不能有一点掉以轻心。"

"为什么要把我牵扯进来？"艾薇问道。

"你马上就要离开了，而且你也从来不是那种一遇到事就大发雷霆、小题大做的人。你跟露丝一样，总是踏踏实实一步一步地前进。"

这个形容听起来有点像机器人。"我以前也会小题大做。"

"什么时候？"

"在纽约的时候，我总是情绪激动。"

"餐厅给你减薪的时候你说什么了？"

"我什么都没说。"

"这就是你的行事风格。像我遇到这种事就会摔盘子，你走后我就摔了几个。"

"对不起。"

"不用对不起。我一直都说，你帮了我们所有人。你的辛勤工作也让那个餐厅名扬天下。"

"你怎么知道我让他们名扬天下了？"

"在露丝告诉我你得了奖之前，我就一直在关注你的职业生涯。"

"为什么？"

"你是我的朋友。不管你信不信，我一直支持你。我和马修之间发生的事情并不是要伤害你。"

十几年的经历和往昔的成功早已让她明白，最开始在纽约那段黑暗的日子里，愤怒是促使她前进的一把巨大推手。愤怒消退之后，她就用工作填补了那份空虚。直到现在，她才意识到自己是多么孤独。

艾薇紧紧握着方向盘。"你没有搬出北卡罗来纳州是因为视力问题吗？"

"一开始没有问题的。我生了孩子，结婚十八个月不到又离婚了，离婚之后马修和我签署了一份监护协议，我们都同意留在北卡罗来纳州。后面我谈妥了画廊的交易，然后花了我所有的空闲时间来启动和运转，再然后爸爸雇我去公司做我很喜欢的装潢设计。我有未竟的梦想，但我也过上了美好的生活。"

"你什么时候开始注意到视力出了问题的？"

"贝拉八岁生日派对上发现的，那天晚上在后院庆祝，太阳落山的时候，我看见周围东西的轮廓变得特别深特别暗，我几乎快要看不清楚是什么了。后面慢慢好转过来，我就想着这可能只是个意外，我第二次出现这种情况的时候，第一个告诉了露丝。"

艾薇的外婆照例对这种事情一言不发。"她给了什么建议吗？"

"过好自己的日子，不要让过去或未来妨碍眼前的生活。"

"她也很多次给过我同样的建议。"

"我照做了。但这问题越忽视，就变得越棘手。"

艾薇听出了达妮声音里的恐惧，便重新转回到现实当中，"你不可能永远瞒下去，你必须告诉道尔顿和你爸爸。"

"我会的。"

"什么时候？"

"很快。我的视力最近又退化了，我还在适应当中。每次一点点退化都会让我措手不及，有时候可能会稍微改善一段时间，但这事没法指望。"

"你会失去所有视力吗？"

"我无从得知。"

"告诉你的家人。"忧虑使得艾薇眼角的皱纹变得更深了些。

"我会的，但你要答应我不会告诉任何人。"

"只要我知道你和贝拉都没事，我就会守口如瓶的。但如果我觉得你有麻烦了，我就不保证会说什么出去了。"

"我是在叫你保守这个秘密。你很快就会离开，但我必须想办法和这些人过一种新的生活。"

"我也是在告诉你，除非你或者贝拉有危险，否则我都会守口如瓶的。"

"你没资格对我发号施令。你要么保守秘密，要么说出去。"达妮双臂交叉在胸前，凝视着窗外，"我以为你会站在我这边的。"

"我很确定。"

"可听起来不像。"

"如果我不站在你这边,我们今天就不会谈这些。"

"谢谢你今天开车送我,但我们的关系现在只能算高中认识的老朋友了。从现在起咱们俩互不相欠。"

第二十一章　艾薇

2022年1月24日　星期一　下午一点

车子驶入达妮家的车道时，车里依旧笼罩着阴郁的气氛，两人始终一言不发。她们一动不动地坐在位子上，直到艾薇再度开口，"我要怎么做才好？"

"没必要，"达妮说，"这个问题没法解决。但我会自己处理好的。"

"如果有什么我能做的话……"

达妮伸手拉开大门，"把我的秘密保守好就行，其他事我自己会解决的。"

"我是认真的，有什么能做的我一定会帮忙的。"

"知道了。"

顾及自己十二年前的不告而别，艾薇觉得达妮现在对待自己的态度完全可以谅解。她或许永远无法修复自己对达妮造成的伤害，但她可以尽力一试。"随时都可以来看小狗。"

"好。"达妮关上门，走进了自己家中。

艾薇站在她身后，第一次真正注意到达妮现在的行走方式，她抬脚的时候会有片刻的犹豫，仿佛是在地面上摸索着前进，她正在用触觉弥补每况愈下的视力。她打开家门进去的时候，没有回头挥手或微笑，便直接消失在了艾薇的视线里。艾薇把车开回到大路上，她开始思考，如果是自己在面临这样一个慢慢变暗的世界，将要如何应对。

二十分钟后，她已经把车开进了自家车道，迅速下车跑上楼。她听见莉比在屋里狂叫，马上冲到厨房，把钥匙和包丢下，"对不起呀莉比小姐。"

莉比听见艾薇的声音摇了摇尾巴。小狗们则在妈妈起身跑向艾薇的时候就被吵醒了。她抱起莉比带到沙丘上。屋外1月的寒风吹过沙滩草。莉比跑了出去，挑地方解决生理需求。沉船周围聚起了一堆沙子，船体内部有部分横梁已经埋进沙子里看不见了。用不了多久，这艘沉船就会彻底消失在沙滩上。

艾薇抬头凝视着充满活力的蓝天和色彩明朗的白云。头顶突然飞过一群海鸥，长长的翅膀打破了天空的宁静。她闭眼试图重新回想自己刚刚看到的景象。这段记忆还能记得多久呢？这些颜色还能在眼前明艳多久呢？

即使视力完好，她也几乎不记得妈妈的样子了，连露丝的面庞都逐渐变得模模糊糊。人生之中有太多人已成过客，艾薇无法想象整个世界都从眼前消失会有多么痛苦。

莉比一边叫着一边跑回艾薇身旁让她抱起来。"我们去吃点东西，然后把你的床铺换一换吧。"狗伸出舌头舔了舔她的脸。

艾薇进屋迅速换好毯子，小心地将小狗从旧床铺上抱到新床铺上。莉比似乎很喜欢艾薇，但在抱小狗换地方的时候，还是一直紧紧盯着。

艾薇抱起最大块头的狗哥哥，突然发现它的眼睛刚刚睁开了。世界映入它的眼帘。她把狗狗放回姐妹和妈妈身边，莉比紧张不安地检查了一番自己的孩子，确定都没问题才终于放下心来。

艾薇到厨房泡了壶咖啡，倒了一杯坐到餐桌旁，再次翻看起那本通讯录，她希望自己之前是把卡洛塔的名字给看漏了。"C"开头或者"D"开头的记录当中没有找到卡洛塔，不过她发现最开始列在"J"开头的记录当中的塔莉的名字被划掉了，又画了条潦草的线把这个名字连到"N"的那部分。"N"开头的只有一条记录，上面写的是爱德华·纽瑟姆夫人，旁边的地址和电话号码有多次更改的痕迹。

艾薇在那堆黑白照片当中翻出了那张在泳池边拍的一群小姑娘的合照，一眼就锁定了那上面那个浅色马尾辫的女孩。她抿了口咖啡，又看了一眼通讯录上的名字。塔莉的信息还保留在这本本子里，说明她依然对露丝来说意义重大。

她拨通了纽瑟姆夫人最后一次更新的一个号码，嘟声响了六七次，才听见那头传来机械的录音留言："我是纽瑟姆夫人，听到哔声……"这几个字说完过了很久，录音中的女声才终于补充道："请留言。"

艾薇等电话中传出哔声，便开口说道："纽瑟姆夫人，我是艾薇·尼尔，露丝·惠勒的外孙女。我目前正在联系她留下的通讯录当中列出的好友，如果可以的话，劳烦您给我回个电话。"她留下号码便挂断了电话。

艾薇想进一步试着打给通讯录上的其他人，但除了曼彻斯特家的人，别的她一个也不认识，随便打电话给陌生人也不像她会做出的事。

她走进厨房，径直走向炉子上的铁锅。前几天做的炸鸡很好吃，但她想知道如果味道改得稍微现代一点，质地更轻一点，尝着会是什么样。

她从冰箱里取出剩下的鸡块，往锅里倒满油，热油的时候便从柜子里拿了面粉、盐和香料倒好，然后把这些东西放到一个浅锅里和面包糠混在一起。一想到吃起来略有点罪恶感的酥皮和鲜嫩多汁的肉质，她就感觉口水都要流出来了。接着她把烤箱预热，把所有的烦恼统统丢到那锅面粉混合物里搅和一通。锅中的油噼啪作响，她小心地将每一块鸡肉放进去，鸡皮很快被炸得咝咝作响。

没多久她就把六块鸡肉都炸好了，然后放到烤箱里，完成烹饪的最后一步。她用手机定时器定了十分钟。拿出两天前做的凉拌卷心菜时，炸鸡的香味已经弥漫了整个屋子。

屋外传来一阵敲门声，她转身看到道尔顿站在门口。

艾薇很快猜测道尔顿是不是为达妮的事来的，心中暗暗承诺一定会守好那个秘密。"道尔顿？"

"我在隔壁工地上工作，然后想过来跟你说一下，历史学会的莫莉·加德纳想来你这儿拜访一下，沉船的事附近的人都有所耳闻，我们都猜得到海洋马上就要把沉船收回去了。"

"啊，是的。当然可以，欢迎她过来，我基本上一直都在。"

"我今天早上也来了，但你不在。"

"我有事出门啦，处理一些文书工作，差不多是这样。"她很少说假话，当下撒谎的感觉让她格外苦涩。"嘿，我在做炸鸡呢，不过你现在应该还不饿吧。"

"用的露丝的秘制炸鸡配方吗？"

"我做了那么点小改动。那些炸鸡我一个人也吃不完，而且这东西最好得趁热。"

"我非常愿意替你分担一下。"

道尔顿在门口脚垫上把鞋底的泥沙弄干净，跟着艾薇进了屋，两人走到厨房柜台前，他注视着挂在柜台上方的橱柜。

"作为一名建筑承包商，您有何高见吗？"她问。

"这些橱柜非常结实，也很漂亮，但它们安在这里并不合适，拆掉的话整个厨房的视野就会显得开阔很多。"

"我每次看到这几个柜子都觉得伤脑筋，看起来就像餐桌中央放了个过高的花瓶。"艾薇评论道。

"把这几个柜子拆下来，再把料理台缩小一点，炉子周围就有更大的自由活动空间了。"

"厨房风格对人的影响很大。"

"如果这个地方夏天要租出去的话，厨房空间就得容纳下更多人。"

她环顾着四周，想象着陌生人在自己家里走来走去。大部分情况下，房客会打理自己租下的房产，但很少像房东那样细心。"露丝年轻的时候，这里也会用来出租。平房那边住不下的也会安排到这边来。后来露丝和她母亲卖掉了家里的小屋，筹钱修缮度假旅店，她们和我妈妈一起搬到了这栋房子里，当时我妈妈才一岁。"

"露丝和你外公是怎么认识的？"

"我也一直不知道。我问过妈妈几次，但等到我真的对这事很好奇的时候她已经不在了。至于露丝那边嘛，她从来没有直截了当地给过我答案。我只知道外公在我妈妈刚出生没多久的时候就去世了。也许他是在这里度假的时候跟露丝认识的，应该不是夏日一夜浪漫之后有了小孩吧。"

"我不这么认为，"道尔顿说，"那天晚上我问爸爸关于露丝的事，顺便也问到了她丈夫，从他的话来看两人是在露丝离开外滩岛的那些年认识的。"

艾薇拿了条洗碗巾，裹在手上打开烤箱。浓郁而丰富的香气扑面而来。她用脚把烤箱门踢上。"等等，露丝离开过外滩岛？"

"是的，她十几岁的时候走的。不过我不知道她离开了多久。"

"她从来没有告诉过我这事。"她摸了摸鸡皮，看看烤得够不够松脆。非常完美。她将一只烤好的鸡腿放在一个白色的粗陶盘子上，旁边舀上一勺凉拌卷心菜，又用洗碗巾把盘子边缘擦得干干净净，接着在旁边放了餐巾纸和叉子。

"我可以去洗个手吗？"道尔顿问她。

"去吧。"她说着，往水槽那边点头示意了一下。

道尔顿走到她身后，两人距离只有几英寸，他打开水龙头，伸手去拿肥皂。他打肥皂洗手的时候，艾薇可以感受到身后的人，也能清晰地感受到从他身上散发出的热量和活力。她深吸一口气，试图回忆上一次和一个男人待在一起是什么时候。真是有够久了。

他转身用纸巾擦干双手，把两张凳子拉到餐吧末端。

艾薇走过去坐下，两人默默地吃了几分钟。当她开始思考眼前这份食物的香料搭配时，之前的快乐便让位给了批评。还不错，但可以做得更好。

"太好吃了，"道尔顿赞不绝口，"重回海滨度假旅店吃饭让我想起了很多美好的回忆。"他又咬了一口手上的炸鸡，似乎在追忆过往曾经，"我们高中橄榄球队每周日下午训练结束都会来度假旅店。所有的人都喜欢这里的炸鸡。"

她还记得那群男孩一窝蜂地跑进旅店餐厅里，他们说说笑笑，汗津津的身上套着干净的棉T恤，能微微闻见一股黛尔香皂的味道。当时她才十四岁，正是荷尔蒙旺盛、渴望得到男孩关注的年龄。道尔顿总是彬彬有礼，跟她说的每句话会带上"请"或"谢谢"，但他看自己的眼神从来没有像看啦啦队那样。

"你们训练季的时候，露丝和我做的炸鸡数目是平时的两倍呢。"比起事实和数字，感官上的冲击可以更好地让人回忆起往事。嗅觉可能是最强的记忆触发器，但味觉的效力也不差。

"我记得你，"他说，"你看起来总是很严肃。"

"没那么严肃吧。"

"那我把'很'字去掉。"他做了个鬼脸，"从来没见你笑过。"

"你怎么记得的？除了偶尔我和达妮在一起会碰见你，我俩几乎没有说过话。当时你眼里可全是凯西·贝利。"艾薇印象中的凯西是个高个子女孩，有着一头金发和小麦色的皮肤，道尔顿挽着她一起走的时候两人郎才女貌，很是养眼。

他咧嘴一笑，"确实。不过都是很久以前的事了。"

"凯西现在怎么样？"

"结了婚，生了三个孩子，现在住在罗利。"

"之前有传闻说你们俩要结婚了。"

他扯下一片酥脆的鸡皮。"我们之前确实谈过结婚的打算，我甚至还去看了戒指。"

"然而？"

"我跟你一样，还没准备好去过那种每个人都认为我应该过的生活。"

"我记得达妮说,你当年不肯去上大学,跟你爸爸吵了一架。"

"我并不适合再继续学业。我想去旅行,所以加入了海军,然后到了我爸的公司做事。"

"我走的时候你还没回来呢。"

"是啊,你走之后三四个月我才回家。"他放下炸鸡,用纸巾擦了擦手指,"我很欣赏你回来之后处理事情的风格,达妮一直很担心再见到你。"

"她在我面前看着倒是很放松的样子。"

"她越是看起来若无其事就越是有事。"

"欲盖弥彰吧。"

"回答正确。"道尔顿慵懒地往后一靠,"你和马修的晚餐吃得怎么样?"

"还行吧。他说要找一位厨师帮忙管理新餐厅的厨房。"

"你在考虑吗?"

艾薇笑了起来,"帮马修做事吗?他会发个提案什么的给我,应该今天就会发过来。"

"有想过自立门户吗?"他的语气轻松自然,跟达妮如出一辙。

她没法坚定地说出一个"不"字,"这件事情有多困难我很清楚,到时候我在烹饪上创新的精力都会被琐碎的业务消耗殆尽的。"

"你什么时候害怕过困难?"

艾薇叹了口气,"从没觉得。但房子卖掉之后,我的全身家当就是卖房子的钱,如果开一家餐馆,这一切都会变作赌注的筹码,代价太大了。"

"我真是不敢相信这话是从一个敢在没工作、没住处的情况下孤身一人开着小车跑去纽约的女人口中说出来的。"

"当时我也不知道怎样做会更好,那时候的艾薇没有什么可失去的。"

"但现在的艾薇更聪明了,而且你还年轻呢,年轻就是你最好的筹码。"他又咬了一口炸鸡,小心擦掉留在唇上的油光。"你会想要开一个什么样的餐厅呢?"

"这十多年来,我烹制过各式各样的意大利菜,所以意大利餐馆应该是比较容易上手的选择,除此之外的话我也想不到什么其他选择了。"

"做炸鸡吧,"道尔顿说,"光想想我就知道你的炸鸡店门前肯定要排起长队。"

"现在这个时代做炸鸡?我感觉每个人都喜欢吃素食和低脂肪的食物呢。"

"他们要是愿意坦诚面对自己的内心就绝对不会喜欢那种东西,而且,大家放假的时候都想吃点有罪恶感的东西。"

艾薇笑了起来,"凡事都讲求适度。"

"是的,是这样没错,"他又咬了一口手上的炸鸡,"你简直就是为做炸鸡而生的。"

今天的烹饪自然而轻松,没有完成一百份晚餐订单的压力。"我会记住你的话的。"

"达妮今天不在城里。"他将只剩骨头的盘子轻轻推向艾薇那边。

"哦。"

"你今天也刚好不在。"

"好的。"她其实可以撒谎,就说两人一块儿出去购物了,但她没有这么做。"你想说什么?"

"达妮是个成年人了,严格来讲她的事我管不着,但我是她大哥,所以我还是要管。"

"你应该自己跟你妹妹谈。"

"我试过了,我知道她肯定有事瞒着,但她就是不告诉我,她一口咬定自己没事。"

"你为什么认定她有事?"

"她近几个月都没有画画。我无数次叫她出来吃个饭,她总是有理由来不了。画廊也关门了,一直要关到2月份,她以前从来没有这样过。"

"我不知道该说什么。"艾薇放下炸鸡,拿纸巾擦了擦手,又开口道,"再试着跟她谈谈吧,她准备好的时候自己会说的。"

那双灰色的眼睛突然变得犀利起来,"所以她确实是有事要告诉我的?"

"我可没说。"

"你说了。"他叹了口气,把头侧了过去,"她病了吗?是癌症吗?我妈妈就是四十多岁的时候得乳腺癌去世的。"

"别找麻烦了,道尔顿。去跟你妹妹谈。"

"我会的,"他暗暗骂了句脏话,"会再去谈的。"

"那再好不过。"

他沉默了片刻,又开口问道:"小狗怎么样了?"

"最大的那只眼睛已经慢慢睁开了,贝拉很喜欢最小的那只小狗妹妹,还给它取了名,叫星星。"

"达妮真的答应贝拉养只小狗了吗?"

"是的。"

"那很能说明问题。"

"我也挺吃惊的。"她估计道尔顿正在仔细消化这份新信息,他迟早会把几件事联系到一起的。

"你请房地产经纪人了吗?"他又问道。

"还没,我下周开始打电话问问,得等我把这地方收拾好,买家就可以过来看了。"

"我还是想收购你这房子。"

"真的吗?隔壁的房子还不够你折腾吗?"

"我一直很喜欢这座房子,地理位置也很棒,我也很喜欢老房子的风格。"

"要不要去楼上看看?已经全部收拾干净了,有活动的空间了。"

"当然可以。"

她起身爬上有两间卧室的顶楼,领着道尔顿到她现在住的卧室前。她愁眉苦脸地看着自己没有整理的床和箱子,箱子里塞满了今早他走到窗前时她匆匆翻出来的衣服。"好棒呀。"

"我很爱这里,一觉醒来可以看见海景,听见海浪的声音。不会有喇叭的声音,所有在城市中习以为常的噪声这里都不存在。"

"我做梦都想住在这样的房子里。我一直告诉自己,这个地方到时候租出去应该会很赚钱,但我也在考虑买下来自己住。"

"达妮说你爸爸和你住在一起。"

"确实是,不过我们房子很小,而且处在一个树木繁茂的街区,我们都想念一眼望得见海景的日子，如果住在这里的话，对我们两个来说空间也会充裕很多。"

他看了看另一间卧室，微微蹙了蹙眉，接着走下了楼梯。艾薇跟了上去，不知道是该给房子美言几句还是让他自行判断好。

他打开那间放着露丝所有画作的空房，"你决定好怎么处理这些画了吗？"

"还没，但我肯定不会卖掉的。"

"那很棒啊。露丝把它们留在这里肯定是有原因的。"

"为什么这么说？"

"她没有给任何人看过这些画，画完一幅就包起来接着画下一幅。如果是不想传给你的话，她肯定早就处理掉了。"

"她是突然心脏病发作去世的，怎么会早做这种安排？"

"她去世前的几个星期变得非常怀旧，联系过我爸爸和她在伊丽莎白城的表姐。"

"她表姐是谁？"

"好像是纽瑟姆夫人。"

"我给她打过电话，留了言。"

"她后来没能来参加葬礼，因为她现在只能坐在轮椅上，行动不便。她们这一代人不会像我们这样频繁查看消息，如果她听见你的留言肯定就会回电话的。"

"她应该头脑很聪明吧？"艾薇试图根据照片上那个年轻的塔莉想象出七十年后的纽瑟姆夫人。

"露丝说她是个非常机敏的人。"

"她今年多大年纪了?"艾薇问道。

"八十五了,她比露丝大几岁,她们俩的母亲好像是姐妹。"

"关于我的家人,我有太多不知道的了。"

他用锐利的目光注视着她。"能展开说说吗?"

第二十二章　艾薇

2022年1月24日　星期一　下午三点

道尔顿离开后不久，莫莉·加德纳夫人打来电话，跟艾薇约好在一小时内过来。四十五分钟后，加德纳夫人已经把车停在了房前，艾薇刚打扫干净厨房，正带着莉比到屋外上厕所。

艾薇走到木制平台上，看着那边一辆灰色的SUV里走出一位中等身材的女人。她看着有五十几岁了，头发灰褐色，身上穿了条褪色的牛仔裤，外套里面是一件棕褐色的针织衫，脚上穿的是一双胶靴。

"是加德纳夫人吗？"艾薇问道。

"叫我莫莉就好，你就是艾薇·尼尔吧？"

"是的。"莫莉进屋时，艾薇退到一旁，莉比则一边叫着一边躲在它的箱子墙后往外看。"那是莉比，它刚做妈妈，所以对人很警惕。我这几天一直想把那堆箱子搬走，但好像有箱子在它会更有安全感一些。"

"我可以看看小狗吗？"莫莉问道，碧绿的双眼闪闪发亮。

"当然。我们有三只小狗，最小的狗妹妹已经有人领养了，如果您有兴趣了解的话，狗哥哥和狗姐姐现在还无人认养哦。"

莫莉向莉比伸出手，耐心地等它过来嗅了嗅又舔了舔。"天啊。它们都好可爱。"

"如果您想要养一只的话请尽管告诉我,它们都可以被领去一个好人家。"艾薇并不会张口就跟人说领养一只狗需要承诺好好照顾它的一生,她让这事听起来颇有诱惑力。

莫莉轻轻咬着下唇,"我之前养的狗上个月刚过世,我向自己保证过,一年之内都不会再养狗了。"

艾薇笑了,她知道最温和的推销可能是最有效的。而且她也不希望收养小狗的人对收养这件事压根儿没有把握。想到这里,她想起了可能会失去视力的达妮。"如果您想再见到它们,随时都可以来。"

莫莉站起身,举起双手深吸了一口气,"你在诱惑我,艾薇·尼尔。"

"您说对了。"还在海滨度假旅店当服务员的时候,甚至是刚到温琴佐餐厅的那段时间,即使来的是最有恒心的节食者也会在她的温声细语当中点上一份苹果派或者提拉米苏。

莫莉从小狗身边走开。"我今天早些时候来探索了一下沉船,可以肯定是自由·T.米切尔号。"

"您对这艘船了解多少呢?"艾薇问道。

"我听过相当多关于这艘船的传说。我爸爸是个渔夫,他和亨利·安德森是好朋友,我是听亨利的故事长大的,他告诉他奶奶曾经就在这艘船上。"

"亨利叔叔?我小的时候他会到露丝的厨房里帮忙,露丝非常敬爱他呢。"

"亨利和惠勒一家一直很亲近。"

"那我家和你家竟然从未有过交集,倒是挺让人惊讶的。"

"90年代末到2015年,我一直住在罗利。"

这个时间段大概也就是艾薇住在这里的时间。"亨利从没跟我谈过沉船的事。"

"据他说,他奶奶还是一个小婴儿的时候被塞在一个扁皮箱里,后面跟自由·T.米切尔号的残骸一起被发现了。"

"真的?"

"他信誓旦旦地说,战争期间在意大利海岸服役的时候,身上就佩戴着他奶奶送的十字架和胸牌。"

亨利一直戴着那个胸牌,艾薇觉得露丝肯定是让胸牌和亨利一起下葬了。"您觉得这是真的吗?"

"我还不知道。不过,你所认识的亨利和沉船有关,这是很有可能的。"

"我确实是头一回知道这事。"

艾薇走到餐桌前拿来那沓黑白照片。"我找到了一台相机,里面还有底片,这些是洗出来的照片。"

莫莉小心翼翼地把每张照片摆在桌子上,每一张照片都让她的眼睛放光。对于历史学家来说,这样的发现相当于同时过了一次圣诞节和生日。"这段历史真是太迷人了。"

艾薇拿起那个酷似拉娜·特纳的女人的照片。"皮特·曼彻斯特告诉我她叫卡洛塔·迪萨尔沃。"

"是的,当时她所在的表演船会沿海岸线巡回演出,那些年她在这一带相当有名。卡洛塔1941年开始在船上表演,一直到60年代中期才离开那里。我办公室里有一些她在某个地方表演的8毫米胶片①,等我回去看看能不能找到。"

"那可太好了。"艾薇被卡洛塔那双目光灼灼的浅色眼眸吸引住了。"那时候她的事业应该正如日中天,为什么会来小小的海滨度假旅店表演呢?即使是说他们的船停在了干坞,她也完全可以去更大的城市演出,赚更多的钱。"

"埃德娜·惠勒是她姨妈。所以表演船维修的时候,卡洛塔就借此机会探访一下亲人。"

"我的曾外婆是卡洛塔·迪萨尔沃的姨妈?"

"卡洛塔1920年出生于北卡阿什维尔附近的一个小镇,原名是卡罗尔·詹金斯。"

艾薇注视着卡洛塔,仔细看着她精心描好的柳叶眉毛,丰润的双唇,还有灿烂夺目的笑容。"她来了离大山很远的地方。"

"1920年的时候,埃德娜也做了类似的事情,收拾了一箱衣服,口袋里揣着五美元就跑来了外滩岛。亨利说,埃德娜来这儿是因为她相信亡灵越不过水面。"

"那被困在这里的亡灵怎么办?"

"不是她的亡灵,所以我想她不会在乎的。"莫莉拿起手机,翻了几十张老照片,最后找到了一张亨利在50年代拍的照片。那时候的亨利看起来魅力四射,长得很像威廉·霍尔登②。"听说那年夏天亨利和卡洛塔恋爱过。"

---

① 8毫米胶片也称标准8毫米胶片,是一种由柯达公司开发的电影胶片尺寸标准。
② 威廉·霍尔登是美国影视男演员。

"哇，真的是亨利吗？卡洛塔的魅力可见一斑呀。"

"他是战争英雄，在意大利海岸服役期间获得了铜星勋章，也是那段经历让他丢了一只眼睛。后来，他还因为冒着风暴救人获过几个平民奖项。他一辈子估计救了五十多个人。"

"您觉得亨利的奶奶当时真在自由·T.米切尔号上吗？"

"这一部分很难说究竟是事实还是仅仅是一个精彩的故事片段。"

"您能把亨利那张照片发给我吗？"

"当然可以。"她把手机递给艾薇输了号码，然后把照片发了出去。

莫莉的目光落在了照片上年轻的露丝身上。"你知道这是你外婆吧。"

"是的。"

"她可是个十足的烈性子，一辈子都过得很有意思。她拍完这张照片之后过了几年就加入了卡洛塔所在的梅西·亚当斯号，先是做厨师，后来做舞台助理，跟着船走了好几年，这事你知道吗？"

"皮特之前提到过，露丝有段时间不在外滩岛，但他也不知道是去了哪里。他说露丝从没谈论过她离开外滩岛发生的故事，不过显然她是在这段时间遇到我外公的。"

"她丈夫和父亲几乎同时离世，所以她回到外滩岛，帮埃德娜一块儿经营旅店。当时你妈妈卡罗尔还只是个婴儿呢。"

"您问过露丝她出去那几年的事吗？"艾薇问道。

"问过，但她只是笑笑说，往事不值一提。"

艾薇仔细观察了一下卡洛塔和露丝的照片，从两人的眼睛里可以看出某些共性。"她们看起来像是有血缘关系的。"

"你知道露丝是被收养的吗?"

艾薇摇摇头,"我不知道。"

莫莉耸了耸肩。"亨利有次说漏嘴让我知道了。他年纪大了,有次我去看他的万圣节表演,表演结束他喝了几杯,我们谈了旅店的历史,他无意间提到了露丝是被收养的事情。后来他意识到自己祸从口出了,只好叮嘱我不要说出来。"

"露丝真觉得往事不重要吗?"

莫莉沉默了片刻,"我不知道。"

"卡洛塔后来怎么样了?"艾薇问道。

"1966年她离开表演船后,回到北卡罗来纳州西部,定居在了阿什维尔地区,六十多岁的时候去世了。讣告中说是死于急病,但没有详说。"

艾薇也愿意自己在别人心目中永远是个年轻、充满活力的女人。

莫莉指了指旅店的旧登记簿,"这是旅店留下的吗?"

"是的。我只找到了这一本,上面记的是30年代的客人信息。"

"单单选择留下了这个时间段的登记簿,真是有意思。"莫莉小心翼翼地翻着泛黄的纸张。"露丝可是个囤物狂。"

"这一点我可太清楚了。上周我一直在打扫卫生、捐东西、扔东西。"

"海滨度假旅店就是露丝的生命,年纪越大就越难放下关于它的一切。我们所拥有的东西里往往藏着我们最美好的回忆。"

"塔莉,就是露丝的表姐,现在应该叫纽瑟姆夫人,听说现在住在疗养院,您有她的联系方式吗?"

莫莉在手机里找到一个联系人信息,直接发给了艾薇。"我还真有，飓风过后，露丝让我帮忙给塔莉打了个电话，告诉她自己没事。发给你啦。"

艾薇的手机响起消息提示音，塔莉的联系方式已经发过来了，铃声第二次响起时发来的是历史学会的相关信息和网站。"谢谢。您还知道关于梅西·亚当斯号的事情吗？"

"这我还需要进一步挖掘一下。之前在船上工作的员工不知道还有没有在世的了，但肯定有什么其他线索。从旧的资源当中不断榨取信息，可以说是我的拿手绝活啦。"她把目光转向凉台，"可以去看看沉船吗？"

"凉台后面视野最好。"艾薇穿过正厅打开房门。一阵冷风穿过屏风吹进来，刮得皮肤凉飕飕的。她双手交叉在胸前。

"亨利以前会讲关于沉船和那些迷失的亡灵的故事，"莫莉说道，"万圣节前后大家都想听些精彩的故事，这时候亨利就变得炙手可热。"

"我还记得。他戴着眼罩，看起来像个海盗。"

"他一直人气很高。"莫莉歪着头盯着那艘旧木船的残骸，"你有见到过亡灵吗？"

"我只看到过一只爱尔兰猎狼犬，"艾薇回道，话音听着像是在自言自语，"上周我看到它，就跟着一起越过沙丘到了一座房子前面，我在那里发现了当时快要生宝宝的莉比。今天早上我也看到了那只猎狼犬。"

"亨利曾经也说起过，这艘船的船长就有一只爱尔兰猎狼犬。"

艾薇双臂环抱在胸前，"听说是叫鲍里斯。"

"没错，"莫莉爬下楼梯，穿过沙地走到沉船那里，"天哪，太棒了！"

艾薇紧随其后。"自由·T. 米切尔号在1950年之后其他时间有出现过吗？"

"资料显示1920年、1950年和1980年都有人目击它在沙滩上出现，这次是它第四次亮相了。每次它在沙滩上出现，整个季节这边都会非常躁动不安。"

风把更多的沙子吹到船的残骸上，空气中弥漫着一种不安的气息。"您是说天气方面吗？"

"不，针对当地人而言，自由·T. 米切尔号是不会给人带来好运或繁荣的。"

"我想今年或许会有所不同吧。"

"希望如你所愿，亲爱的。"

第二十三章 艾薇

2022年1月24日　星期一　下午六点

　　这一天晚些时候，艾薇已经把最后一批杂物拖到路边的"免费"摊或者垃圾箱里边了。回到屋里时，她开始四处打量，目光顺着A字形的天花板往上看，然后顺着石头壁炉往下看。如果道尔顿买下这里的话，她可以肯定这里的变化不会太大，但要是换一个人来买，可就不能保证这里的橱柜、台面和地板不会被一些华而不实的制成品所取代了。

　　告别这里很难，但她也别无选择。她负担不起任何一笔维修费用，只有出售这里，她才有资本继续生活。距离生日还有一个多星期，这一次，她会好好和这里道别的。在这里拖的时间越长，就越难以下定决心往前走。

　　她坐在餐桌旁，拿起早些时候送到她家前廊的马尼拉文件夹。马修用正体字在文件夹上面写了她的名字。她小心地打开文件夹，取出里面的三页纸，仔细阅读了一下关于餐厅的提案。

　　提案内容与他此前所讲的一致，只不过这一次，艾薇有了与这个梦想相匹配的筹码。马修下了很多功夫研究餐厅，现在的他和高中时那个完全不懂做生意的毛孩子相比，已经有了天壤之别。他没有夸大预期收入，如果这些指标可以实现的话,这个餐厅会很赚钱。

她起身,爬上楼梯回到卧室,走到她一直想要躲避的那个胡桃木梳妆台前,在最下面的抽屉里找到了她去纽约前塞进去的所有照片和珍贵的纪念品。这是她两面下注策略的一部分。如果在纽约过得不如意,她就会回家,打开抽屉,把所有的东西都拿出来放好,然后重新开始原本的生活。

但过去十年当中她回来过几次,一次都没打开过抽屉。这是她的过去,和露丝一样,她也不喜欢回首往事。

她把那张毕业那天自己和马修、达妮一起拍的照片从相框里拿出来。当时马修搂着她们俩,三个人都在面向镜头笑着。她可以从达妮和马修的脸上看出对未来的憧憬,而自己的表情则表明她不仅宿醉未完全清醒,而且待会儿还会疯到去告诉旁边两人自己要去纽约。那时的他们是那样年轻。他们曾不顾一切地想追寻自己的人生,然后都不约而同犯了错误。

艾薇把照片放在一边,找到了一张她和妈妈的照片。当时她四岁左右,妈妈三十六岁。两人站在沙滩上,身后是碧海蓝天。艾薇那天穿了一件粉白色波点的比基尼,妈妈穿着一件修身的海军蓝连体衣。她猜想这张肯定是在她们刚搬回露丝家那年拍的。

手机突然响起。是达妮。"嘿。"

"谢谢你带我去那啥。"

"去看医生?"

"对。"

"举手之劳,"她伸手揉了揉太阳穴,"道尔顿注意到我那时候出门了,刚好你也不在。"

"他刚刚来过了,"达妮的话语中透出几分疲倦,"倒是没有对我严加盘问,但他起疑心了。"

"这不是一个你应该保守的秘密,达妮。"

"我还没准备好让这个世界对我另眼相待。"

"他们不会的。"

"妈妈去世之后他们就是这样的,如果知道我的病情肯定又要大惊小怪。"

"你觉得什么时候合适?奇迹会从天而降吗?"

"道尔顿现在压力很大。旁边那十栋房子还在建,全部都收拾好让买家住进来,他才能接着干下一批活。"

"安排这么紧凑吗?"

"公司一直是这样的,而且永远会这样。爸爸为了买下这块地掏光了所有积蓄。"

"从来没有什么发布坏消息的好时机,我知道的。毕业那晚我真的错了。在跟你和马修说清楚这件事上我本来可以做得更好,至少是会处理得比当时好。"

"怎么突然想起那晚的事了?"达妮问道。

"我总算着手清理我的旧抽屉了,然后找到了我、你还有马修毕业那天拍的照片。"

"我记得那晚。马修想追上你,跟你谈谈,让你换位思考一下。我说服他再等等,让你自己冷静一下。"

"结果我第二天就走了。"

"他把所有的梦想都寄托在你和我们一起工作这件事上。你离开之后,我们试图让业务开展起来,但我跟他什么事情都没法达成一致意见。

我们需要你做我们之间的黏合剂。开工才两个月,我们白手起家的计划就彻底失败了。然后爸爸雇用了我,我在自己父亲的公司工作,也一直还住在家里,这些都让我觉得自己像个失败者。马修也陷入了找不到工作的危机。我们都清楚被你抛下的日子有多难过。"

"对不起。"

"我不怪你。我只是想解释一下。"

她心上的旧伤依然在隐隐作痛。"你现在有贝拉,和马修也还是朋友。"

"对,都没错。"突然沉默的气氛之中夹杂了些许的谨慎。"你打算跟他一块儿做生意吗?"

"我拿到了他的提案,也看完了,不过并没有改变我的想法。"

"你真的要走了吗?"挑战自我的心理还是在谨慎面前败下阵来。

"这次我不会再感情用事了。我告诉了每个人我要离开的事情,我不会再去干扰其他人的生活了。"

第二十四章　露丝

1950年6月23日　星期五　下午七点四十五分

卡洛塔站在沉船上的小舞台之中，太阳一点一点地坠向地平线。她在唱《蓝月亮》，轻柔的海风拂过平静的海面，吹皱了她身上深红长裙的裙摆。这场表演没有号角，也没有钢琴，只有哗啦啦的海浪在一旁轻轻伴奏，但卡洛塔的歌声珠圆玉润，没有听者会想着还要再加些什么乐器进来。旅店客人和几十个本地人从游泳池边和家里搬来椅子，在沉船周围围成一个半圆形。

露丝和塔莉站在最后面，随时准备给客人端上鸡尾酒，随着演出的升温，客人们点的饮料也越来越多。饮料销量上升了，妈妈也早就告诉爸爸，今年夏天旅店说不定可以多赚点钱。爸爸温柔地笑起来，用指关节在木制菜品准备台上敲出了轻快的音符。

曼彻斯特先生从座位上起身离开，走路的时候身子微微有些摇晃。曼彻斯特夫人担心地看着自己的丈夫，似乎在考虑要不要跟着他。她环顾了一圈四周，随即拿着酒一仰头，将那些顾虑连同最后一口金汤力酒一起咽下，而后起身跟到了丈夫身后。两人的身影一块儿消失在沙丘上，几秒钟后传来了曼彻斯特先生愤怒的声音，接着又随着越走越远的夫妇俩在风中飘散了。

一曲终了,全场掌声雷动。如果他们注意到曼彻斯特夫妇的话,要么会因为看演出太开心了无暇顾及,要么就是早已对这两人的争吵习以为常了。

"妈妈,他们又吵架了吗?"露丝低声问妈妈。

埃德娜皱起眉头,"是的。"

"我没有再给他喝酒,"塔莉说,"我照你说的做了。"

对埃德娜来说,为旅店谋利也是有底线的。"他一直喝自己带来的酒。"

"我没看到。"露丝说。

"他很聪明。"妈妈点点头,"我去看看他们。"

"我可以和你一起去。"露丝提议。

"不行,你就待在这里吧。"埃德娜那个转瞬即逝的微笑让人燃不起半点喜悦。

露丝和塔莉看着妈妈穿过沙滩,越过沙丘,那双平底鞋深深地陷进泥土里,每一次脚后跟踩下的时候都像是在踩死一只虫子。

"你觉得你妈妈会骂他一顿吗?"塔莉问道。

露丝激动得小脸通红,"是的。"

"他好可怕。"塔莉说。

"妈妈可不会怕他。"露丝不喜欢妈妈和曼彻斯特先生这样的男人针锋相对。

"我妈妈说埃德娜姨妈一直像个斗士。她还是个小女孩的时候,也从来不会嘲笑任何人。"

"她在老家和谁斗呢?"

"和所有人斗。她是不可能让自己受人怜悯的,她绝不会允许别人可怜她,居高临下地跟她说话。"

这些年来,妈妈只有在碰上曼彻斯特先生这样的人、赖账的客人或试图多收送货费的供应商才会跟人争吵。

偶尔妈妈和别人越吵越激烈的时候,爸爸就会走过去。他从来不大着嗓门吼人,但一个身高六英尺四英寸的大汉,即使有条腿是木头做的假肢,也看起来有足够的威慑力了,完全无须多说什么。

"我去跟着她。"露丝说。塔莉还没来得及反对,她就转身急忙跟到了妈妈后面。她刚走了几步,塔莉就追了上来。

"你要去找你父亲吗?"塔莉问道。

"他骑马去内陆准备明天的物资了,要到很晚才会回来。"

"我也和你一起。"塔莉说。

当她们登上沙丘时,她们看到妈妈在和曼彻斯特夫妇说话。她一直保持着一副和和气气的样子,但表情看着比平时更加生硬。曼彻斯特太太急得面色通红,而她丈夫气呼呼地绷着张脸。

"你们要是不好好服务我,"曼彻斯特先生站在那里,身子僵直,一只拳头攥得紧紧的,"那我们就搬到另一家愿意好好给我们服务的旅店去。"

"到时候我们可以帮你们把东西搬过去。"妈妈回道。

"彼得,"曼彻斯特太太的语气中带着恳求,"我们回房去吧。我们休息一下,然后重新考虑搬走的事情好吗?现在太晚了。"

"闭上你的嘴,安。"曼彻斯特先生咬牙切齿般吐出这几个字,后面还说了些什么其他的，但除了他们自己没人听得见说的是什么。

曼彻斯特太太讨好的笑容僵在了脸上。"彼得，求你了。别在这儿让人看笑话了。"在她的世界里，家丑不可外扬，要闹也是在家闹，夫妻俩的争吵应该像灰尘一样扫到地毯下面藏起来。

"用得着你教我做事吗？"他一把揪住妻子的胳膊。安试图挣脱那只手，却被越抓越紧。

"彼得，我们回房吧！求你了……"

露丝攥紧拳头朝那几个人走去，直到一只大手稳稳地拦住了她。

"这边出什么事了吗？"亨利的声线很低，听着完全不敌呼号的风声，但他的话音丝毫没有被大风盖过。

曼彻斯特先生的视线从妻子身上挪开，看到了站在露丝身后的亨利。亨利看着身子很放松，好像完全不把目前的状况当回事，但事实上，哪怕是他在最恶劣的风暴当中开船营救水手的时候也是这个表情。他曾经说过，麻烦是他的老朋友了。

妈妈的肩膀绷得紧紧的，但她看都没看亨利一眼。曼彻斯特先生咬着牙回他："没什么事。"

"您确定？"亨利的微笑让露丝想起爸爸曾经射杀过的一条疯狗。"我感觉你们这儿气氛有点紧张呀。"

"没有的事。"曼彻斯特太太看向亨利。

作为回答，曼彻斯特先生拽着妻子的胳膊往前走。安试图跟上丈夫的大步，脚下被绊了好几次。

亨利站在原地，看着彼得·曼彻斯特的背影。

塔莉紧跟着露丝走到她妈妈身边。露丝紧挨着妈妈，靠得比平常更近,仿佛可以从埃德娜身上汲取一些力量。"他疯了。"

"他醉了,"妈妈回道,"他太太知道他该回去好好睡上一觉了。"

有时候亨利和爸爸会开一瓶杜松子酒,一边喝酒一边说说笑笑,畅谈到大半夜,然后亨利会直接睡到沙发上,爸爸则摸索着爬到他自己的床上。等早上两人醒来的时候,看起来都会不太高兴,动作也慢吞吞的,但其他方面都跟以往无异。

"他明天早上真的就没事了吗?"塔莉问道,"可能要魔法显灵才能真的没事了。"

妈妈原本紧绷的唇角扯出一丝笑容,"可能没办法一切都称心如意,但至少明天醒了他就会清醒过来,看他醉成这样,晚上也惹不出什么大麻烦。"妈妈看着塔莉和露丝。"姑娘们,你们走到他身边的时候要小心点。"

"那邦妮呢?"露丝问道。

"邦妮知道她爸爸是个什么德行,她自己知道不能离她爸太近的。"

"曼彻斯特太太呢?"露丝又问。

妈妈叹了口气,转过了身,"我以后不会再跟她谈这事了,她觉得自己需要她丈夫。"

"为什么?"露丝问道。

"我还不知道。回去看表演吧,事情已经过去了。"

"你会回来看吗?"露丝问道。

"不了,我已经没有观赏表演的兴致了。"

"继续去看吧,"亨利说,"海滩上的表演更精彩了。"

"好的。"

姑娘们转身,循着卡洛塔在风中飘荡的歌声往回走,露丝故意走得很慢,她希望能听到妈妈和亨利说话的内容。

"他今年更差劲了。"亨利开口。

"不是更差劲,只是这个人现在才把真实的自己展现在我们面前。"

"他好像知道了。"亨利又说道。

塔莉把身子侧向露丝那边,"你觉得这场斗争结束了吗?"

她们又往前走了几步,已经听不见妈妈和亨利的声音了。"今晚暂时结束了。"

"我看到曼彻斯特先生的眼神了,我从爸爸眼里也看到过。这事永远不会结束的。这才是妈妈把我送到这里的原因。"

露丝听说过男人虐待妻儿的事,但她爸爸连对妈妈大声讲话都没有过,更不用说动手了。营业季结束的日子里,爸爸妈妈有时会在泳池边跳舞,妈妈就管爸爸叫"温柔的巨人"。

"在这里你不用担心。"露丝安慰道。

"在我回家之前确实不用担心。"塔莉说。

"你一定要回去吗?"露丝问道,"你可以住在我房间里。"

"妈妈和埃德娜姨妈约好的,我就在这里待一个夏天。"

露丝耸了耸肩,"如果你决定要留下来,说一声就行。在大的事情上爸爸妈妈从来不会拒绝我的。"

塔莉认真地看着露丝,脸上的阴霾逐渐消散开来。"那真是太好了。"

"小事而已啦。家里能有个和我年龄相仿的人真是太棒了。"

卡洛塔坐在屋后的凉台上看海，一只手端着威士忌，另一只手里空空如也，她很想来支烟，但她给自己设置的上限是一天不可以超过四支，今天这个额度已经用光了。她小口喝着杯中的酒，享受着胃里微妙的灼烧感，全身都渐渐放松下来，脑海中响起的旋律是她最喜欢的歌曲——一首关于星星和梦想的歌。

她用食指在酒杯上轻轻敲着节拍，垂下赤着的双脚，拍打着凉台前的沙地。克罗斯比的歌曲《在星星上摇摆》是她最喜欢的歌曲之一，战后几年里，受伤的士兵和他们饱经沧桑的妻子或女友想要重新规划自己的命运，她无数次为他们唱过这首歌。

命运与个人决定息息相关——她从小就明白这个道理。但即使是最细心最警惕的人，也总是会面对意想不到的情况。

她本来希望亨利今晚能再来。他们度过了一个美好的夜晚，亨利肯定也喜欢跟她在一起。美味的禁忌之果，要是能再尝一口就好了。卡洛塔仰头喝光最后一口威士忌。

她最后一场演出两个多小时前就结束了，现在时间已经过了午夜。她猜亨利是不会来了。糟糕透顶的夜晚。

她起身看见有个人影沿着海边移动，娇小柔美的身躯蹒跚而行，波浪拍打在她光着的双脚上，溅到她白裙的褶皱上。肯定是喝醉了。估计是来这里一个人喝酒，喝得酩酊大醉，结果现在麻烦了。

卡洛塔转身走向门边时，那个女人摔在了沙滩上。她低着头，月光倾洒在那头瀑布般垂下的金发上。一个浪头拍过来，把她打到了一边。

卡洛塔等着女人起身。又一个浪头拍过去，女人并没有站起来，反而把身子朝水面侧了过去。

她心中燃起一阵无名火。如果这女人昏倒在那儿，很容易被海浪卷进海里淹死。卡洛塔穿过凉台，接着走出侧门，越过沙丘。高高的沙滩草拂过她的小腿和手臂，凉爽的沙子不断钻到凉鞋里和露出的皮肤上。她跌跌撞撞地走下沙丘，快走了几步之后逐渐稳住了身子。她越来越感到恼火，继续往前走，遍地都是贝壳，踩得凉鞋嘎吱作响。

再走近一些，她已经可以看清女人身上点缀着小红樱桃的白色连衣裙，因为沾了水的缘故，紧紧地贴在皮肤上。

卡洛塔用脚轻轻推了推地上的女人，又一个浪头朝她们打过来，溅起冰冷咸腥的海水。"该起来了。"

女人没吭声，也没有抬头看她。

表演船上的人永远少不了要跟任性的酒鬼打交道，眼前卡洛塔就得解决一个。又一阵海浪打到女人身上，在卡洛塔的脚踝附近短暂地打了个转，把她的皮凉鞋也浸得透湿。

"起来！"这次卡洛塔直接抓住了她的胳膊，用尽全力猛地把她拉了起来。

但那女人还是挣脱开了，抬头透过湿淋淋的发丝盯着卡洛塔。"别管我。"

卡洛塔立刻听出了安·曼彻斯特的声音。她和她的丈夫今晚很早就离开了看演出的地方，不用猜就知道他们喝醉了。

她又用力拉了一次，终于把安·曼彻斯特拽了起来。"如果在海浪里昏倒的话，你会被淹死的。"

"水没那么深。"

"现在只要一茶杯水就够你受了。"船上生活的人多少都会听说几个有人曾在水很浅甚至几乎没有水的地方淹死的故事。

安用手掌撑在沙滩上,接着又把双手握成拳,慢慢直起身站好。她把头发往后拨了拨,舔了舔唇上咸咸的海水,身子还是晃晃悠悠的。"我很好。"

"你不好。"

她又晃了晃身子。"你为什么要在乎我?"

好问题,但没有答案。"跟我走。"

"我们去哪儿?"

"回我那座小屋。你可以坐在凉台上,坐到你头脑清醒为止。"

她还喘着气,胸脯不断起伏,但依旧摇了摇头。"我不需要你的施舍。"

"如果我袖手旁观看着你受伤的话,埃德娜会不高兴的。"

卡洛塔一提到埃德娜,安嘴里就开始咕哝抱怨着什么,步履蹒跚地跟了上去。有一个步子没踏实,安直接把自己绊倒,跪在了地上。卡洛塔骂了几句,禁不住怀疑眼前这女人究竟有没有失智,但还是伸手把人给扶了起来。

安的身体突然抽搐起来,继而猛地甩开卡洛塔的手,弯下腰吐了起来。卡洛塔后退几步腾出一块空间,马上闻到了那股胃酸和杜松子酒混杂在一起的味道。安到最后已经吐得上气不接下气了,跪坐在脚后跟上用手背抹了抹嘴。

"你还能走吗?"卡洛塔问道。

"可以。"

卡洛塔抓住安的手臂,再次把她拽了起来。"很快就能到。"

"你为什么要帮我？"安问她，声音听着很沙哑。

"这是个好问题。"听着安话里的苦涩，她更平静地补充了一句，"我们都有过糟糕的处境。"

"我的处境一点也不糟糕。"可下一秒她的步子刚迈出去，又马上转过身，跌坐在地上，再次开始呕吐。这一场干呕终于结束的时候，安的脸色已经变得惨白，但那双充满血丝的眼睛看着比之前清醒些了。

安没有再说话，起身跟了上去，一路都没再抱怨过什么。她们终于走到了凉台，卡洛塔拿出一件长袍，命令安脱掉衣服换上。安解开裙子的纽扣，脱下衣服，背上和上臂露出了几处瘀伤。脱下的衣服直接掉进了她脚下的池子里，卡洛塔用一件干长袍把她裹上，让她在椅子上坐好，接着递给她一杯水。

"慢慢喝，"卡洛塔的语气听起来像是警告，"埃德娜看到你在她家里生病会不高兴的。"

安喝了一小口，然后把冰凉的玻璃杯摁在了太阳穴上。"对，埃德娜会不高兴的。"

安的大腿上有一块地方抹成了黄色，颜色逐渐褪下去之后显现出一片还有些红肿的蓝色瘀伤。看到这些旧伤卡洛塔并没有感到惊讶。彼得·曼彻斯特本来就不是什么善茬儿，他没喝醉的时候脾气也很大。

"我摔的。"安用长袍盖住大腿，低声解释道。

"我又不是在审判你。"

"你是。"她咽了口唾沫，把额头上湿漉漉的、沾满沙子的刘海拨开。"每个人都要来对我评头论足的。"

也许她确实有点看不起安，这个女人总是一副高高在上的架势。这种嫁给钱，彻底告别过去的女人，她也不是没见过。

但关于安的发现并没有让她感到高兴。卡洛塔是被生活痛击过很多次的人，她做不出落井下石的事。"你丈夫呢？"

"他喝晕了。"安说。

"孩子们呢？"

"在隔壁房间睡觉。"

"然后你就这么走了？"

"我拿了他一瓶杜松子酒，本来是打算全倒进沙子里的，但我一路上边走边喝，可能喝得太多了。"

"你从观众席离开的时候看起来很不开心。"

安抬起头，用布满血丝的双眼看着她，"你看到我们了？"

"我在舞台上把一切都尽收眼底了。"

"这不是他的错。"这话如此自然地脱口而出，仿佛她已经在脑海里排练过了一千遍。

"当然是他的错了。他对你动手啊，难道不是吗？"

她摇摇头。"他以前不是这样的，是战争改变了他。"

"战争改变了很多男人，但起码他们不会变得开始打老婆。"卡洛塔盯着那双与自己无比相似的蓝绿色眼眸。

安闭上了眼睛，"打仗的时候他看到了太多可怕的事了，回来经常做噩梦，只能借酒消愁，忘记那些事情。"

"这不是借口，贝丝·安。"

贝丝·安抬起头，满脸震惊，她听到了自己离开北卡罗来纳州西部之后再也没被人叫过的名字。"不要这样叫我。"

卡洛塔把酒杯举到唇边。"我们在改头换面这件事上都做得很成功啊，不是吗？"

安的肩膀放松了些，微微垂了下去。"这是我们唯一的出路。你很清楚吧，卡罗尔。"

"我们俩都找到了出路。埃德娜也是。现在我们三人齐聚于此，却假装素未谋面。"

贝丝·安把挂着一层雾气的水杯举到唇边，手还在微微颤抖。她小心地抿了一口，确认了一下自己的胃目前状态平稳，然后把杯子放在了靠墙的小桌上。"我们都过得很好，现在比在家里过得好多了。"

那个家是贫穷的代名词，家里人早已扎根在了那片土地上，他们根深蒂固的生活方式早在上个世纪就该彻底改掉。这两个女人从小就听人说她们很容易惹祸上身，不管不成器，有其母必有其子。终于有一天，卡罗尔和贝丝·安证明了那些人的观点，逃出了大山。

"你为什么来这里度假？"卡洛塔说。

"你为什么来这里唱歌？"贝丝·安毫不示弱。

"来看她。"

卡罗尔和贝丝·安在十五岁生日时发现了关于自己身世的真相，两人一起商量着抹去自己的过去，离开阿什维尔。卡罗尔有一副宛如天籁的嗓音，女高音唱得非常漂亮，便报名去了梅西·亚当斯号上的乐队当歌手。贝丝·安是家族史上最漂亮的女孩，当时她离开之后想去见埃德娜。埃德娜是她和卡罗尔的生母，在离开大山之前，埃德娜将自己产下的双胞胎女儿一个托付给了姐姐，一个托付给了母亲。这对双胞胎如白天与黑夜般截然不同，十五年前，两人一起离开了山区，到了伊丽莎白城便各奔东西。

"你为什么每年都回这里来?"卡洛塔问道。

贝丝·安耸了耸肩。"1938年我结婚没多久,彼得就出国了,九个月后邦妮出生了。他离开了很久,后来战争爆发了。我想我需要她。我跟其他几位相识的夫人提出想法,说想在这里度假,她们都欣然同意了。那之后我们就每年都过来。"

"现在他回来了,而且变得大不同以往。"

"不是这样的。"

"你有想过离开他吗?"

贝丝·安摇摇头。"我做不到。他家有钱有权,一定不会让我有机会再见到孩子们,那比杀了我还难受。"

"他知道埃德娜是谁吗?"卡洛塔问道。

"我从没想过这事。埃德娜和我多年来经常通信,一个月前我和彼得搬家的时候,那箱信突然找不到了,我猜是他发现之后拿走了。"

"他有没有说什么?"

贝丝·安凝视着手中的杯子,手腕微微转了转。"没有,但他变了,变得脾气更差了。"

"关于你的过去,你是怎么跟他说的?"

她的唇角勾起一抹笑意。"孤儿,没有家人,父亲是一位传教士。"

"至少最后一点是真的。"

"人们更容易相信那些夹杂着事实的谎言。"

所以两人现在都站在这里,她们成长的过程当中,一直以表亲的身份相处,而今却志同道合地寻求着一些难以言喻的东西。

"太晚了,我该走了。"贝丝·安说道。

"不行,躺在沙发上睡几个钟头,睡醒了脑子才清醒,到时候才有精神去收拾等待你的那堆烂摊子。你也说了,丈夫和孩子都睡着了。我保证接下来不会再跟你谈家人的事了。"

等到早上,贝丝·安会清醒过来,然后为这一刻感到尴尬不已。她会回到她的丈夫身边,回到原来的生活轨迹。也许有一天,她终于会对彼得·曼彻斯特忍无可忍。不过卡洛塔的阅历已经足够丰富了,她知道现在还没到那个时候。安还没准备好。

"埃德娜选的家具很舒服,"卡洛塔帮贝丝·安把枕头抖松放好,"躺下。"

贝丝·安看着已经累到不想再和卡洛塔争了。她趴在枕头上,双膝蜷缩在胸前,在一片柔软中放松下来。

卡洛塔给贝丝·安盖好被子,把她湿淋淋的樱桃裙子、胸罩和内裤都收起来,在厨房的水槽里冲洗干净,然后走到木制平台上,把裙子和内衣挂到了绳子上。

或许彼得·曼彻斯特发完这场脾气,两人又会有一段甜蜜的时间。鲜花,巧克力,花言巧语。这一套是这类夫妇和好的常见模式。

或许贝丝·安会把这一刻看作是再次改变自己命运的机会。又或许不会。

卡洛塔醒来时,太阳才刚从地平线上探出头来,安已经走了,她来过的唯一迹象是沙发上叠好的睡袍,还有毯子旁边那杯喝了一半的水。

卡洛塔把袍子挂起来,看着屋外的大海。通常情况下,她会睡到晌午,但贝丝·安的到来唤醒了她埋藏已久的记忆。

她想相信,自己像贝丝·安一样,永远不会回头看那些在山里长大的日子，但在艰难的日子里，她还是会回忆起那个时候。她会想起尽全力爱护自己的养母，想起贝丝·安，那个每次家人相聚都能看见的姐姐。

她拿起相机，走到海滩上去看沉船。卡洛塔的手指抚过船上被阳光晒干的木头，里面早已被钻进去的海洋生物挖空了。接着她又爬到甲板上，闭起双眼，想象年轻的弗朗茜丝卡乘船回到一个凶残的丈夫身边。

"可怜的弗朗茜丝卡。"

她转身，将木船、大海和初升的太阳一起放入取景框中，拍下了一张照片。

"卡洛塔小姐。"

听到露丝的声音，她想起了这小姑娘之前提出的问题，那个在她心里引起了强烈共鸣的问题。"露丝……你起得真早。"

"我最喜欢早晨的阳光了。"她乌黑的鬈发在脑后扎成了一个马尾，皮肤是漂亮的橄榄色，鼻梁上布满小雀斑，身上穿着一件黄色上衣和一条略长过膝盖的白裙子。

"你的表姐塔莉呢？"

"她要晚点才来呢，因为她在读一本书，从失物招领处那里找的。"

塔莉和卡洛塔共同的亲属当中没有读书人，家里的男人要么下地种田要么进井挖矿，女人则待在家里生儿育女，他们的时间都花在有粮食可吃有房子可住上面了。在那样一个除了《圣经》不看任何读物的家族当中，塔莉必然是一个异类。卡洛塔一直觉得，所有从那个家族出来的孩子，都在这片躁动的海岸上找到了彼此。

卡洛塔从沉船的一侧走下来，在船尾跳了下去。"我可以给你拍张照片吗？"

"为什么?我又没什么特别的。"

"你很特别。"卡洛塔肯定地说。

"我又不是你女儿。"

"你不是,但你对我来说很特别。"她们算是姐妹,算有一个共同的母亲。她们共同的母亲,在成长的过程当中,都对两人的身世缄口不言。

露丝将一缕叛逆的头发塞到耳后,嘴角缓缓勾起一抹笑容。"好的。"

卡洛塔将镜头对准女孩的脸,耐心捕捉太阳在她的鬃发上留下的光晕。"现在让我看见你大大的微笑。"

露丝咧嘴大笑。

卡洛塔一次次地调整好对焦,然后啪的一声按下了快门。"你真是个年轻漂亮的姑娘,露丝。"

露丝不以为意,"希望是吧。"

"不用希望,你现在就很漂亮了。"

"我想长得更像你一点,我想更……"她低头看了看自己依旧平坦的胸脯。

"到时间总会变大的。"

"妈妈也是这么说的,但是这个时间也太长了,我现在看起来还像个小孩子。你的,我是说,你那里是什么时候变大的?"

"我当时发育得过早了,发育过早也不像你以为的那样是什么好福气。不必急着长大。"

"妈妈也是这么说的。"

"埃德娜再清楚不过了。"这句话蕴含了十足的敌意,哪怕卡洛塔很快地扯出一个微笑也无法化解掉。讲道理，她其实很清楚，当年尚年轻的埃德娜带着一对失去父亲的双胞胎婴儿完全没有出路可言。她尽了最大的努力，把孩子交给家人照看，把辛苦赚来的钱尽可能多地随信寄回家里。

只有极少数的时候，卡洛塔才会对埃德娜有几句怨言，她曾经也是从一个小女孩慢慢长大成人的。而现在，她似乎又看到了曾经那个小女孩，正努力走出母亲带来的阴影。

露丝似乎没有注意到卡洛塔的情绪变化，她跳上沉船，踮着脚慢慢沿着船舷走。"你觉得亨利的故事是真的吗？"

卡洛塔清了清嗓子，"你是说关于亡灵的那个故事吗？"

"亡灵和那位夫人的故事，夫人把自己的孩子放到了一个裹着毯子的箱子里。太难过了。"

"他发誓说这是真的。"

"爸爸妈妈说他们从来没有听说过有关弗朗茜丝卡孩子的事情。"

"也许有人家收留了这个孩子，然后决定对这个故事保密。有时候知道真相反而是件麻烦事。"

露丝用手在额前搭了个"凉棚"，像位船长一样凝视着海面。"你会那样做吗？"

"把孩子藏起来吗？如果可以保护到她，我可能也会这么做的。为什么要问这些问题呢？"

"因为亨利的故事让我想起了把我丢在这儿的那位夫人，她就是用一条粉红色的毯子把我裹起来了。我愿意相信她出于弗朗茜丝卡那样的缘由离开了我。"

"她一定是的。"卡洛塔轻声说。

"我猜那位夫人一辈子都把我的存在当作一个秘密保守着。"露丝说。

"也许是吧。"

"我没有什么大秘密，"露丝接着说，"妈妈说那样也好。她说秘密可能会非常沉重。"

很少有人一觉醒来第一件事就是决定今天依旧需要隐瞒真相。贝丝·安早上醒来，看到身上越来越黑的瘀伤，用化妆品轻轻把那块盖住，然后拿了件沙滩夹克遮住手臂。她会这么做，会告诫自己，她不想让孩子们为此难过，让丈夫为此蒙羞，抑或是打破自己对幸福生活的幻想。贝丝·安的秘密不会伤害任何人，除了她自己。

埃德娜会穿上围裙，开始干家务活，仿佛这么做就可以摆脱过去。卡洛塔会推开心中那个在外面长大、没有安全感的小女孩，化上精致的妆容，让台下观众尽数拜倒在自己的石榴裙下。

"埃德娜说得对。秘密是一种负担。"

第二十五章　露丝

1950年6月24日　星期六　下午三点四十五分

那辆黑色的福特皮卡车停到主楼的车棚里时，露丝正在前台登记处那里。她认出了司机，那人是个渔夫，有时会来海滨度假旅店送货。

不过从车里出来的两个年轻人她倒是从没见过。那两人很年轻，二十出头的样子，她猜这两人一定是来度蜜月的。海滨度假旅店有一部分客人是新婚宴尔的小夫妻。他们要是来这儿想找间房住下，估计要大失所望。即使是礼拜六，也没有一个家庭退房。他们过来的时候，应该看得到标牌上亮着"没有空房"，难道是看漏了那个"没"字吗？

那男人又高又瘦，身穿一件清爽的白衬衫，衣领往外翻开，向下拉成一个V形，深色条纹裤子下露出一双锃亮的双色乐福鞋。他头发的颜色像是湿透的沙子，梳着油光水滑的大背头。

一旁的女人则留着咖啡色的短发，打着小卷，耳上有副珍珠耳环，眼前是一副红框的太阳镜，形状像猫眼一样向上斜，上身穿了件亮黄色的衬衫，长度刚刚遮住那对并不高耸的乳房，下身搭了条修身的白裤子。

皮卡车开走的时候，两人向司机挥了挥手，拿起行李箱，走进前门，各自左顾右盼地打量起旅店大堂。

"有什么可以帮到你们的吗？"露丝问道。

"有的，年轻的女士，"男人回她，"我们在找卡洛塔·迪萨尔沃，她是这里的头牌明星。"

"她是在这里唱歌，但我不知道我们旅店有没有这么大的面子请来一位头牌明星。"

"卡洛塔走到哪里都是明星。"男人说。

这一点露丝没有反驳。"你是谁？"

"我是麦克斯·科利尔，这是爱普丽儿·里弗斯，我们和卡洛塔在梅西·亚当斯号上一起表演。"

"船修好了吗，科利尔先生？"露丝希望他的回答是没有。

"叫我麦克斯就好。没有，我们的船还没修好。你能带我们去找卡洛塔吗？"

"这个点的话，卡洛塔应该在沉船边，确保晚上还可以站到上面正常唱歌。你在梅西·亚当斯号上表演什么？"

"我是个魔术师，"麦克斯说，"爱普丽儿是个杂技演员。"

"你变的魔术都是真的吗？"露丝问道。

麦克斯咧嘴一笑，"你看见是真的就是真的。"

"你能带我们去找卡洛塔吗？"爱普丽儿插话问她。

"当然。跟我来。"

几人穿过大厅时，妈妈拦住了他们。"露丝，这两位是客人吗？"

"不是的，妈妈。他们是卡洛塔的朋友。这位是魔术师麦克斯·科利尔，还有这位是杂技演员爱普丽儿·里弗斯。这是我妈妈，埃德娜·惠勒，也是经营这家旅店的人。"

麦克斯把手伸向妈妈,顿了顿,认真看着埃德娜的脸。"很高兴认识您,夫人,您女儿就是带我们去找卡洛塔而已。"

"她在海滩上,几分钟前我刚见过她。"埃德娜看了眼手表。"我跟你们一块儿去。准备晚餐之前,我还有几分钟时间。"

几人跟在埃德娜身后快步从后门出去,绕过游泳池,朝海滩走去。这是一天中最安静清闲的时间,夏日炎炎,客人们都躲进了空调房小憩或者看书。

曼彻斯特先生却是个例外。他坐在泳池边的一张桌子旁,面前摆着杯提神饮料、一个装满了的烟灰缸,手里举着本《时代》杂志。因为曼彻斯特先生戴了副黑墨镜,露丝看不到他的眼睛,但明显感觉到了他的凝视。他似乎一直在监视着她。

昨晚曼彻斯特先生怒气冲冲地离开演出现场,从那之后他一直没跟人来往,曼彻斯特夫人则一整天都待在自己的房里没出来。

海鸥咕咕叫着穿过沙滩,盘旋在沉船附近。

"一艘真正的沉船!"爱普丽儿惊叹。

"这船很有年头了,"露丝说,"只在很大的风暴之后才会出现在这里。"

爱普丽儿哆嗦了一下,"在沉船附近待太久会倒霉的。"

"而且这船上还有亡灵呢。"露丝补充道。

"这未必是个真事,"妈妈提醒露丝,"故事的大部分情节是虚构,很少有事实。"

"那些亡灵都是什么人呀?"麦克斯开口问道。

"几位水手,还有一个女人,她死之后,亡灵一直在找她刚出生不久的孩子。"露丝回答道。

爱普丽儿把手搭到麦克斯胳膊上，"我不喜欢沉船。"

麦克斯咧嘴一笑，"我们住在船上，所以难免对那些下场不好的船有所顾虑。"

一行人到了沉船附近的时候，卡洛塔正在被海水浸湿的船边走来走去，看到两位前来的客人时，她停住了脚步。

"麦克斯，爱普丽儿，"她抱了抱两人，"你们怎么来啦？"

"我们在诺福克栽了跟头，"麦克斯说道，"我俩在一家餐厅表演，后来他们老板不肯给我们工资，梅西·亚当斯号重新开业之前，我们无处可住。"

"我们没有多余的房间了。"妈妈的表情看起来很愉快，但露丝知道微笑的后面是恼怒。

"我那座小屋里还有空房间，"卡洛塔插话道，"或许他们可以跟我住一起吗？晚上表演他们也可以一起去表演，当作食宿费。"

"魔术师和杂技演员能做什么？"埃德娜问道。

麦克斯把手伸到露丝耳后，不知从哪里拿出了一枚金币。爱普丽儿则后退了一步，放下手提箱，翻了几个跟头。

"他们在梅西·亚当斯号上人气很高的，"卡洛塔补充道，"不会惹麻烦的。"

露丝希望妈妈拒绝他们。她不喜欢惊喜，也不愿轻信外人。埃德娜盯着卡洛塔，好像试图看透她脸上愉快的表情。"只要他们和你待着就行，同时我希望他们二位可以像你一样，一晚有两场演出。"

"完全没问题。"麦克斯瞥了一眼正在点头的爱普丽儿说道。

"那我们就这么说好了，"埃德娜说，"卡洛塔可以带你们熟悉一下小屋的环境。"

麦克斯点点头。"谢谢您，惠勒夫人。"

"叫我埃德娜就好，大家都这么叫。"

卡洛塔看着爱普丽儿，她翻了那几个跟头之后脸色看着似乎更苍白了。"埃德娜，你介意这二位在厨房用个简餐吗？"

埃德娜看着这对夫妇，脸上的表情缓和了一些。"当然。还有很多吃的。六点演出才开始，在这之前先填饱肚子休息好吧。"

"非常感谢您。"爱普丽儿说道。

"我带他们去厨房。"露丝开口。

"我带过去吧。"卡洛塔说。

没人对此有意见，所以露丝和妈妈便看着三人走回主楼那里。

"我以前从没见过魔术师。"露丝说。

"我也没有。"

"他们为什么来这里啊？"露丝问道。

"我只知道一件事，卡洛塔会照顾好他们的。"

"为什么这么说？"

"有些人天生更擅长做这事。"

"像你一样。"露丝说。

"可能吧。希望她们真的像看上去那样成熟。"

"她们？'们'指的是谁啊？"

"你肯定会对这个问题的答案大吃一惊的。"

"你们到底为什么来这里了?"几个人进到小屋里之后,卡洛塔终于开口问麦克斯。他们刚刚在厨房里吃了三明治和水果,爱普丽儿的气色好了很多。

爱普丽儿解下围巾,到这里之后第一次肩膀完全放松了下来。"麦克斯在诺福克遇到了麻烦。"

"你这次又干了什么?"卡洛塔问道。

"爱普丽儿把这事说得太过戏剧化了,"麦克斯开口辩解,"我没有。"

"快说吧。"卡洛塔打断了他。

"我玩了一场友好的纸牌游戏。"他说。

卡洛塔摇摇头,"你只要是跟陌生人一起玩,就绝不可能友好得起来。"

"我也是这么说的。"爱普丽儿小声补充道。

"一起玩的其他人以为我作弊了。"麦克斯听上去很生气。

卡洛塔挑了挑眉,"有吗?"

麦克斯耸了耸肩,"按照规定来讲的话,我没有。"

"我猜都不用猜你这究竟是什么意思。"卡洛塔摇摇头。

"他在当地警察局有朋友,叫人把我抓了进去。明明是他自己众目睽睽之下输了,到头来又玩不起。不过我还是用自己的力量逃脱了这个困境。"

"他给警长表演了魔术,"爱普丽儿说,"然后警长被他逗乐了,就说如果麦克斯立刻离开诺福克的话,会装作没看见,放过我们的。"

"我们搭了一辆便车坐到州界线附近,然后换了一趟车,到最后一程又换了一趟,花了将近一整天的时间才到这里。"开车应该只消花两个小时。

"所以你没打架?"卡洛塔问道。

"可能有那么个小架,"麦克斯为自己开解道,"但我没有打警长,一个都没有。"

卡洛塔举起双手,放弃浪费口舌。"我不想在这里遇到任何麻烦,麦克斯。"

麦克斯露出一个轻松的微笑,但又很快消失在脸上。"当然不会。"

"你总是这么说,然而……"在梅西·亚当斯号上的时候,麦克斯通常只选船即将离港的前夜赌博。如果赌局不顺(大部分情况下都是这种结局),他就会在日出前出城。卡洛塔很多次看到他在码头上疾驰而下,仿佛魔鬼紧随其后,在跳板升起前几秒钟跑到了上面。

"我不会在这儿惹麻烦的。"他再次承诺。

他这话当然是认真的。他从来不做不打算遵守的承诺。但麦克斯总能被某些东西勾魂摄魄,届时那些发自内心的承诺就像魔术表演时的纸牌一样,轻易地凭空消失了。

十一点刚过,卡洛塔就完成了第二场演出。正如所预料的那样,麦克斯和爱普丽儿同样很受客人欢迎,他们俩都有令人难以抗拒的魅力。从埃德娜的表情也可以看出,她对自己的选择很是满意。

晚上几场演出,卡洛塔都没有看到贝丝·安的身影,不过倒是看见彼得在台下。他快要喝得烂醉,一看到爱普丽儿穿着戏服在台上出现又马上精神抖擞起来。从经验来看,她知道爱普丽儿必须得跟彼得保持距离才不会有麻烦。尽管很希望亨利在这里维持现场秩序，但她还是选择接受事实——这样的工作总是会落在她身上。

最后一场演出结束，她和麦克斯以及爱普丽儿一块儿在周围逗留了一阵子，跟那些想表达观后感的客人们聊天。一些人很喜欢麦克斯的魔术，而另一些人则想知道这些魔术究竟是怎么做到的。爱普丽儿在沉船上即兴表演的平衡动作、后空翻还有侧手翻让客人们看得目瞪口呆。有几个女人在卡洛塔面前胆子越来越大，她们对歌曲的选择提出了建议，有一两位女士说听到卡洛塔有几个调没唱上去，但其实她们只是在无中生有。

漫长的一天就此结束，麦克斯和爱普丽儿都筋疲力尽，人群散去后便马上回到了卡洛塔的小屋。卡洛塔想留下来感谢一下埃德娜，却看到她还在和露丝、塔莉说话，两个姑娘说完话就回自己的小屋去了。埃德娜收拾折叠椅时，因为太过疲劳而显得面色憔悴，卡洛塔想知道埃德娜是否有过闲下来的时候。也许她也害怕悠闲之中潜伏着魔鬼。

卡洛塔没再过去打扰埃德娜的工作，转身走回了小屋。此时已经过了午夜，昨晚睡眠不足让她现在感到浑身不适。她准备喝上一杯就马上上床睡觉。

她拎着高跟鞋，走出舞台的灯光，走进平房和小屋之间的昏暗地带。路上她感觉后面有人在跟着，于是两次停下脚步回头看，却没有看到任何人。

走到小屋楼梯下时，一个男人从背后的阴影处走了出来。是彼得·曼彻斯特。他的脚踩在沙子里，身子摇摇晃晃，就像是一个船长站在了晃晃荡荡的船上。他喝醉了。

"卡洛塔，"他开口，"我觉得，这名字听起来真假。"

"回你的房间去吧,曼彻斯特先生,"她带了点命令的口吻,"晚上在外面不安全。"

他抬头望向小屋昏暗的日光廊,目光显然是在寻找麦克斯和爱普丽儿。见那边没人,他便又说:"我认得路。这又不是我第一次出门来到这么不安全的户外。"

她想到麦克斯和爱普丽儿正在小屋里睡觉,如果现在大声呼救的话,麦克斯会毫不犹豫地跟曼彻斯特打上一架,根据以往的经验,麦克斯肯定是要被抓进局子的。

曼彻斯特靠得离她更近了,紧紧攥着两个拳头。

她抓住凉台的栏杆。"回你房间,回你太太身边去。"

他又靠近了一步,"我不太明白你跟我太太说的话啊。"

"我不知道你在说什么。"撒谎、装腔作势、装模作样,这些都是她早已熟稔于心的技能。

"你让她离开我。"他听起来头脑还很清醒,也非常危险。然后他又开口道:"她是我的妻子,我的婚姻生活当中发生了什么不关你的事。"

"你的家事自己找上了我的门,又不是我特意去找来的。"

这时候要是亨利出现在这里就好了,但骑士降临的桥段只存在于童话故事中。女孩的路需要靠自己走出来。这就是为什么她包里会一直放着一对铜指节,但那个包放在屋里餐桌上了,铜指节埋在口红、纸巾和硬币的底下。卡洛塔两只手各抓着一只高跟鞋。

曼彻斯特走得更近了,"离她远点。"

"我累了,曼彻斯特先生,我没空接近你太太。给我离开!"

"这又不是你的房子。你比一个擅自占地者好不了多少。假面人。跟我的妻子一样。"

跟他讲道理简直就是白费口舌。但如果她能语气稍微柔和一些，说几句好听的，他可能就会冷静下来，往后退一点，她就有机会跑进去锁上屋门了。

"您说得对，我不过是个流浪者。我很快就会离开，再过几个月您和您太太都不会记得我的名字了。回您太太那里去吧，曼彻斯特先生。"

"我太太？我甚至不知道她究竟是谁。我以为我知道呢，但其实并不。"

他找到贝丝·安说的那些信了吗？"这些去跟您太太谈吧。"她曾经认识的那个贝丝·安已经在想办法解决这个问题了。

"你们俩都是女巫。"他眼中的怒火渐渐消退，转而闪烁起更加不祥的光芒。"你们俩都是变色龙，知道怎么迷惑和诱骗男人。"

他的目光扫过卡洛塔的全身，顺着束在腰间的丝质连衣裙，看向未被遮住的腿部，再看向那些涂成红色的脚趾。

"让我请您喝一杯吧。"卡洛塔说道。

"那再好不过了。"

她正转身准备冲上楼梯，却被一把抓住了头发，拉向那个男人，这一拽痛得她一个踉跄，接着又被用力一推，推倒在了沙滩上。

"我找到了她妈妈写来的信。她曾经向我发誓说这个女人在她还是个小女孩的时候就死了。"

贝丝·安，尽管一直说她永远不会回家，却也一直无法完全离开那个家。"我不知道你在说什么！"

"你是她妹妹。她的双胞胎妹妹。她到底还藏着什么秘密？"

听到那个从没被大声说出来的真相,她愣在了原地。"我不知道。"

彼得狠狠地踢了她一脚,她感觉五脏六腑都要被踢出来了,巨大的疼痛沿着肋骨向脊柱扩散开。她一试图爬开,便被踩在了一只脚下,一试图站起来,背上又狠狠挨了一下。她抬头,看见彼得的脸慢慢逼近自己,脸上写满阴森、愤怒,以及决绝。曼彻斯特想伤害她,她害怕之后会被杀死。

他扑倒在地上,用身体将卡洛塔压在下面,伸出手顺着她的腿摸裙子下摆,摸到她的内裤。他四处乱摸,丝质的衣服被又拉又扯。

卡洛塔右手握住剩下的一只高跟鞋,直截了当地打在他的后脑勺上。

曼彻斯特大号一声,往后缩了一点,继而伸手狠狠地扇了她一巴掌。"婊子!"

她左手抓起一把沙子,朝他脸上扔去,直接打在了他的眼睛上,打得他立即缩了一下。"放开我,你这头猪。"

曼彻斯特刚要抓住她的脚踝,她便顺势将人从身上推开,挣扎着滚到旁边。男人的指甲扎进了她的皮肤里。卡洛塔用力后踢还击,脚后跟踢到了他的鼻子上,很快一股血从他的鼻子里喷出来,让他松了手。她站起身来,跟跟跄跄地朝楼梯走去,走到帘门前把门锁起来,然后再锁上凉台前的法式双开门。关好门窗之后,她从包里掏出铜指节戴在手上,看起来就像富婆戴了一手的钻戒。她的心怦怦直跳,尽管很想逃跑,但还是跑到窗前向外张望了一阵。

彼得·曼彻斯特捂着鼻子,仰面躺在楼梯脚下。血迹在月光下看着是黑色的。他用胳膊肘撑起身子,摇摇晃晃地站起来,抬手把额前蓝黑色的头发拨开。

楼上的灯亮了。楼梯上出现了爱普丽儿瘦削的身躯,这位舞台女郎手里攥着一根棍子当作自己的武器。"卡洛塔,怎么了?"

"曼彻斯特先生正要回旅店了而已。"

爱普丽儿站在卡洛塔身边,目光落到沙滩上的男人身上。曼彻斯特跟跄了一步,伸手摸到了从太阳穴上滴下的血迹。他抬头看着两个女人。他可以冲进屋里,但另一个女人在他可能更容易受伤,其中一个也可能逃出去找外援。他眯起眼睛,一句话也没说,转身沿着海滩朝还亮着灯的旅店走去。

"刚才究竟是怎么回事?"爱普丽儿插话问她。

"没什么,"卡洛塔轻描淡写,"回去睡觉吧。"

爱普丽儿看着她,"你的脸都有瘀青了!"

卡洛塔轻轻拍了拍脸颊。曼彻斯特并不是第一个如此越界的客人。"我会用冰块敷一敷的,早上起来就没事了。"

卡洛塔的胳膊突然被爱普丽儿碰了一下,立马痛得她缩了缩手。"回去睡觉吧。"

"我不,"爱普丽儿说,"进厨房里去吧,至少我能帮你弄个冰袋。"

"不用……"

"不是所有时候都只有你来照顾别人的,跟我来。"

爱普丽儿如平日般温顺的声音背后隐匿着一份让人无法抗拒的力量。卡洛塔还在窗前站了一会儿,确定没有再看到彼得·曼彻斯特的踪迹,便跟到了爱普丽儿身后。

爱普丽儿把厨房的灯打开,这阵突然的光亮刺得卡洛塔赶紧闭上了眼睛。爱普丽儿打开冰箱，拿了金属制的冰盘放到控制杆下把钳裂的冰块装起，接着小心地摊开一条蓝白相间的方格洗碗巾，把冰块倒在中间，然后把方巾包好扭紧，再小心地将冰袋放在卡洛塔的脸上。

"我今晚在演出那里看到了他，"爱普丽儿开口说道，"喝得烂醉。"

"这是他最喜欢的消遣活动。"卡洛塔朝窗户看了看，在玻璃上看到了自己不太清晰的镜像。"你听到了多少？"

"挺多的。"

"不要告诉任何人。"

"我们都有过去。"爱普丽儿说。

卡洛塔抬头看向楼梯。"麦克斯呢？"

"睡了。他吃了颗药，你知道的，吃了药之后怎么吵他都不醒的。"

药是一个来自巴尔的摩的医生给开的，因为麦克斯总是失眠。"他不知道最好了。"

爱普丽儿擦去卡洛塔脸颊上一抹刚渗出的血迹。"下周你打算一直避开曼彻斯特吗？"

"如果非得这么做的话，我会的。我不想埃德娜有任何麻烦。"

"我之前很不解，你为什么非要来这儿做短期演出，现在明白了。"

卡洛塔从爱普丽儿手中拿过冰袋，看了一眼上面的血迹，然后又按回了自己脸上。"我觉得这种节奏变化很不错，我一直很想念陆地上的生活。"

"你什么时候开始想念的？"爱普丽儿倒了杯水递给卡洛塔。

她抿了一口，咽下去的时候尝到了一点血腥味。"她对我很好，我不想给她添麻烦。"

"你没有,是彼得·曼彻斯特添的麻烦,你真的应该去找警长。"

"我会对付曼彻斯特先生的。"她微微笑了笑,很快又被这个动作疼得龇牙咧嘴。"他不会再打扰我了。"

"你要怎么做?"

"我会好生关照他的。"

第二十六章　卡洛塔

1950年6月25日　星期日　上午六点

　　卡洛塔彻夜难安。昨晚大概只睡了三个小时，她醒来的时候感觉四肢僵硬，脑袋嗡嗡地响。

　　她缓缓坐起身，双腿悬在床边缩着身子坐了一会儿，然后走进浴室，凝视着镜子里满身瘀青的自己。右脸颊还有点肿，但如果昨晚没冰敷的话今天情况恐怕会更糟。化妆可以把这些伤痕遮住。她撩起睡衣，愤怒地看着肋骨上紫色的伤痕。混蛋。

　　她把睡袍放下，膝盖以上的部位都遮好，然后走进厨房。这时候她突然发现埃德娜也站在厨房里，刚煮好一壶咖啡，正往两个杯子里倒。

　　卡洛塔想赶紧溜回卧室化个妆，但胸中突然燃起一股无名火，让她停住了离开的脚步。"早上好。"

　　埃德娜拿着咖啡杯转过身来。看到卡洛塔的脸时，她微微愣了一下，接着把咖啡递了过去，然后喝了口自己手上那杯咖啡。两人沉寂无言，一时间谁也没有说话。

　　"你是怎么知道的？"卡洛塔说。

　　"一个小时前，爱普丽儿来餐厅想多找点冰块。我告诉她需要多少就拿多少。"

"然后你就来看她为什么想要冰块吗?"卡洛塔打开冰箱,看到一个装满碎冰的大金属碗。

"我只是想知道在我的旅店里发生了什么。"

"这里没什么可看的,"她说,"你的旅店里不会再有麻烦了。"

"我猜是曼彻斯特先生。他带来的麻烦事一年比一年多,但今年是最糟糕的一次。"

"他找到了一封你写给贝丝·安的信。"

埃德娜的脸色顿时苍白了几分。"是吗?"

"他知道真相。"

埃德娜盯着她,"什么真相?"

"贝丝·安和我,是你的女儿。"

"他还说别的了吗?"

卡洛塔眯起了眼睛看着眼前的女人,"比如?"

"没什么。"

"他是怎么认识贝丝·安的?"

"在度假旅店这里认识的。你知道她在这里工作了一个夏季,当时曼彻斯特来这里度假,爱上了她,或者是爱上了她的美貌,第二年夏天就结婚了。"

"也就是那个时候她跟人说自己是个孤儿。"

"是的。也是我让她这么说的。"

"杰克知道吗?"

"是的。他什么都知道。"她看着卡洛塔青肿的脸颊。"我可以打电话给警长。他欠我个人情,我去举报,他一定不会坐视不理的。"

"你会愿意为我挺身而出吗?"卡洛塔问道。

"是的。"埃德娜说出这句话的时候格外温柔。"我曾经抛下我的女儿们离开,"她接着轻声说道,"我再也不会这样了。"

卡洛塔努力按捺住自己的情绪,不让眼眶被泪水湿润。至少这一次,她感觉肩上的担子一下子轻了很多。"贝丝·安愿意成为曼彻斯特家的人,所以她不会放手的。"

"这是她的选择。"

"我会把这周的表演完成好。"

"我知道客人们,尤其是露丝很喜欢你在这儿。"

卡洛塔更加不想让露丝失望了。"我不会因为一个曼彻斯特就离开的。"

"我知道你不会。"埃德娜把杯子放在柜台上,从口袋里掏出一瓶阿司匹林。"这药能缓解疼痛和肿胀。"

卡洛塔接过瓶子,"谢谢。"

"如果需要去看医生的话就告诉我。我会打电话叫个医生来,他还欠我人情呢。"

"这岛上哪个不欠你人情?"

"没人不欠。"埃德娜走向门口时,停了脚步。"亨利今晚要离开了。他在一艘渔船上找到了工作,薪水很高,不好拒绝掉。他是一个可爱、温柔的人,但他也很有脾气。要是知道彼得·曼彻斯特打了你,他肯定不乐意。"

卡洛塔觉得脸颊有些发烫。她本来不觉得这事有什么,但跟埃德娜在一起就有点尴尬了。"亨利跟我就是朋友。"

"我只是照我感觉到的说出来,几天前有一晚,我看见他从这间小屋走出来,第二天就一直咧着嘴笑个不停。"

知道自己能让亨利心情愉悦也让她感到很高兴。"我一直尽量保持谨慎。"

埃德娜走到门口,手碰到门把手时又停了下来。"你的确谨慎。但因为我睡得不多,所以在这里没有什么能瞒过我的。"

她离开了会想念亨利的。有那么一瞬间,她曾想象过如果自己留在外滩岛,在这里过日子会是什么样的。她现在几乎算是梅西·亚当斯号的一个老板了,所以管理海滨度假旅店这样的地方肯定也不是什么难事。但当她将自己代入这样的生活里时,她发现自己只会越来越焦躁不安,渴望搬到下一个城镇。

"谢谢你,埃德娜。"

埃德娜转过身,露出的侧脸上写满不知名的情绪。"不客气。"

亨利来到小屋时,卡洛塔正在为晚间的表演化妆。令她松了一口气的是,妆容盖住了大部分的瘀青部位,脖子上的围巾也遮住了伤痕。虽不完美,但也过得去了。

听到敲门声时她转过身,看到亨利站在后门那里。她一边整理长袍的系带,一边伸手摸了摸围巾的位置。"亨利。"

"我能进来吗?"

卡洛塔犹豫了,但只是一小下。她很开心看到亨利。"当然可以。"

"我想在我离开前见见你,埃德娜为我在一艘渔船上找了份工作,下周就要开始上班了。薪水很可观，很难拒绝这样的美差。"

她突然感到一阵失落。"我会想念你的。"

当他走近时，视线慢慢落到了她的前臂上，"你这儿有块瘀伤。"

"没什么的。"她赶紧掩饰。

亨利皱着眉头，伸手轻轻摸了摸那块蓝紫色的瘀伤。"发生了什么？"

"我很好。"

他的目光继续在她身上游走，看是否有更多伤痕，接着眼神聚在了颈上的围巾上。他小心翼翼地解开那条柔软的丝巾，慢慢扯了下来。"谁对你做的？"

卡洛塔握住亨利那双长满老茧的手，亲吻他的指尖。那话里的怒火却是异常动人。"我没事的。"

"你有事，卡洛塔。告诉我谁干的！"

"我不想惹麻烦。"

"是曼彻斯特，对吗？我看到他一直在盯着你，而且这人对他太太也很不好。"

"他喝醉了。"

"我不管他喝没喝醉。他有没有用其他方式伤害你？"

她听懂了话外之意，"没有。"

亨利摇摇头。"要是我一直在这里就好了，我应该待在这里的。"

"照顾我并不是你的工作，"她安慰道，"通常有麻烦我是可以预见的，但他这次着实是让我措手不及。"她吻上亨利的嘴唇，"距我演出还有一个小时。我可以想出一些我更愿意做的事情，而不是谈论曼彻斯特。"

亲吻时,她感到亨利的身体因愤怒变得异常僵硬。卡洛塔抚摸着他的胸膛,这副身体她已经足够熟悉,也知道什么是他喜欢的。

他发出了低沉的呻吟。"这不公平。"

"我知道。"

"你要把我逼疯了。"

"那再好不过。"

第二十七章　艾薇

2022年1月25日　星期二　上午八点

艾薇睡不着。她又花了大半夜的时间重新看了遍马修的提案。想法挺好，但风险也大。正如他在高中时常说的那句话：要么做大做强，要么回家刷墙。

她揉了揉眼睛，又倒了一杯咖啡。生意失败会很痛苦，但肯定没有失去视力那么难过。她试图想象达妮之后要面对的那个只有黑暗和阴影的世界。

这时电话响了起来。是达妮。"嘿，都还好吗？"

"是的。你打算什么时候看看露丝的其他画作？我觉得现在就是个好时候。今天天气很好，万物明亮，阳光灿烂。"

艾薇喝了口咖啡，"好啊，你来吧。"

"很好，我已经在你家的车道上了。"

她走到窗边。"你开车来的？"

"我前天怎么来的今天就怎么来的呗，待会儿见。"

挂断电话后，艾薇看着达妮走上小屋的楼梯。她今天穿了条黑色牛仔裤，上身是超大号的白色针织衫，外搭一件皮夹克，脚上是双颜色鲜艳的红靴子,头发扎成一个高马尾。

艾薇开了门,"你怎么做到永远这么光鲜亮丽的?"

"这事对我来说很重要。"达妮反观艾薇:腿上是条褪色的灰色运动裤,上身是件印着"NYC"(纽约市缩写)字样的超大号运动衫,上面沾满油渍。"你有时候也该在这方面努力。"

"我偶尔会收拾收拾自己。"

"收拾得越多越好。"

达妮进房走到莉比和小狗们那里,艾薇在身后关上了门。她从包里拿出一根生牛皮咀嚼棒递给莉比。"伟大的母亲值得好好款待一下。"

莉比衔过咀嚼棒,立即嚼了起来。达妮抱起贝拉选的那只最小的狗崽拍了张照片。"我答应贝拉再拍张照片呢,她今天还准备翘课来看小狗。"

"它们比之前走动得更多了,很快眼睛就都会睁开了。"艾薇补充了一下小狗的情况。

达妮把鼻子贴近小狗的鼻子,"它们马上就能看见一个全新的世界啦。"

对于达妮来说,它们即将看到的那个世界在她眼里却一天比一天黑暗。"你对这一切都很冷静。"

达妮小心地把小狗放回原处,又去摸摸其他小狗。"我其实吓坏了。这些漂亮的妆容、华丽的靴子,都是用来分散注意力的。"

"你打算什么时候告诉道尔顿?"

"很快。我还没完全准备好,他会疯了的。曼彻斯特家不能再疯第二个了。"

"那马修呢?"

她嗅了嗅小狗,抱到脸颊上蹭了蹭,然后放回了莉比身边。"嗯,也指望不上他。你看过他提案中的具体数据了吗?"

"看了。他比十八岁的马修聪明得多,那时候的马修脑子里装的始终是个宏伟的想法,想要我们三个一起工作。现在的他只是单纯地想从我这里获得经济利益。我想我们彼此间的信任只能到此为止了。"

"我们都变得更加谨慎了。"达妮起身环视了一圈客厅,这里现在已经没有杂物了。"你的活儿进展很大呀。"

"我生日是下周,过了三十岁大关我就可以卖掉它了。我想把一切都准备好。"

"道尔顿出价了吗?"

"还没有。"

"他一直很喜欢这个地方。我不是在帮我哥说好话,但如果你卖给他,他肯定不会把这地方铲平,哪怕这里最值钱的是房子下面的地皮。"

"他说过真的很想要这块地。"

"他一直对老房子情有独钟。顺便插一句,隔壁在开发的最后一套房子也已经被他卖掉了。"

"这对他来说再好不过了,压力能小不少吧。现在是跟他坦白的好时机。"

"还不到呢。道尔顿在房子建好卖光之前是不会让自己好好喘口气的。"

"海滨度假旅店没了,露丝很难过,但她其实是最知道怎样做能把利益最大化的。"

"说到露丝，给我看看她的画吧。我要瞎了，但至少不是瞎了一辈子。"

黑色幽默很符合达妮的风格，但还是让艾薇猝不及防。"你可能要过几十年才失明呢。"

"也可能只要一年。"

"真的吗？"

达妮脱下外套放在餐厅椅子靠背上，"生活永远说不定的，艾薇。"

"这话倒是在理。"

艾薇打开了空房间的门。自从上一次看完那几幅画之后，她就尽量避免自己往这间房看。令人感到奇怪的是，房里其他地方都不像露丝笔下的画那样有个性。这也是露丝的作风，她丰富的内心世界只有自己能看见，很少与人分享。

达妮打开灯，"这里太黑了。"

"我把窗帘拉开吧。现在是一天当中房间里光线最充足的时候。"

艾薇在房里走来走去，周围是牛皮纸包着的画作，画架上有一幅尚未完成的画，画的是沉船，露丝上个月画它的时候，肯定没想到，过了一个月，这画竟然还是原模原样地放在这里。她打开百叶窗，让明亮的阳光洒进房里。

达妮眨了眨眼，走到画架前时身体明显放松了下来，轻轻用手抚过梅森瓶里干净的画笔。"露丝第一次抱着贝拉的时候说，这是她见过的除了你和你妈妈之外最漂亮的孩子。她说，我今后的人生不会很轻松，但会非常棒的。我以为她会很生气，但她很善解人意。"

"你的人生，确实如她所说了。"

"而且会持续如此。"她换了张画放上画架。"我的事说得够多了，看画吧。"

她们花了将近半个小时才把画全部从房间里搬出来，沿着客厅的墙壁排成一排，这边有更多的空间把画都展开。画作的尺寸都是标准的20厘米乘以24厘米，当中也有一些8厘米乘以10厘米和一幅36厘米乘以40厘米的。

"我还在窗下的木箱里发现了些素描本。"艾薇之前打开一个箱子的时候，发现里面有好几十本素描本，上面画满了画。"我以前只看到她在废纸上涂涂画画，却从来不知道她有这么好的天赋。"

"你搬到纽约之后她才开始画画的，从那时候起，她就不再满足于曾经那些颜色都没有上的涂鸦了，也没有再用过这样的素描本，所有的空闲时间都用来为她的艺术增添色彩。她像《绿野仙踪》里的桃乐茜，离开堪萨斯州，永久搬到奥兹国去了。"

"她要是告诉我就好了。"

"她还没准备好给你看呢。"

"但她给你看了。"

"画画是我们的共同爱好，和露丝一起画画会让我保持清醒，就像是你和她一起做饭会感觉脚踏实地。"

"她很清楚我们每个人需要什么。"艾薇拿起一幅小画，画中是一位金发女郎，身穿蓝色连衣裙，面朝大海。奇怪的是，明明色彩鲜艳，却传达出一种孤独的感觉。"她说她妈妈总是穿蓝色连衣裙，这件衣服算是她的标志了。"

"你对埃德娜了解多少？"

"不多。我就知道她是1902年在北卡罗来纳州西部出生的,十八岁的时候搬到了这里,先是在一家小旅店找到了工作,不久就遇到了她的真命天子。"

"他们什么时候去世的?"

"杰克1960年去世,埃德娜是1975年去世的。杰克去世之后,露丝和埃德娜两人一起经营旅店。我妈妈在搬到里士满之前都是在这里长大的,五年之后她就带着我又回来了。"

"以前还小的时候你从来没讲起过你妈妈。"达妮说。

"我真的不记得她了。记忆里似乎一直是露丝带着我。"

达妮深深地吸了一口气。"你妈妈知道自己生病了一定很难过。我光是想想自己如果要离开贝拉就感觉心都要碎了。"

"你不会离开的。"

屋外的大海还在咆哮,声音颇有韵律感,一同以往,永不停歇。艾薇仔细看了看画着埃德娜的那幅画。从露丝所说的一切来看,埃德娜一生生活充实。她从来没有想过这样的人也会感到孤独。

达妮挑出一幅画,撕掉包装纸,露出一幅肖像画,用鲜艳的色彩勾画出年幼的艾薇和艾薇妈妈,小艾薇一头鬈发,小脸圆圆的,在灿烂的阳光下咧着嘴笑得很欢。她手里还抓着一把沙子,身旁的妈妈则恣意大笑。

"这肯定是你刚到这里的时候吧。"

"我依稀记得妈妈开车带我来这里。收音机在放一首歌,但她没有注意听,也没有注意看我。"

"她那时候就病了是吗?"达妮问道。

"是的。她一年之后才去世，露丝同时照顾我、我妈妈，还有旅店。不敢想象她是怎么做到的。"

"你从来没有提起过你父亲。"达妮说。

"我连他照片都没见过，当我开始好奇自己父亲的时候，妈妈已经不在了。"

艾薇又挑了一幅画。一撕下包装纸，她就认出了上面那张脸。是卡洛塔·迪萨尔沃。

"表演船上的歌手，"达妮说，"她一定在露丝记忆中印象深刻。"

艾薇将卡洛塔的画放在埃德娜和表演船的画旁边。"莫莉·加德纳说，露丝在梅西·亚当斯号上工作了好几年。"

"真的？"

"我听到的时候挺吃惊的，露丝从来没跟我提起过卡洛塔。"她现在才意识到，在自己那狭小的世界之外，她对露丝知之甚少。

"孩子们并不总是把父母当独立的人来看的。贝拉是这样，我也是这样。我们似乎总以为，自己诞生之后，父母的世界才真正开始。"

她们继续拆画，全部拆完之后看到了很多色彩鲜艳的画作，各色各样的面孔，里面的人有的认得，有的不认得。

"我觉得这女孩是我姨妈邦妮，"达妮说，"在我爷爷去世之前，她和我爸爸夏天都会来这里度假。"

"你爷爷叫彼得·曼彻斯特，对吧？"

"他是淹死的，他是个酒鬼，"达妮说，"听说他是醉倒在海浪里淹死了。"

"家人当时肯定很难过吧。"

"你要是问爸爸的话,他会告诉你他父亲有暴力倾向,但我奶奶安在他死后却把他说成是一个圣人。"

"我想,成为圣人的寡妇应该会容易些吧。她不会是第一个这么篡改历史的人。"

第二十八章　艾薇

2022年1月25日　星期二　下午四点

电话响起时,艾薇看了看来电提示上的号码,她并不认识这是谁,但从区号252可以知道是个本地号码。"你好?"

"我找艾薇。"电话那头的女人听上去年岁已高,声音虽然沙哑,但依旧咬字清楚。

"我就是艾薇·尼尔。"

"我是纽瑟姆夫人。也就是露丝的表姐,塔莉。"

"塔莉。"她试图将照片里那个年轻的女孩与这个苍老的声音尽量联系起来。"非常感谢您给我回电话。"

"抱歉,拖了这么久。我不太喜欢看手机。"

"没关系。"

"关于露丝的事,我很遗憾。我一直以为我会先她一步离世。"

"大家都没想到。"她走到餐桌前,低头看着照片上两个少女微笑的模样。"关于露丝,我有很多事想来问您,可以前来拜访您吗?"

"当然可以。"

"明天怎么样?"

"我一直都在这儿。"

"十点如何？"

"完全没问题。"

那些从未被回答过的问题现在几乎都快要到她的嘴边了。"我这里存下的您的地址是伊丽莎白城的疗养院。"

"没有变。"

"那太好了。明天见。"

"已经迫不及待了。"

刚挂断电话，前门的门铃就响了。当打开门时，她发现道尔顿站在她家门口。他的黑发被风吹得乱蓬蓬的，双手插在口袋里，一条腿点在地上，看上去就像19世纪的守灯人。

她把刘海往后理了理，很快就怀疑他这次来是跟达妮有关。"嘿，怎么了？"

"我看到了你的车，知道你在。可以谈谈小屋的事吗？"

她本能地认为，他会把成本都计算好，然后发现要翻新浴室、厨房和管道的成本实在太高了。她不能怪他。成本肯定是惊人的高。"进来吧。"

他的目光扫过正厅。"天哪。"

"都清理干净了，挂上了露丝的画。"怕万一有人来看房，她一直在着手布置房子。

"我看见了。"他看向一幅画着海洋和沉船的作品。"如果你决定出售其中任何一幅，都请告诉我。不管是哪一幅我都会买下的。"

"我会记住的。"

他伸手从口袋里掏出一张纸条，"这是我对房子的报价。"

她展开纸，瞥了一眼上面用正体写的数字。她之前咨询过几家公司，此时一眼就能看出，这个价钱可以说是相当合理了。"你还是想买吗？"

"当然。"

"我还以为……没事，很好。好的。"

"什么意思？"

"严格来说，在2月2日我生日之前，我还无权处置这座房子。"

"我被列入你的候选名单了吗？"

岂止如此，他把候选名单直接占领了。"是的。"

"如果你觉得放到市面上可以卖到更高的价钱也尽管放手去吧。"

"我不想看到小屋被拆掉，里面的东西都被拿去卖掉，土地也被铲平。"

"我告诉过你，我不会这么做的。"

"我知道的。"她感觉露丝在离她很近的地方，轻轻推了推她的手臂。我将这里留给你，无须代价，无人侵犯，但如果你能拯救它……

她伸出手，"就当我正式接受了你的提议吧。下周我满三十岁的时候就把文件给签了。"

道尔顿伸出长满老茧的手，勾住艾薇的小指。"我会为你的生日把文件准备好的。"

"好极了。"

"你生日我带你出去吃饭怎么样？权当是庆祝一下了，庆祝我们买卖正式成交。"

"听起来很不错。"

"那太好了。"

"哦对了,我明天要去伊丽莎白城见塔莉。她曾经有几个夏天是在旅店工作的,也是露丝的朋友。"

"我明天将在伊丽莎白城检查一批物资。你可以跟着一起,然后我们就能一起去看塔莉了。"

"那得耽误你好几个小时呢,没必要吧。"

"我想见见她,就当是在工作的间隙休息一下。"

"你要是不介意的话……"

"一点也不,我很期待。你想几点出发?"

"大概八点,我十点得到她住的地方。"她已经算好了时间,"不知道莉比和狗宝宝们那么久在家没人照看有没有问题。"

"我可以让我的工头到时候过来看看。他一直在问莉比和小狗的事,你知道吗,原来在你找到莉比之前都是他在喂它。"

"我之前还纳闷呢,为什么莉比看起来不像吃不饱饭的样子。"

"去年他的爱犬刚刚去世,我估计他肯定会想领养一两只小狗。"

"他之前怎么不来?"

他举起双手,"我一直都有叫他过来看的,但牵马到河易,逼马饮水难啊。"

她笑了,"明早见。"

"放心吧。"

她看着道尔顿快步走下台阶,往工地方向去了。回来之后,他就一直在帮自己。艾薇关上门,站在窗边呆呆地看了他一阵。这个男人在工作时总是看起来魅力四射。艾薇感觉脸颊有些发热。

一阵电话铃声将她的思绪从道尔顿身上转移开。来电提示上写着马修两个大字。艾薇哀号了一声。这几天她一直在有意躲着马修。

她耸了耸肩，拿起了电话。"马修。"

"我听说你这段时间一直忙着收拾房子呢。"他的语气听起来很轻快。

"胜利在望了。"

"你这么快就完工啦，真是个女超人啊！"

"不是什么女超人，只是个女人而已。"

他清了清嗓子。"有再考虑一下我那个提议吗？"

她也许不清楚未来究竟要何去何从，但后退必然不是解决之法。"我恐怕还是不行，马修。"

"为什么啊？"他的语气中有惊讶，也有不悦。在马修看来，这点子绝对是行得通的。

"我不知道我接下来要做什么，马修。但我不想再给别人打工了。"话一出口，她就明白这话的确是发自肺腑的。"我们开的店并不属于我。我希望能真正拥有属于自己的东西，不论这个东西究竟是什么。"

"是钱的问题吗？我可以负责全部投资。"

"这不仅仅是钱的问题。"

"这家店是你开的，就是属于你的。"

"我不知道我未来要做什么。"

"相信我，你会拥有一家自己的餐厅的。我比你自己还要了解你。"

这曾经也许是真的。"你并没有。"

"你和十二年前离开时并没有什么不同。当然，现在的你变得更加聪慧机敏、更加见多识广，成了更优秀的大厨，但你依然是那个独立自主的艾薇。"

"你说得好像这是个坏事似的。"

"我曾经是这么想的，但现在不觉得了。尤其是对已身为人父的我来说。"

"有进步。"

"没你想的进步那么大，不过我就当自己可能有吧。咱们改天再谈。"

"我不会改主意的。"

"你想想看，什么样的人才能同时管理好厨房和前厅？对任何人来说这都是个苦差事。如果你加入我，你就可以全心投入厨房当中，剩下的我都会负责的。"

他说得没错。单独经营一家咖啡馆或餐厅是一项很艰巨的任务。一周的工作时长轻轻松松就会破一百小时。如果她出去单干的话，确实会更自由，但要是一直被工作束缚的话，还真的可以过上自由的生活吗？露丝早就证明，这样的选择道阻且长。"我挺好的，不用了。"

电话挂断的那一瞬间，马修笑了起来。

第二十九章　艾薇

2022年1月26日　星期三　上午六点

艾薇一整晚都没有睡好，第二天早上六点就起了床。屋外还很黑，刮着大风，她把莉比带到外面上好厕所，回来喂了些吃的给它，又把小狗的床单也换了。咖啡壶咕噜咕噜响的时候，她冲进了浴室，想到达妮之前告诉自己要好好打扮，又花时间吹干头发化了个妆。穿衣方面，牛仔裤和黑色V领仍然是首选，但看起来还是不赖的。

道尔顿还得有一会儿才能到，于是她穿上外套，拿起咖啡，走到了沉船边上。外面很冷，风也刮个不停，太阳正从地平线上探出头。

变黑的船木周围聚集了越来越多的沙子，她觉得大海可能马上就要把自由·T. 米切尔号重新收入囊中了。她闭上眼睛，细细聆听着海鸥的叫声和海浪拍打在岸上的声音。没有看到猎狼犬的身影，感谢上帝，也没有听见亡灵在此低语。

艾薇的手指在木头上掠过。要看到船消失，她感觉很难过。"为什么我和半个多世纪前的露丝都恰好能亲历沉船的出现呢？"

风把她的夹克掀起，吹乱了她脸上的头发，却没有回答她的问题。沉船再次出现只是巧合，对吧？她等不到问题的回答，转身回到小屋，梳理了一下头发，又喝完了一杯咖啡。

七点五十五分，门铃响了。她快走了三步就到了门前，开门的速度快得惊人。

道尔顿来之前洗过澡，刮了胡子，那头略夹杂些银丝的黑发也有仔细梳理过。微风吹来淡淡的须后水香味，她一看见眼前的人，马上感觉心快要跳到嗓子眼了。

"准备好了吗？"他问道。

"已经在期待我们此行了。"

"我的工头伯特每两个小时会过来看一次。"

艾薇从钥匙圈上扯下一枚钥匙放在门垫下。"不算很安全，但是很有用。"

"大家都会留意这种地方。"

她穿上外套，最后去看了看莉比的情况，然后拿上登记簿，把那几张黑白照片也夹进了里面。她锁上前门，跟着道尔顿下了楼梯，钻进了他卡车的副驾位，一上车就注意到车里刚刚用吸尘器吸过尘了。她嘴角弯了弯。一位男士特意为一位女士把车上清理干净，这说明什么呢？

道尔顿坐到驾驶位，启动了引擎。"我那边最多只需要半个小时，"他说道，"就是确认一下订单。"

她用手摸了摸放在腿上的登记簿。"那太好了。水手呢？"

"跟伯特待在一起。水手年纪大了，不喜欢这种一日游活动了。"他把车倒出车道，沿着滨海公路前进，很快就开到了主路上，然后过桥前往内陆。她凝视着窗外，看着柯里塔克湾的水在莱特纪念桥下不停翻涌。

"我听说你那边的房子都卖完了，"艾薇开口说道。"史上卖得最快的一次。真的很棒。"

"我赶上了市场的好时机,时势造英雄。"

此时的窗外飞过一群海鸥,艾薇点点头,"没错。"

车子经过一家家餐馆、家具店和加油站,然后进到了内陆。"你回来之后还有到内陆去吗?"

"没到过。"谎言脱口而出。她不喜欢对道尔顿隐瞒任何事情,但达妮坚持想用自己的方式跟她哥哥坦白。"你们的业务仅限在外滩岛上吗?"

"是的。我很幸运,那年退伍的时候我爸爸已经把生意做起来了。有经历过几次业务量惨淡的时候,但大多数情况下我们生意都不错。"

"你从没想过住到别的地方去吗?"

"我在服役期间住过很多其他地方。在别处旅行一段时间的确很有意思,但我的血液里流淌着这个地方的基因。那你呢?你回来后感觉如何?"

"感觉这里节奏比纽约慢,但跟以前相比还是更快了。我越来越喜欢这里了。"

他咧嘴一笑,"小心啊,你这话听起来像是可能会留下来的样子。"

达妮和马修想让自己留下时艾薇会感觉很生气,但换成是道尔顿这么暗示自己的时候,她却没有一点不悦的感觉。"我跟马修说我不会和他一起共事的。他给的数据看起来挺好的,但就是没法打动我。"

他弯了弯嘴角,"只要你想找,这里其实还有大把的机会。"

"的确如此。"

"你想清楚接下来要做什么了吗?"

"有点头绪。"

他没有追问，车子开上158号公路时，两人都陷入了沉默，但车内气氛依旧轻松愉快。看到伊丽莎白城的标识牌时，他顺着指示拐向了左边。二十分钟后，车子停在了木材供应公司的停车场。"进来坐坐吧。他们咖啡一直很不错的。"

"我永远无法拒绝一杯好咖啡。"

艾薇跟着走到前门，道尔顿为她开门时，她局促不安地停下了脚步。"谢谢。"

一进屋，迎接他们的就是新磨好的木头的气味、丁零作响的电话铃声和低沉的男音。"咖啡在那边，我马上回来。"

"好的。"

道尔顿穿过房间，跟柜台后面的人握了握手，互相看起来都很尊重彼此。艾薇给自己倒了一杯咖啡，尝了之后发现确实很不错。然后她在陈列室里走了一圈，看看他们不同项目的木材图片。

她一个人待了二十多分钟道尔顿才回来，他回来的时候带着一摞小册子，胳膊下夹着几个文件夹，"是不是从来都不知道木材还分这么多种？"

"也就差不多和盐的种类一样多吧。做什么工作就用什么材料。"

"你应该来搞建筑的。"他开玩笑说。

"我俩的工作都是从原材料入手做东西，不过你们的产品跟我手里的相比寿命可是要长得多。"

他打开门，"但愿如此吧。"

两人一同走向卡车时，艾薇突然笑了起来。她本可以单独去看塔莉的，但有他在身边可能会更好些。追忆过去总是有风险的。

疗养院坐落在一条树木繁茂的小街上。停车场还剩一半左右的空车位，所以车子找了个靠前点的位子停了下来。

下车的时候艾薇还感觉胃有点不太舒服，她把旅店登记簿夹在胳膊下，绕到车前，正好撞上刚想过来的道尔顿。两人进去之后，艾薇向接待员介绍了一下自己，接着他们被指引到一个大客厅里，里边摆满躺椅和桌子，有几个人在打牌或者看报。

艾薇试图想象露丝住在这里会是什么样子，但完全想不出来。

一位护理员推着轮椅向他们走来，轮椅上坐着一个个子娇小的银发女人。女人穿了件粉红色的衬衫，涂了口红，让气色看起来更好。

艾薇走到她身边，"我是艾薇。"

她脸上的笑容与一张很久以前的老照片中的那个年轻女孩一模一样。"我知道你是谁，露丝告诉过我关于你的一切。"

艾薇转向道尔顿介绍道："这是道尔顿·曼彻斯特，皮特的儿子。"塔莉打量了他一番，"你看起来不像是曼彻斯特家的人。"

"皮特·曼彻斯特不是我的亲生父亲，他娶我母亲时收养了我。"

塔莉点点头。"但你的行为举止和他很像。皮特还很小的时候，就会这样直勾勾地看着别人。"

"真的吗？"道尔顿很惊奇。

"这不是件坏事。"塔莉补充道。

艾薇和道尔顿拉开椅子，和塔莉一起坐在桌旁。老人抚了抚上衣的褶皱，将布满青筋的双手放在桌上。

"还好你不像你爷爷。他的眼神总是让我害怕。"她又接着说道。

"爷爷去世时我父亲只有六岁,他也记不太清了。"

"这再好不过了,那位老曼彻斯特先生有时候可不太友好。"

"他去世的那个夏天您也在旅店对吗?"艾薇问道。

"那是我在海滩上度过的第一个夏天。那年我刚满十四岁,然后埃德娜姨妈同意雇用我到旅店工作。"

"埃德娜姨妈?"艾薇问道。

"露丝妈妈和我妈妈乔琳是姐妹。埃德娜是几个姐妹中最大的;往下是她的双胞胎妹妹帕西姨妈,我的妈妈是老三,最小的是贝丝·安姨妈。埃德娜在我出生以前就离家了,那时候她才十七岁。"

"您说埃德娜姨妈同意雇用您?"艾薇问道。

"妈妈当时写信给她,问她旅店里有没有空闲的岗位可以让我去。我们家那时候过得很艰难,妈妈觉得我来海边会过得更好,便做了这个决定。我直到今天都感谢这个决定,它改变了我的一生。"

艾薇从登记簿中拿出了卡洛塔拍的那些照片。"露丝在她卧室床底下藏了个照相机,然后我发现了里面的胶卷底片。照片洗出来效果还这么好,我也很惊喜。"

塔莉从口袋里取出一副粉色眼镜戴上,然后仔细看着照片。她的唇角顿时勾起一抹笑意,思绪仿佛回到了过去。"那真是个很不错的夏天。当时露丝只有十二岁左右,但她在很多方面都表现得远不止十二岁。"她拿起露丝那张照片。"有时候我甚至觉得她比我要更大。"

"您一定知道卡洛塔吧。"令艾薇感到惊奇的是,面前那双年迈的眼睛之中闪烁着青春的光芒。

"当然,我当然记得,"她很快肯定道,"那之后过了几年,她还邀请我和露丝去梅西·亚当斯号上工作,我们就一起去了。"

"您和露丝在梅西·亚当斯号工作过?"

"工作了三年。1960年露丝父亲和丈夫相继去世,她便离开了,但我又在船上多待了两年,也是在那里遇到了我爱人伯尼。"

"埃德娜竟然会同意你们两个去那里。"

"梅西·亚当斯号并不是一个很乱的地方。卡洛塔管得很严,她严格规定年轻姑娘一定要远离男性顾客和男性船员。我们俩都在船上度过了一段美好的时光。我们看见了东海岸的全貌,我在佛罗里达第一次吃到葡萄柚这种东西。"

"您二位在梅西·亚当斯号上做什么工作呢?"

"露丝管厨房的事。她工作很卖力,像在旅店的时候那样,让船员都吃饱饭可是要费大工夫的。我的工作是在售票亭卖票。"

艾薇靠在椅背上,试图想象外婆在旅店以外的地方会过着怎样的生活。"我爷爷是谁啊?"

"巴尔的摩的一个年轻小伙子。卡洛塔一直警告我们不要在码头上谈恋爱,但露丝被他的笑容迷得神魂颠倒。"塔莉佝偻的肩膀向前倾了一点。"后来他们结婚了,但卡罗尔刚出生,孩子爸爸就在一次渔船事故中丧生了。卡洛塔叫她回家去,埃德娜会照顾露丝和孩子,露丝也会照顾埃德娜。"

"埃德娜一定非常信任卡洛塔,"道尔顿说,"我可不确定会不会让自己的外甥女这么小就随便跟谁走。"

"埃德娜和卡洛塔有血缘关系,所以我猜,家人之间彼此信任是自然而然的事情。"塔莉说。

"埃德娜是卡洛塔的姨妈，对吧？"艾薇问道。

"嗯，大家都是这么觉得的。"塔莉沉默了下来，仿佛在权衡接下来要说的话。"但事实是，埃德娜是卡洛塔的亲生母亲。"

"埃德娜还有另外一个女儿？"艾薇很震惊。

"她还有另外两个女儿。卡罗尔和贝丝·安。1920年的时候，埃德娜生下了一对双胞胎女儿。她把其中一个交给帕西姨妈抚养，另一个则交给了詹金斯外婆。"塔莉安静了一会儿，用手指描摹着照片上年轻女孩的面孔。"卡罗尔和贝丝·安十五岁的时候，两人一起离开了小镇。我成长的过程当中，几个姨妈和表亲有时候会悄悄谈论她俩离开的事。卡罗尔——那时我们还不知道她已经叫卡洛塔了，卡罗尔会把钱寄回家给父母，帮衬一下家里。但是没有人收到贝丝·安的消息。"

"1950年的时候卡罗尔和贝丝·安应该是三十岁左右。"艾薇推断。

"差不多，对的。"

道尔顿用手指点了点卡洛塔的照片，还有那张围在泳池边桌旁的夫人们的合影。"卡罗尔变成了卡洛塔，而贝丝·安变成了……"

"安·曼彻斯特。"塔莉接道。

"我父亲的妈妈。"道尔顿也补充了一句。

"没错。"

难怪达妮没法追踪到她奶奶那边的血统。这女人给自己凭空捏造了一个新的身份。

三人沉默了片刻，艾薇又开口问道："这是埃德娜第一次让卡洛塔和安在旅店碰到一起吗？"

"是的，但没有人说起过。"塔莉说，"曼彻斯特夫人在她丈夫身边一直紧张不安战战兢兢的。她肯定是很害怕丈夫会知道自己的过去。"

"她怕被发现自己不是孤儿吗？"道尔顿问道。

"是的。"塔莉回他。

"她的家庭怎么会让她感到这么丢脸？"道尔顿问道。

"家里人都是贫苦的山里人。但他们大多数都是很好的人。"塔莉说。

艾薇觉得他们中的好人还不止"大多数"。难道贫穷真是一种原罪，以至于安觉得自己非得抹去过去吗？

道尔顿似乎对这样的理由很不满，但并没有说什么。"我爷爷是1950年夏天去世的。"

塔莉推了推眼镜，"没错。他是淹死的。他是个酒鬼，喝醉酒跌跌撞撞掉进了海里，每个人都对此深信不疑。"

"每个人都这么说……"道尔顿试探着询问，"那究竟是真的吗？"塔莉抬头看着道尔顿，但没有回答这个问题。

"我父亲皮特是个好人，"他说，"如果能知道他父亲当年究竟发生了什么，我会想要一探究竟的。"

"他在海浪中淹死了。"塔莉轻声重复道。

"这肯定不是真的。"道尔顿说。

"曼彻斯特先生的死是最好的结局，"塔莉说，"他不是什么好人。"

"他做了什么？"艾薇问道，"他伤害了安吗？"

塔莉不停地拨弄着上衣的褶皱，"那个夏天，因为想读书，我总是早起晚睡，所以我看到了很多不该看的东西。"

"您看见什么了?"艾薇问道。

塔莉双手合十,放在腿上。"那是彼得·曼彻斯特去世前一天晚上的事了。他和他妻子一直关系不和。卡洛塔表演的时候,夫妇俩都喝多了。"

艾薇想象着塔莉在把一盘旧磁带往回倒,因为准备再次播放一部她并不想重温的电影而紧张不安。"您一般在哪里看书呢?我喜欢深夜的时候跑到泳池边看,那里很安静。"

"我也喜欢待在泳池边,"塔莉说,"夜晚的大海安静祥和,我可以在躺椅上伸展四肢,借着探照灯的光读书。"

"您看见什么了?"艾薇轻声问她。

"这事已经在我脑海里尘封很久了,"塔莉说,"这一切我甚至连露丝都没有告诉过,这么多年来,我们几乎知道对方的一切。"

道尔顿靠在椅背上,艾薇可以看出他在努力保持耐心。他是一个说一不二的人,说话从来不会拐弯抹角,但考虑到塔莉,他还是忍耐着让故事慢慢展开。

"露丝留给我一座小屋,卡洛塔的相机还有里面的照片都是在小屋里找到的。我觉得她和卡洛塔都希望所有的故事都能被讲述出来。"艾薇说。

"我听说沉船又出现了。"塔莉说。

"是的。"艾薇回答,"您从哪儿听说的?"

"我有些朋友的家人住那边,所以消息就不胫而走了。"

"那您一定也听说它能招来亡灵,"艾薇说,"说出您所知道的,让他们九泉之下得以安息吧。"

塔莉深深地吸了一口气,"曼彻斯特夫人当时跑出她的房间,奔向泳池边上的木制平台那里。当时我正坐在池边一张躺椅上看书。我把身子尽量蜷缩成一个球,让他们尽可能看不见我。曼彻斯特先生拽住他妻子的胳膊,直接打在了她的脸上,说是搬新家的时候在箱子里发现了一些信,所以知道了她的秘密。"

艾薇瞥了一眼一脸好奇的道尔顿。"什么秘密?"

"这个秘密我守了很久了,"塔莉回道,"本来应该要告诉露丝的,但我没有说。"

"没人说这事不能讲出来。"艾薇说。

塔莉摇摇头,"我本来应该告诉露丝的,但埃德娜姨妈求我不要说。"

将真相的外壳一层层剥离并不像看起来那么容易,它们有的被粘在上面撕不下来,有的被撕得七零八落,最终呈现出来的不是一个整齐、均匀的图层,而是支离破碎的碎片。

"埃德娜曾经跟着她妈妈学习接生,虽然没能把东西全学完,但十七岁的时候,她就已经很清楚要如何接生了。"

"露丝出生在海滨度假旅店的房子里。"艾薇曾经一直以为埃德娜是露丝的生母,但现在她知道外婆是被收养的孩子。

"是的。"

"您的意思是露丝是埃德娜接生出来的?"艾薇问道。

"是的。"

艾薇用手指一个个滑过旧登记簿上的名字。

"1938年1月的外滩岛跟月球一样荒凉,"道尔顿说,"是女人秘密诞下孩子的好地方。"

"我也是后来才知道,大多数在冬天带着孩子来到埃德娜那里的女人,都是没有丈夫的。在那个年代,很多人自己都吃不上饭。那些年里,埃德娜肯定帮了有十几个婴儿找到了家。"

"这些不算合法的收养吧?"艾薇问道。

"也许有些是,有些不是。她做的事从来没有违背任何一个孩子妈妈的意愿。但就像我说的,那是个很困难的年代,人们做出的选择也同样困难。埃德娜的名字在很多圈子里都是被窃窃私语的对象。"

"这跟安和她丈夫吵架有什么关系?"道尔顿问道。

"曼彻斯特先生发现的那封信是埃德娜写给安的,信里埃德娜警告安不要跟露丝说她俩的关系。"

"等一下,"道尔顿插道,"您是说,安是露丝的生母?"

"曼彻斯特先生那天晚上是这么说的,安一直哭着否认,但她丈夫不听,狠狠地打了她。后来她把曼彻斯特推开才得以脱身,朝海滩跑去了。我很担心,所以我跟着她过去了。那天晚上她在卡洛塔小姐那里过的夜。"

艾薇浏览了登记簿上1938年1月的入住名单,手指停在了"B. A. 詹金斯"这个名字上。贝丝·安·詹金斯。"你是说贝丝·安从来没跟家里人联系过,但因为露丝,她一直跟埃德娜保持联系。"

"没错。"塔莉说。

"她在战争期间和战后有段时间都会去你们旅店度假,"道尔顿说,"去见露丝。"

"我猜她只想知道露丝过得怎么样,"艾薇靠在椅背上,"我还以为卡洛塔是露丝的生母。"

"我一开始也是这么想的，露丝也这么想。想想歌手在表演船上的生活，卡洛塔怀孕好像也不稀奇。但怀孕的是安。"

"彼得·曼彻斯特发现了这一切？"道尔顿很惊奇。

"对，而且他很生气。我猜他可能对安、卡洛塔，甚至是露丝都起了杀心。"

"但他在海浪中被淹死了？"艾薇小心地试探道。

"不完全是。"塔莉说。

第三十章 埃德娜

1950年6月26日　星期一　午夜一点

贝丝·安和卡罗尔来旅店之后，埃德娜很少有超过三小时的睡眠。她从来没有打算让两人同时待在这里。事实上，她是从没想过会再见到卡罗尔。但当卡罗尔写信来说夏天想在这里工作的时候，她还是忍不住答应了，即使卡罗尔表演的两个礼拜里贝丝·安也刚好在这里。

卡罗尔来了以后，除了必要时，她们没有拥抱过，也没有真正说过很多话，但她来到自己身边之后，哪怕只是很短的一段时间，就已经完全能让自己放下心来了。

而另一边贝丝·安的情况却一直令人忧心。从这对双胞胎出生的第一天起，贝丝·安就是两个女孩中更漂亮的那个。但她看着骨瘦如柴，娇弱不堪，而且出生的头三天，一把她和孪生妹妹放在一起，这孩子就要哭个不停。

十三年前贝丝·安出现在家门口说要在这边找暑期工的时候，埃德娜一时间既紧张又兴奋。她告诉丈夫这个女孩是谁，杰克建议留下她做暑期工。"你应该了解了解她，"晚上躺在床上，杰克在埃德娜耳边轻轻说道。"你跟她谈过你的事吗？"

"我不知道该怎么说。"她轻声答道。

那时她的贝丝·安已经变成了安,这个年轻的姑娘似乎很高兴能做服务员的工作。她喜欢阳光、海滩,还有源源不断进出旅店的新面孔。

亨利那时赶上海军休假,开车从诺福克回来,那段时间一直跟安搭讪,安也笑着回应他的所有恭维话。两人经常聊天,但埃德娜从没看到任何让她担心的事发生。

1937年6月上旬,彼得·曼彻斯特和他的家人来了旅店,一起过来度假。埃德娜听到安告诉彼得自己是个孤儿,然后眼睁睁看着两人越走越近,很是担忧。他和家人离开旅店的时候,和安承诺会写信保持联系。

那个夏天结束后,她的女儿去伊丽莎白城找了一份打字员的工作。她们通了一两次信,但都没有谈到两人的关系或那个即将出生的孩子。临近新年的时候,安再次出现在自己面前,脱下外套,解开腰带,露出了圆润的腹部。

那时埃德娜和杰克已经结婚十五年了。他们一直没有孩子,但拥有彼此,度假旅店在某种程度上就是他们的宝贝。尽管如此,每次看到怀孕的女人她还是会忍不住有点嫉妒。她在这里帮六位妇女接生过,她们没有能力抚养自己的孩子,但总是有家庭准备好领养那些刚出生的婴儿。而且在她看来,先前她已经抛弃了上帝赐予自己的两个孩子,所以她觉得自己无权再有孩子了。

安的分娩过程很轻松。这样一个瘦弱娇小的女人,把那个不停哭闹的小女孩推到了这个世界上来的时候,轻松得像是什么都没诞下。埃德娜接生过程就只做了一件事,就是抱起婴儿,用条粉色的毯子把她裹了起来。

天哪,但她真的好爱这个小女孩。她感觉心中的所有伤口都被怀中的婴儿治愈了,她第一次感到自己是个完整的女人。杰克也非常喜欢这个小宝宝。他们温声细语地哄着孩子,被她的一举一动牵动心弦,对她乌黑的鬈发感到新奇,连她接过奶瓶时握紧双手的姿势也会引得两人大笑不已。

贝丝·安不抱着孩子,甚至看都不看她一眼,她告诉埃德娜自己要一个人回到伊丽莎白城,不会带上孩子,埃德娜没有试图阻止她。直到今天埃德娜都在想,如果当时她说服安,不论走到天涯海角都带上孩子好好抚养,她是否会有不一样的生活。

但她让安就那么走了,再也没有回头。安留下了那个爱哭、精神头十足的小婴儿,后来就以杰克妈妈的名字露丝为名。

现在她坐在自家的木制平台上啜饮着一杯威士忌,看着彼得·曼彻斯特摇摇晃晃地向海滩走去。想起贝丝·安时,心中翻腾着作为一名母亲的忧虑和懊悔。

贝丝·安今天一直没出房门。前几天晚上跟这对夫妇说完话之后,她很快就猜到,贝丝·安肯定把自己身上的瘀伤都遮起来了。

埃德娜站起来跟着彼得·曼彻斯特,她这时候还没什么打算。也许会跟他谈谈;也许会求他保守秘密;也许会用警长威胁他。

彼得跟跟跄跄往海浪翻起的地方走,把自己绊倒在了地上。一个浪头从潮湿的沙滩上扑来,从侧面打在了他的身上,打得他直接倒在地上,接着又勉强起身维持了一个跪姿。他的白衬衫紧贴着赤裸的胸膛,原本油光水滑的发丝在头上拧作一团。

"该死。"他大喊。

埃德娜脱下鞋子放在沙滩上。她穿着最喜欢的那条蓝色连衣裙,并不想要海水把裙子浇得透湿。但是该做的就必须得做。

趾间掠过冰凉的海水，让她在往彼得那里走时不由得打了个寒战。他试图站起来，但又很快失去了平衡，脸朝前跌倒在沙子里，闷闷地咳嗽了几声。

"彼得。"她想让他听到自己的声音，看到自己的脸。

他努力抬起头，眯缝着满是血丝的眼睛看着她，"埃德娜。"

"出什么事了吗？"

"要说有的话，就是我老婆他妈的是个臭婊子，而你，养大了她生的杂种。"

埃德娜怒火中烧，一时说不出话来。每年给安写信是个很蠢的行为，但她想让她的女儿知道露丝过得很好。

埃德娜盯着彼得，看他挣扎着想要站起来。"这就是你打贝丝·安的原因？"

"谁？"

"贝丝·安，我的姑娘。"

"你的姑娘？你在说什么？"

她把真相埋藏得太深了，此刻并不确定自己能不能大声说出来。但当她最终开口的时候，这些话轻易便脱口而出，一直压在胸口的压力马上感觉减轻不少。"安是我的孩子。"

他笑了。"你的？真是荒谬。"

"她是我的亲骨肉。"

他把手后掌摁在额头上。"她对自己的过去也撒谎了，我为什么还感到惊讶呢。她不是一直都在撒谎嘛。"他冷笑一声。"你肯定得为自己感到骄傲啊，你生下的杂种也生了个杂种。"

埃德娜后退了一步,看着另一个更大的浪头卷向海岸,狠狠地打在他身上。他脸朝下扑倒在沙子上。

"帮我站起来!"他说话含糊不清,埃德娜想知道他还有几分清醒。

"好呀,彼得。"又一阵海浪袭来,直接拍到他脸上,也溅湿了埃德娜的裙子。

彼得试图用手肘撑着挪动的时候,埃德娜走近了他身旁。海水不停蹿上来,她打了个趔趄才保持平衡。她看着彼得吐出一口水,冰凉的海水仿佛在滚烫的皮肤上开始咝咝作响。

她伸出双手,没有去抓住男人的手臂,而是抓着他的后脑勺推了推。彼得挣扎着试图挣脱开,但埃德娜把他的头往自己这边带,将那张脸直接摁进了沙子里。更多的海水冲到了他们身上,但埃德娜现在没空在意这个,身上每一寸肌肉都蔓延着紧张的情绪。彼得试图抬起头,但她抓住他的头发继续摁在地上。随着时间的流逝,手下那个男人的挣扎也逐渐减弱。

埃德娜不知道这个让他的嘴鼻贴在沙子上的姿势保持了多长时间。再抬头时,她看到塔莉睁大眼睛盯着自己,她松开了那个头,感觉那具身体上的肌肉已经没有动静了。彼得的身体现在一动不动,胸膛也没有了起伏。

埃德娜后退了一步,面对着塔莉。对这个女孩说什么呢?要怎么解释这个呢?

塔莉站在原地没有动。"我一个字都不会说出去的。"

"塔莉……"

"他是个坏人,埃德娜姨妈。我一个字都不会说的。一家人永远团结在一起。"

她不知道这个女孩能否担得起如此沉重的承诺。如果塔莉去找警长,她的世界就要彻底改变了。杰克和露丝的生活也会改变。

"你确定可以吗?"埃德娜问道。

"我确定,"塔莉语气中透出坚定,"为了露丝,我一定做到。"

两人没再说话,转身走回了小屋。

第三十一章 艾薇

2022年1月26日　星期三　下午一点

艾薇和道尔顿在海滩和旁道交会处的一家小餐馆停车下去吃午饭。太阳仍然高悬在空，天气很暖和，于是他们便挑了外面的野餐桌。女服务员给他们递上菜单。道尔顿很快就点好了，艾薇实在不知道该选什么，便直接告诉那位年轻的女服务员要一份跟道尔顿一样的。

很快就上了一份苏打水和一篮子墨西哥炸玉米片。"你觉得露丝知道旅店登记簿有什么样的价值吗？"道尔顿问道。

"她肯定知道，这是她唯一留下的一本登记簿。"

"她有没有和你谈过这件事？"

"没有，从来没有。"

"但她也没有对你特意隐瞒，"他说，"她把登记簿放在外面让你找到。"

等餐的时候，艾薇的手机响了，她看了一眼来电号码，"纽约区号。如果是很重要的事他们会留言的。"

"又有一个工作机会吗？"道尔顿问道。

"可能是温琴佐餐厅的供应商来找我讨债了。"

女服务员又拿了份苏打水、餐巾纸和银质餐具过来。

"也许露丝想让我知道一个她不知道要怎么跟我讲清楚的真相。露丝是个寡言少语的人。"她喝了一小口苏打水。"她也向来不善于处理感情的事,总是以行动代替言辞。"

"像埃德娜那样吗?"

她摇摇头。"你觉得埃德娜是个什么样的人?如果塔莉说的是真的,埃德娜就是杀害你爷爷的凶手。"

他的手顺着杯壁上渗出的冷凝水向下摸了摸。"我对那个男人没有任何感情,至于我父亲,他一直不喜欢谈起这个人。"

汉堡上来了,她咬了一小口。很不错,真的很好吃,但如果她做的话可能会多加点盐和胡椒粉。

"你会用不一样的方式做这个吧。"道尔顿说道。

"会的。"

"你还是可以接受马修的提议。"

"你想说服我和他成为合作伙伴吗?"

"不是,当然不是。"他的笑声深沉而沙哑。很性感。暧昧的空气似乎不断在升温,炸出了小火花。两个人安静地吃了几分钟。

"如果塔莉说的是真的,那就意味着你我是亲戚了。"她突然意识到。

"爸爸不是我的亲生父亲。"他说,好像他需要特别说明这一点。

"但我们的家庭血脉相连。"

"你和达妮都有安的血统。"他说。

也就是说他们几个都算是二代的表亲,或者说至少是旁系亲属。道尔顿算是姻亲,达妮则是血亲。

"你考虑过和达妮一块儿做生意吗?"他突然问道。"她是个十足的女商人。"

"我知道。但她手上的事情太多了。"她想知道,在达妮的视力每况愈下的时候,要如何处理为人母的职责,画廊和装潢设计生意又该怎么办。"血缘新发现,达妮肯定会觉得很有意思。她之前说可以查到你妈妈那边的血统,但你爸爸那边到安线索就断了。"

他把餐巾揉成一团,推开盘子。"达妮为什么开始关注起遗传学了?"

她的脸顿时窘得通红。"大家不都会关注吗?"

"并不。所以达妮为什么关注?"

"我不知道。"

"你知道。你脸上的表情说你知道。"

"什么表情?"

"手伸进饼干罐被当场抓住的时候那种表情。"

艾薇摸了摸脸颊,"晒太阳的时间太长了。"

"真有你们的。"他叹了口气。"我们今天还是不能把一些秘密说出来吗?"

她面对道尔顿、达妮,还有自己的家人都会感到不知所措。"是这样,如果你有什么想问的,就直接去找你妹妹,直接去问她。"

"我已经尝试过,用最直接最诚实的方法跟达妮沟通,但她还跟五岁的时候一样谨慎。"

"我不能插在你们两个之间,但我还是建议你和她好好谈谈。"

他的表情逐渐凝重,愈加严肃起来。"我马上就送你回去,然后过去看她。或者你想跟我一起来,还是说继续当我跟她中间的和事佬?"

达妮想要艾薇保守秘密,她也已经答应了。但如果她和道尔顿一起出现,达妮会觉得寡不敌众,甚至会觉得被自己背叛。"她会好好跟你谈的。"

"我需要她对我诚实。"

"我同意,但这是你的家事。"

"严格来讲,艾薇表亲,你现在也是这个家庭的一员了,"他义正词严,"跟我一起来吧。不管到时候情况怎么样,她都会生我俩的气,还不如一起去共患难。"

二十分钟后,艾薇和道尔顿来到了达妮的家门前。公共汽车刚刚到站,贝拉和达妮正走到前面的人行道上。贝拉一直在说话,一旁的达妮帮女儿背着书包。

道尔顿停车下来时,贝拉的脸上马上露出了灿烂的笑容。贝拉跑向道尔顿时,达妮则露出了更加狐疑的神色。"道尔顿!你怎么来啦?"

"你为什么不在学校呢,小家伙?"

"就半天课!"

他把贝拉举起来紧紧地抱着。"艾薇和我一起吃了个午饭,路过这儿我想着过来看看。"

"你给我带来了什么吗?"贝拉又问道。

道尔顿笑了起来,"我什么都没带,但我听说你马上要有一只小狗啦?"

"是的!我要叫它露露!"

"不是叫星星吗?"艾薇问道。

"那是过去的名字了。"贝拉说。

"我这儿又多了点小狗的照片,"艾薇说,"想看看露露吗?"

"想!"艾薇拿出手机,开始播放视频,贝拉靠过来看。视频里的小狗汪汪叫着,走路还是摇摇晃晃的。

"它的眼睛还没有完全睁开啊。"贝拉说道。

"还没有呢,不过它正试着站起来,"艾薇说,"还试着汪汪叫。露露看着还挺霸道的呢。"

达妮也看着视频,但脸上的警惕丝毫没有缓和。"它必须霸道点才能跟上我们呢。"

"我们什么时候可以带它回家呀?"贝拉又问道。

"大概等它六周大的时候。"艾薇回答说。

"那其他的小狗呢?"贝拉又问道。

"我会为它们找到家的,"艾薇安慰道,"不用担心。"

"也许它们到时候住得很近,又可以和露露一起玩了。"贝拉说。

"有可能,"达妮表示肯定,"要不要进去吃些点心?我给你做了三明治。"

贝拉点了视频重播,又看了一遍小狗,这才跑进了房里。

大门关上,达妮开口:"不是我不喜欢看小狗的新照片,你们过来究竟是为什么?"

"我去伊丽莎白城看塔莉。道尔顿正巧去木材厂,就一起来了。"

"那可真是太巧了。"达妮看着她哥哥说。

"塔莉知道的比我们想象中的还多。"道尔顿的话下意义深重。

"是吗?"达妮问道。

艾薇转述了他们从塔莉那里了解到的关于安、彼得和露丝的信息。

达妮听了,全都听完之后,摇了摇头。"露丝总是说我们是一家人。我以为她就是这么打个比方。"

"但的确如此。"艾薇说着,她明显感到身边的道尔顿越来越不耐烦了。

他终于清了清嗓子,"你到底怎么了,达妮?"

艾薇摇了摇头。这冒冒失失的脾性。道尔顿就像一头牛,闯进了满是玻璃的房间。

"我不知道你在说什么,道尔顿,"达妮回他,"到底是怎么回事?"

艾薇能感觉到达妮的目光,但没有说话。

"别看艾薇,"道尔顿又说,"她什么也没说,然而你自己倒是说了很多。"

"什么意思?"达妮双臂交叉在胸前。

艾薇这时候希望她今天是开了车来的。这两个人完全可以直接进行这场谈话,根本不需要什么观众,尤其是一位刚刚相认的表亲。

"你到底怎么了,达妮?"道尔顿的语气柔和下来,"我想帮你。"

"如果我不需要你帮呢?"达妮挑衅道。

他咕哝着骂了句什么,"我们年纪够大了,不适合再玩猜谜的游戏了。"

达妮叹了口气,用无名指敲了敲二头肌那块。"艾薇。"

艾薇举起双手,鉴于她今天所了解到的一切,她不再想要帮对方保守秘密了。"你要和你哥哥谈谈。他得知道那件事。"

"妈的,"达妮低声骂了句,"你终于逮到机会报复了吧。"

"什么?"艾薇一脸茫然。

"报复马修的事,报复我拿走本不属于我的东西。"达妮解释。

艾薇后退了一步,摇摇头。"我要去外面散散步,"她说,"路边有一家咖啡店。我去那里。"

"开我的卡车回家吧,"道尔顿皱着眉头,"达妮和我会好好聊一聊,然后我再回你那儿去把车开走。"

"那你怎么回去?"艾薇问道。

"我可以打电话给很多人帮忙。"

"好的。"艾薇说。

道尔顿把钥匙圈丢在她手里。"谢谢。"

"你真应该留下来,"达妮说,"这事儿可是你挑起的,表亲。"

"并不是我挑起的,"艾薇咬牙切齿,"但你确实该说了。"

道尔顿带着艾薇走向卡车。"二挡有点卡,但运转起来还是挺好的。"

"我以前一直开旅店的卡车,那块废铁我都能开得动,这辆应该也不在话下。"

"很抱歉把你夹在中间。"

"没这回事,没关系的。你现在和她谈再好不过了。再过六个礼拜我就走了,她需要你。"

道尔顿帮艾薇打开车门,等她坐到方向盘后面系好安全带之后,又帮忙关上了车门。

她打了个倒挡把车退到马路上。一挡很好打上去,二挡就稍微有点麻烦了,但走了还没到一英里,她就把这辆卡车摸熟了。

把车开进车道时,已经三点多了,她尽量不去想莉比可能会折腾出什么样的烂摊子。走到前门时,她看见门缝上夹了一张纸条:

> 如果那只小棕狗尚无人认领的话,我想来带走它。我姐姐可能想要领养另一只。明天会前来与您详谈。
>
> 伯特(道尔顿的工头)

她把纸条拽出来,打开了前门。她答应莉比要让每一只小狗都能有人照顾。然后她会把房子卖给道尔顿,和莉比找到新的生活。一切都在有条不紊地进行。

走到厨房的桌子旁放下登记簿时,莉比摇着尾巴跑向她。"嘿,姑娘。"

莉比舔了舔她的手便走了,走的时候奶头在肚子下面摇摇晃晃。她走向装着食物和水的碗,两个碗看上去都像是不久前刚装满。伯特,真是个好表率。

她的手指掠过登记簿已经磨损的织物封面,突然想到了露丝。埃德娜有没有告诉露丝她身世的真相呢?又或许她在梅西·亚当斯号上的那些年里卡洛塔曾经告诉过她了?露丝知道埃德娜为保护她、安和卡洛塔做了什么吗?

"那么,谁是露丝的爸爸呢,安?"艾薇问道,"我知道你听得到。"房间里一片寂静。"你不用告诉我,我总会查出来的。我还从没遇到过我害怕问出的问题呢。"

第三十二章　艾薇

2022年1月26日　星期三　下午五点

"路易吉，"艾薇对着电话那头说道，"抱歉，我没接到你的电话。"

"艾薇·尼尔。"对面的人说道。她能听到路易吉餐厅的厨房里鼓风机的嗡嗡声和厨具碰撞的声音，为了今晚的晚餐服务，厨房必然是热火朝天，全速运转。

"我看到了最近报道你们店的杂志文章。太棒了。"

"受宠若惊啊。"嘴上虽这么说着，路易吉的语气当中依旧有难掩的骄傲。

"打电话来有什么可以帮到你的吗？"她走到凉台上，凝视着暗下去的太阳，望向即将被风沙带走的沉船。

"我听说你离开温琴佐餐厅了。吉诺真是个傻子，竟然让你走了。"

她没有理会这一评论。"你肯定不会在晚饭高峰期的时候打电话跟我聊餐厅八卦的吧。"

对面嘈杂的背景音少了很多，她想象路易吉溜进了旁边一间办公室。"来为我工作。"他说。

"你?"

"你来了就是我的副主厨,如果一切顺利的话,一年后你就会成为这里的主厨。"

"你要去哪里?"

"开第二家分店。"

"恭喜。"

"我只想听你说个好字。"他说。

微风轻抚着她的脸颊。"把详细信息发邮件给我。"艾薇最终回道。

"我马上就发。"

"我没有在做任何承诺。"

"但你有在听我说的话,这就足够了。"

挂断电话后,她试图重新想象自己在纽约的生活。卖了小屋之后,她可以租下一个更好的公寓,通勤更近,也不用担心还不完的每月账单。这将是一份不同的,并且更好的体验。

门铃响了,她关上凉台门,朝前门走去。道尔顿站在前廊上,脸上的皱纹前所未有的深。"进来坐坐吗?"

"好。"

道尔顿经过艾薇身旁走进屋里,莉比上前来迎接。他拍拍莉比的头,然后坐在了厨房柜台前。"对于达妮说的那些话,我替她道个歉。"

"我要是说一点不觉得受伤,那肯定是骗你的。"

"我知道。达妮固执得要命,给她逼到墙角的时候才会稍微松下口。"

艾薇把双臂交叉在胸前。"她告诉你了吗?"

"告诉了，她的视力正在衰退的事。谢谢你开车送她去诺福克。我才应该是做这件事的人。"

"举手之劳。"她拿起咖啡壶准备去冲一壶。"接下来她要去哪里？"

"她哪儿也不去，就待在家里。过她的生活，等到视力减退到没法开车的时候，她就会想出其他办法的。"

"她一定是吓坏了。"

"是的。她越自作镇定，越态度坚决，就越表示她害怕。她怀着贝拉的时候就是这样的，每天都打扮得漂漂亮亮，脸上总是挂着笑容，从没有退缩的时候。你是不知道她多少次莫名其妙就冲我发火了。"

"下一步怎么做？"艾薇问道。

"一步一步走吧，就像妈妈去世、达妮怀孕的时候一样。生活总会继续的。"

"你们告诉你爸爸了吗？"

"她说会说的，答应了我明早去和他谈谈。她现在不喜欢晚上开车了。"

"这是好事。"

"难怪她去年坚持要在她家举办圣诞晚宴，我每次邀她吃晚饭也都被拒绝。"

她倒了一杯咖啡，放在道尔顿面前。"如果有人能撑过去，那一定会是达妮。"

他伸手拿起咖啡。"帮我一个忙，不要让她说的话妨碍你们的友谊好吗？她会先想到你，这已经说明了一些东西。"

"我离开镇子前会给她打电话的。"

他的手指沿着杯子的边缘一直滑。"我一直忘记你要走了这件事,我只是假设你会明白,然后留下。"

"明白?"

道尔顿半咧着嘴笑了笑。"希望你能记住在这里度过的所有美好时光。"

"你怎么知道我在这儿度过了美好时光?"

"达妮以前在你家待的时间比在自己家里还多。我有多少次接你们两个去电影院或商场了?"

"好多好多次。"脑海中马上闪过曾经年轻的道尔顿,站在旅店泳池边,顶着一头乱蓬蓬的头发,皮肤被太阳晒得黝黑。那时候她大概十三岁,道尔顿十六岁。即使在那时,靠近他也会让自己的心怦怦直跳。

"我记得很清楚,你们俩会在旅店的泳池边玩宾果游戏,"他说,"你那时候大概十三岁吧。"

她当然记得。"很有意思的。"

"我从达妮那里听到的一切都表明你喜欢这里。"

"海滨度假旅店和露丝都不在了。他们曾经是我这艘船的锚。"她叹了口气。"中午纽约打来的电话是一位餐饮业的伙伴打来的,他给我提供了一个很棒的工作机会。"

"你要接受吗?"

六个月前的艾薇想都不用想就会点头接受。"我还不确定。"

道尔顿面前的咖啡一直没喝。他绕过柜台,"你在这里拥有的不仅仅是海滨度假旅店和露丝,你还有达妮。"

"是吗?"

"和她谈谈吧。"他站得离自己很近,传递出一股安静的能量。艾薇突然意识到自己已经独身了很长时间。

一股能量在他们之间爆发出来。如果离开时还从未吻过他,她一定会留下遗憾。但如果吻了他,她就不知道自己还能不能离开了。"我可以吻你吗?"她又紧张,又感到一阵解脱。

"可以。"

她站起身来,道尔顿低下头,双手捧住了她的脸。两人的嘴唇紧紧地贴到了一起,试探,品尝。

她屏住了呼吸。她可以和他一夜浪漫之后继续前进。马修当年也没能阻止她离开。她与这个地方的任何联系都不如她自己坚强。

一吻终了,她将额头抵在道尔顿怀里。"你能再待一会儿吗?"

"当然可以。"

第三十三章　露丝

1950年6月26日　星期一　上午六点四十五

露丝起得很早。有时她实在太有活力了，只能静坐一会儿，把能量消耗掉一些。散步是她锻炼肌肉、放松身心的最佳方式之一。

塔莉还在睡觉，但这并不奇怪。她最近一直熬夜看书，昨晚睡着了她还时不时翻身，说了好几次梦话。

露丝从床上起来，拿起衣服，溜出房间去了浴室。从浴室回来时，她就已经穿好衣服准备出门了。她伸手去拿鞋子。

"你要去哪里？"塔莉问道，声音还充满了睡意。

"在海滩上散散步。"

"我等会儿来。"塔莉翻了个身，揉了揉惺忪的睡眼。

"你不用来。"露丝说。

"我想来，你稍等我一会儿。"塔莉掀开被子，滑下了床，趿了双破拖鞋，匆匆走过走廊，几分钟后就如约回来了。

"你昨晚看书看到很晚。"露丝说。

塔莉脸色苍白，眼下面挂着黑眼圈。"看南希·德鲁去了。"

她们下了楼，越过沙丘，奶油黄的太阳正从地平线冒出来。露丝吸了口新鲜空气。清晨是一天中最好的时光。她们沿着海滩走时,露丝抬头看向了卡洛塔的房子,发现灯是亮着的。"她通常不会起这么早。"

塔莉看向她。"我猜她什么时候起都有可能,她的白天和黑夜总是会颠倒。"

继续沿着海滩走时,她注意到海洋正一点一点将沉船收回。船体现在几乎被沙子埋住了。看到沉船消失感觉很遗憾,但她同时也很高兴,因为这意味着亡灵也会回归宁静了。

露丝在沉船后面发现海水里躺着一个什么生物。她在海滩上看到过很多死去的动物,螃蟹、鱼、鸟,有次甚至还看到一只老海龟。可当她快步走过去的时候,却发现地上是个男人,她顿时停下了脚步。男人的脸埋在沙子里看不清,但露丝认出了他的裤子和衬衫。是曼彻斯特先生。

塔莉尖叫了一声,吓到了后面。

露丝的惊讶逐渐消失,好奇心却越来越强烈。她走到男人跟前,用脚轻轻推了推,心想这人可能是昏倒了,或者是在开什么坏玩笑。他是做得出这种事的人,她几乎可以想象到,曼彻斯特先生突然坐起来大喊一声"吓到你了吧"。

"离他远点。"塔莉说。

露丝踢了踢那个鞋尖磨破的鞋底。他的腿被踢动了一点,但肌肉完全没有抵抗。不过,他也可能是很会装。

露丝又轻轻踢了踢他的腹部,身上那件潮湿的衬衫紧紧贴着皮肤。"该起床了,曼彻斯特先生。你不能躺在海水里面。"

"他不会起来的。"塔莉说。

"你怎么知道的?"

"因为他死了！"

露丝试图看看他身上有没有血迹或外伤，但他全身上下看起来还是昨天的样子，只是一动不动了，而且没有呼吸。

海浪翻滚着回到海里，她把那具身体翻过来，仔细地看着他的脸。眼睑没有打开或闭上，而是处在两者之间的状态，刚好留出一个空隙让她看到里面的眼睛，那双阴鸷冷淡的眼睛。

下一个海浪袭来，打了她个措手不及，冰冷的海水溅湿了她的皮肤和短裤。露丝站起身来，迅速退到了后面，握住了塔莉的手。

"我们要找人来帮忙，"塔莉说，"你妈妈会知道该怎么做的。"

跑向旅店时，露丝回头看了看卡洛塔的房子。她有那么一瞬间突然想，卡洛塔会站在带屏风的凉台上，但她看到的东西应该也很有限。

她想起了亨利讲的那个故事，关于沉船和被困在海岸上的亡灵。曼彻斯特先生现在是海滩上的亡灵吗？她希望不是，她并不觉得这个人死了之后性格品行就会更讨人喜欢。

露丝跑得更快了，拼命地甩动着手臂。太阳越升越高，她跑得肺里火辣辣的，背上的汗不停地往下流。此刻她心里说不出的慌乱，所有刚刚因震惊而忽略的恐惧和担心在此刻全都显现了出来。沙滩上有死人，她看了这个死人的眼睛。

她冲进厨房的后门，用力撞了一下门，门被嘭的一声撞到了墙上。塔莉紧跟在她身后。

爸爸妈妈从炉子边转过身来。父亲赶紧放下抹刀，顾不得炉子上正煎着的培根，走到女儿身边。他用围裙擦干双手，放到露丝肩膀上。

"怎么了，露丝？"爸爸问她。

想说的话在脑海里嗡嗡作响,但她却一个字都说不出来。她大口大口喘着气,感觉一阵头晕目眩。

"深呼吸一下。"爸爸的声音依旧沉稳。

妈妈也走过来,眼中满是关切,"告诉爸爸怎么了,亲爱的。"

"海……海滩上有一个人。"露丝艰难地开了口。

塔莉点了点头,张了张嘴,但她朝埃德娜的方向看了一眼,还是没有说话。

"什么样的人?"爸爸的声音陡然提高了几度。

露丝又做了两次深呼吸。"曼彻斯特先生在海滩上。"

"他在沙滩上做什么?"她父亲问道。

"什么都没做,"露丝说,"他死了。"

"是的,杰克姨父,"塔莉也插进来,"他死了。"

爸爸的眉头皱得更深了。"你们和露丝在这儿好好待着,我去看看。"

"也许我们应该先给警长打个电话,"妈妈建议,"还不知道海滩上有什么棘手的事等着呢。"

"待在这儿别走。"他重复道。

爸爸抓起一根放在后门边的棒球棍,大步走了出去。"姑娘们,你们还好吗?"妈妈问。

露丝看了看塔莉,又看了看妈妈。她想表现得勇敢一点,假装她看到的并不是什么大事。但所有的勇敢在此刻都崩离析了,她紧紧地抱住了妈妈。

妈妈张开双臂紧紧搂住了露丝和塔莉。"没事的,我的宝贝们。没事的。"

露丝闻着妈妈衣服上的肉桂和糖浆的香味。"你好久没有叫我'宝贝'了。"

妈妈轻轻抚摸着露丝头上从发夹里掉出的一缕头发。"因为你不喜欢我这么叫,我猜塔莉也觉得自己长大了,不想被这么叫。"

塔莉摇摇头,"并不会,姨妈。"

露丝再次抱紧了妈妈。"你觉得曼彻斯特先生的鬼魂会来抓我吗?"

"为什么这么说呢?"妈妈问。

"亨利说鬼魂会住在近水的海滩上。"

"亨利会编故事,"妈妈说,"他说的大部分内容都不是真的,所以他的故事才那么有意思。"

她退后一步,抬头看着妈妈的脸。"但是亨利看起来很严肃,感觉他说的每一个字都是认真的。"

妈妈微微笑了笑,"我有时候会觉得他会相信自己说出的所有故事。但只要你自己不太放在心上就是无伤大雅的。"

"我从没见过尸体。"塔莉说。

妈妈缓缓吸了口气。她有多少次像这样处理那些幕后的问题呢?"让爸爸先去看看,曼彻斯特先生也可能只是昏倒了。"

"他不动了,"露丝说,"胸膛没有一点起伏。"

后门吱呀一声开了。露丝转过身,看到爸爸一脸严肃,却透着一股坚毅。"我要给警长打电话。"

"是曼彻斯特先生吗?"妈妈问。

"是的。"他看着两个女孩,脸上写满担忧,"他已经死了。"

妈妈紧紧地抱着两个女孩。"怎么会？"

"看起来是淹死的。等警长和医生来了再下定论吧。"

警长来了，埃德娜让杰克去跟他交涉。杰克和汉克警长曾经住得很近，两人一块儿长大，一起打猎、钓鱼，也都曾在战争中服役。

汉克警长掀起盖在彼得·曼彻斯特身上的毯子，他的尸体现在被拖到了潮水没不到的沙滩上。警长盯着尸体看了很久，观察他的脖子，双手和口袋也都搜查了一遍，还找到了安几天前跟埃德娜说不见了的手镯。安接过手镯，但并没有对之前的事道歉。

接下来，警长开始跟安交谈。安说曼彻斯特先生昨晚喝得酩酊大醉。"战争结束后他精神状态一直不大好。"似乎这话可以用来解释一切。

最后，警长宣布曼彻斯特先生的死亡为意外，并打电话给内陆的殡仪馆馆长，让他派人来把尸体运过去。警长和殡仪馆的人都离开外滩岛之后，杰克给一个本地人打了电话，让他开车帮忙送曼彻斯特夫人和她的孩子回家。

等这一切都处理好，已经快要下午三点了。杰克跟埃德娜说，他要带露丝和塔莉去基蒂霍克喝苏打水，或许还会吃个冰激凌。她欣然同意，看到三人开车离开时，总算是松了口气。

埃德娜穿过滚烫的沙滩来到卡洛塔的小屋，发现她坐在凉台上抽烟，手里还有杯威士忌。她用化妆品掩盖了脸上的瘀伤，但化妆品褪去之前，瘀伤也会消下去一些。

"警长走了。"埃德娜说。

"是吗？"她掐灭了香烟。

"再也不用担心曼彻斯特了。"

"我从没担心他，"卡洛塔站起来，"我以前和很多曼彻斯特家的人打过交道。"

"我觉得你最好现在就走，"埃德娜说，"警长当时没有仔细调查，但你的瘀伤到时候可能会给你惹麻烦。"

"我已经收拾好了，麦克斯和爱普丽儿也是。麦克斯去弄了辆车，马上开过来了。我只是在等你和露丝而已。"

埃德娜盯着这个年轻女子，这张脸让她想起那个几乎被遗忘的时代，那个她曾经无可救药地爱过的男孩。"杰克带露丝和塔莉去基蒂霍克了。我觉得你走的时候露丝最好还是不要在这里。"

卡洛塔皱起眉头。"我本来很想再见见她的。她知道真相了吗？"

"什么真相？"埃德娜强忍泪水。

"关于安的事。"

"安怎么了？"最后的最后，无论孩子们愿不愿意，埃德娜都要保护她们。

"露丝长得像詹金斯外公，"卡洛塔说，"我知道你没有告诉过那姑娘家里人的事，我也没有。"

埃德娜觉得脸上发烫。"露丝知道我发现她时她身上裹着条粉红色的毯子，她知道杰克和我都很爱她这才是最重要的。"

"她问我是不是那个女人，抛下她的那个女人。我告诉她不是，但我不确定她相不相信我。"

"如果她再问起我，我会向她保证你不是。"

"她会相信你吗？"

"当然可以。"

"她还年轻，埃德娜，"卡洛塔说，"总有一天她会追问出自己身世之谜的答案。"

"答案并不能解决所有问题。有时候就是这样，你能做的只有继续自己的生活。"

"我和安出生之后，你就是这么想的吗？"

埃德娜回想起当年那两个小婴儿，躺在壁炉旁妈妈梳妆台的抽屉里，一阵悲伤涌上心头。两个孩子一直在哭，也不肯喝奶，她的胸胀得发痛。那一刻总是萦绕在她的脑海里。"我要保护你们，这是我唯一想得出的办法。"

"不管怎么说，我们现在过得都挺开心的。但我想，我们俩都很大程度上遗传了你的个性，很难循规蹈矩地生活。"卡洛塔弯腰抱起威士忌，轻轻揉了揉小狗的耳朵。她递给埃德娜一张卡片，上面写着一个邮箱地址。"我把相机留给了露丝。"

"太贵重了。"

"倒也没有。你会帮我给她吗？"

"好的。"

"告诉露丝记得给我写信。我想听她说说话。"

埃德娜弹了弹卡片的边缘。卡洛塔说得对。埃德娜和她的孩子们，都不怕通过打破规则来过上更好的生活。露丝也不例外。"卡片我会给她的。"

"贝丝·安呢？她会没事吧？"

"她有孩子，有个好夫家，也有钱。"

"我觉得我要抛弃她了。"卡洛塔说。

埃德娜直了直背，"你没法帮助不愿被帮助的人。如果需要的话，她自己知道怎么找到我们的。"

"这是最好的办法吗？"

埃德娜听出了声音里的苦涩，久久地看着面前的女儿。"是的，最好的。"

第三十四章 艾薇

2022年1月27日　星期四　上午九点

　　艾薇走出凉台时，发现沉船已经不见了。海浪和风让沉船盖上了一层层沙子，船上每一根木头都被吞没在内，就好像从来没有出现过一样。想到船上亡灵可以再次安息，艾薇心中感到了些许慰藉，但看到沉船消失，还是不乏有些遗憾，也许生者现在也可以寻得安宁了。

　　艾薇开车去了达妮家，但没有在车道上看到她的车，于是转而去了画廊碰碰运气。今早道尔顿吻她的时候，她答应会去看看达妮。她没有画下什么大饼，但一个小小的承诺并不是什么难事。

　　画廊停车场里唯一的一辆车就是达妮的SUV。艾薇停在它旁边，走到玻璃前门。门上挂着"关门"的牌子，她透过玻璃往店里看了看，但没有发现达妮的身影。她敲了敲门。

　　几秒钟后，达妮从里屋向外张望了一番，慢慢地晃悠到了门口。

　　"我觉得我们需要谈谈。"艾薇说。

　　"然后你就可以再解释一遍为什么要让我失望了是吧？"

　　"真的就是个意外，"艾薇说，"我什么都没跟道尔顿说过。"

　　"那他怎么突然就想通了？"

"他又不傻！"艾薇喊道。

达妮打开了前门让艾薇进来。浅灰色的墙壁，拱形天花板，漆成白色的木头柱子，明亮的落地窗……房内的设计让艾薇看入了迷。"真的好漂亮啊。"

"我知道。"

"我的意思是，我一直知道你能把事情做到最好，但这里真的太棒了。"她走向一幅油画海景画，"真漂亮。"

"他是个很有才华的画家，内陆人，但在这座岛上度过了很多时间。"

她看了一眼价格标签，惊得龇牙咧嘴，"天哪。"

"画画对画家来说是终身事业，终身学习。经验丰富的才子画作肯定是不便宜的。"

艾薇想到自己也是在厨房里无休止地磨炼烹饪技艺的。"这话倒是在理。"

"你来这儿做什么？"凶完几句之后，达妮的语气明显缓和不少。

"有人给我提供了一个在纽约的工作机会。路易吉餐厅。其实那天我在医生办公室外等你的时候，就正好在读一篇关于他们店的文章。这对于我来说算是迈出了一大步。"

"所以你是来告别的吗？"她厉声质问。

"你为什么这么生气？"艾薇反问她，"我没有告诉道尔顿你的事！这次离开，我只是想表现得比上次更成熟点啊！"

达妮眼里满含泪水。"我不难过。这是个值得开心的时刻，对吧？你会拿着你的钱，回去过你原来的生活，找到你的幸福。我就会留在这里，继续我的生活，一如既往。"

"我还没有答应人家呢。"艾薇说。

"为什么啊？"

"我还不知道。可能我觉得我这样像是抛弃了你，我想帮你。"

"你怎么帮？没有人能帮得上忙。你如果留下来惨兮兮地度过余生，我是不会对此负责的。"

"你为什么这么肯定我在这里会过得很惨？"

达妮摇摇头，"你什么也帮不了我的，任何人都对此无能为力。这个问题无解。"

"我知道。我对此一清二楚。"

达妮闭上眼揉了揉太阳穴，泪水顺着脸颊滑落下来。"不要为了我而留下。"

"如果我为了自己而留下呢？这个领域对我来说有很多新挑战，我就算睡着了也能做意大利菜。"

达妮看着她。"对不起，昨天我对你态度很不好。"

"确实如此。"

"我不是故意的。"

"或许还是有那么点故意的。"

这话逗得两人都忍俊不禁。"无论如何，我真的很抱歉。这事做得真是太差劲了。"

"我接受你的道歉。"

达妮叹了口气。"我告诉过你，我对我的家人做了一些基因上的调查，想找出我视力出现问题的根源。"

"然后？"

"我当时觉得没什么意义。帕西·詹金斯·罗杰斯是远房亲戚，她也有视力问题。我不知道自己是怎么跟詹金斯和罗杰斯夫妇扯上关系的。"

"帕西是安的亲姨妈，也是埃德娜的妹妹。"

"我现在知道了，谢谢。"

艾薇沉默了片刻，又突然想到了已经消失的沉船。即使沉船不在了，生者和死者之间不再近若咫尺，她也希望露丝现在能听到她们的对话。

"你觉得露丝知道安的事吗？"

"她一定知道的。"

艾薇脑海中浮现出一幅久远的图像，露丝在旅店餐厅为达妮和艾薇端上午后点心，用餐巾把她们盘子的边缘擦干净。

"如果能亲耳从她那里听到这一切就好了，"艾薇说，"这些随机出现的线索大概是露丝能想到的最好的叙述方式了。"

艾薇笑了起来，"把我的DNA放到系统里估计是找不出露丝的生父是谁的。"

"不是彼得·曼彻斯特，"她说，"从基因位点来看，安和彼得是O型血，但露丝是AB型血。不过我还是会把你的DNA放过去看看有没有匹配的，说不定能搞清楚呢。"

"要是露丝听到我们这样公开讨论她的亲生父母，你觉得她会说什么？"艾薇想象露丝转身去搅拌一锅炖鱼或者擦洗一个平底锅。

"她会说没关系的。"

艾薇向画廊更里面走去，盯着空空如也的墙壁。"你觉得在这里展示露丝的作品怎么样？"

"你想卖吗?"

"不是,但她的作品值得让人前来欣赏。"

达妮的情绪稍微缓和了下来。"你有没有考虑过,用露丝的作品制作限量版画?"

"从来没有想过。"

"我觉得应该会有很多人喜欢的,而且不会有原创艺术的价格冲击。"

"很值得投资。"

"那你接下来呢?纽约那份好工作要怎么办?"

"如果我跟你说要再待一段时间呢?看看情况怎么样。我们试着销售露丝作品的版画如何?"

"我们?"

"道尔顿说你很会做生意。如果有需要的话,我甚至可以出资赞助。"

达妮眯起眼睛看着她。"这算是你出于悲悯而发起的风投吗?"

"完全不是。"没有比这更正确的决定了。这并不是因为达妮或者道尔顿。"而且,莉比时不时地可以去见露露了。"

"钻石。"

"什么?"

达妮耸了耸肩。"现在小狗的名字改叫钻石了。"

"好吧。"

"不要去质疑一个十一岁孩子的想法,咱们照着这么叫就好。"

"好的。那么我的想法呢?"艾薇问道。

"我可以考虑一下。但我不做出任何承诺哦,一步一步来。"

"不做承诺。"艾薇被逗笑了。

"我们谈论这场风投的时候,你能告诉我,为什么我哥今早打电话过来的时候听着心情那么轻松愉悦吗?"

艾薇舔了舔嘴唇。"看来我魅力尚存。"

达妮大笑起来,笑得爽朗而热烈。"我就知道。"

"我喜欢他。"

"是为了他吗?"达妮问道。

"你了解我的,"艾薇说,"我留下来是因为这里的一切都适合我。"

"如果你伤了道尔顿的心,我一定会把你逮住,活活把你烤成烤串。"达妮说。

"你不会做饭。"

"我会去学。"

艾薇迎上达妮的目光,"我不会再跑了。"

"好吧。"达妮伸手拿起手机,"这可能是件好事。"

结语　艾薇

2022年6月15日　星期三　下午五点

　　夏天正式开始前一周，露丝的艺术展开幕了。达妮说这段时间的交通没那么拥挤，那些老主顾、设计师和媒体从业者就更有可能来参加。销售额可能不会很高，但总是有的。展览原计划一直开到劳动节①。大街上已经挤满了早早来度假的人，当地媒体也对露丝的作品进行了大量报道。

　　开幕自助餐菜单有部分菜品是艾薇对露丝的致敬，同时也留有艾薇自己的特色。她做了日式炸鸡块、迷你版的乳酪饼干，还有小杯的鱼杂烩浓汤，甜点是一口就能吃掉的苹果无花果派。同时提供两种饮料：玻璃瓶装的可乐，以此向露丝和塔莉致敬；马提尼酒，向安和卡洛塔致敬。

　　开馆前十五分钟，艾薇站在展室盯着所有的画作，这些画是露丝的一生，她曾紧紧抓住的每一份深刻情感都在画布上有了形状。卡洛塔七十多年前拍摄的黑白照片也被放进了相框里，挂在露丝的画中间。

　　"一口干了！"达妮向艾薇走来，高跟鞋嗒嗒地踩在木地板上，蓝色连衣裙在她身周舞动着裙摆。她今天把一头金发盘了起来，戴了一对闪闪

---

① 劳动节：美国劳动节为9月第一个星期一，放假一天，以示对劳工的尊重。

发光的耳环，还涂了大红色的口红和指甲油。这是她对卡洛塔的致敬。

"真是太不可思议了。"艾薇说。

"是的，"达妮说，"如果不是你，这一切都不会发生。"

"我？"

"正是因为你十二年前为了梦想离开这里，所以我们其他人才齐心协力，开始寻找自己的人生道路。露丝开始画画；我生了一个孩子，有了自己的事业。这一切都是因为你当年的离开。"

"我从来没有这么想过。"

达妮拿起两杯马提尼，递给艾薇一杯，"敬你，艾薇·尼尔。"

艾薇举起酒杯，"也敬你。"

达妮喝了一小口，停下朝停车场的方向看了一眼，"我哥哥和孩子呢？"

"道尔顿应该很快就到了，他说伊丽莎白城有点堵车。"

艾薇还邀请了塔莉，能被邀请过来让老人很是开心。道尔顿说他开车去伊丽莎白城的疗养院接塔莉，贝拉要跟着一块儿去，两人两小时前便出发了。

艾薇把海滩上的小屋卖给道尔顿之后，在海岸线附近买了一套小公寓。她有足够的钱渡过难关，也不用急于做出任何承诺。但不去找机会的时候，机会却总会自己找上门。之前有几个小型派对雇她提供餐饮服务，以此为契机，她又去了一家商店开业仪式和一次慈善晚会帮忙。她是个一流厨师的消息很快就传开了，一下子收到好几个工作机会。

她决定放弃纽约的工作，也没有去那家曾经是钓具店的餐厅。不过在过去的五个月里，有一件事很稳定，就是她和道尔顿的约会。和他相处的时间越长，两人的感情就越深。

身后响起了敲门声，她们俩转过头，看见了贝拉灿烂的笑容。达妮绕过艾薇把门打开，在贝拉的脸颊上亲了一下。

"妈妈，我得去看看小玫瑰了。"她说。

达妮说，贝拉和又改叫小玫瑰的小狗，现在几乎是形影不离。"它很好的，贝拉。它和莉比还有水手待在一起呢，都在我们家玩。"

"可是它想我了。"

达妮把贝拉一缕凌乱的鬈发掖到了耳后，"一会儿我让道尔顿舅舅送你回家，你在这里可是意义重大呢。"

"为了露丝。"

"她是我们最好的朋友。"

贝拉点点头，"我可以喝可乐吗？"

"你可以喝两杯。"

艾薇去了停车场，走到道尔顿的卡车前，道尔顿正把塔莉的轮椅从车斗上搬下来。她打开副驾那边的车门，亲了亲塔莉的脸颊，开门的时候还不忘冲着道尔顿笑了笑，对方则俏皮地眨了眨眼。塔莉今天穿了条海军蓝的连衣裙，外面搭了件夹克，颈上戴了条珍珠项链，脸颊上还看得出抹了淡淡的腮红。头发也是新做的，银色的鬈发衬得一双眼睛愈加明亮。

"艾薇，"塔莉叫她，"我以为我们绝不可能做到呢。每年这个时候交通状况都让人发狂。"

"但你做到啦，现在我们可以庆祝一下了。"

道尔顿推着轮椅绕过车子，艾薇则扶着塔莉上了轮椅。"准备好出发了。"

艾薇凑近道尔顿，吻了吻他的嘴唇，"谢谢。"

"我很乐意帮忙。"他回道。他们把塔莉推到画廊里。

皮特也来了，车就停在道尔顿的卡车旁。他过来握了握道尔顿的手，拥抱了艾薇，又亲了亲塔莉和达妮的脸颊。皮特先前曾多次拜访塔莉，两人时常谈论起1950年的夏天。真相并不总是那么简单，但真相的公开对他们俩都有好处。

"你又一次超越了自己，孩子。"皮特说。

达妮微微笑了起来，"我知道。"她俯身亲吻了一下塔莉，"让我带你们俩好好参观一下。"

"我已经迫不及待了。"塔莉说。

达妮笑了笑，把轮椅掉了个头，带着塔莉和皮特到第一组黑白照片前。

"达妮看起来状态不错，"道尔顿说，"我好久没见她这么放松了。"

"她让今晚的展览梦想成真。艺术品和照片都是她布置的，多亏了她，限量版画两天前就已经到了。"

道尔顿搂住艾薇的肩膀。"昨天到诺福克看眼科，医生怎么说？"

"不是很好，视力又下降了一点，医生说有逆转的可能，但这事没法保证。"

道尔顿依旧保持着坚忍的表情，但全身上下已经弥漫着紧张的情绪了。"我有点绝望了。"

"但她还没有，"艾薇安慰他，"所以我们必须接受这一点，继续前进。"

他靠得更近了，嘴唇贴到她的耳旁，"我近来有没有说我爱你？"

"挺久没说了，至少从今天早上开始就没说了。"

"我爱你。"

她吻了吻身旁的男人，"我也是。"

达妮走到前窗边，仔细端详着她停车场里停满的汽车，"好戏即将开场了，各位。"

马修走到门口，身边是一个二十多岁的女人，高个子黑头发，两人手牵着手走过来。

"一定会大受欢迎的，艾薇。"道尔顿说。

达妮打开门，马修和其他人进来了。贝拉走到爸爸面前，给他看那瓶有雾气的可乐。马修看着稍微有点儿发怵，他知道今天有点特殊。

"艾薇，"马修向她打招呼，"看起来棒极了。"

"都是达妮的功劳。"

"是你们共同努力的结果。"他说着，目光飘向了餐桌那边，"我想给你介绍一下詹妮弗。"

艾薇跟女人握了握手，"欢迎。"

"这里太棒了。"詹妮弗夸赞道。

"都是达妮的功劳。"

"我从贝拉那里听说了今天的菜单，"马修插进来，"她说超级棒呢。"

"她是我的试吃员。"

"真的很好吃，爸爸，"贝拉说，"过来试试吧。"

"马上来。"

马修、贝拉和詹妮弗走向餐桌时,道尔顿握住了艾薇的手,"我想我可以肯定地告诉你,小屋的装修已经完成了。"

"台面也都装好了?"

"昨天装好的。"

艾薇已经有几个礼拜没进过小屋了,现在所有重新装修的部件终于都弄好了,她想想就很兴奋。"已经迫不及待了。"

"翻修好的家具昨天也送到了。我们现在有一张面朝大海的床。"

"我们?"

"我想让你搬进来。"

"真的吗?"

"不知道说这话会不会让你压力太大,但我想和你结婚,然后生六七个孩子。"他脸上的笑容并没有掩盖住眼中的忐忑不安。

"好的。"

"好什么?"

"搬进来,然后结婚,六七个孩子可能有点困难,但我愿意再商量商量。"

道尔顿深深地吻了下去,"我总是乐意跟你商量的。"

⊂≍